dtv
premium

Manuela Gretkowska

# Polka

Aus dem Polnischen
von Paulina Schulz

Deutscher Taschenbuch Verlag

Deutsche Erstausgabe
September 2004
Deutscher Taschenbuch Verlag GmbH & Co. KG,
München
www.dtv.de

Titel der polnischen Originalausgabe:
›Polka‹

Umschlagkonzept: Balk & Brumshagen
Umschlaggestaltung: Stephanie Weischer unter
Verwendung einer Fotografie von © Corbis/Terry Vine
Satz: Greiner & Reichel, Köln
Gesetzt aus der Berling 10,5/13,3'
Druck und Bindung: Kösel, Krugzell
Gedruckt auf säurefreiem, chlorfrei gebleichtem Papier
Printed in Germany · ISBN 3-423-24399-6

*Anfang Juni. Warschau*

Gelegentlich bekam ich mein Honorar in Schokolade ausgezahlt, die man mir auf mein schwedisches Dorf schickte, wo die Protestanten seit Generationen etwas sittsam Schokoladeähnliches verspeisen. Heute hat mir der Buchhalter meines Verlages einen riesigen Lapislazuli geschenkt, als Glücksbringer. Einen beinahe zwei Pfund wiegenden, glatt geschliffenen, blauen Stein mit goldenen Adern. Mein Horoskopstein für Waage. Mit diesem Lapis im Rucksack lief ich am Nowy Świat entlang und hielt Ausschau nach dem Glück, das er mir bringen sollte. Am Foksal traf ich Grzegorzewski, den Direktor des Nationaltheaters. Er hatte gerade eine Herzoperation hinter sich und röhrte zur Begrüßung: »Wer keinen Bypass hat, ist ein Schlappschwanz!«

In dieser Champagnerlaune bereitete er jetzt die Premiere von ›Operetka‹ vor und fragte, ob ich nicht Lust hätte, die Albertynka zu spielen. Die goldenen Adern schwollen an. Mein Debüt an der Nationalbühne … Unschuld, Wahrheit, Jugend und … Nacktheit. Ich kann mich aber nicht von Schweden losreißen, Piotr Pietuszka Pietuszkin allein lassen, nur um mich im Theater auszuziehen. Pietuszkin liebt zwar Gombrowicz, mich aber doch etwas mehr. Nein, es wäre absurd, die Albertynka, ein Skandal, eine billige Provokation.

»Nein, Herr Direktor, ich bedaure, ich weiß Ihr Angebot zu schätzen, aber … es wäre nichts für mich. Obwohl ich es mir überlegen werde.«

Ich fuhr zurück in mein schwedisches Dorf, reinigte den Lapislazuli und legte ihn neben das Bett.

*Juni. Stockholm*

Ich habe Angst vor Ärzten, Untersuchungen: laß sie nur etwas Widerliches finden, sie werden mein Leben in ein Hospiz verwandeln. Ich taste meinen Busen nicht nach Knoten ab. Er sieht ohnehin schon komisch aus, wie zwei abstehende Tumore, versiegelt mit rosa Brustwarzenkruste, knapp davor, bei Berührung zu platzen.

Der jährliche Termin zur Vorsorge beim Frauenarzt. Im Warteraum liegt der Flyer ›Spezialberatung für Lesben‹ aus. Wieso? Erkranken sie etwa an etwas Speziellem, Anderem?

Ich gehe in das Untersuchungszimmer, mache auf dem Stuhl die Beine breit. Verhör:

»Alter?«

»Sechsunddreißig.«

»Pille?«

»Nein, ich habe zu hohen Blutdruck.«

»Andere Verhütungsmittel?«

»Keine, ich kenne doch meinen Körper, an den fruchtbaren Tagen benutzen wir Kondome.«

»Schwangerschaften? Abbrüche?«

»Nein.«

»Probleme?«

»Keine.«

Es müßte doch alles in Ordnung sein. Trotzdem habe ich ein schlechtes Gefühl. Die Gebärmutter ist ein Organ der Hellsichtigkeit, meinte mein Bekannter Jarek M. Das erklärte er mir vor einer Woche, als ich ihn in seiner mit esoterischen Symbolen behangenen Jugendstilwohnung besuchte: »Laß sie dir niemals entfernen«, warnte er mich und befestigte an der Wand in seiner Küche einen chinesischen *bagua*-Spiegel, der die bösen Mächte fernhalten soll.

Vielleicht sagt mir gerade meine hellsichtige Gebärmutter, daß etwas nicht in Ordnung ist?

»Und, Frau Doktor?«

Ich sehe ihren Gesichtsausdruck, als ob sie Krümel getastet hätte, die sie aus mir nicht herauszukratzen vermag.

»Das auf der rechten Seite, das gefällt mir nicht.« Sie schaltet das Ultraschall-Gerät ein. »Schauen Sie mal, ein vier Zentimeter langes Etwas ...«

Ich kann nichts sehen. Ein kaputter Fernseher, vergrießtes Bild, oder ein Radar, der meinen Bauch auf der Suche nach dem Feind abtastet?

»Aber was ist denn das?«

»Eine Zyste oder ein Myom, eher ein Myom, ich weiß es nicht genau. Wann wurden Sie zuletzt untersucht?«

Diese besorgte Stimme der medizinisch-kriminalistischen Art: »Wer ist der Mörder? Wer hatte ihn zum letzten Mal gesehen?« –

»Haben Sie keine Angst, Biopsie, Operation, das muß alles nicht sein ...«

Ich gehe nach draußen, zum Auto, und breche vor Piotr in Tränen aus.

»Ruhig, ruhig«, umarmt er mich ratlos.

Und ich heule, entsetzt über mich selbst, empfand ich doch schon Erleichterung darüber, daß es mein Ende sein könnte. Nicht mehr lange warten, endlich werde ich sterben, nur quälen sollen sie mich nicht. Wozu?

Ich plane meinen Tod: Von meinen gesamten Ersparnissen werde ich nach Australien fliegen. In der Sonne sterben, wie ein selbstmörderisch zur Küste drängender Delphin. Statt Krankenhäusern und Kälte die mütterliche Wärme der erhitzten Erde, ihre Farben. Wenn der Schmerz unerträglich sein sollte, werde ich in den Ozean hineingehen, mich in Sicherheit wiegen lassen, unter seine Wellen schlüpfen. Keine Angst vor der Dunkelheit haben beim Sterben. Den echten tropischen Himmel sehen, heiß vor Sonne und Sternen.

*Anfang Juli. Polen*

Ich wollte Urlaub machen. Statt dessen sitze ich in Saska Kępa in einem Wartezimmer. Einer Ärztin, rede ich mir zur Beruhigung ein, nämlich einer Spezialistin für Akupunktur.

»Chirurgin, spezialisiert auf traditionelle chinesische Medizin«, steht auf der Visitenkarte, die ich mir anschaue, während ich warte, bis ich drankomme. Ich erwarte schon irgendwelches Bla-Bla über Yin und Yang, Stechen mit Nadeln und meine Verwandlung in einen leidenden Igel. Entsetzt von der unklaren Diagnose der schwedischen Frauenärztin, befinde ich mich auf der demütigen Suche nach einem Wunder. Die typischen Phasen der Auflehnung (»Warum gerade ich?«) und dann der Akzeptanz des Todes habe ich schon hinter mir. Die Praxis ist ganz europäisch eingerichtet, aber die Fragen der Nadel-Ärztin sind ziemlich exotisch: wann ich nachts aufwache, wann ich schwitze. Sie nimmt meine Hände, tastet den Puls ab, schaut mir auf die Zunge und in die Augen.

Urteil: »Zu viel Feuer, zu wenig Wind.«

Ich nicke: Wind, Wasser, Luft. Die westliche Medizin ist genauso präzise darin, was sie nicht weiß: Zyste, Myom, Krebs. Die Nadel-Ärztin fängt aber an, Seltsames zu berichten: sie zählt meine Krankheiten und Wehwehchen auf, von denen ich ihr kein Wort gesagt habe. Aus dem Puls orakelt sie Geräusche in der linken Herzkammer. Ich lasse mich von ihr stechen, es tut nicht weh.

Mit einer Nadel unter den Rippen, in den chinesischen Glückspunkt gesetzt, höre ich mir ihre Gebote an: »Nur Gekochtes essen, immer zur selben Tageszeit. In weißen Socken schlafen. In zwei, drei Stunden könntest du etwas schläfrig werden«, warnt sie mich.

Ich setze mich in den Zug von Warschau nach Lodz. Bei Skierniewice falle ich statt in ein Nickerchen in ein Nirwana. Die Nadel scheint wohl den Glückspunkt aktiviert zu haben.

Hinter Widzew ist mein seliger Zustand vorbei, ich nähere mich Lodz, der Mutter der Fabriken.

Zwei Tage später kehre ich, in gläubiger Überzeugung, daß sie recht hat, zu der Nadel-Ärztin zurück. Ich habe mir das Herz untersuchen lassen und sie haben tatsächlich etwas in der linken Kammer gefunden. Diesmal höre ich mir im vollen Ernst ihre Ausführungen an: »Vorsicht mit Milch und Käse. Deine kranke Leber verarbeitet sie zu Gewebe, das sich in den Fortpflanzungsorganen absetzt.«

So erklärt der irrationale Osten, woher diese vier Zentimeter in mir stammen. Die Nadel-Ärztin verspricht mir, dieses sonderbare Etwas zu heilen, nur muß sie genau wissen, wo es sitzt. Das konnte leider nicht einmal die schwedisch-westliche Medizin feststellen. Bei der zweiten Akupunktur-Sitzung tut das Hineinstechen der langen, silbernen Nadeln weh.

»Es schmerzt?« versichert sich die Ärztin. »Wunderbar, wir haben Meridiane, Energiekanäle aktiviert!«

So ist also mein Aufschreien bei jedem Stechen ein kleiner Triumphschrei. Ohne Spritzen, nur durch die Nadeln fließt in meine Füße, Handgelenke und Bauch die sanfte Energie des Alls. Für nur 20 Dollar. Preise des Westens für die Weisheit des Ostens.

*Juli. Grödinge*

Wieder zu Hause, in Schweden. Der Lapislazuli am Bett. Ich schlafe in weißen Socken, es soll die Nieren schützen. Wegen meiner Leber laufe ich nun nicht mehr meine zwei Kilometer durch den Wald, statt dessen fange ich an, Tai-Chi zu machen.

Ich esse nur dreimal am Tag, das Abendessen (»leicht wie eine Wolke«, wie die Nadel-Ärztin es gebot) vor sieben Uhr. Über alles schütte ich Kurkuma, ein ekelhaftes gelbes Gewürz, eine Art fernöstlichen Safran. Hinterher trinke ich einen bitteren Absud aus Engelwurz, *radix archangelica* – vielleicht ist es ein heilender Engel, aber seine Wurzeln reichen in die geschmackliche Hölle! Dazu Johanneswasser, um die Nieren zu reinigen. Ich habe ständigen, irrsinnigen Hunger – aber es ist mir egal, solange es eine Heilungschance gibt, wenn das All meines Körpers diese Wucherung resorbiert.

Mehr als vor der Operation habe ich Angst vor der Narkose. Einmal hatte ich Schwierigkeiten, wieder wach zu werden; zwar wurde ich wach, doch auf der anderen Seite. Einige Sekunden später, und ich hätte diesen berühmten Tunnel erblickt, der in das ewige Licht führt.

Pietuszkin schaut sich schweigend meine Selbstgeißelung an. Er mischt sich nicht ein, um das »Heilungswunder« nicht zu stören. Er bemerkt lediglich, daß ich abgenommen habe, daß meine Knochen zu rasseln anfangen.

*Juli. Warschau*

Ich fliege wegen des ›Städtchens‹* nach Polen. Rasch erledige ich den ganzen Filmkram mit den Produktionsleuten. Eine Nacht im Holiday Inn, und endlich Freiheit – ich fahre zu meiner alten Freundin nach Muranów, in eine auseinanderfallende, poststalinistische Plattensiedlung. Beata – sonst ein relativ rational denkender Mensch – ist gerade von einer Hellseherin hingerissen und schickt mich zu ihr. Vielleicht kann mir das Medium endlich sagen, ob ich Krebs habe.

Die Hellseherin ist jung und dynamisch, wie die Nadel-Ärztin. Scheint in ihrem Fach gut zu sein, erzählt mir detailliert meine Träume und die Wirklichkeit. Gibt sehr genau Daten aus der Vergangenheit an. Sie sieht liebe Verstorbene um mich herum. Tröstet mich: »Es ist kein Krebs, aber

* ›Miasteczko‹ – ›Das Städtchen‹: eine polnische Soap, Drehbuch von Manuela Gretkowska und Piotr Pietucha (Anm. der Übers.)

man wird dennoch operieren müssen, sonst wuchert es die Gebärmutter zu. Diese OP wird dein Leben gründlich verändern«, weissagt sie.

»Wie?« frage ich, obwohl mein Leben jetzt schon anders ist. Ich habe aufgehört, mir wegen Kleinigkeiten unsinnige Gedanken zu machen und bin absolut auf dem China-Trip. Die Hellseherin will mir nicht antworten, lächelt seltsam.

»Werde ich Kinder haben können?«

»Aber natürlich, in zwei Jahren, ein Mädchen.« Sie sieht um mich herum das weibliche Element.

»Ganz deutlich das weibliche Element, sie müßte schon da sein!« Sie sagt es mit solcher Überzeugung, daß ich mich reflexartig umdrehe – aber um mich herum nur geschlechtslose Luft, keine weiblichen Kurven.

Ich gehe euphorisch hinaus, wie auf einer Wolke. Sofort rufe ich die Nadel-Ärztin an. Sie will mich aber nicht stechen, nicht, solange sie keine hundertprozentige Diagnose hat: Zyste oder Myom.

B., eine Schweizer Bankerin, schleppt mich zu ihren mongolischen Heilern in die Aleje Jerozolimskie. Sie sprechen kaum Polnisch, dafür haben sie Hunderte von kleinen Tütchen mit Medizin da. Die Mongolen geben Massagen und Akupunktur.

Ekelhafte postsozialistische Wohnblocks mit ihrer asiatischen Häßlichkeit, schmutziggrau, mit Rissen in der Fassade. In der Praxis ein Portrait des Dalai Lama an die Wand gepinnt und von weißer Seide umhüllt, angestoßene Stühle, ein Schreibtisch. Die Mongolin tastet meinen Bauch ab.

»Vergrößerter Eierstock«, diagnostiziert sie.

Das weiß ich zufällig auch, ich habe gerade meine Ovulation, daß es mir die Beine runterläuft. Was mache ich hier? All das nur B. zuliebe, die sich von der Exotik einer stinkenden Jurte hat verführen lassen. Ich zahle fast 200 Złoty für

Kräuterkugeln und Pülverchen. Nach der Meinung der Mongolin kann man sogar eine mehrere Dutzend Zentimeter lange Zyste mit tibetanischen Nadeln entfernen. Aber zuerst soll man zwei Monate lang diese Kräuterkötel vom Fuße des Himalaya einnehmen. Danach erst Akupunktur. Leider werde ich in einer Woche operiert. Ich muß weg aus Polen.

*Ende Juli. Schweden*

Pietuszka fährt mich zur Untersuchung in die Klinik. Es ist Sommer, aber das Wetter herbstlich, es gießt. Also: »Die Naturbeschreibung gibt den inneren Zustand der Protagonisten wieder.« Die letzten Tage vor dem Horror der Strahlen- und Chemotherapie. Pietuszka hat bis zum Ende das Gefühl, daß nichts Böses passieren kann, solange wir zusammen sind.

Im Krankenhaus werde ich von zwei Frauenärzten untersucht, jeder hat sein eigenes supergenaues Fernsehgerät dabei. Wir sprechen Schwedisch-Englisch-Französisch. Verzweifelt auf der Suche nach einer präzisen Formulierung schreit der eine Arzt auf lateinisch »*Curva!*«. Er wedelt mir vor Augen mit der einen Hand und zeigt mir die Krümmung, lacht dabei.

»Also werde ich gar nicht operiert?«

»Wozu? So sieht es halt in dir drinnen aus. *Go hem. Koppla av!*« (Geh nach Hause! Entspanne dich!)

Zum ersten Mal finde ich Schwedisch schön: *go hem, go hem, kurwa** ...

Ich gehe in den Warteraum, bekleidet lediglich mit einer grünen Krankenhausschürze, die kaum den Hintern bedeckt. Am liebsten würde ich sie noch höher raffen, um allen zu zeigen, daß ich gesund bin.

In den OP-Saal wird eine weinende Frau gefahren. Wir

* Kurwa: ein beliebtes polnisches Schimpfwort (Anm. der Übers.) = Hure

kamen gleichzeitig ins Krankenhaus. Hinter ihr schleifen am Boden Plastikinnereien der Tröpfe.

»Piotr, wir fahren nach Hause, es war ein Irrtum, ich bin gesund!!!« schreie ich auf polnisch das ganze Wartezimmer zusammen.

Vor dem Einschlafen streichle ich meinen Lapislazuli, seine goldenen Adern, durch die absurderweise das Glück fließt.

Ein Anruf aus Polen mit der Frage, ob wir ein Interview für ›Zwierciadło‹ geben würden. Aus der Reihe »Fragen an beide«. Wir haben Schiß ... Noch nie haben wir öffentlich über uns gesprochen. Piotr ist abergläubisch: »Es geht uns doch gut, wozu den Teufel reizen?«

Andererseits hat ›Zwierciadło‹ Klasse. Von den ganzen Hochglanzzeitschriften ist es die anspruchsvollste, mit viel Psychologie, mit Feuilletons von Eichelberger, anständigen Texten: weniger Glamour, mehr Sinn. Wir wagen es. Die Redakteurin ist sehr entgegenkommend, ohne das typische Frauenzeitschriften-Gezicke einiger Chefredakteurinnen, die es für sich in Anspruch nehmen, die Leute Kultur und Eleganz zu lehren, indem sie Glitzerkram veröffentlichen.

*»FRAGEN AN BEIDE«*
*mit Manuela Gretkowska und Piotr Pietucha spricht Beata Dzięgielewska*

Sie sind zusammen. So hatte es das Schicksal gewollt. Sie kommt aus Lodz, vom Merkur. Er aus Warschau, aus Tibet. Nun leben sie auf einem Dorf in der Nähe von Stockholm. Beide extrem sensibel. Trennen den Geist nicht von der Materie. Beide schreiben, malen. Beide haben einen Hang zu übersinnlichen Dingen, zum Überschreiten aller Normen und Konventionen. Oft träumen sie nachts dasselbe.

SIE: MANUELA GRETKOWSKA (WAAGE)

*Eure Geschichte hat sicherlich einen Anfang. Stimmt es, daß am Anfang das Wort war?*

So sagt es die Bibel, und so war es auch mit uns. Obwohl unsere Welt mit dem geschriebenen Wort entstand. Piotr schrieb mir einen Brief. Einen sehr ungewöhnlichen Brief. Darin hat er uns beide erschaffen. Unser Miteinander. Er erklärte mir, daß wir füreinander bestimmt seien, obwohl wir uns noch nie getroffen haben. Ich hätte denken können, daß es irgendein Verrückter war, denn schon oft bekam ich von solchen Leuten Post. Aber es war zu persönlich, zu wahr. Außerdem erfuhr ich von Menschen, die ihn gut kannten, daß er ein sehr sensibler Mann ist und daß es sich lohnen würde, ihn kennenzulernen. Derjenige, mit dem ich damals zusammen war, meinte, nachdem er Piotrs Brief gelesen hat: »Er wird dich mir wegnehmen«. Und so war es.

*Reden wir über dein Leben, oder über eine literarisch-metaphysische Fiktion?*

Das ist die Wahrheit! Ich gebe zu, daß es etwas ungewöhnlich ist, aber was kann ich dafür? So war es. Ich schrieb Piotr zurück. Sehr lange basierte unsere Bekanntschaft nur auf der Korrespondenz, dann telefonierten wir. Endlich verabredeten wir uns für ein erstes Treffen.

Zu diesem Zeitpunkt waren wir einander schon vertraut, und dennoch wußte ich noch nicht, wie er aussieht. Wir verabredeten uns in Warschau in der Qchnia Artystyczna, die aber an dem Tag geschlossen war. So drehten wir jeder seine Runden und hielten Ausschau … Plötzlich sah ich jemanden, von dem ich dachte, daß es schön wäre, wenn es Piotr wäre. Und er war es!

*Hast du dich auf das Schicksal verlassen oder auf deine Intuition? Oder auf dein Herz?*

Ich verlasse mich stets auf meine Intuition, mein Herz erwählt sich den Zustand der Verliebtheit, und mein Schicksal hat dann nichts dagegen. So ist es, denke ich. Piotr glaubt an die Wiedergeburt und ist überzeugt, daß wir uns schon mehrmals in der Vergangenheit getroffen haben. Ich bin Christin und der Meinung, daß mein kleines Seelchen doch einmalig ist, mir für ein einziges Leben gegeben. Was nicht bedeutet, daß ich mich weniger in unserer Beziehung engagiere!

*Wie sehr bist du engagiert?*

Wohl zu sehr. Schließlich verließ ich für Piotr alles – die Heimat, meine Familie, meine Freunde. Ist das nicht verrückt? Ich bin keine zwanzig mehr, bin über das Alter hinaus, für jemanden bis ans Ende der Welt zu fahren. Und trotzdem tat ich es. Für Piotr ging ich nach Schweden, in ein Dorf auf einer Insel. Für mich ist es das Ende der Welt. Es ist nicht meine Kultur, nicht mein Klima. Wundervolle Natur, das schon. Der Rest ist aber wie die ehemalige DDR ohne Leipzig und Weimar.

*Also muß Piotr jemand ganz Besonderes sein.*

Für mich ist er wie Coca-Cola: That's it! Das ist es einfach! Er ist einfach Piotr. Ich will keine banalen Worte gebrauchen, dieses »Liebster«, »Geliebter« …

*Aber er ist der Mann deines Lebens?*

Er ist mehr als das. Mehr als ein Ehemann, denn einen solchen hatte ich schon. Mehr als ein Partner, denn wir haben keine Firma – außer, wenn wir zusammen an einem Drehbuch arbeiten. Er ist auch mehr als ein Geliebter. Wenn ich wütend auf ihn bin, nenne ich ihn »Typ«; das ist sehr beleidigend, denn damit setze ich ihn mit allen anderen Männern gleich.

*Ich verstehe. »Ein Mann ist ein in der Bedienung ausgesprochen einfaches Gerät, denn er besitzt nur einen Hebel«, schriebst du einst in einem deiner Bücher.*

Das habe ich so geschrieben, weil es wahr ist. Obwohl es nicht die ganze Wahrheit ist. Die Wahrheit ist, daß ich durch den Umgang mit Piotr Respekt vor Männern gelernt habe. Ich lerne die Männer. Wir haben eine vollkommen partnerschaftliche Beziehung, wir unterstützen einander und abwechselnd tragen wir einander auf Händen. Obwohl es ein wenig so ist, daß Piotr die Meilensteine befestigt und ich drumherum Spitzen klöpple.

*Und wer kocht, beispielsweise?*

Meistens kocht jeder für sich. Wir haben unterschiedliche Vorlieben, unterschiedliche gesundheitliche Empfehlungen, und wir essen zu unterschiedlichen Zeiten. Piotr schläft sehr lange, vor allem, wenn er Nachtdienst hatte. Wenn er frühstückt, esse ich zu Mittag. Er kocht öfter, und ich muß gestehen, daß ich mehr Vertrauen in seine Kochkunst habe als er in meine.

*Wie sieht euer Haus aus? Was ist darin am wichtigsten?*

Das Haus ist ganz normal, aus Holz, es steht an einem See. Drinnen sind die Farben am wichtigsten. Bei der Inneneinrichtung herrscht ein Mix aus westlicher Ästhetik, Geomantie und Feng Shui. Manche Möbel stehen wegen der Wasseradern etwas komisch, damit die Energie frei durchfließen kann. Das ist kein Aberglaube. Ich habe Beweise dafür. Einmal, da wohnte ich noch nicht bei Piotr, war ich allein bei ihm zu Hause. Ich trank zwei Bier und wurde total betrunken. In diesem Zustand sah ich »Etwas«, was ich damals noch nicht Energie nannte, was aber in dem Haus war, von den Gegenständen zurückgeworfen wurde, anders von einem Stahltopf, anders von dem Holztisch ... Als ich dann von Feng Shui erfuhr, dachte ich, daß etwas dran sein muß, wenn eine Milliarde Chinesen daran glaubt. Und so fing ich an, es anzuwenden.

*Hast du besondere Schreibrituale? Was macht Piotr, wenn du schreibst? Schleicht er auf Zehenspitzen herum?*

Ich mache aus dem Schreiben kein Theater. Es ist beinahe so, als würde man Kuchen backen, eine alltägliche Tätigkeit. Ich schreibe meistens, wenn Piotr nicht zu Hause ist, wenn er zur Arbeit ins Ärztehaus geht – oder morgens, wenn er noch schläft. Wir haben einen ungewöhnlichen Tagesrhythmus und leben ein wenig aneinander vorbei – doch in den Stunden, die wir zusammen verbringen, sind wir wirklich füreinander da.

*Und dann Friede, Freude, Eierkuchen?*

Manchmal das, manchmal ein Shakespearesches Drama. In mir wohnt eine tragische Romantikerin, ich muß mich stets im Zustand der Verliebtheit befinden. Wenn ich das Gefühl habe, daß ich nicht mehr so verliebt bin, und selbstverständlich kann ich nicht mit einem Mann zusammensein, in den ich nicht verliebt bin, fange ich an, ganze Tragödien vom Zaun zu brechen. Ich provoziere, streite mich, führe uns an die Trennungsgrenze. Alles nur um zu testen, ob ich noch in ihn verliebt bin. Das ist zwar ein Rezept für eine glückliche Beziehung, aber nur für mental starke Menschen. Piotr hält das aus. Außerdem werden unsere Gefühle durch die häufigen unvermeidlichen Abwesenheiten gestärkt. Ich fahre oft nach Polen und das tut uns auch gut.

*Ihr seid seit sechs Jahren zusammen. Was meinst du, ob er immer noch von dir träumt?*

Mehr als das – oft träumen wir sogar dasselbe! Es gibt zwischen uns eine unglaubliche Telepathie. Vor allem, wenn wir zusammen Auto fahren, können wir unsere Gedanken lesen, wir brauchen nicht zu reden. Außerdem: auch wenn das völlig unglaubwürdig klingt, kann ich Piotrs Gedanken sogar riechen! Als es zum ersten Mal vorgekommen ist, hat es uns komplett umgehauen. Er saß im Zimmer, döste vor sich hin, und plötzlich roch ich Gummi. Es hat sich herausgestellt, daß er an die bunten Luftballons aus seiner Kindheit dachte.

*Bei dieser Art von Verständigung sind Konflikte wohl unmöglich?*

Von wegen! Wir fechten richtige Kämpfe aus, denn wir sind beide nicht sehr umgänglich. Ich habe meine monatlichen weiblichen Anfälle von schlechter Laune, eigentlich könnte ich daran arbeiten, daß es nicht so schlimm ist – aber Piotr weiß, wie man mich handhaben muß, und schafft es immer besser, damit klarzukommen. Er ist mein erster Leser und Kritiker; manchmal kritisiert er etwas und ich gebe ihm recht, denn von außen betrachtet sehen Dinge oft anders aus. Doch wenn ich überzeugt bin, daß ich recht habe, gebe ich nicht nach. Um nichts in der Welt. Und dann streiten wir uns, manchmal richtig schlimm, denn im Streit um die Frage, ob etwas grün oder blau ist, gelangt man zu Grundsatzfragen, Fragen der Weltanschauung, dazu, wie jeder von uns die Welt sieht. Und wir sehen sie nun mal anders. Und keiner will faule Kompromisse oder goldene Mittelwege. Mal gebe ich nach, mal er, manchmal keiner von uns beiden. Wir bleiben bei unseren Standpunkten, daran geht die Welt nicht zugrunde. Viele Probleme löst die Zeit, man ändert seine Sichtweise auf manche Dinge.

*Wie sieht eure Zusammenarbeit bei dem Drehbuch zum ›Städtchen‹ aus? Streitet ihr euch da viel?*

Nein, wir arbeiten relativ einvernehmlich zusammen, denn die Regeln der Gattung sind klar, und wir haben viel Spaß dabei, auch wenn es ein hartes Brot ist. Es nimmt viel unserer Zeit in Anspruch und es erfordert viel Disziplin, wenn man sich an Termine halten muß.

*Das verzögert sicherlich den Abgabetermin für dein neues Buch. Worum geht es?*

Es wird ein erotischer Liebesroman sein. Es ist sehr schwer, über Erotik zu schreiben. Die Tätigkeit an sich, auch wenn man sie abwechslungsreich gestaltet, ist relativ einfach. Aber wie soll man es in Worte kleiden, damit es nicht vulgär, flach oder kitschig wird? Im ›Namiętnik‹* gibt es drei Seiten erotischen Inhalts und ich finde, daß es zum Schwierigsten gehört, was ich je geschrieben habe. Für mich ist ein erotisches Buch eine sehr große Herausforderung: Wenn ich schreibe, werden in mir Worte, Vorstellungen wach, von denen ich keine Ahnung hatte … Es kommt mir vor, als sei ich mir dessen bewußt, was ich schreiben will, doch dabei weiß ich nicht, wohin mich diese Worte führen werden. Es wird allerdings kein fröhliches Werk über das Vögeln sein, denn darum geht es nicht.

*Ist es ein wichtiges Thema für dich?*

Ja. Wenn man älter wird, und auch ich werde langsam älter, wohnt der Erotik eine tief spirituelle Erfahrung inne. Mit der Zeit weiß ich immer besser, was ich nicht will, worauf ich verzichten kann. Darin besteht doch die ganze Kunst: in der Fähigkeit, verzichten zu können, denn man kann zwar alles beschreiben oder malen, aber es geht doch darum, daß man dabei, indem man verzichtet, sein Innerstes entblößt, zum

* ›Namiętnik‹: ein Bestseller der Autorin (Anm. der Übers.)

Wesentlichen vordringt. Das Zusammensein mit Piotr hilft mit sehr dabei. Wir können darüber reden, diskutieren … Er ist mein Freund, Kritiker und Geliebter in Personalunion.

*Du hast in ihm aber auch einen erstklassigen Autor?*

Das stimmt. ›Der Wächter der Verrückten‹ ist ein erstaunliches Buch, die Verbindung des harten männlichen Stils mit Poesie. Irgendwelche Zeitschriftenfräuleins warfen Piotr Respektlosigkeit, Menschenverachtung und ähnlichen Blödsinn vor. Denn wenn es um Kranke und Leiden geht, dann muß es sentimental sein. Aber Piotr – wie im realen Leben – gibt nicht vor, ein großer Humanist, Moralist und all das zu sein, was man von einem Kulturmentor erwartet. Schlage bitte irgendeine polnische Zeitung auf: lauter Heilige, lauter Moralapostel, denn so gehört es sich ja in der Öffentlichkeit. In Wirklichkeit verhält es sich aber wie folgt: wenn man sowohl die normale als auch die verrückte Welt kennt, dann erzählt man darüber entweder die Wahrheit oder dieses in Polen so begehrte zuckersüße Bla-Bla. Piotrs Buch läßt keinen kalt – manche sind beleidigt (als ob man von der Realität beleidigt sein könnte!), manche sind hingerissen. Es ist verdammt ironisch, und die Ironie ist ein Organ der Intelligenz, ein Tentakel der Empfindsamkeit, der die Welt und das eigene Ego abtastet.

*Möchtest du ein Kind von Piotr?*

Diese Frage ist mir zu intim. Angenommen, ich wäre unfruchtbar, dann hätte sie mich sehr verletzt. Doch ich werde es dir sagen. Wenn jemand der Vater meines Kindes sein sollte, dann mit Sicherheit Piotr. Es ist aber eine Entscheidung, die Zeit braucht, ich möchte nicht vom Ticken der biologischen Uhr dazu gezwungen werden.

Ich glaube nicht, daß ein Kind die Fortführung unserer Selbst wäre, unsere Spur. Ein Kind ist ein singuläres Wesen. Ich glaube nicht, daß ich mich momentan reif dafür fühle.

*Möchtest du in guten wie in schlechten Zeiten mit Piotr zusammen sein? Hast du dich für immer dafür entschieden?*

Nichts ist für immer. Wir wollen zusammen sein und gehen sehr vorsichtig miteinander um, damit dieses Miteinander nicht zerbricht. Wir haben allerdings dieses lastende Sicherheitsgefühl nicht, daß wir für immer zusammenbleiben, bis ans Ende unserer Tage, im gemütlich warmen Heim und bequemen Pantoffeln. Und das tut uns gut!

*Würdest du Piotr Untreue verzeihen?*

Nein. Es wäre unverzeihlich, das Ende unserer Beziehung. Ich weiß natürlich, daß es Faszinationen und Verzauberungen gibt, dagegen kann man nichts tun – aber gerade in dieser Phase unserer Beziehung ist Untreue absolut ausgeschlossen.

*Welche Zukunftspläne habt ihr?*

Außer daß wir noch 40 Folgen vom ›Städtchen‹ zu schreiben haben, wollen wir zurück nach Polen. Vor allem ich wünsche mir das. Für Piotr wird es nicht einfach werden.

*Ist Piotr für dich die zweite Apfelsinenhälfte oder eine getrennte Einheit?*

Er ist der zweite Kern in der Apfelsine. Eine eigene Energie mit riesiger Reichweite. Aus Kernen entstehen neue Apfelsinen.

ER: PIOTR PIETUCHA (WASSERMANN)

*Wie kam Manuela in dein Leben?*

Die einfachste Antwort wäre: aus einem Traum. Aber es ist eine längere Geschichte. Zuerst träumte ich von ihr als von einer leuchtenden weiblichen Gestalt, die mich rief. Damals war ich allein, nach einigen gescheiterten Beziehungen, ich habe gelitten und mir vorgestellt, daß es da draußen jemanden gibt, der auf mich wartet, der mich lieben wird.

Und dann fiel mir ›Ex Libris‹ in die Finger, eine mittlerweile nicht mehr existierende Literaturzeitschrift – und darin ein Stück Prosa von Manuela. Dieser Text hat mich ungemein beeindruckt. Einige Wochen später sah ich Manuelas Bild in einer Hochglanzzeitschrift. Sie gefiel mir auf Anhieb. Ich schnitt das Foto aus, hängte es an die Wand und starrte Manuela an wie ein verliebter Teenager oder ein Voodoo-Priester. Und dann begann ich obsessiv von ihr zu träumen, jede Nacht. Ich bin damals 40 geworden, war in einer seelischen Krise und drehte fast durch. Ich mußte irgend etwas damit tun, diese Emotionen nach außen tragen. Ich schrieb also einen Brief an Manuela und schickte ihn an die Adresse der Redaktion.

*Was hast du geschrieben?*

Das war der Brief eines erleuchteten Psychos, sehr lang, sehr offen, sehr schmerzhaft, wohl sehr mutig – denn ich wußte ja nichts über sie, außer, daß sie eine junge Autorin ist und in Paris lebt. Nach einer Woche bekam ich ihre Antwort – sehr normal, sympathisch, lebendig. Ich war hingerissen, überzeugt, daß es genau die Frau ist, auf die ich gewartet habe.

*Hast du geglaubt, daß ihr füreinander bestimmt seid?*

Natürlich. Außerdem bekam ich später die Bestätigung. Helge, ein isländischer Schamane und Hellseher, bestätigte es uns und sagte, daß wir ein karmisches Paar seien, das sich innerhalb von vierzehn Inkarnationen nicht getrennt habe. Meist waren wir ein Ehepaar, einmal war ich ihr Vater – aber unsere schönste Liebesgeschichte soll stattgefunden haben, als ich ein Mönch war und Manuela Nonne. Wir waren irrsinnig ineinander verliebt. In meiner gegenwärtigen Verkörperung ist es meine geistige Aufgabe, mich um Manuela zu kümmern, ihr Ritter zu sein, der sie vor dem Teufel rettet. Helge sprach damals über eine Stunde, in Trance, mit geschlossenen Augen, erzählte mir von uns, unserer Vergangenheit und Zukunft. Daß Manuela ursprünglich vom Merkur stamme, und meine erste Verkörperung in Tibet lebte, daß ich einst der Bischof von Canterbury gewesen sei, daß wir Künstler gewesen seien und so weiter. Faszinierende Sachen.

*Habt ihr nie daran gezweifelt? Der Hellseher hätte euch doch für dumm verkaufen können?*

Helge hat uns zum ersten Mal im Leben gesehen, beschrieb aber aufs genaueste meinen bereits verstorbenen Vater, kannte die Namen von Manuelas Eltern. Wir standen regelrecht unter Schock. Manchmal scherze ich darüber, daß Helge mein ehemaliger Patient war, den ich bezahlt habe, damit er Manuela Flausen in den Kopf setzt und sie mir gefügig macht. Aber im Ernst – das Treffen mit dem Hellseher war für uns beide ein überwältigendes Erlebnis. Danach fingen wir an, unser Nest zu bauen, in fester Überzeugung und absolutem Vertrauen darauf, daß es so sein muß.

*Wie war es davor?*

Zuvor dachten wir, daß wir uns in dieser Beziehung verlieren. Das alles war zu stark. Wir erlebten eine solche Symbiose, daß wir nicht mehr wußten, wo ende ich, wo fängt sie an, es war etwas Androgynes! Ein paar Mal versuchten wir unter extremen Schmerzen, voneinander loszukommen, weil das alles uns zu versklaven drohte. Dabei sind wir beide sehr freiheitsliebend, extreme Individualisten, die sich bisher in Beziehungen nicht sonderlich wohl fühlten. Und nun funktioniert es großartig.

*Wie ist es euch möglich, eine solch extrem erlebte Beziehung mit eurem Freiheitsbedürfnis zu vereinbaren?*

Ich denke, daß wir uns seelisch, geistig und intellektuell sehr ähnlich sind. Unsere Basis ist eine tiefe Freundschaft. Wir verstehen uns hervorragend, müssen einander nichts vormachen, jeder von uns kann er selbst sein, sich weiterentwickeln. Wir haben zusammen sehr viel erlebt, haben einander Millionen von Worten gesagt, bereisten gemeinsam die halbe Welt.

*Und wie sieht euer seßhafter schwedischer Alltag aus?*

Unser Alltag ist ganz normal, obwohl ... nein, doch nicht. Wir haben keine traditionelle Rollenverteilung, was die Frau zu tun hat und was der Mann. Manuela ist vor allem Künstlerin, und ich achte darauf, daß die Rechnungen pünktlich beglichen werden. Ich koche öfter, weil sie das nicht so gut kann, ich wasche auch, denn sie macht zwar wundervolle Seidenbilder, ist aber nicht imstande, beim Waschen die Farben auseinanderzuhalten. Als sie noch wusch, war alles grau. Wir kaufen gemeinsam ein, pflegen den Garten, sie putzt eher als ich. Ich bin derjenige, der Auto fährt, weil Manuela keinen Führerschein hat. Sie mag es, chauffiert zu werden, und ich fahre sie gern. Unsere Autofahrten sind berauschend: Wenn wir auf Reisen sind, liest mir Manuela obszöne Bücher vor oder übersetzt philosophische Werke aus dem Französischen.

*»Ihr habt denselben Blick«, soll deine Tochter gesagt haben, als*

*sie Manuelas Foto sah. Das hast du in deinem Buch geschrieben. Glaubst du, daß es wahr ist?*

Wir sind eine unglaubliche Einheit, gleichzeitig sind wir sehr unterschiedlich. Wir nehmen Gott und Religion verschieden wahr. Manuela ist strenge Katholikin, aber mit Neigung zu esoterischen Erscheinungen, ich liebe Christus, aber gleichzeitig stehe ich den Ideen des Taoismus nahe. Wir haben unterschiedliche politische Meinungen, obwohl wir uns nicht leidenschaftlich für Politik interessieren. Manuela hört ausschließlich klassische Musik, was mich wahnsinnig macht, denn ich bin ein alter Hippie und liebe den Blues!

Ich schwärme ganz extrem für China, sie für Frankreich. Sie ist eine Lodz-Patriotin, sie kultiviert Lodz regelrecht, es ist ihre magische Stadt. Ich stamme aus Warschau und mag diese Stadt nicht. Ich liebe Western, sie wiederum Filme von David Lynch …

*Diese Liste ist erschreckend lang. Was verbindet euch denn? Nicht einmal die Ehe!*

Was uns zweifelsohne verbindet, ist Liebe und großartiger Sex. Außerdem *sind* wir verheiratet! Als wir Indonesien bereisten, haben wir ökumenisch auf der paradiesischen Insel Bali geheiratet, nach einem alten Shiva-Brauch – massenweise Blumen, Räucherstäbchen, riesige Körbe mit Obst als Opfergaben. Nur Versprechen gaben wir uns keine. Übrigens hat mich Manuela am selben Tag noch betrogen. Mit dem Indischen Ozean. Weißt du, sie macht Liebe mit den Wellen, und sie hat mir versichert, daß der Indische Ozean das einzige ist, weswegen ich eifersüchtig sein könnte.

*Könntest du eifersüchtig auf einen Mann werden?*

Ja. Allerdings weiß ich, daß Untreue nicht möglich ist, wenn sich zwei Menschen so nah und so glücklich miteinander sind. Möglich ist nur das Ende der Beziehung. Andererseits lebe ich mit dem Bewußtsein, daß es in Manuelas Leben noch einen anderen wichtigen Mann gibt – ihren Vater. Sie liebt ihren Papa sehr, er ist ihr heilig.

*Ist die Manuela, die wir aus ihren Büchern kennen, und Piotrs Manuela ein und dieselbe Person?*

Meiner Meinung nach gibt es in ihren Büchern keine Manuela. Da irrt eine Chamäleon-Frau herum, jemand ohne Persönlichkeit, auf der Suche nach sich selbst. Ein Kind der modernen Welt.

*Wie ist die wahre Manuela?*

Sie ist ein Mensch mit einem unglaublichen Sinn für Humor, sehr edel, anständig und hypersensibel. Sie versteckt sich hinter geistreichen Aphorismen, intellektuellen Spielen, vulgären Sprüchen. Dahinter liegt aber eine rührende Schüchternheit und eine beinahe kindliche Sensibilität, die mich sehr bewegt. Auch wenn es nicht so scheint, hat sie einen sehr stabilen Charakter und meistens ist sie ein fröhlicher Delphin.

*Habt ihr eine eigene Sprache, in der ihr kommuniziert?*

Aber klar haben wir die! Eine ziemlich unanständige. Wir haben zwei private Notizbücher, in denen wir Dinge füreinander aufschreiben. Das eine ist eine Art Logbuch unserer Beziehung. Mal schreibe ich, mal sie auf, was mit uns und um uns herum geschieht. Wir kleben da Fotos, Fahrkarten, Hotelrechnungen etc. hinein. Das andere Buch ist für Frivolitäten! Da notieren wir unanständige Witze, Gedichte – es ist mittlerweile so viel geworden, daß wir es vielleicht veröffentlichen sollten!

*Womit würdest du eure Beziehung vergleichen?*

Es ist wie die Gnade des sanften Atmens. Wenn du nicht atmest, stirbst du.«

*August.*

August – einunddreißig Abarten desselben Tages. Ich stehe auf, frühstücke, gehe um neun arbeiten, also in die PC-Sklaverei. Bis vier, fünf schreibe ich am ›Städtchen‹, dann gehe ich spazieren, das Gehirn durchlüften. Danach fernsehen. Nach einem Tag des Schreibens habe ich keine Kraft zu lesen, ich beginne, Buchstaben zu hassen. Ich beklage mich nicht, ich lebe. Im September werde ich den Computer abstellen und frei sein. Ich werde nichts für Zeitschriften schreiben müssen, mir keinen Stress mit dem Buch machen.

Wir planen Urlaub im September. Den ganzen Sommer hindurch arbeiteten oder kränkelten wir. Ich versuche Piotr zu überreden, daß wir an den Indischen Ozean fahren. Wir sind jedoch nicht in der Lage, einen halben Tag zu fliegen. Nach mehr als vier im Flugzeug verbrachten Stunden könnte ich heulen und Pietuszka die Dichtungen der Fenster durchbeißen.

Ich überlege, wo wir umsteigen könnten. Ich möchte Israel sehen, Piotr war noch nie in Kathmandu – dann könnte es weitergehen, nach Nordaustralien. Das wird aber nichts. Mein vernünftiger Pietuszkin rechnet herum, was wir ausgeben würden. Außerdem hat er nur zwei Wochen Urlaub. Wir entscheiden uns für Griechenland: nah, warm, man muß nicht am Strand herumhocken, kann auch etwas besichtigen.

Halb bewußtlos greife ich, während ich auf den PC-Bildschirm starre, nach etwas zu essen und erwische eine grüne Tomate. Ich beiße hinein, schon wird mir übel. So eine Tomate kann töten! Ich stelle mich auf Tee und trockenes Brot um. Nach zwei Tagen dasselbe: Hunger und Übelkeit. Es tut mir nichts weh, aber woher soll ich wissen, wie die Gallenblase oder die Bauchspeicheldrüse schmerzt? Pietuszka ist verzweifelt: »Schmeiß den Kräuterkram weg! Schluß mit der Diät! Du bist halbverhungert, das ist es! Fang doch endlich an zu essen.«

Ich schmeiße die Sachen weg. Es hilft nicht viel.

Abends gehen wir Pilze sammeln. Steinpilze wie aus dem Märchen, reichen bis zu den Knien. Von Pietuszka habe ich gelernt, wie man echte Steinpilze von den giftigen unterscheidet: der Schirm muß wie ein gut ausgebackenes Brötchen aussehen. Es gibt verschiedene Arten der Steinpilze: die helleren direkt am See und die mit den krummen Beinen am Hang. Es zieht sie zu den Menschen, sie krabbeln auf die Pfade, wollen nicht in den Tiefen des Waldes hocken. Ich sammle Pilze, versuche, nicht an mein Fieber und das Unwohlsein zu denken. Zum Arzt werde ich in einer Woche gehen, in Polen. Jetzt habe ich keine Zeit, ich muß das Drehbuch zum ›Städtchen‹ fertigmachen. Die Produktionsleute achten sehr auf Termine, *no mercy*.

Abends telefoniere ich mit verschiedenen Bekannten, versuche herauszufinden, welche Krankheit sich durch solche Übelkeit bemerkbar macht.

»Meine Liebe, du bist überarbeitet. Das nennt man *burnout*«, meint meine Zahnärztin, selbst ein Workaholic. »Eines Morgens wirst du wach und kannst den Arm nicht bewegen. Halb Schweden hat das.«

»Aber ich kann doch von früh bis nachts schuften!«

»Das kommt dir nur so vor, aber je älter du wirst ... Eines Tages ist Schluß ... Ende.«

Beata ist der Meinung, ich sei schwanger.

»Erstens ist es unmöglich, zweitens ist mir nicht nur früh schlecht, sondern den ganzen Tag, außerdem meinte die Hellseherin, daß ich noch zwei Jahre Zeit hätte ... Weißt du noch? Alles andere, was sie gesagt hat, hat gestimmt.«

»Was könnte es bloß sein?«

»Beata, ich habe keine Ahnung, ich habe mich noch nie so gefühlt! Es ist wie eine Mischung aus Gelbsucht und Wahnsinn. Ich gehe um neun schlafen, was heißt, ich gehe schlafen – ich falle tot um. Ich habe keine Kraft zu laufen, habe irgend so ein komisches Fieber, aber das Thermometer zeigt keine 37 Grad an. Weißt du, vorgestern waren wir bei Ikea, haben Blumentöpfe und ein Sofa gekauft. Wenn ich nur diese Blumentöpfe sehe, wird mir schlecht. Ich könnte kotzen, wenn ich häßliche Sachen sehe. Dieses Sofa, ja, das vergiftet mich. Es riecht so komisch nach Chemie. Im Laden hat es aber noch nicht so gestunken.«

»Kann Piotr es auch riechen?«

»Nein. Eine Psychose? Bin ich verrückt geworden?«

»Langsam war es an der Zeit.«

»Bitte, mach dich nicht über mich lustig. Unser buntes Häuschen ist widerlich geworden, es sieht aus, als läge Asche drauf. Ich sage schon nichts zu Piotr, aber ich zähle die Tage, bis ich wieder nach Polen fahre, sonst drehe ich durch. Die Dinge hier tun mir weh.«

»Geh doch raus, spazieren, sitz nicht ständig am Computer.«

»Wo soll ich denn hin? Im Wald stinken mich die Pilze an, sogar die haben was gegen mich. Allein schon das Bild von einem Pilz bewirkt, daß mir übel wird.«

»Och …«

»Und außerdem bin ich unglücklich, aber Piotr denkt, daß ich mich bei ihm nicht wohl fühle, daß ich genug habe …«

»Komm so schnell du kannst nach Polen, wir werden uns schon etwas einfallen lassen.«

»Diese kleine Tomate kann dich doch nicht für Tage vergiftet haben … so lange? Es ist nur der Stress, ich kenne dich doch.« Soviel zu Pietuszkas Version.

Stimmt gar nicht: Wenn ich gestresst bin, schmeiße ich Teller an die Wände. Dann liege ich nicht herum und behaupte, daß ich keine Kraft zum Leben hätte. Stress, na klar, das kann er seinen Patienten erzählen.

»Du schreibst das Drehbuch zu Ende, entspannst ein wenig, dann geht es vorbei. Bald bekommst du deine Tage, da drehst du halt ein bißchen durch, das ist doch normal. Laß uns zu den Anthroposophen fahren, das wird dich ablenken«, sagt er und steckt mich in den Wagen.

Wir fahren Abkürzungen durch die Dunkle Insel. Das Anthroposophen-Café ist geschlossen. Ihr Haus, eigentlich eine pastellgestrichene Scheune, riecht verdächtig. Das Blau ist vergammelt und das Orange ist zu Grün verschimmelt. Wir fahren zurück, Pietuszka hält noch an einer Tankstelle. Ein Kind mit einem Hot dog geht vorbei; ich könnte ihn ihm aus der Hand reißen.

»Piotr, was kostet hier ein Würstchen?«

»Einen Zehner. Was bist du kindisch, kaum siehst du etwas, schon willst du es dir in den Mund stopfen. Du ißt doch kein Fleisch, von der Leiche wirst du erst recht krank.«

»Ich möchte aber... Nur ist es schon nach acht. Nach acht darf ich nichts essen, das schadet der Leber, die arbeitet nur bis sechs.«

So, jetzt reicht's. Ich hole mir einen Schwangerschaftstest und mache einen Termin beim Frauenarzt aus. Nur für alle Fälle.

Heute müßte ich eigentlich meine Tage bekommen, ich leide jetzt schon. Ich kann nicht genau sagen, ob es die Übelkeit oder die Krämpfe sind. Pietuszka kommt ins Bad, wo ich gerade auf den Teststreifen pinkle. Übrigens nicht einfach ein Stückchen Plastik – nein, ein Designermodell, ein Rolls-Royce unter den Schwangerschaftstests. Pietuszka zeigt mir einen Vogel.

»Reine Verschwendungssucht und weibliche Neugier«, sagt er und legt sich wieder ins Bett.

Das stimmt, ich habe schon so viele Tests verschlissen... Ich kenne meinen Körper auswendig, jedes Symptom, aber ich brauche jetzt Gewißheit, wo ich doch keine Anti-Baby-Fallen verwende... Vor allem, weil ich Herztabletten nehme, die in der Schwangerschaft verboten sind.

Im ersten Fensterchen zeigt sich langsam ein blauer Strich, okay, das ist die Bestätigung, daß der Test überhaupt funktioniert. Im zweiten... bestimmt wie immer, eine Niete, ein rotes Minus... ich warte... der Urintropfen sickert ein und verfärbt sich blau. Unsinn.

Ich schaue noch einmal in die Bedienungsanleitung. »Oceanic Blue: das Erscheinen des ersten blauen Striches bedeutet, daß Sie schwanger sind. Der zweite blaue Strich zeigt an, daß der Test richtig funktioniert. 99,9 %ige Sicherheit.« Ich halte in zwei Fingern dieses Plastikwunder; ein UFO auf meiner Hand.

»Piotr!«

»Was ist?«

»Ich bin schwanger.«

»Du irrst dich, laß mal sehen ...«

Klar habe ich mich geirrt, die ganze letzte Zeit. Aber nicht jetzt, jetzt bin ich blau.

»Es stimmt, Popöchen, wir sind schwanger.« Piotr klopft auf den Tester, aber der Strich verschwindet nicht, wird fast Indigo.

»Wie denn? Jetzt? Auuaaa«, fange ich an zu lallen. Ich habe Schüttelfrost, ich lache und weine gleichzeitig.

Alles wird sich ändern, auf wundersame Weise ändern ... Ein Kind? Irgendwann, später, in so weiter Zukunft, daß es fast irreal scheint. Wir küssen uns, halten einander verängstigt im Arm. Ein Kind. Dabei sind wir gerade selbst erschrockene Kinder. Wir legen uns ins Bett und lieben uns, berühren einander vorsichtig, als wäre es das erste Mal.

»Mama, Papa.«

Um eins klingelt der Wecker; um zwei müssen wir in Stockholm sein, beim Arzt. Wir rennen zum Auto, streifen uns im Laufen die Klamotten über.

»Frau Doktor, ich glaube, ich bin schwanger, vierte Woche wahrscheinlich.« Ich zittere, kriege das Bein nicht in die Fußstützen des Untersuchungsstuhls.

»Ja, klar, kein Zweifel, Veränderungen am Gebärmutterhals. Wir schauen es uns an. Wollen Sie es sehen?«

Piotr stellt sich neben das Ultraschallgerät. Ich beuge mich nach vorne; statt Schnee sehe ich eine Form, die Umrisse des Köpfchens. Durch den schnellen Herzschlag erzitternde kleine Spindel, die das Gewebe des Lebens webt. Das Bild verschwimmt mir vor Augen. Tränen. Pietuszka faßt mich am Fuß, fängt die rutschende Socke auf.

»Siebte Woche, einen Zentimeter lang«, sagt die Ärztin und holt aus dem Drucker ein Schwarzweißbild mit unserem computertechnisch abgemessenen Winzling. Ich kann es nicht glauben – vor einigen Stunden war es noch nicht da, und jetzt hat es schon sein erstes Foto!

»Siebte Woche? Unmöglich!« Ich stehe auf und schaue in meinen Zykluskalender. Die Ziffern teilen und multiplizieren sich.

»Vor genau vier Wochen hatte ich meine Regel, na ja, etwas früher als erwartet …«

»Das war keine Regel. Die Blutung kam von dem Embryo, das sich in der Gebärmutter eingenistet hat. Zwei Wochen nach der Zeugung. Sie waren wegen der OP aufgeregt, deswegen hatten Sie Ihre Ovulation schon eher.«

Plötzlich bin ich vollkommen ratlos. Ich habe etwas in mir, einen Jemand, der gerade aus dem All hier gelandet ist. Kommt es von Gott oder aus unseren Genen? Ein kleiner Mensch, an der zitternden Saite des Lebens hängend. Ich fühle ihn nicht, aber er ist da, materialisiert sich aus meinem Körper heraus.

Die Welt ist explodiert, wächst nun zu Milliarden Zellen.

Die Ärztin füllt ihre Formulare aus, verabredet sich mit mir zu der nächsten Untersuchung, berechnet den Geburtstermin – Mitte April. Geburt? In diesem Moment schon Geburt, kaum daß das Kind seit einigen Augenblicken da ist.

*7. Woche:*
*Der Embryo wächst einen Millimeter täglich. Am Ende der Woche wird er 11–13 Millimeter groß sein. In jeder Minute entstehen in ihm 100 000 Nervenzellen. Das Gehirn beginnt sich in beide Hälften zu teilen. Die Augen wandern nach vorn.*

*Der Embryo fängt an, seine Arme zu bewegen.*

*Wenn dir übel ist, knabbere Zwieback, vor allem vor dem Aufstehen.*

*(›Schwangerschaft. 40 Wochen.‹)*

Zu Hause Verhör:

»Du hast doch schon Kinder und hast nicht gemerkt, daß ich schwanger bin?«

»Jede Schwangerschaft ist anders … Und du, die du ja deinen Körper so gut kennst, hast nichts gespürt?«

»Ich dachte, ich hätte eine Lebensmittelvergiftung … Und nun?«

»Nichts, wir werden heiraten.«

Ich höre eine höllische Foltermaschine knarren.

»Pietuszka, wozu?«

»Damit du dich sicherer fühlst. Die Menschen heiraten nun mal, wenn ein Kind unterwegs ist.«

Ich gehe in den Wald, laufe meine übliche Strecke von mehreren Kilometern ab. Ich rede mit dem Kind. Erzähle ihm von der schönen Welt (warum muß ich bloß dabei weinen?) und daß wir es nicht erwartet haben und jetzt auf es warten. Ich streichle meinen flachen Bauch. Mir schwirren »tragikomische« Gedanken durch den Kopf: ich bin keine Einbahnstraße der Evolution. Ich werde ein Kind gebären, wie so viele Weibchen und Frauen vor mir. Millionen Jahre Evolution lodern in meiner Gebärmutter. Ich versuche mir die Geburt vorzustellen. Ich habe keine Angst. Bei der Geburt verliert man doch nicht vor Schmerz das Bewußtsein. Das hat sich die Natur so ausgedacht; obwohl ich während meiner Tage (auch Wehen, nur kleinere) auch schon öfter umgekippt bin. Nur, wie soll ich pressen? Ich spanne mich an, fühle keine Muskeln. Ich habe ja Zeit, in dem halben Jahr kann ich mir doch was antrainieren, da wachsen mir noch ein paar.

Ich setze mich unter einen Baum, bin zu schwach zum Weitergehen. Noch vor kurzem, noch vor drei Monaten lief ich hier meine Kilometer ohne Zwischenhalt ab, mühelos. Der Wald stinkt nach Pilzen. Mir wird übel. Warum muß dieses Wachstum so anstrengend sein? Jeden Tag Millionen neuer Zellen, eine kleine giftige, hormonrauchende Fabrik.

Mein Kleines, ich hoffe nur, daß Du Dich nicht so fühlst: Du bist noch so frisch. Ich versuche mir im buddhistischen Sinne Deine ersten Momente vorzustellen, als Piotrs weißer Tropfen mit meinem roten Tropfen zu einem rot-weißen *bindu* wurde, zu dem, was am Grund Deines Herzens sein wird und was sich auflösen wird, wenn … Dein Herz zu schlagen aufhört. Auf dem Bild ›Jesus, ich vertraue in dich‹ nach der Vision der Heiligen Faustina kommen aus dem Herzen Christi ebenfalls zwei Strahlen, rot und weiß. Dein schwarz-weißes Herzchen auf dem Ultraschallbild drängte so sehr ins Leben …

Ich denke mit etwas Wehmut an meinen eigenen Tod: Nun kann ich das Leben nicht mehr einfach so durchs Hintertürchen verlassen, ich werde hier ein Stück von mir lassen – Dich. Ich will Dich nicht verletzen. Wenn ich gewußt hätte, daß es Dich gibt, hätte ich schon seit einem Monat meine Herztabletten nicht mehr genommen.

Ich mache den Abwasch, die untergehende Sonne tobt sich auf den trocknenden Tellern aus, leckt die Lichtreste ab. Ich schaue in eine Küchenecke, auf das Aborigines-Bild am Fenster, mein persönliches Totembild aus Australien. ›Der Geist des Regens‹, der gute Geist unseres Hauses, mit einem weißen Alienkopf, auf dem schwarze Antennen vor gelbem Hintergrund prangen. Vor Ergriffenheit lasse ich einen nassen Teller fallen.

»Was ist los?« Pietuszka schaut von der Terrasse herein. Nein, es ist noch nicht das, wovon er erzählt hat, die legendäre Tolpatschigkeit der schwangeren Frauen.

»Siehst du?« – ich zeige auf das Bild – »ich bin wie eine Aborigines-Frau schwanger geworden.«

»Wie denn das? Mit einem Bumerang?«

»Die Aborigines-Frauen glaubten, daß das Kind in den Bauch kommt, nachdem man eine bestimmte Frucht gegessen hat.«

»Ach ja, die berühmte grüne Tomate?!«

»Jedenfalls wundere ich mich gar nicht mehr, daß ich dachte, mir wäre von der Tomate so schlecht geworden.«

Sonntag früh. Wir stehen um sieben auf und packen den Picknickkorb. Seit Generationen die Konspiration gewöhnt, schleichen wir uns durch den Hof zum Parkplatz. Wir flüchten vor der Wikingergemeinschaft, die das sonntägliche Saubermachen der Siedlung ins Leben gerufen hat. Eine Stunde wird gekehrt, Laub weggeschafft, einen halben Tag wird geplaudert, Kaffee getrunken. Der Stammesfürst, unser Müllmann, wird sich neben der Waschküche plazieren und ein, zwei Stunden lang Reden halten. Die Schweden kennen die sozialistischen Arbeitseinsätze nicht, werden unseren Ekel vor Herdenbeschäftigung und aufgezwungenen Feiern nicht nachvollziehen können. Sie werden uns für diese Flucht bestrafen, indem sie für eine Weile unser »Guten Tag« nicht beantworten. Pech.

Wir fahren nach Uppsala, in die Kathedrale. Gotik mit Bügelfalten, bis zum Hals zugeknöpfte Reihen weißer Säulen, wie ein Korsett. Piotr betet vor den Reliquien der Heiligen Brigida, Mutter von acht Kindern und Schutzheilige Europas. Er hat mit ihr noch etwas zu klären. Ich versuche ebenfalls zu beten, doch ich fange an zu weinen, schluchze fast. Ich setze meine Sonnenbrille auf, idiotisch in der dunklen Kirche. Zum Glück haben die italienischen Touristen, die durch die Kathedrale schlendern, auch welche auf.

Der Gottesdienst fängt an. Wir setzen uns in eine Bank. Zu

unserer Rechten der Steinsarg von Swedenborg. Wenn ich mich an seine Visionen von göttlichen Orgien, Herumvögeln und Sex mit einer vollbusigen Gottheit erinnere, kann ich um nichts in der Welt verstehen, warum man ihn auf diesem schwedischen protestantischen Wawel* bestattet hat.

In der Bank vor uns ein Geistlicher wie aus Horrorfilmen: wirres graues Haar und haßerfülltes Psalmenkrächzen. Daneben ein anderer Geistlicher oder ein Prüfer; er redet mit sich selbst und notiert die Evangelien, die Predigt und die Gebete in ein kleines Büchlein. Dazu eine echte Pastorin, die am Altar mit einem dünnen Stimmchen Psalmen singt. Gotische Kathedralen wurden nicht für piepsende Pastorinnen errichtet. Dieser Gottesdienst in der halbleeren Kirche mit ein paar Verrückten und Swedenborg dazu läßt mich an irgendein irres Ritual denken. Ich halte es nicht bis zum Schluß aus. Piotr verbeugt sich, anstatt vor dem Altar zu knien, wir gehen.

*Ende August*

*8. Woche:*
*Das Kind ist ungefähr so groß wie eine Bohne, 14–20 mm. Im Gesicht sind Nasenlöcher zu sehen. Die Ohren bilden sich. Die Finger sind noch in den Hautfalten verborgen. Im Herzen entwickeln sich die Herzklappen. Die Lunge reift.*

Um drei bin ich mit der letzten Seite vom ›Städtchen‹ fertig, habe es wunderbarerweise gerade noch geschafft. Um vier zum Flughafen, Pietuszka verabschiedet sich von uns beiden: »Paß auf Pola auf.« Ich bestehe darauf, daß sie Nana oder Lula heißen soll.

»Du hast ihr den Nachnamen gegeben, laß mir doch wenigstens den Vornamen.«

* Wawel – ehemaliger polnischer Königssitz in Krakau (Anm. der Übers.)

»Keine Lula!«

»Und Pola wird bestimmt glattgekämmte blonde Haare, einen Mittelscheitel und ein Kattunkleidchen haben«, mäkele ich herum.

»Klar, ich habe sie direkt vor Augen.«

»Laß uns darüber reden, ich weiß, niemandem gefällt Lula, vielleicht kriege ich Nana durch, wir haben noch ein halbes Jahr.«

Wenn es ein Junge wird, gibt es kein Problem, wir nennen ihn Teo. Pietuszka fühlt aber, daß es ein Mädchen wird.

Der Zollbeamte scheucht uns zu einem auf dem Boden aufgemalten Balken mit der gelben Aufschrift *PUSS* – »Kußzone«. Auf der Stelle kommen uns die zärtlichen Gefühle abhanden.

Bis zum Abflug ist es noch eine halbe Stunde. Ich bin vor dem Zigarettenrauch aus der Bar geflohen. Ich schlendere durch den überfüllten Korridor, versuche mich vor den Parfümschwaden aus dem Duty-free-Shop zu schützen. Es gibt eine Raucherecke, eine für Sushi-Esser, nur für solche Hunde wie mich gibt es keine geruchlose Zone. Ich fühle die Schatten der Gerüche, ihre wahren Absichten unter dem blumigen Bouquet verborgen. Die Süße verflüchtigt sich schneller als die Versprechen eines Betrunkenen – am Ende bleibt nur der Alkohol. Ich weiß nicht, wo ich mich verstekken soll. Ich kriege gleich Nasenbluten. Der parfümierte Gestank frißt sich durch meine Kehle.

Es ist noch nicht lange her, da konnte ich die Augen schließen und mir die Dimension eines Geruchs vorstellen, seine Furchen, seine Transparenz. Den ausgehöhlten trockenen Geruch von kandierten Birnen oder Pflaumen. »Issey Miyake« war wie von der Sonne erhitzt, »Shalimar« hatte eine gewellte, samtige Oberfläche. »CK One« war immer auf Armeslänge entfernt, ließ sich nicht berühren. Die Parfüms waren einsam, sofort erwachsen, besaßen nur Erinnerungen an Gerüche.

Sie sind für mich auch eine Erinnerung an einen Sinn, der plötzlich alles beherrscht. Wozu brauche ich diesen monströsen Geruchssinn? Damit ich vergammeltes Essen gleich riechen kann und mein Kind nicht vergifte? Damit ich vor angeblich nicht riechenden Plastikgegenständen weglaufen kann, die in Wirklichkeit chemische Dämpfe verströmen?

Der Geruchssinn war das erste Gefühl, das sich in dem alten Reptiliengehirn einnistete, die Erinnerung daran, was gut und was schlecht ist. Jedes Aroma läßt Erinnerungen wach werden, die sich unter der Hirnrinde verstecken. Man kann einen Geruch nicht beschreiben – es ist eine der frühesten Emotionen aus Zeiten, als wir noch keine Worte kannten. Ob ich wohl deswegen statt meiner menschlichen Nase nun den Geruchssinn eines Reptils haben muß? Einer Amphibie oder eines jagenden Raubtieres, weil ich in mir eine Embryoqualle trage, ein kleines Wesen mit einem Schwänzchen, das die Mühsal der Evolution wiederholt?

Anfangs war mein Bauch ein ozeanisches Aquarium, dann ein Terrarium. Ob ich heute eine Reptilienmutter bin? Eine Echsenmutter, oder ein kleines herumschnüffelndes Säugetier? Ob ich den animalischen Mutterinstinkt trainiere, um eine menschliche Mutter werden zu können? Aber wann wird die Seele erschaffen? Vor dem Schwanz und den Flossen oder danach?

Für den heiligen Thomas war die Zeugung nicht mit der Erschaffung der menschlichen Seele gleichzusetzen. Sie kam erst später in den Menschen hinein, dann erst in den weiblichen Menschen.

Wenn ich mich richtig erinnere, hat der Schöpfer Adam beseelt, indem er ihm den Atem durch die Nase einblies. Also nicht die gesamte Seele, sondern eine Unterseele, *Nefesch* genannt, diese im Körper verfangene Lebenskraft, die allen Tieren gemeinsam ist. Daher die Wehrlosigkeit meiner Nase, durch die Gott den ewigen Atem des tierischen Lebens durchwälzt – *Nefesch*?

Ich bedecke mein Gesicht mit einem Tuch und atme tief ein, als ich auf dem nach Plastik stinkenden Bodenbelag in das Flugzeug hineingehe. Es riecht ein wenig nach Kerosin. Erst auf der Höhe von zehn Kilometern, als die Luft mir nicht mehr all diese Gerüche aufdrängt, atme ich erleichtert auf. Die Übelkeit ist vorbei, ich bin wieder die alte, taub vom Luftdruck, halbblind (ich nehme die trockenen Kontaktlinsen raus), ohne Geruchssinn.

Von Okęcie direkt ins Holiday Inn. Abenddämmerung, Ende des Sommers. Im Hotel stets dieselbe klimatisierte Jahreszeit. Ich bitte um ein »Pilotenzimmer«, eines speziell für Piloten, die hier nur zum Schlafen landen. Ein Stichwort, bei dem ich nicht erst aufzählen muß, daß es still und weit oben sein soll, keine Fenster Richtung Straße.

Brot! Brot! Ich will polnisches Brot!

Die Schweden, dieses arme Volk, kennen den Geruch der Bäckerei nicht, des echten Brotes. Es gelingt mir, ein Stück Brot im Hotelcafé zu erbetteln, sie wollen gerade schließen. Ich schlafe ein, sauge an der knusprigen Kruste, während ›Der Mann aus Eisen‹ über den Bildschirm flimmert. Wie ein Kämpfer von damals möchte ich sagen: »So waren wir, als wir jung waren. Und nun? Das einzige, was man noch mit der Solidarność verbindet, ist der Kalender – wenn sie ›Mann aus Eisen‹ bringen, wird es wohl der letzte Augusttag sein.«

Mein Schwangerschaftsritual: der Gute-Nacht-Rülpser.

*September. Warschau*

Morgens Treffen mit den Produktionsleuten vom ›Städtchen‹. In einer kultigen Baracke in der Chełmska-Straße, wo das polnische Kino entstand. Die Zeiten haben sich geändert – die Schauspieler sind Stars, die Produzenten Millionäre. Die Kultbaracke ist unverändert geblieben: ein altersschwacher Schreibtisch, kaputte Sessel, Erinnerungen an die heldenhafte Vergangenheit. Während des Gesprächs mit dem neuen Regisseur merke ich, daß ich keine neuen Personen dazugeschrieben, sondern nur zwischendurch ihre Namen verwechselt habe. Totales Chaos. Ich kann mir keine Namen realer Personen merken, erst recht nicht die der filmischen.

Ich bitte um das schnellere Vortragen der Dialoge in der neuen Staffel der Serie. Weniger Theater, mehr Farbe. Wir machen eine Serie, keinen Bergman-Film. Ich denke, wir verstehen uns: die Kamera aufrütteln, gegen das pseudopsychologische Schema der polnischen Fernsehfilmchen. Mir ist bewußt, daß ich hier mit dem Libretto für noch zehn Folgen sitze.

Was sich der Regisseur und die Schauspieler daraus zusammensingen, hängt nicht mehr von den Drehbuchautoren ab. Trotzdem versuche ich, meine Ideen durchzusetzen, selbst wenn es dafür kein Geld gibt.

Wir machen uns Gedanken über die Details. In einer der Szenen wird die Schauspielerin einen Schwangerschaftstest benutzen.

»Müssen wir eine Schwangere finden, oder reicht es, wenn wir das Papierchen blau färben?« witzelt die Produzentin.

Ich zähle bis fünf, versuche nicht zu rülpsen – ob man mir etwas ansieht?

Nachmittags ein Treffen in einer anderen Produktionsfirma. Beim Dreh der Verfilmung meiner ›Sandra K.‹ für das »Fernsehtheater« hatte ich leichtfertig die Idee eines Kostümfilms aus dem 18. Jahrhundert erwähnt. Sie haben es akzeptiert, nun reden wir über die Bedingungen. Im Büro warten der

Produzent und der Regisseur J. auf mich. Ich bin nahe dran, ihm zu gestehen: »Ich habe die Wiederholung Ihres Films nicht gesehen, war mir zu drastisch.«

Es ist nicht mehr die alte Aufnahmefähigkeit wie damals, als ich mir noch die Filme über den Warschauer Aufstand ansehen konnte. Sie sind zu schmerzhaft, zu absurd. Wir setzen uns zu einem ernsthaften Gespräch über einen neuen Film hin. Ich kann die Leute doch nicht belügen. Das Drehbuch müßte im Frühling und im Sommer geschrieben werden, wenn ich gerade *out of order* bin.

»Bei unserem letzten Treffen … wußte ich noch nicht, daß ich einen … anderen Termin wahrnehmen muß.«

»›Das Städtchen‹? Wie das? … Andere Verpflichtungen? Wir haben es doch schon abgemacht!« meint der Produzent.

»Das ist es nicht. Die Serie schaffe ich irgendwie, ich habe doch für zwanzig neue Folgen unterschrieben. Aber ich habe einen anderen Termin … mit der Natur … und der ist im Frühling …« Nicht mal meine Mutter weiß es, und ich erzähle es fremden Menschen.

»Das ist wirklich ein Problem … manchmal ticken Frauen in diesem Zustand nicht richtig«, philosophiert der Produzent.

Genau. Deswegen sollte ich mit niemandem darüber sprechen, damit es später nicht heißt, ich hätte es wegen der Schwangerschaft einfacher gehabt. Oder daß man mich wie ein rohes Ei behandelt, falls ich etwas komplett Idiotisches schreiben sollte. Wir machen aus, daß ich die erste Folge im November schreiben soll. Dann werden wir weitersehen.

Momentan kann ich gar nichts schreiben. Am liebsten würde ich mich zusammenrollen und abwarten, bis die Schwellungen, die Übelkeit und mein überempfindlicher Geruchssinn verschwinden. Mit jedem Tag wird es schlimmer. Wenn es so weitergeht, werde ich den Herbst nicht überleben. Ich habe schon genug über die blühend aussehenden Schwangeren gehört, *bullshit!* Anfangs war es mir peinlich. Vielleicht werde ich keine gute Mutter, wenn mir ständig schlecht ist und ich nur abnehme?

Der Embryo macht sich in der Gebärmutter breit. Falls er nicht dorthin findet, räuchert man ihn mit Arzneimitteln gegen Krebs aus dem Eileiter aus. Da ist er lediglich ein Häufchen sich teilender Zellen. Zwar nicht bösartig, aber der Gesundheit der Mutter auch nicht förderlich.

Ich bin in Gedanken versunken, der Regisseur J. fragt mich etwas. Ach so, ob mir die Zeit für Drehbücher nicht zu schade ist.

»Wissen Sie, nein.«

»Aber die Schriftstellerei ist doch wichtiger...«

»Das eine stört das andere nicht. Das Schreiben von Drehbüchern bedeutet Sammeln von Erfahrungen. Ein Spielfilm, das ›Fernsehtheater‹, eine Serie. Ich lerne Menschen, Strukturen kennen, das brauche ich, um diese Welt beschreiben zu können.«

»Das ist richtig, trotzdem unterscheidet sich das Drehbuch von der Prosa.« Ich merke, daß der Regisseur keine leere Phrasendrescherei betreibt, er scheint Literatur wirklich zu mögen, sie als etwas Edleres als das weiße Leinwandtuch für den Zuschauer-Stier wahrzunehmen.

»Das ist unterschiedlich. Um nichts in der Welt würde ich einen historischen Roman schreiben. Wozu sich das alles ausdenken? Ein Drehbuch würde auf Fakten basieren, die besser wären als alles, was ich mir zusammenspinnen könnte. Eine Epoche beschreiben? Das Bild kann das besser als das Buch. Die Geschichte, durch eine halbdurchsichtige Porzellantasse gesehen. Das Schreiben ist Sprache, Stil. Ich könnte meine Sprache nicht auf das Polnisch des 18. Jahrhunderts stilisieren. Ich sehe die Szenen, fühle die Epoche. Sie ist so typisch polnisch; diese Abenteurer und der Gott des Todes –«

Wahrscheinlich bin ich zu weit gegangen. Sie schauen mich verdutzt an; sie haben nicht erwartet, daß ich ihre einfache, freundliche Frage mit einem Bombardement aus Worten beantworten werde. Ich höre auf zu reden. Und dann noch die Frage des Geldes, über die man in der feinen Gesellschaft nicht spricht. Vor allem Filmleute würden nicht nachvollziehen können, daß drei Viertel meines Buchhonorars an den Verlag, den Handel und so weiter geht. Ich bin fast vierzig und besitze nicht einmal einen Roller. Jeden Monat zahle ich 500 Dollar für Miete und Lebensmittel. Dabei ist es egal, ob ich in Polen oder in Schweden wohne.

Diese Jungs der ›bruLion‹-Generation[5], krabbelnde Babies mit Windeln zwischen den Beinen, können sich im neuen Polen Häuser, Villen leisten … *C'est la vie.*

Ich habe keine Krankenversicherung, keine Rentenversicherung, bin in keiner Gewerkschaft. Pietuszka zahlt noch Schulden aus seinem alten Leben ab, und falls nicht – würde ich von ihm ausgehalten werden wollen? Es wäre, als würde ich mir seine Niere ausleihen wollen. Texte für Zeitungen und Drehbücher finanzieren mir das tägliche Leben. Vom Bücherschreiben wird man nicht reich. Meine Freiheit, die ich mir innerhalb eines Reservats leisten kann.

Natürlich tut es mir leid um das Bücherschreiben. Ich habe vor einem halben Jahr ein Buch angefangen, rühre darin wie mit einem Stock in einem Scheißhaufen aus Worten, komme nicht dazu, es zu Ende zu schreiben. Auf keinen Fall kann ich es wegpacken, vergessen. Egal was ich mache, die Bilder und Beschreibungen kommen hoch.

Im Frühling wird unser Winzling kommen. Werde ich die Kraft und die Zeit zum Schreiben haben?

Im Kino. Eine völlig neue Erfahrung: Ich kann mir keine erotischen Szenen ansehen. Ich habe den Eindruck, daß es

[5] ›bruLion‹ – eine Literaturzeitschrift der 90er Jahre, das wichtigste Forum der neuen polnischen Literatur (Anm. der Übers.)

der Schauspielerin weh tut. Der Sex ist fiebrig, krank. Ich habe selbst Fieber, ich erkenne meinen schmerzenden Körper nicht wieder. Ich gerate immer mehr in diese Schwangerschaft, wate darin – manchmal fühle ich mich wie nach der Chemotherapie, mit Hoffnung auf Heilung.

Ich bin gegen 21 Uhr im Hotel, habe schrecklichen Hunger. In das Hotelrestaurant möchte ich nicht gehen, ich sehe gespenstisch aus und rülpse herum. Ich bestelle mir einige *pierogi* und eine Hühnersuppe aufs Zimmer. Alles zusammen 50 Złoty. Sankta Polonia, du siehst es und übergibst dich nicht? Na ja, Kinder sind eben teuer.

Ich frage mich, ob es zusammen mit mir im Kino gegähnt hat – das kann es schon (die Weisheiten aus meinem Schwangerschaftsbuch). Dann hätte es ganz normale menschliche Reaktionen, vielleicht, weil es in dieser Woche das Schwänzchen verloren hat. In dieser Woche soll ich weniger müde sein, öfters auf die Toilette gehen. Aha, weniger müde. Eigentlich könnte ich in der Toilette schlafen, damit mich das ständige Hin- und Herlaufen nicht erschöpft.

Ich ziehe zu Beata. Wir wundern uns gemeinsam über meinen leicht gerundeten Bauch und die dunklen Brustwarzen. Ich versuche ihr zu erzählen, was in mir vorgeht. Es geht nicht, es gibt keine Wörterbücher der Arten. Beata ist normal, mit menschlichem Geruchs- und Geschmackssinn.

Sie möchte, daß ich in ihrem Bett schlafe. Mir ist die Luftmatratze lieber, die sie immer für mich im Schrank aufbewahrt. Ich lege mich darauf und sinke fast bis zum Boden hinein. Ich habe nicht an das Parkett gedacht. Es ist alt, abgenutzt, trotzdem rieche ich den Lack noch. Ich muß jetzt sofort, auf der Stelle, frische Rosen riechen! Nur sie können meine Nase retten. Kein Parfüm oder ätherisches Öl – richtige feuchte Rosen.

Beata schleppt mich zu Jaga, die in der Nähe von Warschau wohnt.

»Du wirst eine Frau im neunten Monat zu sehen bekommen. Sie hat so viel Energie, hat mit uns bis Mitternacht bei einer Fotosession mitgearbeitet, Haare geschnitten, gefärbt – mit einem Wahnsinnsgespür.«

Ich fühle mich wie eine Leiche, in diesem Zustand wird mich jeder beeindrucken, der laufen und sprechen kann. Wir kaufen ein Gastgeschenk: im Ethnographischen Museum finden wir einen grünen chinesischen Drachen. Das Jahr 2000 ist das Jahr des Drachen, da wird Jagas Kind ein Souvenir haben. Ich schaue mir Feng-Shui-Bücher an, die Bildbeschreibungen: ein grüner Drache, der im Ostteil des Hauses hängt, garantiert eine gute Ehe und einen Sohn.

»Mein Gott, Beata …«

»Ist dir übel?«

»Da, lies es.«

»Ich weiß, ich weiß, du bist in einem Drachenjahr geboren.«

»Das ist Magie, wahrhaftige Magie. Bevor ich von unserem Winzling wußte, habe ich ein Seidenbild mit einem grünen Drachen gemalt. Ich fand ihn zu dünn, und so habe ich ihm ein rundes Bäuchlein verpaßt, hängte das Bild in die Küche – weil es gerade das Jahr des Drachen ist. Die Küche befindet sich im Osten des Hauses, und die Drachin ist unmißverständlich schwanger, also werde ich einen Sohn bekommen.«

»Glaubst du nicht, daß ein Kind beim … du weißt schon, entsteht, und nicht von Drachen und grünen Tomaten kommt?« Beata versucht, auf die prüde Art logisch zu sein.

Ha, ihre Theorie ist lediglich eine Hypothese. Das menschliche Ficken führt in den meisten Fällen nicht zur Schwangerschaft. Dafür muß eine kosmische Übereinstimmung des Alls mit dem Neuen entstehen, damit es existieren kann.

Kein Photon wandert einfach so durch den Kosmos; es hat eine fest eingeplante Zukunft, die zur Vergangenheit anderer Photonen, Elektronen und sonstigen Teilchen wird, und der Tomaten, die aus ihnen bestehen. Die kosmische Landung direkt in meine Gebärmutter hinein hätte auch früher, später oder gar nicht stattfinden können. Sie wurde durch das All durchkalkuliert, durch seine Sterne, die mein Horoskop bilden. Was haben also damit der Zufall, die Notwendigkeit und der freie Wille zu tun?

Vier Seiten aus Gribbins Buch ›Schrödingers Kätzchen und die Suche nach der Wirklichkeit‹ haben meinen Engel des freien Willens mit dem Teufel der Notwendigkeit versöhnt. Woher kennen die Teilchen den vergangenen und den zukünftigen Zustand der Welt, fühlen, welchen Weg ihnen der Große Zuschauer vorgibt, der Vergifter von Schrödingers Katze? Das Photon, das durch den Schlitz A durchgeht, öffnet den Behälter mit dem Gift, das die Katze tötet – das Photon, das durch den Schlitz B durchgeht, öffnet den Behälter nicht. Dasjenige Photon, das gleichzeitig durch A und B hindurchgeht, läßt die Katze gleichzeitig leben und sterben.

Also: der freie Wille existiert, ich kann das eine oder andere tun, nur ist es von vornherein klar, was ich tun werde – aus der Perspektive des Alls, in dem »meine Welt« ihre »Experimente« abgeschlossen hat und zur Vergangenheit der Zukunft wurde.

Der Winzling konnte sonstwann während unseres Liebesaktes entstehen, indem er durch den richtigen Schlitz durchschlüpfte. Trotzdem war der Moment für den »kosmischen Händedruck« vorgegeben, als Wiederholung der erotischen Umarmung der Eltern.

Am Museum kaufe ich Rosen und halte sie wie eine Sauerstoffmaske vor das Gesicht. Wir fahren weiter Richtung Posen. Thomas, Jagas deutscher Freund, ist nicht imstande, polnische Straßennamen auszusprechen. Mit deutscher Präzision gab er uns die Beschreibung durch: die dritte Ampel, danach die Seitenstraße, dann rechts, der Weg endet in einem Sonnenblumenfeld.

Jaga hat einen riesengroßen Bauch, es könnte jeden Tag soweit sein. Ich zeige ihr meinen unsichtbaren – sofort werden wir Freundinnen. Wer hat denn erzählt, daß es in Polen einen Geburtenrückgang gibt? Von drei Frauen in einem Sonnenblumengarten sind zwei schwanger. Wir schauen uns Jagas und Thomas' gerade gemietetes Haus an. Ihre Kartons sind noch nicht ausgepackt, weil sie erst diesen Monat eingezogen sind. An den Wänden hängen die Bilder eines Venezolaners, der sein Land verließ und mit Thomas nach Europa gegangen ist. Der Flur ist mit transatlantischen, versiegelten Metalltruhen vollgestopft. In der Küche rührt die Ukrainerin Gala Pflaumenkonfitüre. Die Hausbewohner nennen sie Queen of Marmalade. Mit stibitzter Konfitüre flüchten wir in den Garten.

Wir sitzen mitten im schönsten polnischen Herbst vor dem im Stil einer Hacienda gestrichenen Häuschen. Jaga regiert gleich einer Königin über alle: die Tochter, die Haushälterin, die riesigen Hunde, die Männer, die sich auf spanisch anschreien. Sie preßt die Beine zusammen, damit das Kind nicht im Zeichen der Jungfrau, sondern als Waage zur Welt kommt. Das wird sie schon schaffen, genauso, wie sie es mit dem Chaos auf dem Hof hinkriegt.

Beata baumelt in der Hängematte. Jaga und ich erzählen einander unsere Schwangerschaftsabenteuer. Übelkeit bei leisestem Lufthauch, Stimmungsschwankungen, das Chaos des Lebens: wo soll man leben, wie wird es weitergehen? Thomas hatte in Santiago einen Friseursalon in der feinsten Wohngegend. Wird er es in Polen aushalten, wird er es schaffen? Und mein Pietuszka? Wird er sich nach Polen verpflanzen lassen?

Thomas, Jagas Tochter, der Indio und die Queen of Marmalade zwängen sich in den kleinen Bus, mit dem sie einkaufen fahren wollen. In dieser Gesellschaft spricht nur das kleine Mädchen polnisch.

»Ich möchte einen neuen Tornister für die Schule«, verlangt sie resolut.

*»Ja, el tornisterro, sehr gut«*, schreibt Thomas auf.

Abends überrede ich Beata zu einem kleinen Besuch bei einem Bekannten. Wir irren irgendwo zwischen Mokotów und Ursynów herum, suchen den Wegweiser zu der Bernhardiner-Kirche. Verschwunden? Wir rufen L. an.

»Wo ist denn die Kirche?«

»Sie haben sie ausgeschaltet.«

Die Kirche wurde von der Dunkelheit verschluckt – nachts wird die Beleuchtung ausgemacht.

L. hat kürzlich eine Wohnung in einer neuerbauten Siedlung erworben. Er hat immer noch keine Nachbarn, bis auf einen Puff, der gleich von Anfang an da war. Der Besitzer der Siedlung läßt sich nicht mehr blicken, nachdem man die lokale Mafia geschnappt hat. Leere Häuschen direkt gegenüber dem Friedhof, von den Gräbern lediglich durch einen niedrigen Erdwall getrennt. L. hat sein ganzes Geld, das er mit Bildermalen verdient hat, in diese Wohnung gesteckt. Als er, ein Begräbnis betrachtend, am Fenster stand und über die nächste Ratenzahlung sinnierte, kam ihm der Gedanke, wie Lebende an den Toten verdienen können – indem sie Totenbilder malen!

Die Friedhofsverwaltung präsentierte ihm das Angebot an Engelchen, Täubchen und Kreuzen. Totenbilder werden in Warschau nicht angeboten. Er soll doch etwas malen, dann werden sie es in ihren Friedhofsvitrinen in Powązki und Wólka Węglowa ausstellen. L. geht gern professionell vor, so fuhr er nach Wilanów, um die Maltechnik der altpolnischen

Totenbilder zu untersuchen. Ein wenig war er enttäuscht, die Portraits waren ungenau, sind damals eilig hingepinselt worden.

»Hatte der Maler direkt den Toten als Modell oder benutzte er auch ältere Portraits des Verstorbenen?« fragte er die Dame, die in Wilanów die Gruppenführung machte.

»Wie sie das gemalt haben?« Die auf polnisches Barock spezialisierte Dame hatte überhaupt keine Zweifel: »Na ja, auf die Schnelle, der Körper verweste, sie mußten sich beeilen. Meistens nahmen sie sowieso Fotos zur Hilfe.«

L. hat in seiner Wohnung lediglich ein Bett und einen Computer. 50 leere Quadratmeter wirken ganz winzig. Ob das All immer kleiner wird? Es ist mir heute unbegreiflich, wie ich mal mit Eltern und Schwester auf 40 Quadratmetern leben konnte.

Beata, vom technischen Schnickschnack fasziniert, fragt L. über Computergrafik aus. Seine neue Wohnung stinkt nach allen möglichen Lacken, Farben, Holzmitteln. Die beiden spüren es nicht, fachsimpeln über Tausende von Farbnuancen, die ein hochmoderner Drucker hinbekommt. Ich schaue durch das halbgeöffnete Fenster im Dachgeschoß. Dörfliche Friedhofsruhe mitten in Warschau. Der Herbstabend verwandelt sich in eine Sommernacht, als ob jemand den Kalender zurückdrehte. Auch Du, mein Kleines, lebst in warmer, feuchter Dunkelheit.

Wirklich schwüle Nächte, die sich in schwarzdröhnende Wellen verwandeln, gibt es nur am Indischen Ozean. Die Nacht ist eine Frau, eine dunkelhäutige Inderin, deren sonnenglänzender Sari am Ende des Tages fällt. Sie öffnet ihre glatten Haare, die sie bis zu den Füßen bedecken. Sie duften schwül nach Ölen und Weihrauch, die sich in ihnen verfangen haben. Ihr erhitzter Körper riecht nach tropischer Nacht.

Ich wünsche mir Musik. Am liebsten Mozart – ich habe gelesen, daß seine Musik die Hirnentwicklung beschleunigt.

L.s Anlage sieht wie eine hochmoderne Brennerei aus, überall Röhrchen, Kabel, Lampen wie glänzende Kessel. Klasse 1a, es wird auf Bestellung gebrannt, kein billiges Hi-Fi …

»Pam, pam, param, pam« – statt des Klavierkonzertes kommt das Requiem. Was soll man schon in der Nähe eines Friedhofs erwarten?

Von Warschau aus fahre ich nach Lodz.

»Schön siehst du aus, glänzende Augen«, begrüßt mich meine Schwester. Wahrscheinlich wird sie es von selbst erraten; aber nein … Zu Hause wundert sich keiner über meine Marotten. Daß ich keinen Tee mehr trinke, dafür Fleisch esse? Die Gelüste verändern sich eben. Daß ich mich tagsüber hinlege? Jeder darf doch ausruhen. Mein Neffe wundert sich zwar, warum ich ihm nicht seine Inlineskates wegschnappe wie sonst immer. Aber mittlerweile geht er zur Schule, da gibt es Wichtigeres, worüber er nachdenken kann.

Ich träume vom Fahren auf weichem Asphalt – der schwedische ist härter, voller Kieselsteine, die den Inlineskater zum Zähneklappern bringen. Auf dem polnischen fährt man bei einem Anlauf 15 Meter. Ich habe Schiß, befürchte einen Sturz. So etwas ist mir zwar noch nie passiert, aber falls doch …?

Ich bleibe zu Hause und verwandle mich in eine sonnenjagende Pflanze. Ich ertrage den Schatten nicht. Ich weiß, ich weiß, wieder eine Schwangeren-Marotte: schöne Düfte, Menschen, Gegenstände, Sonnenlicht. Wenn der Winzling schon solche Forderungen stellt, wie wird er dann als erwachsener Mensch?

Hier in Lodz gibt es noch jemanden, der Jagd auf Sonnenflecke macht – unser Perserkater. Ich habe ihn einst zu Weihnachten angeschleppt, jetzt ist er groß und fluffig. Er hat kein flaches Gesicht; bei seiner ganzen langhaarigen Reinrassigkeit hat er dennoch ein halbwegs erträgliches Antlitz. Seine Wanderungen durch die Wohnung erinnern mich an eine Sonnenuhr. Ich gehe ihm hinterher, vom Osten nach Westen, von der Küche durch die Zimmer. Der Kater toleriert mich gnädig. Seiner Meinung nach ist er zum menschlichen Wesen aufgestiegen, und nach dem großen Männchen, meinem Vater, und dem kleineren, meinem Neffen, wird auch er von den Weibchen bedient, die ihn füttern und kämmen. Er ließ sich nicht kastrieren, hat auf niedliches Kätzchen gemacht; hat seine Zähne und Klauen tief in seiner pelzigen Seele verborgen. Manchmal nur reißt er mit Blicken eine Taube auf dem Dach.

Es reizt mich, meiner Familie von der Schwangerschaft zu erzählen. Ich habe mit Pietuszka gewettet, daß ich es nicht tun werde. Wichtiger als die hundert Dollar Einsatz ist mir die Ruhe meiner Lieben. Ich werde es ihnen sagen, wenn die drei Monate vorbei sind und keine Gefahr der Fehlgeburt mehr besteht. Piotr ruft jeden Tag an, wir reden in einer Geheimsprache: »Ich habe Appetit« bedeutet, daß ich nicht kotzen muß, »Der Magen tut ein wenig weh« heißt, daß mir verdammt übel ist. Ich flüstere, entschuldige mich für Griechenland.

»Ich schaffe das nicht, ich könnte hinfliegen, aber wenn wir erst da sind, werde ich dir den Urlaub versauen. Die Autofahrten ... ich habe solche Anfälle von Müdigkeit, bin zu nichts zu gebrauchen ...«

Wieder in Warschau bei Beata. Schlafen auf dem Fußboden, umgeben von Rosen. Abends ruft Piotr an. Nach einer Woche allein hat er es nicht mehr ausgehalten und seiner Schwester von der Schwangerschaft erzählt. Dann gilt unsere Wette also nicht mehr: Bevor ich es mir richtig überlegt habe, wähle ich die Nummer in Lodz.

»Meine Lieben, ich bin schwanger.«

*»Was?«*

Dieses *Was?* wundert mich gar nicht. Erst vor fünf Stunden habe ich sie verlassen, und da war ich noch nicht schwanger. Sie geben sich den Hörer in die Hand. Papa verspricht, den Enkel im Kinderwagen zu kutschieren, er hat Erfahrung damit. Der Neffe will sich das Baby ausleihen (wohl um mit ihm Computer zu spielen?). Meine Schwester ist überglücklich. Sie warnt mich vor dem Fensterputzen, vor zu viel Schleppen, weil man davon eine Fehlgeburt haben kann. Mama steht unter Schock. Gerade hat sie Herztabletten genommen und wollte ins Bett.

»Kind, wie willst du es denn schaffen?«

»Mama, im schlimmsten Falle kann ich es immer noch in ein Heim stecken.« In Lodz Stille, es ist kein Augenblick für Scherze. »Natürlich gebe ich es nicht weg!«

Beata meint, ich soll noch einmal anrufen, sie beruhigen.

»Versteh doch, du bist so weit weg, sie wissen nicht, wie du lebst, sie machen sich wohl Sorgen um deine Zukunft, ob ihr heiraten werdet … Es ist einfach eine andere Generation.«

Ich rufe wieder an.

»Wir wollen heiraten«, spreche ich die magische Formel aus, die mir Beata diktiert hat. Noch schlimmer.

»Mein Kind, das ist eine so große Verantwortung, die Ehe, die Kindeserziehung …«

Für meine Mama bin ich immer noch das kleine Mädchen in zwei verschiedenen Socken, das exzentrische Ding, das nie ein anständiges Kleidchen haben wollte. Innerhalb einer Familie wächst man nicht, man wird nur älter.

Noch ein paar Stunden bis zum Abflug. Ich habe es geschafft, mich mit Teska in der Neustadt zu verabreden. Ihre Kleider werden von den trendigen Show-Business-Leuten getragen. Teskas Erzählungen schneiden meinen gesunden Menschenverstand genauso stilsicher wie ihre Schere den

Stoff. Geschichten von der anderen Hemisphäre – der Welt und des Gehirns.

Einst brachte sie der Großmutter ihres japanischen Mannes ein Geschenk mit, ein geblümtes Tuch der polnischen Bergbewohner. Die schwerkranke Greisin bekam es im Krankenhaus überreicht. Sie freute sich über das bunte, exotische Mitbringsel, hatte aber keine Gelegenheit mehr, es zu tragen. Kurz darauf ist sie gestorben. Ihre Verwandten von der halb buddhistischen, halb schamanischen Insel Okinawa brachten sie, wie es der Brauch wollte, zu einem *Kamike,* um das weitere Los der Verstorbenen zu erfragen. Der *Kamike,* ein Hellseher, den man bei jedem großen Familienfest konsultiert, schaute ins Jenseits und sah die Greisin, die auf ihre neue Inkarnation wartete. Sie hat ihre Erschöpfung, ihre Leiden vergessen, tanzte herum mit einem seltsamen, geblümten Tuch um die Schultern.

Die Sturmgeschichte: Nach einem Gewitter fuhr Teska auf eine kleine Insel in der Nähe von Okinawa. Der ganze Strand war bedeckt, aber nicht von Algen oder Müll. Zahlreicher als die Sandkörner lagen am Strand vom Sturm ausgerissene, entsetzte Fischaugen und starrten Teska an.

*Mitte September*

Zwei Tage in Grödinge. Danach fliegen wir nach Griechenland. Die letzten freien Wochen vor der mörderischen Arbeit am ›Städtchen‹.

Das Haus ist um eine Nuance heller geworden. Das Sofa steht rachsüchtig in der Ecke und giftet mich an. Ich mache einen Bogen darum, meide das Wohnzimmer, so daß ich ein Zimmer weniger zur Verfügung habe. Nach dem Urlaub wird alles besser.

Ich lese ›Schwangerschaft. 40 Wochen‹. Ich bin in der elften/zwölften.

*»Das Kleine ist 7 cm groß und wiegt 9–13 g, soviel, wie ein Bonbon. Seine Fingernägel wachsen, es reagiert auf Signale von außen, es kann auch treten, was die Mutter jedoch noch nicht spürt.«*

Wenn es so klein ist, kann es allerhöchstens an der Gebärmutterwand kratzen.

Besuch beim Arzt. Mein hoher Blutdruck scheint auf wunderbare Weise geheilt. Die grauhaarige Ärztin tröstet mich und meint, bis zur zwanzigsten Schwangerschaftswoche werde ich keine Herztabletten nehmen müssen, das Kind nicht vergiften.

»Aber als ich die Tabletten am Anfang eingenommen habe, hat das nicht geschadet?«

»Solche Mengen sicherlich nicht. Das Kind könnte eventuell etwas kleiner sein, falls der hohe Blutdruck wiederkehrt.«

»Oh, cool, da wird die Geburt leichter«, meine ich spontan. Blankes Entsetzen. Diskretes schwedisches Entsetzen: die Ärztin räuspert sich verlegen.

Ich packe für den Urlaub und werde mittendrin von einem Anruf unterbrochen. Die ›Cosmopolitan‹-Redaktion. Daß ich mit dem Termin dran bin. Der einzige gültige Termin für mich ist der Zeitpunkt der Geburt, auf Mitte April festgelegt. Ich soll einen Artikel abgeben? Ich kann mich nicht erinnern, daß ich ihnen eine regelmäßige Kolumne versprochen hätte. Ich weiß, daß mit meinem Kopf neuerdings nicht alles in Ordnung ist, aber so etwas? So zerstreut bin ich nun doch wieder nicht. Eine regelmäßige Auftragsarbeit kommt gar nicht in die Tüte.

»Nein, ich fahre aufs Land, da gibt es kein Internet«, versuche ich die Redakteurin zu überzeugen. Im Urlaub nach einem Faxgerät suchen, das hätte mir gerade noch gefehlt!

Ich verspreche, daß ich ihnen etwas schicken werde, wenn ich zurückkomme.

»Etwas über Ally McBeal«, fällt mir ein. Ich mag diese Serie, vielleicht kann ich mich mit dem Gedanken anfreunden, darüber etwas zu schreiben.

Früh am Morgen. Mit einem Koffer und einer Vorratspackung Zwieback gegen Übelkeit reihen wir uns am Stockholmer Flughafen in eine Schlange ein. Als ich durch die Kontrolle gehe, fängt es an zu piepsen. Piiiep. Ich gehe zurück, leere meine Taschen und ertaste mit meinen verschlafenen Fingern eine Dose mit Tränengas. Jetzt kann ich sie nicht mehr verbergen. Sie liegt wie ein belastendes Beweisstück auf dem metallenen Tablett. Aus der Urlaub – Polizei, Untersuchungshaft, Gerichtsverhandlung. Sogar die Frau des Premierministers hatte ein Verfahren wegen einer winzigen Dose Gas zur Selbstverteidigung, das in Schweden verboten ist.

Ich habe tatsächlich vergessen, aus meiner Tasche die »Bombe« herauszunehmen. Piotr merkt, was los ist, wird bleich. Er kann mir nicht helfen. Ich bin eine bewaffnete Verbrecherin in einem neutralen Land. Die Beamtin schaut sich mein schwarzes deutsches Spray mit dem Wolfshund drauf genau an. Die linguistische Barriere bricht. Auf schwedisch versuche ich, mein furchtsames polnisches Denken zu erklären.

»Ich wohne in Polen, auf dem Land, da gibt es tollwütige Hunde …« – für eine Idiotin bin ich wohl zu dumm. Die Beamtin schaut mich mißtrauisch an.

»Ach so, wegen der Hunde«, sie gibt mir das Gas zurück und … läßt mich durch! Pietuszkin versteht die Welt nicht mehr. Wie ist das möglich?

Ich kann es mir nicht verzeihen. Immer öfter bin ich unkonzentriert, fahrig, tolpatschig. Ob die Natur den Verstand ausschaltet und so den Platz für den Mutterinstinkt schafft?

Wann kühlt Europa ab? Im Februar?

Es ist Ende September und 40 Grad im Schatten. Das griechische Parga am Ionischen Meer, unweit von Albanien, ist ein zwischen Bergen eingezwängtes Städtchen. Es gibt eine lange Kneipenmeile und eine zweite, parallele Häuserzeile, den städtischen Strand mit kleinen Hügeln, die aus dem Meer herausragen. Die Touristen wurden ans Wasser und in die Restaurants gedrängt. Die Einheimischen wählen die ruhigen Gäßchen.

Den Strand hinter der Stadt, mit seinem weißen Sand und Bars unter Palmen suchen im Urlaub auch wohlhabende Griechen auf.

Die Touristen und die Einheimischen, nebeneinander im Sand vergraben. Nur die Engländer stechen unter den gelangweilten Urlaubern heraus. So wie einst die Chinesen massenweise im Gelben Fluß, Maos Lieblingswasserquelle, schwammen, so liegen nun reihenweise Engländer in Griechenland herum und lesen hochnäsig ihre Bücher. Es wird wohl die Auswirkung der Kulturpolitik von Blair sein, der das Lesen in der Mittelschicht populär machen will.

Unsere Behausung, die wir aus dem zuckersüßen Angebot eines Reisekatalogs ausgewählt haben, liegt hinter der Stadt inmitten von Olivenhainen. In Wirklichkeit ist es eine deprimierende Absteige. Deutsche und Schweden liegen auf dem Beton um ein stinkendes Loch herum, das so tut, als ob es ein Swimmingpool wäre.

Wir evakuieren uns in ein kleines Hotel in Parga. Tagsüber ist es dort ruhig, nachts röhren Motorräder vorbei. Wir schließen die Fenster, die Läden – der Lärm dringt trotzdem ins Zimmer. Die Kellner fahren nachts in ihre Dörfer zurück, so wird es jede Nacht sein.

Wir mieten uns ein Auto und ziehen los, in das Griechenland der Europäischen Union.

In Polen werden nun die Straßenschilder ausgetauscht, um an die Bestimmungen der Union heranzukommen. An den griechischen Straßen sind die Schilder natürlich auf griechisch, das ist kein großes Problem – wohl aber die Tatsache, daß sich die Schilder gegenseitig widersprechen. Wie ausgeschildert, nehmen wir den Weg nach Athen. Nach etwa fünfzig Kilometern zeigt ein Schild in die umgekehrte Richtung. Wir müssen die Einheimischen fragen – und gleich wird es menschlich, nicht beamteneuropäisch.

Auf dem Peloponnes ist es am interessantesten – auf der Strecke gibt es überhaupt keine Schilder, nur Zahlen, die anzeigen, daß man sich einem Ziel nähert, nur welchem? In der Hauptstadt ist es auch nicht besser – die Autobahn Athen-Korinth endet nicht, wie auf der Landkarte in einem malerischen Ort am Meer, sondern unerwartet in einer Sackgasse in Athen.

Ein kleines Hotel in Delphi. Sauber, geruchlos, modern und vom Preis her moderat – Delphi ist eben immer noch apollinisch, maßvoll. Wir waren gespannt, ob wir in der ersten Nacht an dem Orakel teilhaben werden, ob von den über der Stadt thronenden Ruinen etwas in unsere Träume fällt. Im Traum ist uns nichts erschienen. Aber am nächsten Tag, im Wachzustand, sahen wir – auf dem Weg ins Museum – zwei Störche, die in Richtung Parnass flogen. Wir planen zwar kein zweites Kind, dennoch sind die Entscheidungen der Götter ebenso unerwartet wie die Ergebnisse natürlicher Empfängnisverhütung.

Im Museum lediglich einige wenige Skulpturen, der Rest sind nur kaputte Fragmente. Ich laufe herum (natürlich mit schwangerschaftsbedingten Pinkelpausen). Der berühmte Wagenlenker von Delphi, die Kuroi, die Sphinx aus Naxos. Zu sehr bin ich an Abbildungen antiker Kunst gewöhnt. Hier sehe ich auf einmal völlig andere Kunstwerke. So als ob ihnen die Zweidimensionalität schlechter Fotos noch die dritte Dimension, die der Realität, geraubt hätte.

Der Wagenlenker ist lebendig, wie er die Zügel hält. Die Wirklichkeit ist wichtiger als das klassische Schönheitsideal, in Gips gegossene Proportionen. Die täuschend echte Geste des Lenkers wurde für Jahrtausende in grünem Kupfer festgehalten.

Die gesprungenen Fragmente griechischer Flachreliefs sind keine reine Dekoration, keine Illustration. Diese Menschen tafeln tatsächlich, kämpfen gegen die Zeit, die von der Oberfläche des Seins Stücke ihrer muskulösen Arme und Beine wegwischt. Die Stärke dieser Kunst liegt nicht in ihrer Schönheit. Diese mag tot sein, versteinert in ihrer Perfektion.

Das, was vom antiken Griechenland geblieben ist, ist Vitalität. Ein wenig dionysisch ausgelassen, etwas barbarisch – wie bei den über zwei Meter großen Kurosfiguren, die aus unpolierten Felsblöcken gehauen wurden. Ihre zu Fäusten geballten Hände erinnern an Steine. Die monumentalen Beine machen einen zaghaften Schritt nach vorn. Als ob sie gerade wach geworden wären aus einem brutalen, steinernen Traum und in die raffinierte Welt der Antike hineinschritten, wo die Körper geschmeidig sind und der Marmor so glänzend, als hätte man ihn mit Olivenöl eingerieben. Die Kuroi bewegen sich aus den schweren, kaum behauenen Blöcken des alten Ägypten heraus, hinein in die klassische Kunst Griechenlands. Ihre Körper sind noch hieratisch, sie sind den Kolossen ähnlicher als den Menschen. Doch ihr Schritt nach vorn ist eine Flucht aus dem Käfig des einst unveränderten, starren göttlichen Kanons, der über Jahrtausende wiederholt wurde. In Griechenland werden sie statt gleichgültiger Masken eigene Gesichtszüge bekommen und auch die Psyche, die den menschlichen Körper beseelt.

Der ägyptische Kunstkanon erinnert an Zeichnungen, die

man mit Hilfe eines Dreiecks angefertigt hat, eines Zeichendreiecks, mit dem man die Metaphysik abmessen wollte.

Die Griechen hatten ebenfalls ihren Kanon, sie idealisierten die Natur, jedoch stets nach menschlichem Maße, was der Kunst statt der Heiligkeit der göttlichen Existenz die vitale Wandlung des Lebens schenkte. Das ewige, tote, göttliche Sein *versus* das menschliche Leben. Und jene Vitalität überdauerte den Niedergang der griechischen Kunst, ihrer Götter, ihrer Menschen. Sie hypnotisiert mich, macht mich berauscht vom Leben, das von Generation zu Generation weitergegeben wird.

Die ungeduldige nächste Generation in meinem Bauch fordert ihr Mittagessen. Nicht durch Tritte, sondern durch Übelkeit und Rülpser, die in den Museumsräumen widerhallen.

Heute ist es schon seit morgens 40 Grad im Schatten. In dieser Hitze vertrocknet jegliche Lust, etwas zu besichtigen. Wie die Helden ziehen wir durch Athen, auf der Suche nach der Akropolis. Da! Unter dem für Pietuszka wichtigsten Felsen der Welt gibt es eine Kneipe, wir gehen hinein. Dort überlegen wir, wie wir ihn erklimmen sollen. Schwerfällig vom Essen und Olivenöl, das wir ohne ein Besäufnis nicht werden verdauen können, laufen wir los. Vollkommen nüchtern schlage ich mit dem Kopf gegen einen Baum, der riesige Hut verdeckt mir die Sonne und die Sicht. Piotr ist hin- und hergerissen. Soll er nun allein hoch zu Nike gehen, die ihre Sandalen bindet, oder bei mir bleiben, die sich gerade die Beule an ihrer Stirn reibt?

Wir klettern gemeinsam hoch. An dem von Touristen bestürmten Parthenon planen wir die Flucht: auf die Autobahn, über den Korinth-Paß, zum Peloponnes.

Wir halten in Epidauros. Von den obersten Reihen der steinernen Bänke bewundern wir das älteste europäische Theater: eine kleine Bühne, halbkreisförmig angelegtes Auditorium. Über den Hügeln grün-blauer Nebel – eine Idylle. Unweit von hier ist doch Arkadien.

Unten im Theater: ein Pandämonium. Auf der glatten Steinoberfläche drängen sich Touristen, um sich wie Schauspieler zu fühlen und die unglaubliche Akustik dieses Ortes zu testen, die aus dem Flüstern eine laute Stimme macht. Ein junger Franzose singt irgend etwas über de Gaulle, krächzt sein rrrrrr, bekommt seinen Applaus. Eine japanische Gruppe, brav in einer Schlange angeordnet, ruft etwas, verbeugt sich und tritt den Platz an andere ab. Eine Amerikanerin zieht eine Show ab: zerreißt Papier, zündet ein Streichholz an. Das Echo ihrer Vorführung hören wir in den obersten Reihen. Ich renne nach unten, will etwas auf polnisch schreien.

Der von der Akustik hingerissene Piotr wußte, was ich rufen werde, konnte meine Gedanken hören. Ich glaube, daß er es durch mein überzeugendes Spiel erraten hat:

»Ich liebe dich!«

Nachts kommen wir in Napflion an, am südlichsten Ende des Peloponnes. Wir gehen in das erstbeste Hotel – und flüchten. Gestank nach Putzmitteln und PVC.

Der Besitzer rennt hinter uns auf die Straße. »Paßt Ihnen was nicht?«

Neben ihm zwei großgewachsene Typen.

»Wir haben eine Klimaanlage, Badewannen, es ist sauber!«

»Doch, doch, es gefällt uns sehr...« – wir schaffen es nicht, ins Auto zu flüchten. Um uns herum gruppieren sich schon Schaulustige – nun ist es für den Besitzer eine Prestigesache, uns zur Rückkehr zu bewegen.

»Meine Frau ist...«

Pietuszka will gleich alles auf meine Schwangerschaft abwälzen, Schweinerei!

»Meine Frau ist ein Medium, sie hat einen Geist gesehen, und sie wird um nichts in der Welt zurückkehren, verstehen Sie es doch!«

Piotr zeigt diskret auf meinen zerzausten Kopf. Ich bin blaß, nach mehreren hundert Kilometern in der Hitze völlig fertig, klar sehe ich aus wie ein beinahe in Ohnmacht fallendes Medium!

Die Menschenmenge läßt uns durch, der Besitzer zieht sich in sein Hotel zurück.

In unserem Reiseführer stehen noch einige Adressen, die wir überprüfen wollen. Ein elegantes Hotel aus dem 19. Jahrhundert, leider ausgebucht. Ein anderes, das »Palace«, betreten wir durch einen Lift, der sich seinen Weg durch Felsen bahnt. Pietuszka fühlt sich sofort an ›Die Kanonen von Navarone‹ erinnert. Der Preis für die Übernachtung ist absurd, soviel wie zwei Nächte in einem normalen Hotel. Mit dem Lift fahren wir wieder hinunter in die Wirklichkeit, auf einen stillen, kleinen Platz mit einigen Pensionen. Wir betreten eine davon. Im Zimmer klebriger Staub, ein Fernseher ohne Stecker, das Bad wird vom Klowasser überflutet – vielleicht ist es der Einfluß des Mondes auf das Ägäische Meer, das durch die Kanalisation mit der Stadt verbunden ist.

Ich fühle mich krank, als ich aufwache. Eigentlich fehlt mir nichts, ich habe kein Fieber. Ich sitze auf dem Bett und heule.

»Soll ich dich in den Arm nehmen, tut dir etwas weh?« sorgt sich Piotr.

»Ich weiß es nicht, das bin nicht ich. Ich habe Hunger, aber keinen Appetit. Ich möchte aufstehen und habe keine Kraft. Ich glaube, wir haben übertrieben, die Hitze, die langen

Autofahrten. Ich habe diese ganzen Oliven, Souvlaki, Mussaka und Busuki satt. Ich muß mich erholen.«

»Hier?«

Am Tag sieht das Zimmer noch ekelhafter aus als nachts.

Wir frühstücken in einem Café. Ich vergesse, daß wir in Griechenland sind, die Hafenstadt Napflion erinnert an Italien. Platanen, weiße Paläste, große Plätze mit dem gemächlichen Rhythmus der alten Hauptstadt. Die nostalgische Ruine der Vergangenheit. Wir laufen am Ufer entlang, vorbei an den Restaurants. Zum ersten Mal sind wir an der Ägäis, an der Argolischen Bucht – unweit von hier sind Argos, Mykene. Wir atmen den Geruch des mythischen Meeres ein; es ist heiß, kein Wind kommt auf. Der Geruch nach Meer, hinter dem ich das wahrnehme, was sich tatsächlich unter der smaragdgrünen Wasseroberfläche, am unbewegten Grund versteckt: vergammelnde Algen, verwesende Fische.

Ich bekomme einen Tritt in die Nase, dann in den Magen. Mein Körper versucht, diesen Gestank nach faulem Ei abzuschütteln, wirft mich herum, klatscht orangene Reste des Frühstücks, Saft, Marmelade auf den Fußweg. Ich kotze auf die Ägäis, auf das Café, auf alles. Seit meiner Kindheit habe ich mich nicht mehr übergeben. Bisher konnte ich meine schwangerschaftsbedingte Übelkeit in Schach halten, jetzt kann ich mich nicht mehr beherrschen, etwas schüttet aus mir Körperflüssigkeit in Strömen aus.

Piotr versucht, mich zur Seite zu manövrieren, weg von den frühstückenden Touristen, um ihnen den Anblick zu ersparen. Ich kotze und weine, bitte ihn, daß er weggeht, es ist so demütigend. Er hält meinen Kopf, ich übergebe mich auf unsere Sandalen, schließlich mache ich mir in die Hose. Ich bin von Kopf bis Fuß naß. Mein sauberes, unbeflecktes ICH hat sich auf meine Kopfspitze geflüchtet und schaut sich von dort aus den sich vor Ekel und Scham windenden Körper an – der nicht mehr mir gehört. Besessen von jemandem mit anderen Sinnen, der mich sofort für Ungehorsam oder ein einfaches Mißverständnis straft. Ich pisse, kotze, heule. Ich bin schwanger, diesem Zustand ausgeliefert. Das Opfer unverständlicher Forderungen und Sanktionen.

Ich packe es nicht mehr: die Hitze, die Erschöpfung. Wir müssen in Napflion bleiben. Piotr ist losgegangen, um im »Palace« ein Zimmer zu buchen. Er kommt zurück, deutlich verstimmt.

»Das ist das teuerste Hotel, du wirst sehen ...«

Vom Zimmer aus eine phantastische Sicht aufs Meer; das Zimmer selbst wie ein James-Bond-Museum. Stil der 60er Jahre, Holzpaneele an der Decke, dunkle Holzverkleidung an den Wänden, verstaubte Tapete. Wir sind in irgendeinem Remake von damals, wir scheinen die damalige Luft zu atmen: bestimmt wurde das Hotel seitdem nicht renoviert. Ich lege mich auf das Himmelbett, ganz vorsichtig in die Horizontale, um den Sturm in meinem Magen nicht wieder aufkommen zu lassen. Wenigstens spüre ich das Meer nicht, es ist weit weg, unter uns.

Abwechselnd lesen wir Calasso, immer wieder, statt des Reiseführers. Genauso hingerissen, wie wir als Kinder die Mythologie von Parandowski gelesen haben. ›Die Hochzeit von Kadmos und Harmonia‹ könnte ich ständig lesen. Das sind die wahren Mythen.

Dinge sind nicht bescheiden, posieren nach allen Seiten, nicht immer sind sie die duftende Perfektion. Bei unserem Halt in Arkadien versuche ich, Fotos zu knipsen. Wenn ich die Kamera weit weg von der Nase halte, kann ich nicht fotografieren, aber die nagelneue Canon stinkt nach verschwitztem Plastik. Ich verstecke sie rasch im Kofferraum, wickle sie in eine Decke ein, damit sie nicht weiter den Geruch verströmt. Bevor wir um die Ecke biegen und tanken können, rieche ich schon das Benzin. Hunde müssen es anders machen, daß sie mit der Welt der Gerüche klarkommen. Sie haben einen extrem starken Geruchssinn, wir wiederum sehen die Farben scharf. Kaum jemandem wird aber schlecht, wenn er auf knalliges Lila schaut. Es gibt doch welche, die sich ihre Farben ganz seltsam zusammenstellen, man braucht sich nur die Inneneinrichtung von Burger King anzuschauen. Für einen farbsensiblen Menschen muß eine solche Widerwärtigkeit ebenso unverständlich sein wie die Empfindungen eines Hundes, der sich in Scheiße wälzt.

Das ruinierte Mykonos macht auf mich einen viel stärkeren Eindruck als all die perfekt sanierten Überbleibsel mit weißen Säulen, die mich an abgeknabberte Knochen erinnern. Um den mykenischen Palast herum immer noch die idyllische Landschaft von vor 4000 Jahren, nur das Meer ist einige Kilometer zurückgewichen, hat diese langsam zerfallende Steinstadt verlassen.

Die verwitterten Mauern spiegelten einst die glänzende Bucht wider, die kunstvolle Keramik der Wellen. Der Schatz der Könige – die Schafherden – wandern immer noch um den Palasthügel herum.

Zu Fuße von Mykonos liegt der Schatz des Aträus, das Grab des Agamemnon genannt. Darin nur scheinbar hilflose Leere. Seine geschliffenen, ideal angepaßten Steinblökke umspannen den Raum, schaffen eine Kraft, die von den Wänden hinunterfließt. Obwohl das Gebäude aus der Bronzezeit stammt, ist es der perfekte neolithische Tempel. Für die Mykener, die es erbauten, war es eine Grotte, die sie in die Unterwelt führte, in die Welt der Ahnen, die die steinerne Kraft verehrten.

Den schnellsten aller Götter, den zwischen Himmel und Erde fliegenden Hermes, verehrte man als einen Stein. Sein Name bedeutete »Steinhaufen« – Hermes, der spätere Führer der Seelen. Wenn man in die Schatzkammer des Agamemnon hineingeht, muß man unter einem Steinhaufen hindurchgehen. Die Steine stützen einander, locken ins Innere des Gebäudes. Hinein in die Seele des Steins, wo die menschliche Seele, ihr in der Kälte des Grabes dampfender Atem die magische Kraft der hermetischen Metamorphose einsaugt. Diese Metamorphose, die das Unfaßbare, flüchtige Lebendige mit dem Steinernen, scheinbar Toten vereint. Ein Paradoxon? Nur für die Menschen. Für die ewigen Götter gibt es kein Paradox des Seins. Hermes ist Götterbote und gleichzeitig Stein. Schneller als ein Pfeil und dennoch unbeweglich. Erinnert seine Mission des göttlichen Führers ins Jenseits nicht an das Rätsel des eleutischen Pfeils? Des Pfeils, der rasend schnell ist und in jedem Moment in seiner Bewegung innehalten kann? Belebt und tot zugleich. Das Paradoxon der Bewegung, die aus Fragmenten des Stillstandes besteht.

Diese Inkonsequenz machte Zenon aus Elea den Göttern zum Vorwurf. Ohne jeglichen religiösen Respekt nannte er es ein logisches Paradoxon. Der philosophische Sieg des Gedankens, des Logos über das göttliche Rätsel. Ein einfacher Mensch, nicht einmal ein Heros, kann die Götter besiegen? Dabei ist die Rache doch ihr größtes Vergnügen.

Zenon aus Elea, der seinen eigenen Intellekt höher schätzte als das Geheimnis des Hermes, ereilte ein grausamer Tod. Auf Geheiß eines Tyrannen (waren nicht alle griechischen Götter Tyrannen, sogar im demokratischen Athen?) wurde er zum Tod durch Zerreiben in einem steinernen Mörser verurteilt. Wohl um Hermes zu ehren? Eine süße Zutat zum göttlichen Festmahl, der zu Brei verriebene Intellekt und Körper eines Philosophen. Ein Gewürz, das den lustvollen Geschmack der Rache ins Unermeßliche steigert.

»Der Stein ist für mich der Embryo der Welt«, erkläre ich Pietuszka im Grab des Agamemnon. »In ihm wohnt zusammengerollte Kraft; daraus entrollt sich dann die kaltblütige Schlange. Es wird dunkel, Nacht. Von der Sonne erwärmt, wird sie zum Tag, zu einer Schlange aus Messing, die in der Wüste lebt. Die schlangenhaften Mäander der gnostischen Bilder, zwischen Tag und Nacht, Hell und Dunkel, im zweideutigen Körper der Schlange.«

»Aha.« Piotr, Petrus, der Stein, steht da und lauscht. Jetzt erst begreife ich, daß er sich gar nicht bewegen möchte. Er hat es gar nicht eilig, hinaus in die Hitze zu gehen. Er lehnt an der feuchten Wand und unterbricht meinen hitzigen Sermon ganz lakonisch: »Der Mythosgeber und Mythosnehmer.«

Durch die bergigen Wege Arkadiens kommen wir nach Olympia. Flache, grüne Flußauen, ideal für ein Stadion.

Seit heute morgen das Katz-und-Maus-Spiel mit der Sonne und der sengenden Hitze. Es fängt um zehn an und hält bis nach Sonnenuntergang an. Wir schauen uns das erste Stadion der Welt an und kehren rasch ins Hotel »Europa« zurück, um uns im Fernsehen die Olympiade in Sydney anzusehen. Piotr begeistert sich für die Läufer, ich schwimme lieber. Ich tauche immer wieder unter, aus Angst vor Fledermäusen, die direkt über der Wasseroberfläche vorbeifliegen.

Nach der Rückkehr nach Parga nehmen wir uns ein Zimmer bei Sophokles, einem Griechen, der den ganzen Tag auf dem Balkon liegt und sich vergnügt auf den Bauch klopft. Das Leben ist eine Siesta. Mussaka, Busuki, die Olympiade. Die Staatsreligion ist die griechisch-orthodoxe, die private das Rauchen. Die Griechen rauchen, als ob sie eine Heiligenfigur beweihräucherten.

Bis zum Nachmittag bleiben wir im Zimmer. Die letzten Tage haben wir unter dem Sonnenbombardement verbracht, nun sind wir Kriegsheimkehrer, erholen uns von den Strapazen.

Ich habe das Buch über die Mystik der heiligen Faustina ausgelesen; endlich eine sinnvolle Bearbeitung ihrer Tagebücher, ohne das devote Hinterntätscheln am Kreuz.

Piotr verschlingt Calasso, also bleiben mir die französischen Zeitschriften aus dem nahe gelegenen Kiosk.

Entweder gibt es momentan besonders viele Artikel über die Schwangerschaft, oder ich habe sie früher übersehen. Die Franzosen empfehlen den Verzehr von sieben Portionen Obst und Gemüse täglich. Ich bin nicht sicher, ob ich es richtig verstanden habe, aber doch, da steht »sieben«. Ich esse den Tag über niemals so viele Portionen, und dann noch zusätzlich? Eine andere Zeitschrift: »Die schwangere Frau zieht mit ihrer erhöhten Körpertemperatur Mücken an.« Was heißt hier Körper, die stechen mich ausschließlich ins Gesicht, ich habe regelrechte Beulen, schlimmer als bei der Pubertätsakne. Außerdem heißt es: »Die Frauen atmen während der Schwangerschaft besondere Stoffe aus.« *Voilà!* Wie ich mir gedacht habe, Psychose, Schizophrenie! In der Atemluft der Schizophrenen hatte man nämlich Butan entdeckt.

In Frankreich eine Propagandaaktion wegen der Verlängerung des Rechts auf Abtreibung in die zwölfte Woche hinein. Dort wird die Abtreibung von der Krankenkasse bezahlt. Wie überall gibt es Argumente pro und contra, immer wieder dieselben. Eine Neuigkeit aus dem männlich-konservativen Lager: »Im dritten Monat, wenn man bereits weiß, ob es ein Junge oder ein Mädchen wird, könnten Frauen also abtreiben, wenn ihnen das Geschlecht des Kindes nicht gefällt.«

Die erbosten Französinnen: »Leben wir denn in China, wo man Millionen Mädchen tötet?«

Es erinnert mich an die Anti-Abtreibungskampagne der siebziger Jahre: »Wenn man Schwangerschaftsabbrüche legal macht, wird es Idiotinnen geben, die vor den Winterferien abtreiben, damit sie unbekümmert Ski fahren können.« (Authentisch!)

Am Strand werden wir taub vom Lärm der Jagdflugzeuge. Vor einer Woche gab es noch keine, es scheint etwas passiert zu sein. Flugzeuge, die modernen Vögel des schlechten Omens. Albanien? Im Fernsehen zeigen sie Milosevic, also doch Jugoslawien. Krieg? Wir müssen eine Zeitung besorgen.

Calasso: »Die Notwendigkeit ist die einzige Macht, die keine Altäre und keine Figuren braucht.« Stimmt, sie bekommt genug blutige Opfergaben, jeden Tag.

*25. 9.*

Nachts unterhalten wir uns über die Reise. Ich durchlebe Delphi noch einmal, den hieratischen Kuros, der mit halbgeschlossenen Augen den Schritt nach vorn tut. Noch ein Schritt, und aus dem Steinkoloß wird ein geschmeidiger, klassisch schöner Athlet, der über Jahrhunderte kopiert werden wird.

Die griechische Kunst ist eine Befreiung aus dem alten Kanon, die Besiedlung neuer Territorien, des Niemandslandes, ähnlich wie die Besiedlung der griechischen Küste und der Inseln. Die Griechen – im Gegensatz zu den Chinesen, Ägyptern, Juden – hatten nicht bloß die göttliche, unverrückbare Tradition wiederholt. Sie gründeten Stadtstaaten und entwarfen für sie neue Gesetze. Solon für Athen, Likurg für Sparta.

Piotr überläßt mir das Geheimnis, wie die Griechen innerhalb von vier- bis fünfhundert Jahren von der prägeometrischen, beinahe naiven Kunst zu klassischen Marmorstatuen übergegangen waren. Er ist betrübt, daß er erst mit über vierzig Jahren seine Traumreise machen konnte. In seiner Kindheit waren ihm die griechischen Mythen lieber als der Religionsunterricht, beflügelten seine Phantasie. Sie konnten ihm mehr erklären: die Lieblingstante hatte den Charakter und die Schönheit von Aphrodite, eine andere das Temperament der eifersüchtigen Hera, der Onkel ähnelte Ares.

Der Vater und die Mutter ewig zerstritten, wie Athen und Sparta. Er ein Berufsoffizier, der kein Verständnis für das weibische Interesse seines Sohnes an Kunst hatte. Sie sehr emotional, ewig plappernde Dekorateurin der Warschauer Tristesse. Der Archetyp einer Ehe?

»Pietuszka, vielleicht sollten wir nicht heiraten? Der ganze Papierkram, das hat doch keinen Sinn. Würde die Heirat etwas verändern?«

»Nichts.«

Okay, abgemacht. Wir kriegen einen Bastard.

Der Diskolärm wummert sich in den Schlaf hinein, die Mücken stechen.

»Schläfst du?«

»Nein, mir ist übel. Ich bin überfressen und hungrig zugleich, nicht schlecht, oder? Falls ich in dieser Hitze keine Fehlgeburt hatte und das Kleine nicht irgendwo unterwegs aus mir herausgeschüttelt wurde, dann werde ich es schaffen.«

»Wie wäre es, wenn du Tag für Tag beschreiben würdest, was mit dir geschieht?«

»Ein Schwangerschaftstagebuch? Die Männer werden es mir nicht abkaufen. Der Alkoholismus, die Politik, im privaten Bereich die Impotenz, das sind wichtige Themen. Die Qualen, der Kampf mit sich selbst. Aber die Schwangerschaft? Unmännlich, nicht kultiviert genug. Die Weiber werden wiederum sagen: ›Große Sache? Unsinn, ich hatte selbst einen Bauch, da kann mir keiner etwas vormachen.‹«

Piotr macht das Licht an, gestikuliert breit, um sich selbst Recht zuzufächeln.

»Ja, sie haben geboren, na und? Hast du schon mal so ein

Buch gesehen? Für die Feministinnen ist es zu weiblich, für Schriftstellerinnen zu banal, zu normal. Dabei ist es doch ein unglaubliches Wunder: du trägst einen kleinen Menschen in dir, eine Perle. Du riechst andere Gerüche als sonst, alles verändert sich, eine Revolution. Versuch es doch mal, du mußt es ja nicht gynäkologisch beschreiben.«

»Pietuszka, das ist doch verdammt intim!« überlege ich.

»Noch hat es niemand beschrieben. Es gibt entweder kitschige Mutterschaftsberichte, oder welche über Abtreibungen. Was würdest du dabei verlieren?«

»Ich müßte in der Zeit zurückgehen bis ... warte mal, bis Juli? Mai? Ich müßte die Odyssee durch die Ärzte- und Heilerpraxen, durch die Krankenhäuser beschreiben ... Und den Lapislazuli!«

Und welchen Titel sollte ich dem Buch geben? ›Panzerkreuzer Pietuszkin‹?

*26.9.*

Reisefieber. Pietuszka wird um drei Uhr früh wach und hat Magenschmerzen, schleicht um unser Gepäck herum. Vielleicht sucht er Tabletten. Nein, er macht die Aufkleber auf die Koffer. Danach schläft er beruhigt, schmerzfrei ein.

Der Flugplatz in Perveza besteht aus nur einer Bahn und einem Häuschen, in dem der Beamte sitzt. Der Rest wird noch gebaut. Nach der Abfertigung legen wir uns draußen ins Gras. Ein Café, der rankende Wein, statt klimatisierter Baracken Hängematten – könnte es nicht überall so sein? Wir wippen im Schatten der Olivenbäume, schauen auf das massige Flugzeug, das auf den Abflug wartet. Daneben das Schild PERVEZA AIRPORT. Ein rustikaler Flughafen, es gibt sogar Schafe, die sich aus dem Flugzeuglärm nicht das geringste machen. Die typischen Flughäfen erinnern mich immer an elegante Bestattungsinstitute. Irgend etwas zwischen dem Leichenschmaus (das nervöse Sich-Vollstopfen an der Bar), dem Übergang über den Styx (das Kaufen von Süßigkeiten und Nippes, den man in einem normalen Laden niemals beachten würde), und dem Balsamieren der Leichen (das Testen der Parfüms und Cremes im Duty-free-Shop).

Wir heben ab, ich löse mich von mir selbst. Ohne Übelkeit, Hunger bin ich wieder einzeln, ich selbst, ohne zusätzlichen Ballast. Unter uns der Olymp. Als Alexander der Große ihn erklommen hatte, soll er gesagt haben: »Es gibt keine Götter.« Jurij Gagarin der Antike.

Auf dem Mount Everest gibt es auch keine Götter. Nur die Göttin, Tschomolungma, das reicht. Ich döse, träume von einem Schwangeren-Klub, mit einem Salon der Wohlgerüche, einem Speisesaal mit leckerem Essen (für das Kind), mit einem Raum für Ultraschall-Untersuchungen (ich möchte Dich so gerne wiedersehen, Kleines ...). Es soll doch der Mutter gestatten werden, ihr Kind zu sehen!

Dann: Treffen mit Psychologen, Ärzten, Gespräche mit anderen Klubmitgliedern. Der absolute Luxus – ein Swimmingpool. Ach ja, süße Träume, mein Fräulein. Ein Umstandskleid, ein bißchen Mitleid, danach eine lächerliche Familienzulage, das gibt es.

Auf den »Klub der Neun Monate« bin ich nach einem Gespräch mit Jaga gekommen. Wer soll es besser verstehen als eine andere Schwangere, eine Frau in diesem extrem anderen, verrückten Zustand.

Zehn Kilometer über Polen. Die Hohe Tatra ganz schmal, sieht nicht aus wie ordentliche Berge, eher wie eine Schutthalde auf einer Baustelle. In Krakau kann man deutlich den Marktplatz sehen. Beinahe kann man die Renaissance der Tuchhallen von der Gotik der Marienkirche unterscheiden.

Eine Stunde später: »*Fasten your seatbelts*. Wir befinden uns im Anflug auf Stockholm. Nach der Durchleuchtung unserer Gewissen durch die Zollbeamten kehren wir zurück in die Wirklichkeit.« Applaus.

Die grau-grünen Inseln kommen immer näher. Schweden von oben: ein kränkliches Inselchen, vom Schimmel befallen. Wir fallen wie ein Stein, schwer kommen wir auf dem Granit der Landebahn auf. In Frankreich ist die Landung ein sanftes Hineingleiten, in Polen wiederum ein Hinabfliegen der Henne auf den Hühnerstall des Okęcie-Flughafens.

Vom Flughafen nach Hause sind es 60 Kilometer. Hier ist es schon herbstlich. Rotgoldener Glanz der Bäume, ausgebrannt durch die längst nicht mehr vorhandene Sonne.

Ich schnuppere im Haus herum: das Sofa strömt weiterhin Gifte aus. Ich futtere die Reste aus dem Kühlschrank auf und fühle mich gar nicht schuldig. Schließlich ist es nicht mein Hunger, der mich überfällt.

Am späten Abend ruft Wojtek aus Paris an. Er hat seinen Job verloren, mindestens die Hälfte der Bezüge. Und der Prinz* ist tot. Wir haben es nicht gewußt, woher denn? Kein Selbstmitleid bei Wojtek, obwohl er drei Kinder und ein nicht abbezahltes Haus hat. Der Tod von Giedroyć tut ihm aufrichtig leid. Er soll kurz von seinem berühmten Schreibtisch aufgestanden sein, und dann ... ins Krankenhaus.

In der ›Kultura‹-Redaktion soll ein Institut entstehen, ein Museum. Für mich sind Czapski wie auch Giedroyć in ihren Zimmern geblieben, über der Vergangenheit gebeugt, vergilbt wie alte ›Kultura‹-Jahrgänge.

*27.9.*

Eine Benachrichtigung aus dem Krankenhaus. Die Untersuchungsergebnisse sind da. Während der Geburt werde ich Antibiotika bekommen, die das Herz schützen.

Verrückt. Vollgestopft mit Medikamenten werde ich nicht stillen können. Ich werde doch eher mein Herz erschöp-

* Der Prinz – Książę; Jerzy Giedroyć (1906–2000), polnischer Publizist und Politiker in der Pariser Emigration, berühmter Redakteur der Exil-Zeitschrift ›Kultura‹ (Anm. der Übers.)

fen, wenn ich nachts Süppchen koche und das nach Milch schreiende Baby beruhige. O nein, keine Antibiotika, außer, wenn sie mich in Narkose versetzen.

»Pietuszka, du sollst während der Geburt auf mich aufpassen!«

Piotr ist genervt: »Ich habe es doch gesagt! Du mußt bedenken, daß du mit Schweden sprichst.«

»Na und? Ich habe die polnischen Ergebnisse vorgelegt und denen gesagt, was mir fehlt. Das wollten sie doch so!«

»Du sprichst doch mit schwedischen Protestanten. Da kommt einer ganz euphorisch daher oder ist einfach nur Italiener, und die sperren ihn gleich als Verrückten ein. Du warst einfach zu … überzeugend, hast sie erschreckt. Das hast du nun davon. Antibiotika, herzlichen Glückwunsch.«

Wütend laufe ich los. Die letzten freien Tage vor dem ›Städtchen‹-Drehbuch. Der Oktober wird wie ein Tag vorbeifliegen: aufstehen, schreiben, schlafengehen. Im Wald bete ich den Rosenkranz, abwechselnd auf polnisch und hebräisch. *Shalom lakhm Miriam*, gesegnet seist du, Maria, sagte der Erzengel.

Die Frucht deines Leibes, deines Lebens, wie es auf altpolnisch heißt. Aus dem gesegneten Leib wurde der poetisch verstandene Lebensabschnitt. Auf Hebräisch heißt es »die Frucht des Inneren«. Bei diesem Gebet habe ich mir stets die schwangere Maria vorgestellt, umso einfacher ist es jetzt, zu ihr zu beten.

Pietuszka ruft abends von der Arbeit an. Wie üblich plaudern wir ein Stündchen. Dann kehre ich zu meinem ›Cosmopolitan‹-Text zurück. Ich versuche schon, eng zu schreiben; dennoch werden sie es um ein, zwei Sätze kürzen, um Platz für die Illustration zu machen. Warum bestellen sie einen Artikel, bezahlen dafür gutes Geld, um ihn dann zu cutten? So ähnlich läuft es bei jeder Zeitschrift ab. Zum

Glück ruft die ›Cosmo‹-Redakteurin an, eine anständige Frau – und wir verhandeln über den endgültigen Text. Jeder ausgelassene Abschnitt tut weh, jeder gestrichene Buchstabe drückt. Ich schreibe nicht üppig, barock, so daß man hier und da streichen könnte. Jeder Satz ergibt sich aus dem vorhergehenden, ist nicht austauschbar. Schnitte führen dazu, daß der Text seinen Fluß verliert. Dafür prangt dann ein Bild auf der Seite! Statt dessen ließe sich doch noch ein winziger Gedanke unterbringen.

In einer Stunde muß ich den Text fertighaben, bevor es neun Uhr wird – und ich schläfrig.

Langsam werde ich ein bißchen verrückt – vor Einsamkeit oder vor Überfluß an mütterlicher Wärme? Jeden Abend fühle ich mich fiebrig. Ich setze mich an den Computer, streichle mir den Bauch und sage laut: »So, Mami schreibt jetzt.«

## *»KÜSST MEINEN KLEINEN WEISSEN ARSCH!«*

Ob dies Ally McBeal in der gleichnamigen Serie oder die Schauspielerin Calista Flockhart während einer Talkshow gesagt hat, ist jetzt nicht so wichtig. Ally und Calista sind mittlerweile eine Person geworden. Eine Person mit einem kleinen weißen Hintern und einer ebenso niedlichen Klarheit der Aussagen. Nur eine Schauspielerin mit einem zu großen Kopf auf einem dünnen, stengelartigen Körper konnte Ally spielen. Ein psychisches wie physisches Mädchen. Zwar hat das Mädchen schon Brüste und ihre Regel, hat aber noch keinen Freund. Ihre Mann-Frau-Probleme sind ebenso theoretisch wie bei einem jungfräulichen Teenager. Einmal hat sie es allerdings ausprobiert und eine Frau geküßt.

Die Zeit ihrer Jugendliebe, dieser Beziehung von Körper und Seele, die sie während der Unizeit hatte, ist so lange her, daß es ein Märchen zu sein scheint. »Vor langer langer Zeit, hinter den sieben Bergen, hinter der Unibibliothek …«

Der entzückend resoluten McBeal eröffnen sich wie im Kindheitsmärchen alle Möglichkeiten (und Schlafzimmer): ein faszinierender Clochard, ein langweiliger Anwalt, ein Bisexueller. Sie jedoch – so ist es manchmal in Märchen – nutzt keine dieser Optionen und träumt von dem Einen, Unerreichbaren, der mit einer anderen verheiratet ist.

Ein wenig die naive Anne of Green Gables, ein wenig die rebellische Pippi Langstrumpf, die unverfroren die Wahrheit sagt – aber vor allem ist Ally McBeal eine intelligente junge Frau, eine tolerante Individualistin mit zuviel Verstand, welcher ihre Gefühlswelt nicht beherrschen kann. Ein intellektuell frühreifes Mädchen. Mit ihrem vor Theorien geschwollenen Kopf kommen weder die Emotionen, noch das mädchenhafte Körperchen BLUMENKOHL in seinen zu großen Mänteln und kindlichen Fäustlingen mit.

Trotzdem unterscheidet sich Ally nicht von ihren Bekannten, die zwar reifer und sexier als sie aussehen, aber dieselben emotionalen Probleme haben. Keiner der Protagonisten dieser Serie besitzt eine Persönlichkeit (nach Freud ist es nicht mehr gesellschaftsfähig), aber jeder hat eine ausgewachsene Neurose, die er mit Hilfe von Therapien zu zähmen versucht. Jeder von ihnen ist liebenswert, denn die Neurose BLUMENKOHL ist die malerischste Seite ihrer Charaktere. Sogar die Liedchen, die sie manchmal singen, und die Tanzeinlagen stammen aus den neurolinguistischen Therapiesitzungen.

Nur einmal wurden Allys Träume von süßem *making love* zu einem handfesten *fuck*, natürlich nicht im Schlafzimmer (das man mit Freudschen Komplexen und Unreinheit assoziiert), sondern in einer Autowaschanlage. Der wilde Sex mit einem Fremden war dort sittsam sauber – in den Strömen des Reinigungsschaums. BLUMENKOHL.

McBeal lebt nicht nur in ihrem eigenen Kopf, dessen Gedanken und Emotionen sie ständig analysiert, sondern auch in der Welt des Films, der sie schließlich entstammt. Sie gehört zu der großen Familie von Serienhelden, denen sie verwandter ist als wirklichen Menschen. Ally ist Anwältin, also Retterin der Verirrten im Meer des Rechts. Pamela Anderson in ›Baywatch‹ wirft sich ebenfalls BLUMENKOHL in die Fluten, um die Ertrinkenden zu retten. Beide Mädels sind vortrefflich in ihren Missionen. Die auf vulgäre Weise unkomplizierte, vollbusige Pamela weiß, was sie will. Ally ist ihr flachbrüstiger, charmanter Gegenpol. Sie sind wie das Einatmen und Ausatmen der Weiblichkeit. Vielleicht ist Ally McBeal deshalb so knabenhaft. Und wahrscheinlich deshalb stellte einst ihr genialer Drehbuchschreiber fest, daß es so leicht BLUMENKOHL sei, den Text für sie zu schreiben: er würde die Passagen wie für sich selbst verfassen. Der von Jack Nicholson gespielte Schriftsteller in ›Besser geht's nicht‹ antwortete auf die Frage, warum er sich so gut in weibliche Charaktere einfühlen könne: »Ich stelle mir einen Mann vor und denke mir die Vernunft weg!«.

Ally McBeal ist ausschließlich vernünftig. Deswegen antwortet sie auf dumme Sprüche: »Küßt meinen kleinen weißen Hintern!«

BLUMENKOHL!!!

Ich muß jetzt sofort einen Blumenkohl haben. Ich fühle ihn schon in meinem Mund, in mir drin. Ich bin ein Blumenkohl und sehne mich nach Erfüllung, nach einem anderen Blumenkohl. Ich renne in den Laden, drücke mich unter dem schon halb herabgelassenen Gitter hindurch und greife einen Blumenkohl. Ich werfe ihn zu Hause in einen Topf, esse ihn ganz auf. Erleichterung.

*28.9.*

Wir lieben uns im Halbschlaf, langsam, noch träumend. Die Lust ist verträumt. Wir wollen uns nicht trennen, lieben uns weiter mit den Augen.

Im Bad schaut Pietuszka mich genau an:

»Du sieht aus wie ein verhungerndes afrikanisches Kind: Dünne Ärmchen und Rippen, der Bauch wie ein Luftballon.«

Stimmt, ein wenig ist er gewachsen.

Eine Pilgerfahrt zu Ikea, wir brauchen eine Tagesdecke für das Sofa. An der Schlange zur Kasse lasse ich Piotr stehen und renne los, um mir einen Hot dog mit Senf zu holen. Verschlungen in zwei Bissen. Aber ich fühle nichts, die Wurst ist irgendwo zwischen Hals und Magen verlorengegangen, als ob ich sie gar nicht gegessen hätte. Ob das die Entschuldigungen einer ehemaligen Vegetarierin sind? Pietuszka mustert mich verstohlen und lacht sich einen ab: die Bundy-Familie, Wurst, Cola aus der Dose.

Abends nähe ich einen Kissenbezug, von Hand. Näherin, was für ein schöner Beruf. Wenn ich an das Herumsitzen am PC und Tippen denke, das mich im Oktober erwartet...

Fertig. Ich beziehe das Kissen. Kissen mit einem Magnolienmuster auf weißen Hintergrund passen nicht zum bläulichgrauen Sofa. Eine farbliche Tragödie.

Pietuszka kommt aus dem Polnischen Institut zurück, wo Czesław Miłosz gelesen hat. Die polnischen Emigranten haben ihm einen regelrechten Altar ausgerichtet. Dieselbe Anbetung guter und schlechter Gedichte. Klar, die Polen können wie keine andere Nation etwas entweder auf ein Podest stellen oder es wahrhaftig zugrunde richten. Manche Denkmäler müßten ihre Podeste langsam selber räumen.

Miłosz – kein graues Täubchen, das sanft Kinderköpfchen streichelt, aber auch kein Patriarch. Er las einige großartige Gedichte und einige neuere, schwächere. Dieses Posieren auf religiöse Schlichtheit à la Twardowski paßt nicht zu seiner verdrehten Seele.

Ich bin das absolute Gähnmonster, um acht lege ich mich hin und starre an die Decke. Ich sehe eine Fliege, die sich nicht bewegt. Vermutlich sitzt sie seit unserer Abreise dort. Ich stelle mich auf die Zehenspitzen und tippe sie an. Sie fällt herunter aufs Bett. Sie ist auf der Zimmerdecke gestorben. Anscheinend ist mit ihr auch die Erdanziehungskraft gestorben, hat aufgehört, sich für die Fliege zu interessieren … Es sollte doch keine Wunder mehr geben!

Nachts das rituelle Aufstehen zur Toilette. Halb bewußtlos gehe ich zurück ins Bett und kann nicht einschlafen. Ist es eine Vorbereitung auf die Nächte mit dem Kind, dieses ewige Aufstehen, Nicht-Schlafen-Können? Die ganzen nächsten Jahre werde ich dauernd übernächtigt sein. Ein müdes Tier. Werde ich es schaffen?

*29. 9.*

Ein Fax von dem Schauspieler, der im ›Städtchen‹ Vater Matysik spielt, den Alkoholiker und schwarzen Charakter.

»Da ich weiß, daß Sie für Anmerkungen der Schauspieler offen sind, möchte ich Ihnen einige Sequenzen vorschlagen, die meiner Figur etwas Tiefe geben würden.«

Er hat recht. Die Schauspieler, die ihre Rolle verinnerlicht haben, können auch um sie kämpfen. Matysik wird seine neuen Szenen bekommen. Bitte schön, wenn es auf der Welt noch jemanden gibt, der an seinem Schicksal interessiert ist, dann wird Matysik seine Frau lieben und ein Kindheitstrauma haben.

Bei den Weltmeisterschaften: ein Volleyballspiel. Die einzige Sportart, von der ich etwas verstehe. Ich weiß zwar nicht wer gegen wen, aber ich schreie und gestikuliere herum. Pietuszka meint, ich solle den Fernseher ausschalten. »Du wirst noch dem Kind schaden!«

Ich möchte ganz cool und männlich parieren, bringe aber

außer Piepsen und Heiserkeit nichts heraus. Für zehn Minuten habe ich vergessen, daß ich eine schwangere Frau bin. Ich war ein glücklicher Sportfan. Aus dem männlichen Paradies vertrieben, renne ich aufs Klo. Ich habe die Effektivität einer Kläranlage. Nachts zwei Liter, und das ganz »trocken« – seit neun Uhr abends trinke ich nichts mehr.

»Pietuszka, wo nehme ich das ganze Wasser her?«

»Aus dem Gehirn«, neckt er mich.

Wir geben bei Ikea die Tagesdecke zurück, sie paßt einfach nicht. Im Auto unterhalten wir uns über die pränatalen Untersuchungen. Es artet in Streit aus.

»Ich kann mir nicht vorstellen, daß mit dem Kind etwas nicht in Ordnung sein sollte!« Piotr versteht meine Angst nicht.

»Ich bin sechsunddreißig, meine Bekannte war etwas über zwanzig und hat ein Kind mit Down-Syndrom geboren.«

»Das darfst du nicht einmal denken!«

»Eines von 400.«

»Du bist hysterisch.«

»Und wozu macht man diese Untersuchungen überhaupt?«

»Ich sagte ja nicht, daß du dich nicht untersuchen lassen sollst. Nur sollst du nicht denken, daß du ein krankes Kind bekommen wirst.«

Ich höre auf zu reden. Ich bin allein, ganz allein mit meiner Angst, mit meinem Kind. Vor dem Haus nimmt Piotr meine Hand und entschuldigt sich. »Ich wollte nur nicht, daß du dich sorgst.«

Komische Entschuldigung. Seit einiger Zeit ist sowieso alles komisch.

*30.9.*

Gerade habe ich etwas gelesen: »Die dunklere Farbe der Brustwarzen signalisiert dem Kind, wo es Nahrung findet.«

Warum installiert die Natur keine Lämpchen am Busen, oder läßt ihn nachts zum Stillen leuchten?

Die drei Monate sind um. Die Gefahr der Fehlgeburt ist vorbei. Seit dieser Woche hat sich mein Kleines endgültig einen Platz reserviert. Nur noch sechs Monate bis zum Ende der Reise.

Meine Brüste sind ein wenig gewachsen. Sie tun nicht weh. Vielleicht werde ich keine Milch haben? Nur, wenn etwas schmerzt, habe ich das Gefühl, daß alles funktioniert: Wenn der Bauch weh tut, dann heißt es, daß er sich dehnt. Ich möchte so gern das Kleine auf einem Ultraschallbild sehen, schauen, ob es lebt, ob es gewachsen ist. Ich würde es nicht einmal spüren, wenn ihm etwas passieren würde! Dreißig Prozent aller Embryos sterben in den ersten Monaten ab.

Zu klein für richtige Tritte, tritt es mich doch in den gesamten Organismus. Deswegen dieser mütterliche Masochismus: das Erwarten der Übelkeit, der Bauchschmerzen, nächtliche Klogänge; die einzigen Zeichen der winzigen Anwesenheit. Da gibt es noch die Träume über das Kind, die durch meinen Körper kreisen, vor meinen Augen wirbeln:

An einen Tisch, an dem lauter Männer sitzen, kommt vom Feld ein Junge in blauen Arbeitshosen. Er legt seinen Hut ab; er hat lange blonde Locken und riesige blaue Augen. Tom Cruise ist nichts gegen ihn. So wunderschön kann nur ein Engel oder eine Seele sein. Er setzt sich an den Tisch und sagt zum Ältesten der Männer (der meinem Vater ein wenig ähnlich sieht): »Wir sind doch nicht dumm, wir werden Holland nicht verlassen.«

Ich wache auf; die Schönheit des Jungen entsetzt mich. Es wäre zu einfach, daß er mein Sohn ist und der Tisch ein Symbol für das rituelle Ahnenmahl. Was habe ich da geträumt, so real, daß es an der Grenze zum Tag hängengeblieben ist?

Im 16. Jahrhundert kam aus Holland die Familie meines

Vaters nach Pommern – ob diese Ahnentafel das Symbol dafür ist? Erleuchtete Protestanten der Mennoniten-Sekte. In ihrer Heimat wurden sie wegen ihrer radikalen Einstellung verfolgt, weil sie ihr Leben nach dem Vorbild der ersten Christen ausgerichtet haben. Sie bestellten die gemeinsamen Felder (deswegen der Junge in Arbeitskleidung?), legten das Żuławy-Gebiet trocken. Ich vermute, daß Ur-Ur-Ur-Großvater Groot wegen der irdischen Liebe das mennonitische Paradies verlassen hatte. Er heiratete eine Polin und durfte nach dem königlichen Heimatrecht ein polnischer Katholik werden.

Die Mennoniten blieben bis 1945 in Polen, bis sie von der kommunistischen Regierung wegen »deutscher Abstammung« aus ihren holländischen Dörfern vertrieben wurden. Sie behielten ihren altniederländischen Dialekt und ihre Bräuche, die denen der Amischen ähnlich waren. Heute leben sie in ihren altertümlichen Enklaven in Südamerika. Dort erinnern mennonitische Dörfer an die Bilder von Breughel, die absurderweise im südamerikanischen Hochland auftauchen.

In Polen sind von den Mennoniten nur noch Freilichtmuseen in der Nähe von Elbląg und Chełmno übriggeblieben.

Meine pommersche Familie ißt zur Erinnerung an die Pionierzeiten der Holländer den »Holländer« – die sogenannte »Ahnensuppe« aus Holunderbeeren. Mennoniten, Holländer, Engel, was hat mein Kind damit zu tun?

Gleich nach der Geburt werden wir seine Seele in katholischem Weihrauch räuchern und es Pola oder – nach van Goghs Bruder – Teo nennen. Du kannst Dir den Namen aussuchen, mein Kleines, entweder ein polnischer oder ein niederländischer. Entscheide Dich doch einmal und laß mich endlich von Dir träumen, und nicht von irgendwelchen Engeln.

Piotr träumt von einem Mädchen. Seit wir uns kennen, ist er der Meinung, daß wir ein Mädchen haben werden. Er hat sie sogar vor einigen Jahren gemalt, mit Flügeln und der Unterschrift »Franciszka, die Freude ihrer Eltern«.

Das Sofa ist endlich gezähmt. Dieses bürgerliche Vieh wurde mit unzähligen Laken umwickelt, mit einer dicken Dekke zugedeckt und mit Kissen gesattelt. Ich habe schon ganz absonderliche Ideen: das Sofa als ein unbelebtes Möbelweibchen kann keine Kinder bekommen. Vor Neid läßt es in der Ecke giftige Fürze ab.

Bevor Piotr arbeiten geht, wollen wir uns noch die Beine vertreten. Nach seinem Vorbild rufe ich »*Hej, hej!*« in Richtung der vorbeigehenden Nachbarinnen.

Sie alle sehen gleich aus: kurze graue Haare, Jogginganzüge, Sportschuhe. Sie sind nur an ihren Hunden zu erkennen, die zum Glück unterschiedliche Rassen vertreten. Diese Schwedinnen erinnern mich an meine große Unzulänglichkeit: Ich kann mir keine Gesichter merken. Zuerst dachte ich, daß es ein genetischer Fehler in einer von Inzest geprägten Familie wäre. Aber nein, mit meiner Familie ist alles in Ordnung. Das Problem rührt wahrscheinlich aus meiner Zeit im Brutkasten her, in dem ich als Frühchen die ersten zwei Wochen lag. In dem Aquarium eingesperrt, konnte ich die Gehirnpartie nicht trainieren, die für das Wiedererkennen von menschlichen Gesichtern verantwortlich ist. Zwei vergeudete Wochen.

*1.10.*

Der Wandkalender, von dem sich die Blätter schälen. Erster Oktober; der Namenstag von Teresa, der von meiner Mutter ist wohl am dritten. Egal, ich greife zum Telefon und wünsche ihr alles Gute. Nicht getroffen, ihr Fest ist doch am dritten.

Vom ersten bis zum zehnten denken wir uns die Treatments zum ›Städtchen‹ aus. Am elften setze ich mich an die Dialoge, am dreißigsten werden sie abgeschickt. Eigentlich kann ich die ganzen Kalenderblätter für den Oktober abreißen und sie in den Müll werfen.

Ich singe religiöse Lieder und schlage das Kreuz. Etwas hemmt meine Hand, als ich es tue:

»Im Namen des Vaters, des Sohnes« – von links nach rechts – »und des Heiligen Geistes« – von links nach rechts, dann umgekehrt, die linke, sündige Hand ziehe ich mit Mühe in die rechte Richtung, versuche, sie zu bekehren.

Nach der Arbeit (Entwürfe für zwei neue Folgen) gehen wir im Eichenhain spazieren. Warum waren Eichen einst heilig? Hat in sie besonders oft der Blitz eingeschlagen? In die unseren zum Glück nicht. Unter ihnen wachsen im Sommer Steinpilze und Walderdbeeren. Nun hat die Kälte Löcher in die Blätter gefressen, die Zweige scheinen durch. Seltsam verdrehte Äste, ineinander verknotet. Sie wachsen trotz aller Hindernisse, schlingen sich um die Luft voller sich zankender Trolle und Geister, kämpfen mit ihnen. Sie stehen gerade, wenn sie ihnen im Kampf unterliegen. Verbiegen sich heldenhaft, wenn sie die Trolle überwältigen, sie mit ihren Ästen umschlingen.

Es dämmert um acht. Die herbstliche Dunkelheit, aus den Wolken, aus der dicken Schwärze der Polarnacht. Bis zum Nordpol ist es nur noch kälter, karger.

»Der Winter« – ein poetischer Name für die alljährlich sich wiederholende Eiszeit.

Pietuszka fährt zum Nachtdienst ins Ärztehaus. Ich bleibe allein mit meiner Übelkeit. Ich weiß nicht, wie ich sitzen soll, damit es mir bequem ist. Ich habe keine Kraft zum Lesen, zum Einschlafen auch nicht. Langsam beginne ich, mich über meinen Bauch zu ärgern. Ich weiß, daß ich es nicht sollte, aber langsam habe ich genug. »Das Wunder des Lebens«, klar, aber es wird ein Wunder sein, wenn ich es bis zur Geburt überlebe.

Pietuszka ruft an. Ich jammere über den Bauch, über mich selbst.

»Na, was produzieren wir denn heute? Ohren? Augen?« Er versucht mich zum Lachen zu bringen.

»Vielleicht die Persönlichkeit, deswegen ist mir so übel.«

*2.10.*

Am liebsten würde ich jeden Tag mein Kind auf einem Ultraschallbild betrachten. Woher soll ich wissen, daß es wirklich da ist? Weil der Bauch wächst und mir schlecht ist? Das ist für mich kein Beweis. Ich schaue mir das erste Foto des Kleinen an. Es ist mir so nah wie sonst niemand, und ich schaue mir das Bild an, als wäre es jemand aus dem Jenseits.

Soll ich es ins Familienalbum kleben? Diese Familienalben …, diese falschen Lächeln, zufriedenen Grimassen.

Die Vergangenheit ist nicht transparent, sie ist voll von uns, von dem, was einst gewesen ist.

In Schweden gibt es keine Kapellen am Wegesrand; dafür übersinnliche Farben auf den Buchen, die am Ufer des nahen Baches stehen. Das Stigma des bemoosten Grüns auf der Rinde. Die Zusammenstellung der Farben ist sehr sinnlich, körperlich fast. Vor Begeisterung würde ich am liebsten niederknien. Grün ist die Farbe der Hoffnung. Die Farbe ist eine bestimmte Länge der Strahlung. Warum soll es keine entsprechend langen grünen Hoffnungsstrahlen geben, die die Augen und die Seele streifen? Die Offenbarung des Grüns, in die man hineintaucht wie in ein Gebet.

Diese abstrakten Kapellen am Wegesrand, die sich der

Farbgebung des Großen Koloristen unterwerfen müssen, der in dieser Welt darüber entscheidet.

Pietuszka wundert sich über meine Ungeduld.

»Wozu brauchst du dieses Ultraschallgerät? Die Seele kannst du doch auch nicht sehen! Oder möchtest du auch dafür irgend so einen Automaten? Würdest du dein vor Scham errötendes Gewissen bewundern?«

Ach, Pietuszka ist ein Protestant, er versteht die Kraft des Bildes nicht. Schade um die Reformation, etwas muß da im 16. Jahrhundert falsch gelaufen sein. Wie wäre es wohl heute geworden, mit der modernen Bilderflut, mit Kino, DVD, dem Internet? Zu spät, vorbei.

Wir wursteln am ›Städtchen‹ herum. Bewundernswert, daß wir immer noch neue Einfälle haben, bei der einundvierzigsten Folge! Einmal formulierte es der Produzent vorsichtig: »Seid ihr nicht ausgebrannt?«

Wie denn? Wenn, dann nur aus Verzweiflung, daß uns nichts mehr einfällt.

Der erste kühle Abend. Ich decke mich fest zu. Ich glätte die Falten der Decke wie die eines Abendkleides. Bis zum Hals bin ich in ein daunenweiches Abendkleid gehüllt, das sich barock bauscht. Ich strecke ein Bein heraus und schlafe elegant ein.

*3.10.*

Um sieben Uhr früh kommt Pietuszka von der Arbeit, drängt sich unter das Daunenkleid, in mich hinein. Läßt sich trösten, weil er mich »ja so entsetzlich« vermißt hat.

Zum Frühstück schneide ich Schnittlauch mit einer Schere. An sich würde ich so was nie essen, es müssen wieder diese

Schwangerschaftgelüste sein. Ich bereite mir Vogelfutter zu: Nüsse, Körner, Mandeln, alles zusammen in Quark eingerührt, mit dem manisch zerschnittenen Schnittlauch.

Ich denke an Rindfleisch. Den Rinderwahnsinn. Es ist nicht der Wahnsinn der Rinder, sondern der Menschen, die diese pflanzenfressenden Viecher zum Kannibalismus zwingen. Die Natur liquidiert eben durchgeknallte Kühe, die die Knochen anderer Kühe wiederkäuen. Bei menschlichen Kannibalen wirkt dieselbe Prionenbremse: diejenigen auf Papua-Neuguinea starben nach und nach, durch die »göttliche« Natur gestraft.

Der Mensch stellt sich in die Nahrungskette wie in die Schlange in einer Selbstbedienungsbar: Pflanze, Tier, Mensch, Gott. Bei der Kommunion müßte man eigentlich Guten Appetit wünschen.

Klamotten sind mir zunehmend egal. Eine modische Menopause, die angeblich um die fünfunddreißig herum auftaucht. Bei mir kommt es allerdings von der Schwangerschaft, aufgebläht wie ich bin. In einigen Monaten werden mir keine Hosen mehr passen; wie werde ich erst nach der Schwangerschaft aussehen? Keine Ahnung ... Das einzige, was ich momentan begehre, sind dicke Baumwoll-T-Shirts in XXL.

Ich versuche Piotr zu überreden, daß wir nach Zamość ziehen. Es hat einige Vorteile: eine Renaissance-Stadt, nicht zu groß, also auch nicht zu teuer, nah an der Natur, und, was vor allem für das Kleine wichtig ist, ein großartiges europäisches Gymnasium. Pietuszka scheint interessiert: wo sollten wir wohnen, in der Altstadt oder in Wohnblocks?

»Ich war selbst noch nie in Zamość.«

»Aha.« Jetzt denkt er wieder, daß es nur meine Schwangerschaftsspinnereien sind; will mich dennoch nicht mit rationalen Argumenten reizen. In ›Kultura‹ war ein enthusiastischer Artikel über die Stadt. Ich bin nun mal euphorisch in meinem Zustand, warum also nicht Zamość?

Ich gratuliere meiner Mutter noch einmal. Sie ist überrascht – dennoch sehe ich sie am Telefon mit einer Liste dastehen, auf der sie alle abhakt, die sich gemeldet haben. Eine nachtragende Skorpionfrau, mit ihrem Gift der Zärtlichkeit. Dieses Kitschig-Emotionale, wenn ich an das Kind denke, das habe ich von ihr. Niemals werde ich eine so gute Mutter werden.

*4.10.*

Ich versuche, Tai-Chi zu treiben. Ganz vorsichtig, um diese Übelkeitsblase, die da im Magen hängt, nicht zu erschüttern. Sorgfältig gieße ich die Energie von einer Hand in die andere, mache langsame Schritte. Mein schwingender Körper fällt in Trance, Ruhe. Der Nebel hängt tief über dem See – morgen wird es sonnig.

Tai-Chi, die Übung der fünf harmonischen Elemente. Die Namen erinnern an Paläste der Verbotenen Stadt: der Palast der Glückseligkeit, der Palast der Harmonie ... Ich finde den Rhythmus, der Körper findet zu alten Gesten zurück, ich muß ihn nicht mehr beachten. Ich bin Wasser (Verbeugung nach unten – sieht aus wie die Verbeugung über den schwangeren Bauch), das den Baum zum Leben erweckt (ich mag es, mich so nach oben zu strecken), ich bin Feuer (die guten Wünsche werden in die Welt losgelassen und wieder eingesammelt), Erde (ich säe Leben aus der Höhe meines Solarplexus), und schließlich Metall (unangenehmes Streicheln einer imaginären kalten Eisensäule, die aus meiner Vorstellung erwächst).

Wir haben das heutige Treatment zum ›Städtchen‹ beendet. Pietuszka reagiert es mit Fernsehen ab. Ich lese Horoskope. Ein Widder-Junge ist eine einzige Energiequelle (meine

Übungen der fünf Elemente, hehe!). Ein Widder wäre ein richtiges Rodeo! Und ein Mädchen? Ein folgsames Schaf?

In derselben Stockholmer Straße, wo sich die gynäkologische Klinik befindet, lebte einst Greta Garbo. Vielleicht ist es ein Zeichen und ich sollte das Mädchen Greta Gretkowska nennen?

Ich frage Pietuszka nach seiner Geburtsstunde, um ihm den Aszendenten zu errechnen. Er löst sich unwillig vom Fernseher und meckert: »Kacke, was wird das? Mittelalter? Im Fernsehen spricht Pater Zanussi über die Werte, und du fängst mit deinem Aberglauben an.«

Für den Abend, also nach neunzehn Uhr plane ich Lesen, Malen. Nichts da, ich falle auf die von Gerüchen geschwollene Nase. Nicht nur die Müdigkeit macht mich fertig, auch der komische Geschmack im Mund, Antibiotika, Metall?

Wir wachen nachts um zwei auf. Der Nebel ist von den Straßenlaternen rot beleuchtet. Wir machen einen nebligen Spaziergang ums Haus herum und legen uns zurück ins warme Bett.

*5.10.*

Das Geschlecht, oder besser: Geschlechtchen des Kindes quält mich. Mir ist nach Saurem, also ein Junge? Glänzende Augen, schöner Teint, auch das spricht für einen Jungen. Mein Unterbewußtsein sagt Junge – auch die Tarotkarten haben es gezeigt.

Ein Mädchen? Ich lese meine Notizen über die ideale Frau: sie sollte intelligent sein, damit sie wählen kann. Sie sollte einen Sinn für Humor haben, damit sie über sich selbst lachen kann – falls sie die falsche Wahl getroffen hat. Und gut im Bett muß sie sein, damit sie Spaß hat, egal was kommt.

Mein Haare wellen sich. Anfangs sind es zarte Stirnlocken, nach einer Woche Engelslocken hinter den Ohren. Ich sehe aus, als ob ich eine Perücke aufhätte: oben graublonde gerade Haare, unten goldene, weiche Locken. Wird etwa mein Charakter von der Schwangerschaft sanfter?

Ein Anruf der Produktionsleute: »Ihr kommt nach Polen. Wir haben ein Treffen mit dem Regisseur und den Schauspielern, müssen Details bereden.«

Ich rebelliere ein wenig. Mal langsam, zuerst sollten wir bis zum zehnten Oktober Treatments schreiben, vom zehnten bis zum dreißigsten Dialoge. Ich brauche den November für ›Polnische Damen‹. Ich muß etwas falsch verstanden haben: Tomek spielt immer noch? Ich dachte, daß er schon vor fünf Folgen aufgehört hat.

Die Produktionsleute noch einmal:

»Doch, doch, er spielt weiter, wir haben es mißverstanden. Die Numerierung der Folgen war durcheinander.«

Kuddelmuddel; endlich ist das geheimnisvolle Verschwinden Tomeks geklärt – ein telefonisches Mißverständnis. Tomek ist allerdings auch nicht ohne Schuld. Am Ende der letzten Staffel hat er sich die Option offengelassen, für eine Weile wegzugehen und dann weiterzuspielen. Na gut, dann fährt er eben in die Staaten und wird nicht umgebracht. Er hat für sich die Jesus-Rolle reserviert, der sich zu seinem Gottvater begibt, und jederzeit unerwartet zurückkehren kann. Apokalypse.

Pietuszka geht in sein »Haus der Barmherzigkeit«. Ich beneide ihn, obwohl er die Nacht durcharbeiten muß. Wenigstens ist er unter Leuten, auch wenn es geisteskranke Übermenschen sein mögen. Abends telefonieren wir noch einmal. In der Dunkelheit, beim Klang von Piotrs Stimme, vergesse ich, daß ich müde, körperlich fertig bin. Bis morgen wird meine Verdauungsstörung vorbei sein. Instinktiv berühre ich den Bauch. Nein, es wird nicht vorbeigehen, jeden Tag wird es schlimmer werden.

*6.10.*

Das Ende von Milosevic. Ohne Gerichtsverhandlung, ohne eine Revolution. Zum Jahresende hat sich in Belgrad etwas verändert, zwar notwendig, aber ohne Überzeugung.

Ich sage Piotr, daß ich nichts zum Geburtstag haben möchte. Ich brauche nichts. Es ist selten so, aber diesmal schon. Ich werde eine Torte kaufen.

Ich mag Geburtstage nicht. Den letzten lustigen hatte ich, als ich neun war; den letzten Silvester wohl auch damals. Dann Gedanken an diesen Tag – am Spieß der Erinnerung, in Sentimentalität gebraten.

Vor einigen Jahren in Florenz mit Pietuszka, auf einem alten Himmelbett mit Baldachin; Liebeswünsche um Mitternacht.

Wir fahren nach Stockholm, um unseren Flug Arlanda-Okęcie zu buchen. Monumentale Häuser ohne Charme, in Felsen gehauen; eine durch ekelhafte Stabilität gesteinigte Stadt.

Anruf von zu Hause. Mama witzelt: »In einer halben Stunde wirst du geboren.«

Mein Neffe hat sich verhört, rennt mit der Neuigkeit zu meinem Vater: »Tante kriegt in einer halben Stunde ihr Kind!«

»Jetzt schon?« fragt der aufgeregte Papa am anderen Hörer. Sie rechnen mit allem.

*7.10.*

Ich stehe vor dem Spiegel: Knochen, Rippen mit einer Knolle. Die Schwangerschaft als Krönung der Weiblichkeit (des Unterleibes?). Ich fühle mich gar nicht weiblicher. Ein Mann bin ich ganz sicher nicht. Eine Frau werde ich ebenfalls nicht. Trotz der reifenden Brüste mit ihren pflaumenfarbenen Warzen, trotz Schwangerschaftsstreifen, die sicherlich wie rituelle Initiations-Narben auftauchen werden. Eine Initiation in die Weiblichkeit.

Ein Tag nach meinem Geburtstag. Postnatale Depression.

*8.10.*

»Sie lief am Wegesrand, fast direkt unter die Räder. Ich wußte nicht, ob ich im Heim anrufen soll, damit sie sie abholen, oder was?«

Pietuszka erzählt von einer jungen Patientin, Mitte Zwanzig, Valerie, halb Italienerin, halb Schwedin. Sie ist seit einigen Jahren in der Klinik. Sie haben sie wieder eingeliefert, als sie aus dem Fenster eines Hochhauses ihre Möbel geschmissen hat. Sie schreibt ihre Gedanken auf Zettelchen auf und schiebt sie Piotr zu: »WAS IST LIEBE?«, »WAS IST WAS?« Ihr Vater ging nach Italien, als sie wenige Jahre alt war. Sie kann sich nur noch an das Auto erinnern, das vor dem Haus weggefahren ist. Als sie da wie eine Selbstmörderin am Wegesrand lief – wollte sie das Auto suchen oder den Tod finden? Was macht das für einen Unterschied? Als er wegging, hat er aus Versehen ihre Seele angefahren, die Gefühle des Kindes totgefahren. Er ließ sie in Schweden zurück, mit der Mutter, einer Eiskönigin.

Die erwachsene Valerie läuft in schwarzen Kniestrümpfen in die Kirche und poliert den Fußboden auf Knien. In Italien wäre es nicht verwunderlich: alles zu Gottes Ehren. In Schweden rufen sie den Psychiater.

Mir ist nach tanzen. Direkt vom Computer springe ich auf. Ich kann die Seite nicht zu Ende schreiben … versuche es, geht nicht. Ich renne zum Radio wie aufs Klo. Ich muß einfach. Woher kommt das bloß? Von den Hormonen? Aus dem Bauch? Ich wiege mich, der Rhythmus bewegt mich. Ob das Kleine Lust auf Bewegung hat? Sich so ein Spiel gewünscht hat? Ich tanze mit der Musik, mit den Wünschen des Kindes. So tanzen wir in meinen Armen.

*9.10.*

Im französischen Fernsehen »Bouillon de culture« von Pivot. Er hat die vier Kandidaten zum diesjährigen Prix de Goncourt eingeladen. Fast alle haben Liebesromane geschrieben. Pivot hofiert jeden, jeder bekommt seine fünf Minuten. Die Schriftsteller reden über ihre Bücher und die der anderen Gäste. Einer lobt den anderen, bewundert ihn.

In Polen gibt es keine solche Literatursendung. Nicht nur, weil ein geeigneter Moderator fehlte – eher die Gäste. Wer von ihnen (die Nobelpreisträger ausgeklammert) könnte so viel Konkurrenz ertragen? Das beste Beispiel – der Nike-Preis. Alle sind beleidigt, neidisch, intrigieren gegeneinander. Es ist so menschlich … denn in Polen werden Menschen hingestellt und keine Bücher, über die man in aller Ruhe diskutieren könnte. Ein Wettbewerb: wer ist der beste Schriftsteller und wer hat ihn am besten für das Rennen vorbereitet, welcher Literaturverein, welche Zeitschrift, welcher einflußreiche Verehrerkreis?

In meinem Menü entfällt Sushi, es könnte giftig sein. Auch aromatische Käsesorten, ihren Gestank nach nicht pasteurisierter Milch könnte ich nicht ertragen. Ich darf keinen Virus bekommen, keine Grippe oder Gürtelrose. Die Gefahren lauern überall. In einer unschuldigen Antifalten-Creme Retinol, also Vitamin A. Eine zu große Dosis dieses Vitamins verursacht beim Embryo eine Hasenscharte. Woher konnte ich so etwas wissen? Die Creme ist für reife Frauen, in der Werbung sieht man nur Teenager, auf dem Tiegel steht keine Anmerkung: »nur nach der Menopause«.

Die Schwangerschaft unterteilt die Welt in Gut und Böse. Das Schlimmste ist, daß ich dem Kind mit meinen Launen am meisten schade. Ausweglose Situation. Obwohl – einen Ausweg gibt es: den Geburtskanal.

*10.10*

Pietuszka ärgert sich über seine Rente. Es gibt ein neues Gesetz, daß jeder schwedische Bürger einen Teil seiner Rentenversicherung auf der Börse investieren soll.

»Dieser Kapitalismuszwang! Warum sollte ich auf der Börse spekulieren? Ich kenne mich da nicht aus, ich will das nicht! Ich werde mein Geld auf ein fremdes Konto überweisen und ab dann jeden Tag die Börsennotierungen verfolgen. O nein! Sie wollen aus einem freien Menschen einen Spekulanten und einen manischen Sparer machen!« flippt er aus.

Die nationale Diskussion: warum zwingt ein sozialistischer Staat seine Bürger zum Investieren in die kapitalistische Börse? Die einen werden dabei gewinnen, die anderen verlieren. Wo bleibt da die Gerechtigkeit?

In der Schwangerschaft bin ich wenigstens dem Gespenst des PMS nicht ausgesetzt. Keine Kraft für monatliche Tragödien. Also bin ich für neun Monate ein schwangerer Engel geworden. Vielleicht ist das mit dem katholischen Familienmodell gemeint? Jedes Jahr ein Kind, für PMS-Verrücktheiten gibt es keinen Platz. Die Familie ruhig, ohne Spannungen und Streit – also keine Scheidungen!

*11.10.*

Pietuszkin ist an die Börse gegangen. Der Rentenhasard hat ihn in seinen Krallen: Prognosen, Zahlen, Börsennotierungen, Informationsbroschüren. Er hat in die Telekommunikation und in die Pharmaindustrie investiert. Also wird er an den zwei menschlichen Neigungen verdienen: Redesucht und Hypochondrie. Es scheint ihm zu gefallen und gute Zinsen zu bringen.

Mein seliger Zustand: Schmerzen in Kreuz und Beinen. Druck unter den Rippen, wenn ich mich über die Wanne beuge, um Haare zu waschen. Fängt der Bauch an zu stören? Da gibt es nichts zu stören, eigentlich ist er noch zu klein. Die Gebärmutter mit ihrer kleinen Perle.

»Er hat sich an die Kassiererin rangemacht. Gutaussehend, gepflegt, im Kollar. Hat regelrecht mit ihr geflirtet!« regt sich Piotr auf und packt die Einkäufe aus.

»Ich dachte zuerst, er wäre geschieden, ich habe vergessen, daß er ein Pastor ist, nicht wie die polnischen Priester. Hier dürfen die das ja. Und wenn er nicht mir ihr geflirtet hat, sondern nur seine Pflicht erfüllt hat? Vielleicht müssen sie sich auf diese Art um die Nächsten sorgen? Der Sex als die letzte Bastion des Kampfes um die Seelen der Gläubigen. Eine attraktive, sexy lutheranische Kirche.«

*12.10.*

Der erste Tag ohne Gerüche und Müdigkeit. Dafür aber eine schlaflose Nacht. Pietuszka versucht, mich in den Schlaf zu wiegen. Er hält die Hand auf meinem Bauch, die ganze Schwangerschaft paßt in seine Hand, die immer schwerer wird. Pietuszka schläft ein. Eine mißglückte Schlaftransfusion. Ich bleibe alleine mit meinem lästigen Etwas, dieser süßen Last.

*13.10*

Im Wartezimmer der Hebamme. Eine Wallfahrt zum Ultraschallgerät. Die Erwachsenen schauen sich die Schatten der kleinen lebhaften Skelette auf dem Bildschirm an – Bein von meinem Bein. Kinder betrachten lieber das Aquarium. Wenigstens gibt es da etwas in Farbe zu sehen.

Ein kleiner Junge sagt zu seiner Schwester: »Fischchen, Fischchen, Papa oder Mama?« sinnt er über das Geschlecht nach.

Im Untersuchungszimmer daneben versucht der Arzt ebenfalls, das Geschlecht zu erraten, das zwischen den Beinchen versteckt ist. Bei uns ist es noch zu früh dafür. Zuerst sind andere Untersuchungen dran.

»Viele Eltern entscheiden sich erst nach den pränatalen Untersuchungen dafür, das Geschlecht des Kindes zu erfahren. Sie wollen es lieber nicht wissen, falls …«

Die Hebamme umgeht taktvoll das Wort Abtreibung. Um die Eltern nicht zu verunsichern? Oder das Kleine? In der fünfzehnten Woche kann der Embryo schon hören, steht in meinem Schwangerschaftsbuch.

»Schreib doch darüber, über diese Voruntersuchungen«, versucht Piotr mich zu überzeugen.

In Polen sollten sie verboten werden, man behandelt sie auf derselben Stufe wie Mord.

»Nein. Ich habe für ›Wprost‹ über das Anti-Abtreibungs-Gesetz geschrieben, habe mich darüber lustig gemacht. Habe über das Recht der Frauen geschrieben, aber nicht über die Voruntersuchungen.«

»Warum nicht? Jetzt merkst du selbst, wie das ist, warum schreibst du nicht darüber? Sag doch die Wahrheit!«

»Die Wahrheit? Willst du die Wahrheit hören?« flippe ich aus. »Das ist einzig und allein meine Entscheidung, mein Schmerz. Du stehst nur daneben. Trägst du etwa diesen

Bauch? Wäre es im Falle des Falles deine Abtreibung? Es gibt kein Recht, es gibt nur mein Gewissen. Ich fühle mich jetzt schon wie ein Mörder, verstehst du?« Ich fange an zu weinen.

»Ich habe mich für diese Untersuchung entschieden; obwohl es die Wahrscheinlichkeit von eins zu hundert gibt, daß man danach eine Fehlgeburt erleidet, und die Wahrscheinlichkeit von eins zu vierhundert, daß das Kind krank ist.«

»Es ist gesund, gesund, hörst du?« schreit er durch mein Weinen hindurch. »Ich habe es nicht in mir drin, aber ich bin der Vater, ich ...«

Beide sind wir ratlos. Besser wäre es, zu schweigen, so miteinander zu kommunizieren, als durch diesen Wall aus Worten.

*14.10.*

›Das Städtchen‹, von früh bis spät. Abendessen: gebackene Kartoffeln und Pilze aus unserem Wald. Ich esse nur die Pfifferlinge, als Nachtisch. Wir sitzen über unseren Tellern, beleuchtet vom Heiligenschein der Lampe. Ein richtiges Heim, das nach Wärme duftet.

Das Ende der Idylle: Pietuszka hat wieder Nachtdienst bei seinen Verrückten.

Vor dem Einschlafen bewundere ich in den Spätnachrichten Madeleine Albright. So sehr erinnert sie mich an meine Mutter, Oberschwester in einem psychiatrischen Heim. Mit trotziger Intelligenz, strengem Blick schafft sie Ordnung unter den Irren. Der eine wird beruhigt, der andere in eine Zwangsjacke gesteckt, wiederum ein anderer nach Hause entlassen, ein weiterer mit Medikamenten vollgepumpt. Albright, die Oberschwester im Irrenhaus der Weltpolitik.

Sie hatte heute ein Kostüm an, dazu Schmuck, der einen Paranoiden an eine Geheimchiffre erinnern könnte. Die

Paranoiker, exakte Betrachter der Mechanismen von Ursache und Wirkung. Palästinensisch-israelische Gespräche, und Madeleine glitzert verschwörerisch mit ihrer Goldkette, ihrer Brosche mit dem Traubenmuster (der Weinstock, die israelischen Stämme im Kampf mit den Kanaaniten). Die Aufschläge der Jacke weisen seltsame Zacken auf, die mich an den Flaggencode der Marine erinnern. Albright sammelt Broschen, noch nie hatte sie eine zweimal angesteckt… Ihre Schrulligkeit oder Taktik des Geheimdienstes?

*15.10.*

Ich schieße mich ins All ab bei der Lektüre über die Supraleiter.

Immer weiter weg von dem, was mich bald erwartet, mir am nächsten ist – der Perspektive der Voruntersuchung.

Die Fahrt nach Polen wird uns guttun. Keine Zeit zum Grübeln.

*16.–19.10.*
*Warschau*

Produktion, Treffen mit den Regisseuren und Schauspielern. Lucyna, Schauspielerin des Nationaltheaters will ›Das Städtchen‹ verlassen. Dann werden wir sie ermorden müssen.

Als Piotr ins Holiday Inn zurückgeht, trifft er Lucyna zufällig auf der Straße und schaut ihr lange in die Augen. Sie kennen sich nicht. Sie muß sich komisch gefühlt haben, abends auf der Straße, vom Blick eines langhaarigen Typen festgenagelt.

Ob sie ihren filmischen Tod in seinen Augen gesehen hat…? Am nächsten Morgen bekommen die Produzenten eine Nachricht von Lucyna:

»Ich will nicht sterben. Ich mache weiter.«

Die Umstellung von der schwedischen Einsamkeit der Wälder und des stillen Hauses auf das hektische Warschau ging zu schnell. Aus der Stille ins Zentrum der Stadt, in die Menschenmengen. Vielleicht kommt meine Gleichgültigkeit daher, aus dem Mangel an Realitätsempfinden?

Bei ›Viva‹. Zwei Stylistinnen, junge Frauen mit abgeschlossenem Polonistik-Studium, sollen mich für die Fotos fertigmachen. Sie haben ›Metaphysisches Kabarett‹* gelesen, erwarten erschrocken irgendein zickiges Monster und wundern sich, daß ich ein normaler Mensch bin. Obwohl, so ganz normal bin ich nicht: die Hose, die sie mir anziehen, liegt komisch am Bauch. Die Größe paßt zwar, aber die Hose geht nicht zu.

»Bist du aufgebläht? Geht das bis morgen weg?«

»Nein, im Gegenteil, es wird immer größer«, gebe ich meinen Zustand zu. Ich bitte um Diskretion. Ich möchte keine Überschriften über meine Schwangerschaft ... Am liebsten würde ich mir *Only for stuff* auf den Bauch pinseln.

Der ganze Tag ist für die Fotosession im »Vivaldi« draufgegangen. Für mich sind die Fotos lustig.

»Mein Schatz, so hat Mami im vierten Monat ausgesehen. Hier, die Brust hängt raus, auf dem hier wie eine Diseuse aus den Dreißigern, schwarze Netzstrümpfe und Stöckelschuhe, ohne Rock.«

Beata ist gerade vom Pariser Pret-à-porter zurück. Müde, angeekelt. Die Schaulustigen, die sich vor den Türen gekloppt haben, um ein Ticket für die Vivienne-Westwood-Show und John Galliano zu ergattern. Beata hat genug von diesem alljährlichen Zirkus.

Ob sie für eine Patentante nicht zu intelligent ist? Sie ist

* ›Metaphysisches Kabarett‹ – der Skandal-Bestseller von M. G.

die einzige praktizierende Katholikin in unserem Freundeskreis. Sie wurde für dieses Sakrament schon öfters gebucht, aus Frankreich, Italien, Krakau, und nun aus Schweden. Wir haben wenigstens eine Entschuldigung, wir wohnen in einem lutheranischen Land.

Ich kaufe eine Dose Kaviar und esse ihn mit den Fingern. Piotr ist entsetzt.

»Was willst du, es ist gesund für das Kind …«

»Du verziehst den Hosenscheißer jetzt schon. Wohnt er denn im Feinkostladen?«

*20.10.*

Nach dem erbärmlichen Warschau mit seiner geflissentlichen Holiday-Inn-Eleganz sind wir zurück in unserem Landhaus. Hinter dem Fenster sehe ich die am Hügel wachsenden Kiefern. Das Bonsai-Bäumchen hat unsere Abwesenheit überlebt. Klein und schief gewachsen ist es eine amüsante Antwort auf den Größenwahnsinn der skandinavischen Bäume.

Ich wärme mich an den häuslichen Farben. Schaue mich im großen Spiegel im Flur an, nackt. Mein Körper verändert sich. Mein Körper? Unserer. Die Haut des Bauches spannt über den Rippen wie ein den Embryo schützendes Zelt.

Piotr hat wieder Nachtdienst. Es ist Mitternacht, ich tanze – wir tanzen – zur Musik aus französischen Variétés. Vor einem Monat hätte ich es nicht bis zehn Uhr ausgehalten. Sind die Qualen der Schöpfung vorbei? Wächst Du, und wackelst mit Händchen und Füßchen im 3/4-Takt, swingst herum?

›Indian Summer‹ von Joe Dassin, ebenso berühmt wie die Songs von Brel oder Piaf. Ich wußte nicht, daß er Anthropologe war, Fachmann für die Kultur der Hopi-Indianer, mit denen er zusammenlebte, im Sommer, im Herbst …

*22.10.*

Ich hasse Sonntage. Diesen geheiligten Hühnersuppendunst, gedankenlose Menschen, die nach draußen drängen. Entschuldigt durch das infantile Bla-Bla der häuslichen Wärme.

*23.10.*

›Handbuch für Menschen‹ wird im November in Ungarn erscheinen. Ich habe eine Einladung des dortigen Verlages und des Polnischen Institutes.

»Es wäre einfacher, wenn Sie sich das Ticket in Stockholm besorgen.«

Piotr ist genervt: »Was machen sie dir aber auch für Umstände! Können sie es nicht selbst erledigen?«

»So ist das aber ... Als ich nach Deutschland fuhr, habe ich mir auch selbst das Ticket gekauft. Hast du die Nummer von SAS?«

»Du entschuldigst nur diese polnische Dummheit: Irgend jemand wird es schon machen. Gibt es in Budapest kein Internet, keine Reisebüros?«

Wir verstricken uns immer weiter. Pietuszka ist nach drei Nachtdiensten müde, ich bin von seiner Erschöpfung gereizt. Nach einer Viertelstunde fangen wir an, darüber zu lachen. Ich wische mir die Tränen der Belustigung ab. Plötzlich kann ich nicht mehr aufhören zu weinen, ich schluchze und schnappe laut nach Luft.

Aus dem Schluchzen wird ein Schrei. Als ob ich einen Grind aus Angst herausschreien wollte. Ich kann nicht aufhören. Piotr schüttelt mich, ich brabbele:

»Ich weiß nicht, was los ist ... ich weiß nicht.« Dann habe ich keinen Mund, kein Gesicht mehr, sie sind verzerrt, wie gelähmt. Niemand kann mir helfen, spüre ich mit dem Rest meines Selbst, der nicht von Angst besessen ist. Immer mehr rutsche ich vom Brett der Vernunft hinunter.

Die Panik – ein tierischer Gott ohne Maske. Mein gewaschenes, eingecremtes Gesicht, und darunter ein Entsetzen, das sich nicht durch Lächeln und Beschwichtigung täuschen läßt.

Piotr wiegt mich in seinen Armen.

»Du darfst nicht schwach sein, hab keine Angst.«

»Was war los … ich … noch nie … was war das?«

»Das ist so, wenn man schwanger ist. Du schaffst es schon.«

»Ich habe nur dich.« Das klingt mitnichten wie ein Kompliment. »Ich muß dich um alles bitten, um eine telefonische Buchung, um den Besuch bei der Hebamme …«

»Es ist unser Kind.«

»Ja, aber ich bin erwachsen.«

Was war das? Eine einmalige Hysterie? Vielleicht liegt es am morgigen Tag. Ich frage mich, ob ich zu der Untersuchung hingehen soll. Eine Nadel in den Bauch – einprozentige Wahrscheinlichkeit der Fehlgeburt. Dazu eine Injektion aus einem Serum gegen das eigene Blut. Mein Kleines, wenn aber mein Blut dadurch in Deinen Kreislauf kommt? Ein Kind mit dem Rh-Konflikt, ein Kind des vampirischen Blutkampfes.

Die gute Mutter, die Angst um das wehrlose Kleine hat, und die Rabenmutter, die auf das Urteil wartet. Kein Wunder, daß mein Gesicht beinahe gelähmt war – eine der Seiten muß aufgeben, schreiend die andere fortjagen. Ich habe menschliche (mütterliche) und tierische (das Weibchen, das den kranken Wurf totbeißt) Angst.

Die Gleichung der Verurteilung:

99 %, daß das Kind gesund ist + 1 % Angst vor der Fehlgeburt, vor Hirnschäden, dem Down-Syndrom = 100 %ige Hölle.

Es ist nicht mein Tag. Ich öffne die Tür und mache einen Schritt zurück, erschrocken über das feindselige Kreischen der Krähen. Mit dem Trauerschwarz besudelt zerteilen sie das Aas. Vor einer Sekunde habe ich eine zugebundene Tüte mit Abfall auf die Terrasse gestellt. Die aufgescheuchten Krähen fliegen träge über mich hinweg, bedrohen mich mit ihrem kehligen »Kraah!« Ich sammele den verstreuten Müll auf und denke an die Ratten in Krankenhäusern, die die dortigen Abfälle fressen. An Fehlgeburten, die man in Abfalleimer schmeißt.

Natürlich sind es Horrormärchen. Manchmal aber weissage ich mir aus dem Vogelflug, aus welcher Richtung kommen sie, welche Art …

Hungrige Krähen im Herbst? Im Winter liegen Mülltüten tagelang vergessen herum, bis sich die Vögel dafür interessieren. Entweder wird es ein harter Winter und sie fressen sich jetzt schon voll, oder …

*24.10.*

Das Krankenhaus ist ganz düster. Eine Bastei, in die sie auf den Straßen aufgegriffene Kranke entführen. Oder von zu Hause aus, die schwachen, von der Krankheit entkräfteten. Wir gehen hinein, ich zögere noch. Die gynäkologische Station.

Ich schaue mir das an … Vielleicht kann ich im letzten Moment doch absagen …

Die Schwester holt meine Unterlagen. Eine riesige Notiz: Rh +.

»Das ist ein Irrtum«, schreie ich fast. So ein Versehen, diese Dilettanten …, ich will hier weg. Am Ende stehe ich noch ohne Serum da.

»Es ist kein Irrtum. Wann hast du zuletzt deine Blutgruppe untersuchen lassen?« Die Schwester ist sich sicher.

»Vor 36 Jahren, nach der Geburt. In dem polnischen Gesundheitspaß stand damals Rh–, wie bei meiner Mutter.«

»Man hätte dich noch einmal untersuchen müssen. Manchmal kann es passieren, daß sich das Blut der Kinder aus einem Rh-Konflikt nach einer Weile verändert.«

»Vielleicht ist aus dem A auch etwas anderes geworden?«

»Vielleicht AB?« hofft Piotr, in der Überzeugung, daß wir von einem Blut sind, dem neuesten, vergeistigten.

»Nein, das bleibt so.«

Ich kann es nicht glauben … Ein Problem weniger, aus der Welt, aus dem Blut. Wir haben keinen Konflikt! Ich bin so euphorisch, daß ich nicht mehr weiß, wie ich mich ausgezogen und neben das Ultraschallgerät gelegt habe.

»Dir ist das Risiko bewußt, oder? Zwar verschwindend gering, aber doch …« Die Schwester verstreicht das Gleitgel von den Rippen bis zum Geschlecht. »Du darfst eine Woche lang nicht baden, keinen Geschlechtsverkehr haben.«

»Und Schokolade?« Ich halte mich an meinen letzten Genuß.

»Natürlich. Nach der Untersuchung sollst du viel liegen, Süßigkeiten essen und ruhige Musik hören. Es kann zu einer Schmierblutung kommen … Falls sie stark ist, mußt du sofort anrufen.«

Sie schaltet den Bildschirm ein.

Ein Film über eine spiritistische Séance:

Ein weißer Nebel erscheint, verdichtet sich nach und nach zu einer menschlichen Gestalt. Ein Besucher aus dem Jenseits. Hat sich mich als Medium ausgewählt. Es rasselt mit den Knöchelchen, streckt die Wirbelsäule. Obwohl man ein kleines Skelett sieht, ist es kein Todestanz: es ist der Tanz des Lebens.

Es ist sehr lebhaft, streckt die Beinchen, hops! Ein Purzelbaum, akrobatische Einlagen, Kopfsprünge. Es merkt, daß es beobachtet wird. Es spielt Katz-und-Maus mit uns, fetzt durch die Gebärmutter, zeigt mal den Fuß, mal den Po.

Es streckt die Ärmchen. Arme? Flatternde Flügel. Seit zwei Monaten in dem Kokon gefangengehalten, an der vom

Herzschlag erzitternden Larve klebend. Ich fühle keine Tritte dieses herumhopsenden Gespenstes. Piotr meint, er habe gesehen, wie es uns schalkhafte Grimassen schnitt und uns verschwörerisch zuwinkte.

Vielleicht wurde auch es von der Sonde, die über meinen Bauch strich, gekitzelt.

»Meiner Meinung nach 15. Woche. Ein sehr lebhaftes, gut entwickeltes, gesundes Kind.« Die Schwester hat die Untersuchung beendet. Soll ich es abblasen? Mich abwischen, anziehen ... und abhauen? Es ist doch gesund ...

Die Ärztin kommt herein. Eine grauhaarige Dame mit Brille.

»Brigitta«, stellt sie sich vor und gibt mir die Hand, mit der sie mich zurück auf die Liege drückt. Sie und die Schwester beraten über die Lage des Embryos.

»Das ist ein gutes Zeichen, Brigitta, deine Schutzheilige.« Piotr streichelt mir die vor Angst verschwitzte Stirn.

»Paß bitte auf, daß sie das Kind nicht stechen, wirst du acht darauf geben, bitte, laß es nicht zu ...«

»Entspann dich, ich habe es auch hinter mir. Es tut nicht weh«, sagt die Schwester und bereitet eine haarfeine Nadel vor.

»Vielleicht schreie ich«, warne ich sie.

»Keine unkontrollierten Bewegungen, denk an das Kind!«

Ich beiße die Zähne zusammen, warte auf das Stechen. Ssst, ein ekelhaftes, drückendes Gefühl, Fummeln in meinen Innereien.

»Sie hat hineingestochen, das Kleine ist weit weg von der Nadel, es hat sich versteckt.«

Ein Gefühl, als wäre eine Dichtung geplatzt. Statt Luft kommt trübes Wasser, das in einem Reagenzglas aufgefangen wird. Ich halte es nicht mehr aus. Ich ramme Piotr meine Nägel in den Arm.

»Vorbei.« Brigitta beendet die Untersuchung.

Auf der Haut ist nichts zu sehen. Ich klettere wund von der Liege, stütze mich auf Pietuszka. Jeder Schritt ist eine Erschütterung.

»In zwei Wochen schicken wir euch die Ergebnisse. Falls etwas sein sollte … bekommt ihr einen Anruf.«

*25.10.*

Keine Fehlgeburt, habe keinen Tropfen Blut verloren.

Wie lange kann man herumliegen? Ein kurzer Spaziergang am See unter dem Himmel Nr. 0.17. Ich ertappe mich dabei, wie ich den Farbnuancen der Wolken Bezeichnungen aus meiner Seidenmalerei-Palette zuordne: Grautöne 0.16–0.18.

Wilde Gänse bereiten sich auf ihren Abflug vor. Sie sind vom Norden her an unseren See gekommen. Haben unsere normalen, spießigen Gänschen vertrieben. Sie sind auf dem Durchflug, sie genieren sich nicht, auf die Seebrücke zu kakken.

Nachts lauschen wir einem Knattern – als ob jemand auf einem Himmel aus alten Brettern spazierengehen würde. Wir öffnen das Fenster, über uns die Gänse, sie rufen nacheinander und machen sich auf den Weg. Sie rufen nach jenen, die zu hoch geflogen sind, zum aufgehenden Mond hin.

Ich ziehe mich zum Schlafen aus. Ich habe mir schon alles ausgezogen. Etwas ist dennoch geblieben, zu schwer, nicht meins. Am liebsten würde ich mir den Bauch abschnallen, würde mich flach und bequem neben Piotr ausstrecken.

*26.10.*

Hormonelle Sprünge sind der einzige Sport, den ich mir erlauben kann. Ich quengle.

Pietuszka merkt das Problem nicht.

»Du bist mein Problem ... Wirst du ein guter Vater sein?«

»???« Piotr läßt sich auf die Fragezeichen ein, und nicht auf meinen streitsüchtigen Ton.

»Wirst du mit mir nach Polen ziehen?«

»Woher soll ich das wissen? Wenn ich keine Arbeit finde ... Hier geht es uns doch gut.«

»Dir geht es gut ... Ich will hier nicht bleiben. Ich kann mich an das alles nicht gewöhnen ... Steine, Wälder, Kälte, niemand zum Reden. Du hast mir dieses Leben geschenkt, hast das neue Leben in mich hineingesprüht, und der Rest interessiert dich nicht, was mit mir sein wird, wohin mit mir ...«

Ich bräuchte ein Sanatorium für alleinstehende Mütter – noch nicht alleinerziehend, aber in der Krise. Damit man nicht gleich zu Mama oder Freundinnen läuft. Um Zeit zum Nachdenken zu haben. Um die Löcher von den sich gegenseitig herausgerissenen Herzen zuzuschütten.

*27.10.*

Ich nehme nicht zu. Nach den Büchern müßte ich mittlerweile zwischen 2,5 bis 4 Kilo zugelegt haben. Der Bauch bläst sich auf, ein Luftballon auf der Waage. Er ist beinahe leer – das Kind ist nur wenige Zentimeter groß. Die 16. Woche ist vorbei, das Kleine müßte mich eigentlich schon treten. Vielleicht ist es doch krank? In meinem Bauch grummelt es, etwas bewegt sich ... meine Vorstellung. Keine Tritte.

Ich fresse mich voll, bekomme Farbe im Gesicht. Piotr total fertig von der Arbeit, geschafft. Ich wachse, er fällt zusammen. Vielleicht wird er von innen angefressen, als Vorrat für das Kleine? Mir sind meine roten Backen bei seinen eingefallenen peinlich.

*28.10.*

In der Frühe das im Dunkeln verborgene Objekt der Begierde. Ohne die Augen zu öffnen sich gegenseitig öffnen.

Zum zweiten Mal wach werden. Auf zur Arbeit. Um zwei Uhr nachmittags strecke ich mein vom Computer gemartertes Kreuz. Im Kurzgalopp in den Wald. Es hat aufgehört zu regnen, für gerade mal eine Stunde – es sieht so aus, als ob der Himmel die Fußgänger durchgelassen hätte und sich nun wieder zuziehen würde, sich mit feinen Stichen des Regens zunähen würde.

In Klamotten, nach dem Mittagessen, habe ich mein Kilo mehr.

*29.10.*

Hinter dem Fenster eine vor Regen tropfende, glitschige Aussicht; als ob jemand auf die Fensterscheibe gespuckt hätte.

Hinter der PC-Scheibe ist es deutlich interessanter. Ohne jemanden zu fragen schrieb er: ACHTUNG, ZEITUMSTELLUNG!

Pietuszka und ich haben die herbstliche Uhrenumstellung verpaßt. Haben die Schlafstunden durcheinandergebracht, die Tageszeiten. Ich lege mich neben ihn, er wird gleich zum Mittagessen aufstehen. Er hebt den Kopf und sagt verschlafen: »Ich habe von einer Ehefrau geträumt, mit der ich gemeinsam geträumt habe.«

*30.10.*

Jedes Klingeln des Telefons bringt mich zum Zittern: die Ergebnisse aus der Klinik? Ich fange an zu spinnen. Sogar die nächtlichen Anrufe lassen mich das Schlimmste vermuten …

In Westeuropa ein Sturm, England ist vom Rest der Welt abgeschnitten. Wenn der Wind nicht in den norwegischen

Fjorden abgebremst wird, wird er uns die Satellitenschüssel von der Terrasse wegfegen. Unsere privaten Sorgen angesichts der Naturkatastrophe; andere Menschen verlieren ihre Behausungen.

Gerade im Fernsehen: jemand erzählt in einer Reportage über Halloween vom Ursprung des Festes. Woher kommt das Fest der Toten, wie wurde es von den jeweiligen Zivilisationen in immer weitere Ecken der Welt getragen? Zuerst die Kelten, dann die römische Zivilisation, die katholische … heute das Fernsehen. Der Fernseher: Gerät oder Möbel, ebenso einflußreich wie das römische oder kanonische Recht? Wohl aus Respekt vor der modernen Zivilisation werde ich dieses Totem heute mit einer antistatischen Flüssigkeit reinigen.

*31.10.*

Mordsarbeit bis um acht, mit einer kleinen Pause zum Spazierengehen. Das Mittagessen habe ich am Computer eingenommen. Um zehn – nach einem Bad und einem Telefongespräch mit Piotr – strecke ich mich gemartert in meinem Bett aus. Ich entspanne mich, und plötzlich, in der rechten Seite … wumm! Ganz sanft, ganz anders als das Magenknurren. Unmöglich! Ich lausche … Mein inneres Ohr streckt sich bis zum Nabel. Ich warte auf das Echo dieses ersten Tritts. Etwas blubbert. Ich schrecke hoch und rufe Piotr an.

»Hör mal, es hat mich getreten!«

»Wie wundervoll!«

»O Jesus, ist das komisch«, fange ich an zu lachen. Was soll ich sonst sagen. Das Kitzeln aus dem Jenseits. Wir fangen an zu kichern. Aus dem Hintergrund fällt ein Stimmenchor in Piotrs Gelächter ein: Haha, hihi.

»Das ist Valerie und einer der Schizos. Laß uns Schluß machen, sonst schaukeln die sich alle ob dieser Freude hoch.«

Der erste gezielte Tritt, mitten in die Psychiatrische Station. Unsere Freude und ihr irres Echo. Ich bin auch ein »Psychokind«; ob das wohl genetisch übertragbar ist?

*1.11.*

Die Sonnenblumen blühen. Nicht die »schwarzen Sonnenblumen« von Przybyszewski. Richtige, im Herbst. Gelb, mit Mündern voller Samen. Vielleicht hat sie sich deswegen die schamlose Dagny – nordische Ehefrau des dämonischen Schriftstellers – an ihre Kleider gesteckt.

Pietuszka bringt frühmorgens Brötchen mit Kardamom nach Hause. Es riecht nach Schweden.

Er putzt sich die Zähne und versucht mir dabei von seinem Nachtdienst zu erzählen.

»Der Hysteriker, wie sie halt so sind, hat eine Suizid-Show abgezogen. Mit dem Käsemesser hat er sich geduldig die Pulsadern aufzuritzen versucht, natürlich ohne Erfolg. Gerade mal ein Peeling hat er zustande gebracht.«

Ich tippe die ersten Seiten des Drehbuchs für ›Polnische Damen‹. Abends fahren wir zum hiesigen Friedhof. Eine geweißte mittelalterliche Kirche mit Grabsteinen des Landadels, der einst, während des Polnisch-Schwedischen Krieges*, tapfer mein Land plünderte.

Wir zünden Kerzen auf einem Hügel an, der aus der frischen Asche entstanden ist. Zu Hause tanzen wir zu Liedern von Nick Cave, wenn feiern, dann richtig. Der Rock hat auch seine Totengräber.

Neun Monate sollen nach Meinung der Mutter Natur ausreichen, um sich an den Gedanken »Ich werde ein Kind haben«

* Polnisch-Schwedischer Krieg um die Vorherrschaft im Baltikum, die sog. »Schwedische Flut«, 1655–1660 (Anm. der Übers.)

zu gewöhnen. Momentan gewöhne ich mich nicht so sehr an den Gedanken an das Kind, sondern an die Pflichten. Ich gehe mit ihm spazieren (manchmal muß ich mich zwingen, obwohl ich lieber liegenbleiben würde), ich füttere es (ein halber Liter Milch täglich, Vitamine), ich lege es früh schlafen. Abends um sieben bin ich so müde, daß ich Fieber bekomme.

*2.11.*

Ich bin doch normal – endlich habe ich zwei Kilo zugenommen. Mein Bauch ist vorgereckt und schwebt vor mir, entgegen den Gesetzen der Schwerkraft, die allerdings bei anderen Körperteilen funktionieren. Das Hinuntergehen, um aus dem Briefkasten Post zu holen, fällt mir schwer.

Der Brief aus dem Krankenhaus, eher als gedacht, kann nur eines bedeuten … Ich klammere mich an das Geländer, Karussell im Kopf. Ich reiße den Umschlag auf … Down-Syndrom, Hirnschäden? …

Nichts davon. Eine Einladung zur Herzkontrolle. Ich setze mich auf die Treppe. Die Welt hat kurz geknarrt und hat sich wieder eingerenkt. Die Sonne geht von Osten nach Westen, Autos fahren entweder nach Süden zum Hafen oder nach Norden, Richtung Stockholm.

Ich lese die Erinnerungen der Fiszerowa. In Kościuszko* verliebt, reiste sie ihm nach Paris nach. Weil sie ihn nicht mit Schönheit betören konnte, verführte sie ihn mit ihrer Intelligenz und fuhr zurück nach Großpolen mit einer Erinnerung an den Obersten – einem Waisenjungen, den er ihr anvertraut hat. Der Junge wird sie später um ihre Hand bitten. Eine gescheiterte Ehe, die gescheiterte Napoleon-Kampagne, in die Fiszerowa ihren Mann begleitet hat.

* Tadeusz Kościuszko – 1746–1817, General, poln. Nationalheld; kämpfte im amerikanischen Unabhängigkeitskrieg und im poln.-russ. Krieg 1792 (Anm. der Übers.)

Wir können nicht schlafen. Überlegen uns, ob es Bordelle mit schwangeren Frauen gibt. Es gibt sicher Liebhaber solcher archetypischen, arschgeilen Späße.

*3.11.*

Wir kaufen uns einen Arbeitssessel: zum Drehen und Rauf-und-runter-Fahren. Pietuszka lag mir seit einem Jahr schon in den Ohren damit. Wenn die Schwangerschaft nicht gewesen wäre, wäre ich bei meinem alten Stuhl geblieben. Ich kann mich nicht mehr über den Tisch beugen, es ist lästig, bald werde ich den Bauch unter die Tischplatte quetschen müssen.

Vor dem Ausflug in die Zivilisation (Möbelgeschäft) cremt sich Piotr im Bad ein. Mit dem Eifer eines Neophyten (jahrelange Überzeugungsarbeit meinerseits) klopft er sich die elegante Kosmetik ein.

»Ich pflege mich eben.« Er kommt aus dem Badezimmer mit dem Gesicht eines schlecht geschminkten Transvestiten.

»Was ist das für eine Creme?«

»Ach, so ein Pröbchen, war in einer Zeitschrift …«

»Es ist Make-up!«

»Da stand, daß es erfrischt und befeuchtet.«

»Geh und wasch es dir ab«, sage ich wie zu einer übertrieben geschminkten Frau. Die Genugtuung der Emanzipation?

Um vier ist es schon dunkel, obwohl es noch lange nicht Nacht ist. Werden die Wolken im Winter dunkler, vereisen sie in der Dämmerung?

Fiszerowa:

»Dąbrowski – der aus der polnischen Hymne* – sprach kaum, beinahe gar nicht polnisch.«

* »Marsz, marsz Dąbrowski …« – eine Zeile aus der polnischen Nationalhymne (Anm. der Übers.)

Eine Erfindung für schwangere Frauen: an die Badezimmerklinke habe ich einen Faden drangemacht. Ich muß nicht aus der Badewanne steigen, um die Tür zuzumachen – die ich beim Baden wegen der besseren Luftzufuhr offengelassen habe.

Nachts gegen zwei, drei ein Lärm draußen. Das Halloween der Säufer: Mädchen in Miniröcken und Stöckelschuhen, mit rosa Teufelshörnern beugen sich über den Bürgersteig und kotzen.

»Dieses Allerheiligen wird bald abgeschafft. Die Alten, die die Gräber pflegen, werden auf den Friedhöfen bleiben, aber in den Kirchen wird man Rave-Parties veranstalten«, ärgert sich Piotr.

Wir quatschen bis fünf. Ich drehe mich von einer auf die andere Seite, etwas blubbert in meinem Bauch. Am liebsten würde ich mich auf den Rücken legen. Nur daß in dieser Stellung die Bauchschlagader eingeklemmt wird und so bekommt das Kleine weniger Sauerstoff. Ich drehe mich auf die Seite – weniger Schlaf für die Mutter. Einen Tag nach Halloween sehe ich gespenstisch, bläulich-blaß aus vor Erschöpfung.

Maskierte Kinder gehen von Haus zu Haus, fragen: *Godis? Buss?* Wenn keine *godis*, also Bonbons, dann *buss*, Herumpöbeln. Man wird mit faulen Eiern beworfen.

Es ist kein Terror des Todes, sondern der Jugend.

*4.11.*

Mittags hat es mich umgehauen. Ich versuche zu stehen, mich hinzusetzen. Halte es nicht aus. Die Übelkeit kommt aus der Nase, nicht aus dem Magen. Als ob Blut gemischt mit Erbrochenem herauskommen sollte.

Auf der Straße Halloween-Überreste – alte Masken, ausgebrannte Fackeln. Dazwischen laufen die Zeugen Jehovas herum. Sie halten die Passanten an, versuchen, die menschliche Paranoia, die Angst vor dem Tode auszunutzen.

Das Drehbuch zu ›Polnische Damen‹ schreibt sich Szene für Szene. Zwei, drei am Tag. Das ideale Tempo, keine Hetze. Im Hinterkopf wie ein höllischer Schutzengel ununterbrochen der Gedanke: Was ist mit den Ergebnissen der Untersuchung?

*7.11.*

Mit Hilfe von Feng Shui sind wir unsere Nachbarn losgeworden. Sie kommen nur noch an den Wochenenden. Jetzt können wir herumschreien, laut Musik hören. Uns im Bad lieben, ohne dazu das Wasser laufenlassen zu müssen. Um uns herum absolute Stille. Die Menschen hinter der Fensterscheibe sind wie in einem Stummfilm: sie laufen herum, machen die Münder auf, es ist nichts zu hören.

Ich war so in Gedanken versunken, daß ich eine Tasse in der Luft abgestellt habe. Sie hing für einen Moment da, konnte nicht glauben, daß man sie, eine Verwandte der Rosenthals, so brutal behandeln konnte. Sie wurde vor Schreck ohnmächtig, wurde noch durchsichtiger und verwandelte sich schließlich in Porzellanstaub.

Die zwei Wochen sind um. Der Brief aus dem Krankenhaus ist da. Ich mache ihn vorsichtig auf, es ist nichts, sonst hätten sie sich schon eher gemeldet ... Mein nicht gerade reines Gewissen in einem weißen Umschlag.

Ängstlich scanne ich die ganze Seite mit einem Blick: kein Down, keine anderen Krankheiten.

Gesund!

»Das Geschlecht wird am 10.11. bekannt sein. Bitte rufen Sie an unter …«

Ich wecke Piotr.

»Der Brief aus dem Krankenhaus …«

»Alles in Ordnung? Wußte ich's doch.« Und er schläft ruhig weiter.

Ich renne in den Wald. Zwitschere mit den letzten Vögeln. Ich rede mit meinem Bauch, entschuldige mich … Unkontrollierte Armbewegungen. Ich versuche, Tai-Chi-Figuren zu beschreiben. Ich kann mich nicht konzentrieren; anstatt harmonisch Sport zu treiben, tanze ich vor Freude. Mein berauschtes Gehirn sendet Halluzinationen: auf der Lichtung erscheint mir ein buddhistischer Mönch. Kommt auf mich zu. Piotr hatte wohl recht, als er sagte, das Kleine sei »die tibetanische Rache« (wegen der Kräutertabletten, die ich im Sommer von den fernöstlichen Heilern aus Warschau bekam).

»Hallo!« begrüße ich die Erscheinung, die Verkörperung meiner Vorahnungen.

Der Mönch hat unter seinem orangenen »Kleid« ein warmes kariertes Hemd an. Er kam aus Birma auf die Einladung einer schwedischen Familie. Sie brauchen seine Unterstützung, die Frau hat Brustkrebs. Der Mönch lebt in einer Waldhütte und lernt Traktor zu fahren, mit dem er die gefällten Baumstämme herumschiebt. Er wartet auf den ersten Schnee – den ersten Schnee seines Lebens.

Ich schaue in mein kluges Buch ›Schwangerschaft. 40 Wochen‹.

Was weiter? Das Kind ist gesund … Oder nicht?

Da steht, daß positive Ergebnisse der Voruntersuchung gar nicht garantieren, daß die Mutter und das Kind tatsächlich gesund sind. Im Buch wird aufgezählt, was uns vor dem neunten Monat noch alles droht:

Borreliose, Arterienverstopfung, Kindspech, Fibronektin-Komplikationen, Thalassämie etc.

Die Auswahl an Namen ist größer als in einem Vornamenkalender. Verdammt, da habe ich alle Untersuchungen geschafft, wie einen Slalom mit Hindernissen, und nun stellt sich heraus, daß es ein neunmonatiger Marathon der Hypochonder ist!

Ich schmeiße das beängstigende Buch in den alten Kühlschrank, wo wir ungelesene Bücher aufbewahren.

*8.11.*

Die Hälfte des Drehbuchs ist fertig. Amalia Mniszech kehrt nach Polen zurück (die hat es gut!). Ihr Ehemann wartet vor dem Palast in Dukla. In einigen Jahren werden sie die Hütte umgebaut haben, werden eine Kirche stiften – in der Amalia den seltsamsten Grabstein in ganz Polen bekommen wird, das Bildnis einer Dame in einem Alabasterschaum aus Rokoko-Spitzen. In einem steinernen Kleid, hohen Schühchen und einer Steinhaube. Ihr gegenüber zwei Kristallspiegel, die bis in die Unendlichkeit die halb liegende Figur abbilden werden. Die Unendlichkeit als Nachahmung ihrer selbst. Ein Witz ohne Pointe.

Besuch bei der Hebamme in Stockholm.

»Du siehst ganz anders aus. Die Untersuchungsergebnisse sind wohl da«, vermutet sie.

Am Ultraschallgerät. Das Kleine merkt wieder, daß es ein Publikum hat, klatscht in die Händchen, klopft an die Gebärmutterwand. Von unter dem Bauchnabel kommt ein leises Surren. Die Hebamme notiert die Maße des Kindes, den Kopfumfang, zählt die Fingerchen dieses lustigen Kobolds.

»Eins, zwei, drei, vier.«

»Und wo ist der fünfte?« erschrecke ich.

»Im Mund, es nuckelt daran.«

»Das ist bestimmt ein Mädchen.« Piotr hat keine Zweifel mehr.

»Für das Pimmelchen oder die Muschi ist es noch zu früh, das kann man noch nicht sehen. Die Geburt wird … zwischen dem siebten und siebzehnten April stattfinden, das Kind wird schon selbst entscheiden.«

Ende des Films, sie schaltet den Bildschirm aus.

Aus der Praxis nehme ich ein 15 cm langes Menschlein mit, versteckt unter dem Mantel und meiner Haut. Ich habe es bis aufs Mark beobachten können, und dennoch weiß ich nichts darüber, ich weiß nicht, was es träumt. Ist es ein Er oder eine Sie? Es atmet mich, trinkt mein Blut. Wir laufen beide durch das All. Es ist in mich eingetaucht, vielleicht ist es noch allwissend. Ich habe bereits die Engelsspur im Gesicht. Die Kabbalisten sagen, daß kurz vor der Geburt ein Engel mit dem Zeigefinger die Stelle zwischen Nase und Mund streift und uns alle göttlichen Geheimnisse und das Schicksal vergessen läßt. Er hinterläßt eine Delle – das Siegel des Vergessens.

*9.11.*

Seit heute früh fühle ich meine Andersartigkeit. Ich habe es mir noch nie erlaubt, im Bett herumzuliegen.

Der Wecker schreit mich an:

»Der Karrrrdiologe um neun!!!«

Heute kann er das seine tun, ich tue das meine. Weiterschlafen. Endlich kommt Piotr aus dem Bad und läßt ihn mit einem Fausthieb verstummen.

Ich träume oft, aber so viel in einer Nacht? Wahrscheinlich träume ich für uns beide. Wenn wir durch die Luft und die Nahrung verbunden sind, warum dann nicht auch durch Träume? Wenn es Deine Träume waren, dann waren sie ganz zart – ich träumte von bunten Seidenbändern.

Sie legen mich ins Labor. Elektroden, das EKG, ich liege auf der linken Seite, den Arm unter dem Kopf. Die Apparate summen, es ist dunkel, warm. Das Kleine und ich lauschen durch ein Mikrofon auf das Wumm-Wumm meines Herzens. Die Laborantin fummelt mit der Sonde unter meinen Rippen. Das Wumm wird zu Pim-Pam; das Herz schlägt Rekorde im ununterbrochenen Ping-Pong des Lebens. Dann schmatzt es, schlürft und fängt damit an, wozu es erschaffen wurde: Bluttrinken. Entsetzliche Geräusche der Verfressenheit, des Saugens.

Stille. Ende der Untersuchung. Die Laborantin geht den Arzt holen. Ich nehme den Schallkopf des Ultraschallgerätes in die Hand. Das Gerät ist rein kardiologisch, vom ganzen Kind zeigt es mir lediglich den Herzschlag.

Ein blasser, glattgebügelter Spezialist erscheint.

»Bin ich gesund?«

Er analysiert den Ausdruck.

»Keine Verkalkungen der Herzklappen. Du bist superfit. Ich glaube, die, die dich in Polen untersucht haben, sind krank.«

Auf der Krankenhaustoilette anatomische Zeichnungen, Anzeigen:

»Ein Einsamer sucht eine Frau bis 20 Kilo.« Daneben die Notiz: »Da bist du hier in der Klinik richtig, du geisteskrankes Arschloch.«

Auf dem Weg zurück aus dem Krankenhaus fällt Piotr ein, wo es einen polnischen Laden gibt. Ein Wunder, die Erfüllung meiner Träume! Was für ein Tag – mein Herz ist gesund, ich bekomme Mohnstrudel, Käsekuchen, Pfannkuchen, einen duftenden Laib Brot, Sauerkraut, Bonbons von »Wedel«. An der Kasse die Informationsbroschüre des Polnischen Kulturrates in Stockholm. Lauter große Buchstaben, feierlicher Ernst, im Programm Filme, Konzerte. Ich futtere

Sauerkraut und schaue mir das Programm an. Die polnische Emigration ist immer noch eine Heiligenfigur, wie bei Gombrowicz.

»23. November, 19.00 Uhr – Proesie (Poesie und Prosa?) – der Generalkonsul der Republik Polen in Stockholm lädt ein zu einem Einführungsabend in die Reihe der polnischen Klassik. Berühmte Sprecher (hier Namen) werden Sie an unsere Großen Autoren erinnern. Beim ersten Abend, in den Räumen des Generalkonsulats, werden wir Strophen von Władysław Reymont und Adam Mickiewicz hören. Am Piano der Pianist …«

In ›Nyheters‹ ein Artikel über die Schriftstellerin Carina Rydberg und ihre berühmten »Teufelsspiele«, in denen sie locker ihre Privatsphäre mit der Fiktion vermischt. Sie beschreibt Affären mit bekannten Persönlichkeiten. Ein toughes Mädel. Was wäre, wenn ich die nicht mehr ganz frischen Laken von einigen meiner Ex-Bekannten wegziehen würde??? Diese Moralapostel, leuchtende Gestalten der Kunst und der Ethik. Aber wer würde mir das glauben? Lügen lassen sich leichter als die Wahrheit verkaufen. Ebendiese Menschen veröffentlichen Bücher, in denen sie sich selbst auf Orakel der Moral und des guten Geschmacks stilisieren.

Graphomanes Herumreiten auf anderen, das ist keine Literatur, meine Herren – aber die Bettgeschichten zu beschreiben ist schließlich ein so gutes Thema wie jedes andere.

In der Literatur, guter Literatur, ist sogar die Camouflage eine Vivisektion. Rydberg verarbeitet sich selbst mutig zu Literatur. Obwohl ja angeblich die Männer mit ihrer Offenheit Farbe bekommen, und die Frauen nur Veilchen am Auge.

Der Journalist spricht Carina Rydberg das Talent nicht ab (das fand man schon bei ihrem ersten Buch), überlegt allerdings, ob die Schriftstellerin, wacker mit dem Füller wedelnd, mit diesem Penisattribut nicht die männlichen Autoren beleidigt. Außerdem ist sie so dünn, daß sie keine Regel bekommt.

Der Rest des Artikels klingt besser, ohne diese Schlammschlachten der gesellschaftlichen Aufregung, ohne das wollüstige Knurren, das in Polen unter den Kritikern üblich ist, wenn der Autor eine Frau ist.

Eine Idee für eine Magisterarbeit:

»Der Einfluß penisförmiger Schreibutensilien auf die Entwicklung der männlichen Literatur bis hin zum Ende des 20. Jahrhunderts unter Berücksichtigung der weiblichen Literatur und der Informatik, unter Verwendung klitorisähnlicher Computertasten und der Maus.«

Eine Schüssel Spaghetti zum Mittagessen. Nach einer Stunde Leere im Magen.

»Pietuszka, ich glaube, nun fängt es an: die Schlacht um das Essen. Das Kleine hat meinen ganzen Teller aufgegessen.«

»Dann warte auf den Tritt in die Gebärmutter: Mama, Nachtisch!«

Ein langer Spaziergang im Dunkeln. Vom Hügel zwischen den Häusern spähen wir nach orangenen Lichtern unseres Zuhauses.

*10.11.*

Ab 9.45 Uhr können wir die Ergebnisse erfahren: Junge oder Mädchen. Mir ist es egal, auch, wenn ich mich an den Jungen gewöhnt habe. Piotr wäre ein Mädchen lieber. Zum Glück ist die Auswahl nicht so groß. Sowohl das eine als auch das andere wird eine Überraschung sein. Ich werde um zwölf anrufen, nachdem ich zwei Szenen der ›Polnischen Damen‹ geschrieben habe.

Frühstück. Danach schalte ich das Radio ein und lese die Fiszerowa, in dem Bewußtsein, daß ich bis zum Tagesende keine Zeit für solche Späße haben werde.

9.30 Uhr. Ich setze mich an den PC, meinen Geldgeber. Die Szene des Begräbnisses von Brühl – des Ministers am Hofe August des Zweiten, Amalias Vater. Die Menschenmenge, die Brühl aus seinem Sarg wirft, dann Amalia und ihre Tochter hinter der Glastür der Kirche, auf der Flucht vor dem rachsüchtigen Mob. Die Menge ruft: »Dieb, Blutsauger!« In meinem Kopf: »Mädchen, Junge?«

Ich halte es nicht aus. Mitten in der Szene rufe ich das Karolinska Sjukhuset an. Besetzt. Ich kehre zurück zu meinem Begräbnis. Amalia sagt bei der Betrachtung der geschändeten Leiche des Großvaters zu ihrer Tochter: »Entweder du beherrschst den Mob, oder sie reißen dich in Stücke.«

Ich werde die Szene zu Ende schreiben, erst dann anrufen. Ich halte es nicht aus, renne zum Telefon.

Ich könnte mir Mühe geben und die paar Sätze auf schwedisch jodeln. Aber ich habe Angst, mich zu versprechen, man muß so viele Versicherungsnummern und andere Zahlen durchgeben, als ob man bei einer Bank wegen eines Geheimkontos anriefe. Außerdem möchte ich die Antwort lieber auf englisch hören. Das schwedische *flicka* (Mädchen) erinnert mich an den französischen Bullen *flic*. *Pojke* (Junge) wiederum an einen blonden kahlköpfigen Typen in einem schwarzen Jogginganzug, der sich mit Malzbonbons vollstopft. Die berühmten Lieblingsbonbons der Kinder aus Bullerbü, gleichzeitig bitter und salzig. Ich habe sie mal an nichtschwedischen Kindern getestet. Die Reaktion war stets die gleiche: allen kam es reflexartig hoch.

Das Mädchen vom Karolinska Sjukhuset fragt mich nach meinem Geburtsdatum, nach der Nummer des Personalausweises, nach der Nummer der Untersuchung. Zum Schluß stellt sie mir noch die Fangfrage:

»Ist es dein erstes Kind?«

»*Yes*« – meine Stimme zittert.

Gemeinerweise läßt sie sich Zeit.

»Was glaubst du, Junge oder Mädchen?«

»*Oh, please ...*«

»*OK ... it's a girl.*«

»*GIRL!* Mädchen!!!«

Piotr läuft verpennt aus dem Schlafzimmer.

»Wußte ich's doch!«

Wir tanzen den Freudentanz. Ein Mädchen fängt eher an zu sprechen, zu laufen, ist einfacher in der Erziehung. Ein Mädchen ... *power girl!*

»Pola«, freut sich Piotr.

Ich versuche, ihn für Nana zu begeistern. Das ist auch leicht auszusprechen, ein internationaler Name.

»Nein, nein, wir haben es doch abgemacht. Pola ist ganz schlicht, einfach.«

Sogar der Staubsauger hört auf Piotr, wird immer ruhiger, bis er endgültig den Geist aufgibt. Wir fahren los, um einen neuen zu besorgen.

Der in ein *muscle shirt* eingezwängte Verkäufer versucht uns für einen dunkelblauen zu begeistern. Kein Wort über die Saugkraft, technische Daten, die Typen aus der Elektroabteilung so lieben.

»Ein großartiger, stabiler Staubsauger, ein Kind kann darauf fahren«, sagt er und rüttelt an dem Saugrohr.

Wenn sie dazu noch einen Kindersitz liefern würden, warum nicht, dann könnte man durch die Wohnung fahren und putzen. Der Verkäufer springt auf das Gerät drauf.

»Da, man kann darauf herumspringen und nichts passiert!«

Wir lassen ihn stehen, mit dem Vorwand, daß wir es uns noch überlegen müssen. Draußen vor dem Laden torkeln wir vor Lachen. Wir kaufen unseren woanders – einen ganz normalen Staubsauger zum Staubsaugen.

Der Internationale Tag des Horrors.

Im Westen: Ende des Ersten Weltkrieges, in Polen: Tag der Unabhängigkeit. Also überall im Fernsehen Leichen. Im werten ›Bouillon‹ Bilder aus Ruanda und Fragmente des Buches meines ehemaligen französischen Professors, der in Kambodscha in einem Gefangenenlager gefoltert wurde. Er konnte sich durch seine Buddhismus-Kenntnisse retten. Es ist ihm gelungen, den kambodschanischen Folterknecht – einen ehemaligen Mathematikprofessor – zu überzeugen, daß er Ethnologe und kein amerikanischer Spion ist. Nach Jahren ging der Franzose wieder nach Kambodscha und traf den ehemaligen Henker. Dieser war wohlhabend und lebte in Freiheit – trotz der 40 000 Ermordeten, die er zum größten Teil mit einem Spaten erschlagen hat.

Pivot fragt den Professor und noch einen anderen Gast, einen Journalisten aus Ruanda, nach dem Warum. Warum sind Menschen so grausam? Keiner der Gesprächspartner findet eine Antwort. Es gibt keine. Die Mörder aus Ruanda, die mit einer Machete Menschen töteten, fanden, daß diese sich leichter schlachten lassen als Tiere – vor dem Tode werden sie demütig.

Im Dritten Programm abends eine Diskussion über die moderne Form des Patriotismus. Ich male auf Seide und höre auf, das Gespräch mitzuverfolgen. Für mich sind Fußballfans das beste Beispiel für Patriotismus. Und die Nachbarn, die die schwedische Flagge raushängen lassen. Das ist die hiesige Mode. Wenn du verkatert aufwachst und nicht weißt, wo du eigentlich bist, schaust du aus dem Fenster: Schweden, und das Meer drumherum. Überall Schweden, kein Zweifel, vor einheitlich rostrot gestrichenen Häuschen schwedische Flaggen. Eine Art des territorialen Herumpinkelns, Markierens. In Schweden, in einem schwedischen Haus, wohnt ein Schwede mit seiner Totem-Flagge im Garten.

Der polnische Patriotismus beruht wiederum auf dem Glauben, daß wir das Europa und der Welt versprochene Volk sind.

Mein Seidenbild ist fertig. Das Portrait eines Mädchens mit einem Blumenkranz. Süßer Blick, verführerisches Lächeln. Der Fleck des Mundes sieht etwas blutig aus, angetrockneter Grind? Die von den Lippen verdeckten Zähnchen sind nicht zu sehen. Zwei Hauer, das Erbe räuberischer Vorfahren. Wir haben nicht nur den letzten Krieg gewonnen, wir haben gegen alles Lebende gewonnen. Der Mensch hat sich vielleicht zivilisiert – bildete Völkerbanden, aber er hat sich nicht vermenschlicht. Vermenschlichen kann man einen Hund oder Disneys Tiergestalten.

Wir werden immer noch von maskenlosen Gottheiten regiert – von Instinkten und dem bißchen grauer Zellen an der Spitze des Kopfes. Dieses wird räuberische Intelligenz genannt. Sie ist grausamer als Fangzähne und Krallen. Diese kleinen Pol Pots in ihren Büros und Redaktionen, die ihre Angestellten quälen – die wiederum wie aus dem Krieg nach Hause kehren, mit Löchern im Magen. Geschwüre als Schußwunden der Zivilisation. Ich sollte mich nicht aufregen, Pola nicht schaden.

Abends Mozart. »Zu viele Noten«, meinte über ihn Kaiser Joseph der Zweite. Vielleicht kann eine davon durch meinen Bauch dringen und zu Polas zusammengerollten Öhrchen gelangen.

*12.11.*

Nach dem Aufwachen kommen die meisten Gedanken. Nicht verschmutzt vom Frühstück, Herumgewusel – also unanständig leicht: im Januar nach Italien! Mit dem Flugzeug nach Venedig, Siena, Assisi, und warum nicht nach Rom?

Piotr kommt von der Arbeit, hört meinen Plänen zu.

»Du wirst sooo einen großen Bauch haben, Pola wird dich ständig treten, du wirst genug haben – keine Museen.«

Pietuszka legt sich hin, ist erschöpft vom Nachtdienst. Ich bleibe bei ihm, bis er eingeschlafen ist. Diese Viertelstunde entschädigt mich für die Nacht ohne ihn. Ich kämme ihm mit den Fingern durch das lange Haar, das weich auf dem Kissen liegt. Zerzaust, als ob er im Schlaf irgendwohin liefe. Verwuschelt durch geträumte Gefühle und tatsächliche Probleme.

Die Klingel des Telefons weckt mich.

Die Produktionsleute vom ›Städtchen‹. Ich höre mir ihre Version an. Sie wollen zehn Folgen sofort, die weiteren vierzehn wahrscheinlich …

»Bis Ende Dezember weiß ich, was ich zu tun habe, und dann?« – versuche ich zu planen.

»Warte zwei Wochen, es wird sich schon klären.«

Ich habe keine Zeit zu warten. Ende März werde ich wie ein riesiger Luftballon aussehen, der Ballon wird wegfliegen, und ich werde auf der Erde bleiben – mit Windeln, Säften, nächtlichem Aufstehen. Keine Rede vom Schreiben! Man kann die Natur planen: zwischen dem 7. und 17. April ist es soweit.

Die rationalen Menschen sind unkontrollierbar: »Es wird sich schon klären.« Ich schreibe gerade an einem Film, habe ein angefangenes Buch in Arbeit, eine Serie in der Produktion. Die Zeit rast, ich bin ungeduldig. Ich versuche mir diese rasende Zeit vorzustellen, und daneben die schleichende Geduld. Ich kann nicht schleichen, kann keine kleinen Schritte machen.

»Liebt die Menschen, sie verlassen uns so früh.« Der Priester Twardowski spricht seinen Refrain im Fernsehen. Vielleicht wird endlich jemandem aufgehen, daß es nach der x-ten penetranten Wiederholung nicht poetisch, sondern wie der Aufruf zum vorzeitigen Samenerguß klingt?

Zum Mittagessen Gehacktes. Ich nehme mir das Rezept vor: Eier, Semmelbrösel. Ich matsche in dem schleimigen Ei herum, füge Gewürze hinzu. Ich überlege, ob die Kochrezepte nicht dazu da sind, dem toten Fleisch wieder Leben einzuhauchen: Farben, Konsistenz, Geruch. Ein bißchen von diesem, ein wenig von jenem, schon wird aus dem blutigen Schweinestück das Monster des Doktor Frankenstein. Man muß es mit Pfeffer einreiben, im Topf warmmachen und *voila*! Das Fleischstück schmeckt wie lebendig!

Pietuszka und ich sind spazieren. Blattlose, rötliche Birkenzweige auf weißem Hintergrund der Baumrinde erinnern an brennendes Reisig. Es ist warm, als ob es wirklich so wäre. November ohne Frost.

Ich versaue mein neues Seidenbild. Die Kontur, die ich mit Farbe fülle, sieht alles andere als gekonnt aus. Nicht einmal der glänzende Charme der Seide hilft, der sonst die gröbsten Fehler maskiert. Angesichts jedes neuen Bildes bin ich ein Laie.

*13.11.*

Eine ganze Wand voll mit ›Polnischen Damen‹: 39 Szenen, 60 Seiten. Amalia müßte sich jetzt an der Barer Konföderation* beteiligen und in den Mord an Potockis Frau verwickelt sein. Ich müßte die Konföderation in einigen Szenen beleuchten, aufzeigen, worum es da gegangen ist. Ohne

* Konfederacja Barska – geschlossen 1768 in Bara/Podole, ein bewaffneter Verbund poln. Adels, richtete sich gegen die Reformen des Königs Stanisław August Poniatowski (Anm. der Übers.)

die Off-Stimme. Ich starre auf den Bildschirm, nichts. Eine weiße Wand. Und Amalia soll doch Sympathieträgerin sein!

Ich schreibe, lösche es wieder. Wenn mich Szenen und Dialoge langweilen, wird es nichts. Gute Texte schreibe ich nur im Flow.

Ein Spaziergang durch den Wald. Ich schnappe meine Dosis Poesie auf und gehe zurück in mein Gefängnis. Mein Gehirn sitzt wohl in den Beinen; im Sitzen kann ich nicht denken.

Vielleicht gibt es neben Menschen, die ein besseres visuelles oder Hörverständnis haben, auch welche, die besser im Sitzen oder Laufen denken können. Klugscheißer meinen, daß Bewegung gut fürs Gehirn ist. Das Schaukeln vor und zurück soll ein Gehirnareal aktivieren, welches für das Gedächtnis verantwortlich ist.

Nur kann ich mich an das Jahr 1770 nicht erinnern.

Sex in der Schwangerschaft! Ha! Im Stehen wird es immer bequemer, von hinten. Soll ich mir nuttige *high heels* zulegen? Pietuszka müßte nicht mehr in die Knie gehen, um auf selber Höhe mit mir zu sein, und das Klettern auf einen Hocker ist mir zu rührend kindisch. Ganz entschieden: Stökkelschuhe, *sursum corda,* und Hintern gereckt!

Zosia ruft an und fragt, ob ich zugenommen habe. Das letzte Mal war ich bei ihnen im Juli, zum Kaffee und Kuchen. Sie haben sich sehr gewundert, als ich mich auf Töpfe gestürzt habe und angefangen habe, Reste auszufressen: alten Nudelauflauf, chinesisches Essen, anderes; und nach mehr spähte. Als Wegzehrung bekam ich einen Topf Gänseschmalz. Später hat Piotr ihn weggeworfen, da er annahm, es sei alter Käse.

Ich sage die Wahrheit: »Zosia, wir haben vier Kilo zugenommen seitdem, Pola und ich sind im fünften Monat.«

Zosia freut sich fast mehr als wir: »Endlich!«

Als ob wir Patriarchen wären, in deren Leben ein Wunder passiert ist. Sie wird mir eine Ladung ihres genialen Nudelauflaufs schicken. Ist das gut, schwanger zu sein!

*14.11.*

Ein Anruf meiner Verlegerin. Sie ist gerade von der Frankfurter Buchmesse zurück. Hat mir Zeitungsartikel mitgebracht, in denen sich die Deutschen wundern, warum ich dieses Jahr nicht da war. Die Antwort ist einfach: dieses Jahr haben nicht die Deutschen nach Frankfurt eingeladen, sondern Polen, das Gastland. Ich habe es nicht geschafft. Davor ja, und in einem Jahr werde ich wohl wieder fahren, aber zu den Feierlichkeiten der Polnischen Tage hat mich niemand aus meiner Heimat eingeladen.

Die Spanier haben ›Metaphysisches Kabarett‹ gekauft, es soll Ende des nächsten Jahres erscheinen.

Kalt. Piotr räumt auf der Terrasse auf. In jedem Zimmer, auch in der Küche, haben wir Sofas und Liegen. Auf der Terrasse zwei. Die muß man für den Winter mit Stroh zudekken. Unter einem der Sofas liegt ein Vogelnest. Ich habe es einst im Wald gefunden und nahm es mit nach Hause; habe Hühnereier hineingetan. Habe es an die Wand neben die Satellitenschüssel gehängt und erzählte Piotr von riesigen Vögeln, die um unser Haus herumflogen. Er ließ sich nicht veräppeln; auf den Eiern prangten Verkaufsstempel.

Wir wollen ins Kino. Es sollte einen chinesischen Film über Drachen geben, eine Art taoistisch-feministischen Eastern. Der kommt aber nicht, ebensowenig der neue mit Michael Douglas; angeblich seine beste Rolle. Aber es kommt die neue Version von ›Shaft‹. Pietuszka ist dagegen: »Das ist kein Film für schwangere Frauen, zu brutal.«

»Was ist dann für Schwangere, Zeichentrickfilme?«

Wir leihen uns zwei Filme aus der Videothek aus: ›Hurricane‹ über einen Boxer – für nichtschwangere Männer – mit Al Pacino. Für mich der französische ›Die Frau auf der Brükke‹. Trotz Daniel Auteuil nervig: eine Metapher nach der anderen. Am Ende wird daraus eine Metapher des Films, aber kein richtiger Film. Die französische Krankheit.

Wenn ich in unserem Dorfladen einkaufe, der an die ICA-Kette angegliedert ist, verstehe ich die Idee zu ›Babettes Fest‹ von Karen Blixen. In der Schlange zur Kasse würde ich am liebsten rufen: »Hallo Leute! Auf der Welt gibt es noch richtiges Brot! Ungesalzene Butter! Kekse, die anders schmekken als dieser Kardamom-Zwieback, es gibt duftendes Obst, wohlriechendes Gemüse!«

Babette brachte aus Europa raffinierte Leckereien in ihr skandinavisch-protestantisches Dorf. Mir geht es nicht anders, auch ich bringe für Kerstin Kekse und Marmeladen aus Polen mit.

»Koste mal etwas anderes, eine andere Welt, andere Gerüche. Bei uns werden die Sinne nicht tiefgefroren!«

Kerstin tut nicht so als ob, es schmeckt ihr wirklich. Der dreißigjährige Håkan, der das Essen liebt, kommt aus dem Staunen nicht heraus, daß es so lecker ist. Sie würden solche Würste und Süßigkeiten kaufen, wenn es sie in Schweden gäbe. Nur gibt sie es nicht.

›Babettes Fest‹ ist Pflichtlektüre in den Schulen.

Warum tritt mich Pola nicht? Sie sollte doch … Piotr fällt gleich etwas zur Beruhigung ein: »Vielleicht, weil sie dich gut leiden kann?«

Abendliche Hoffnungslosigkeit. Draußen grau, im Kopf grau. Müdigkeit. Das, was ich heute früh geschrieben habe, finde ich jetzt sinnlos, das, was ich morgen schreiben soll – unmöglich zu schaffen. Was bleibt, ist das Glitzern des Fernsehers. In der Sendung ›Fenster‹ das Gespräch unter dem Titel »Alles zu verkaufen«. Kasia Figura* erklärt ihre Idee des Sex-Telefons. Sie ist eine coole, temperamentvolle Frau, die anscheinend mit der Männerwelt ein Hühnchen zu rupfen hat. Ihr Sex-Telefon, eine Art Revanche, eine Gelegenheit, den Macho bloßzustellen, verwandelt sich plötzlich in »ein Medium des Austausches mit dem Publikum, Kommunikationsmedium.« Der andere Gast, ein Werbefachmann, ein ehemaliger Übersetzer anspruchsvoller englischsprachiger Literatur, vergleicht die kleingedruckte Nennung seines Namens in einem Buch mit der Urheberschaft eines Billboard, das in ganz Polen präsent ist. Er tratscht über die Werbewelt, die die kreativsten Gehirne ausbrennen läßt. Kein Wort über das große Geld, das an den Plakaten klebt und das er damit verdient. Geniert er sich für seine Arbeit oder kehrt er den edlen Herrn raus? Reich zu sein und frei von Geburt an – die Begabung als eine Gnade, die keine Anstrengung kostet? Demütigung durch das Geld.

Polen vor 200 Jahren, die Mischung aus hoch und tief, edle Salons und Plumpsklos.

Die Fiszerowa schreibt über den berühmten Herzensbrecher, Fürst Józef Poniatowski: »Eine der seltsamsten Gewohnheiten im Alltag des verweichlichten Fürsten war das Empfangen von Gästen auf der Toilette. In den Morgenstunden saß er darauf, ohne die Stellung zu verändern; nach einer Zeit hat man sich daran gewöhnt und zeigte keine Verwunderung.«

* Katarzyna Figura – berühmte polnische Schauspielerin (Anm. der Übers.)

15.11

Die Künstlerische Agentur aus Gdańsk lädt ein zu einem Treffen mit Studenten, ins Radio, in die Bibliotheken usw. Zum ersten Mal bietet mir jemand ein ziemlich hohes Honorar für eine Lesung an, vergleichbar mit den deutschen »Entschädigungen« für solche Reisen. Neue Zeiten oder neue Agenturen? Anscheinend würdigen sie es, wissen es zu schätzen, daß der Autor nicht nur Werbung für sich macht (oder besser: einen Affen aus sich macht), sondern auch Arbeit – vor allem, Ablenkung von der eigentlichen Arbeit.

Ich schreibe zurück: »Okay, nur werde ich zu dieser Jahreszeit und in meinem Zustand keine Fähre besteigen. Ich habe volles Verständnis, wenn die Agentur sich nicht das doppelt so teure Flugticket leisten kann. Vielleicht ein andermal ...«

Die Antwort kommt mit Shakespeare und per Fax:

*Der Liebe leichte Schwingen trugen mich;*
*Kein steinern Bollwerk kann der Liebe wehren;*
*Und Liebe wagt, was irgend Liebe kann.*

Dann suchen sie also einen Sponsor für Julias Schwingen. Ich bin ebenfalls per Fax dankbar, daß sie darauf verzichten, mich in der Rolle der Ophelia zu sehen, die mit einer polnischen Fähre aus den 60er Jahren untergeht.

Zum ersten Mal nach vier Monaten der Geschmack von grünem Tee mit Zitrone. Am Anfang der Schwangerschaft meinte Pola wohl, es sei Tee aus Kippen und protestierte brutal dagegen. Heute hat sie es geschluckt und blubberte anschließend (erfreut?).

Tagsüber, bedeckt von Kleidung, ohne Schmerzen und Übelkeit vergesse ich das, was ich in mir habe. Wenn ich in der Badewanne liege, kann ich mich an mich selbst nicht gewöhnen. Der Bauchnabel ist asymmetrisch verrutscht, unter die Achsel, wie eine Brieftasche. Vermutlich ist er dem Blinddarm hinterher, der unter die Schulter wandert – so zumindest die Illustration im Buch über Veränderungen in der Schwangerschaft.

Der Bauch erinnert an ein Monster, das es sich in meinem Magen bequem macht. Im Profil sieht es noch halbwegs aus, so mütterlich; von oben – unförmiger Bauchsack. Ich bestand immer nur aus Haut und Knochen, ohne weibliche Rundungen. Und nun – eine Explosion. Damit ich weiß, von wo bis wo Pola reicht, um sie zu fühlen. Nichts da. Es ist ein Geheimnis, das mir den Magen abdrückt.

Beim Zappen fand ich zufällig einen Film der BBC über Höhlenmalereien. Etwas, worauf ich seit Jahren gewartet habe. Zusammenhängende Erklärungen der Symbolik dieser Bilder. Die Erklärungen in Büchern haben mich bis jetzt nicht überzeugt:

»Unsere Vorfahren von vor 30 000–25 000 Jahren konnten hervorragend Tiere malen, die Menschen dabei lediglich skizzierend – denn die Jagd war der Sinn ihres Lebens.«

Und die sich in diversen Höhlen wiederholenden geometrischen Muster? »Eine Art Zeichensprache, die auf die Menge der erlegten Beute hinwies.« Wenn aber jemand ein Pferd beinahe dreidimensional malen kann, warum sollte er dann keine Gesichter können? Die Menschen waren seit jeher in ihre eigenen Abbildungen verliebt. Und dieselben Spiralen, Gitter und Striche an weit voneinander entfernten Orten, in Zeiten, da es keine gemeinsame Kultur gab, nur Horden von Jägern und Sammlern?

Die englischen Archäologen verglichen die Malereien der Buschmänner mit Zeichnungen in französischen Grotten. Die Buschmänner, die am Rande der Kalahari-Wüste leben, erklärten den Forschern ohne Probleme, was die eine oder andere Darstellung der Ahnen bedeutet und tanzten diese in Trance. Der Schamane der Buschmänner beschrieb einen Flug, bei dem er von den Seelen der Tiere geführt wurde. Der durchdringende Schmerz, die Qual, die auf seinem Gesicht zu sehen sind, sind Zeichen der Gnade. Die Gottheit hat das Flehen um Kraft erhört. Der Kreuzweg der Barmherzigkeit.

Ähnliche Resultate, Flüge durch Farben und Räume erreicht man durch tiefe Hypnose, wenn man keine Befehle eingibt, sondern es dem Gehirn erlaubt, ganz langsam zu arbeiten. Dann sendet es Halluzinationen. Plötzlich erscheinen auf dem Bildschirm des Geistes Striche, Spiralen, Gitter. Dieselben Muster und Erlebnisse wie in den Höhlen – unabhängig vom Alter und Kulturkreis der Untersuchten. Ich erinnere mich an meine LSD-Reisen durch kunterbunte Tunnels aus Farben. Die ersten LSD-Erfahrungen haben mir den Kopf durchgebrannt. Nie wieder werde ich die Leichtigkeit dieser ersten Erlebnisse haben. Sollte ich mit wenigen Farbnuancen malen, was ich damals gesehen habe, sähe es aus wie rote oder schwarze Punkte der Höhlenmalereien.

Diese Gitter und Striche waren also nicht erste Zahlen oder Abbildungen von Tierfallen, sondern Symbole von Visionen. Die Menschen, von Schamanenpfeilen durchbohrt, erfahren das schmerzhafte Hindurchgehen auf die andere Seite der Wirklichkeit – geführt von Tieren, die übernatürliche Mächte symbolisieren. Diese Erklärung überzeugt mich, genauso wie Heiligenbilder, auf denen Heilige und Engel, die ins Jenseits führen, präzise dargestellt sind, die Sterblichen wiederum nur leicht angedeutet. Ob man die übernatürlichen Kräfte, die einen aus der materiellen Welt wie eine Rübe aus der Erde ziehen, nun Pferd, Büffel oder heiliger Markus nennt, ist eigentlich egal. Ein Heiligenschein, oder der Schnabel eines geflügelten Führers ins Jenseits – das sind bloß unwichtige Details.

Wenig sinnvoll erscheint mir die alte Hypothese aus Schulbüchern, daß die Höhlenwände, ihre Form, zur Suche nach bekannten Tiergestalten anregten und daß erst das Malen in Trance führte.

Ich dachte an Pola, in der gemütlichen Höhle meiner Gebärmutter eingeschlossen, die sie mit ihren Pfötchen betastet, in den Urschlaf versunken. Was zeigt ihr das sich Schicht um Schicht entwickelnde Gehirn, was träumt sie? Striche, leuchtende Punkte? Mein kleines Menschlein in der Trance der Selbstwerdung.

*16.11.*

Früh um sieben ist es dunkel. Ich setze mich in die Küche, trinke Tee und horche auf die Geräusche im Haus. Die Gegenstände wachen gehorsam: die Töpfe auf der Herdplatte, der verschwitzte Wasserkocher. Draußen das Füßescharren der Schulkinder – ihre schweren Ranzen, die ihnen die Arme nach hinten beugen wie abgebrochene Flügel.

Pietuszka legt sein Ohr an meinen Bauch. Pola ist nicht zu hören, kein Herzschlag, kein Treten; es ist noch zu früh.

Beim Einkaufen schauen wir in einen Babyausstatterladen. Wunder über Wunder: Wiegen, Bettchen, komische Hüpfvorrichtungen, Tragen, Milchpumpen. Ich laufe mit offenem Mund herum und rechne: ein-, zweitausend Kronen. Ich schaue mir die Spieluhren an, überlege, ob ich nicht jetzt schon eine kaufen soll und an meinen Bauch legen, bevor ich schlafen gehe. Pola kann doch schon hören. Vielleicht wird sie sich daran erinnern können und besser einschlafen? Als Pietuszka sieht, wie ich mich für einen Stubenwagen aus Weidengeflecht begeistere, rät er mir zu einem normalen Holzbettchen.

»Da kann man die Höhe verstellen, es wird für 2–3 Jahre reichen. Aus dem Stubenwagen ist sie nach einem halben Jahr herausgewachsen.«

»Stimmt schon, aber er ist so leicht, und man könnte sie im Haus herumfahren. Wenn ich koche, schreibe, habe ich den

Wagen bei mir, wenn ich ins Bad gehe, ist Pola auch dabei. So ein stabiles Holzbett mit Gittern würde mich dazu verdammen, daß ich ständig nur darum herumspringe.«

Mein Hauptargument für den Stubenwagen ist jedoch, daß er einfach wunderschön ist, mit einem Baldachin und weißer, bestickter Bettwäsche.

»Na ja, was soll's, ich bin auch in einem Weidenkorb aufgewachsen, in einem Wäschekorb!« kapituliert Pietuszka.

Hier ist alles so zuckersüß wie im Zwergenland. Nur die Kinderwagen sind der Horror. Von der Seite sehen sie wie Särge aus. Ich kann mich an solche düsteren schwarzen Dinger erinnern, mit zitternden Glasscheiben in den Seitenteilen, in denen man die spitzenbesetzte Bettwäsche sah. Sie fuhren am Hof meines Hauses vorbei, hinter ihnen das Orchester, die Trauergäste und die faszinierten Kinder.

Diese Kinderwagen haben Plastikscheiben, praktische, deprimierende Farben. Ich greife mir so einen und vom Bestatter werde ich zum Kindermädchen. Nur das Häubchen fehlt mir, und ich könnte in einem Musical über die besseren Kreise auftreten. Bessere Kreise, weil man für die paar Federn und das zweifelhafte Design dreihundert Dollar hinblättern muß.

Nun erwarte ich nicht bis zum nächsten Frühling eine Revolution in der Kinderwagenindustrie. Pola wird im Stubenwagen herumgefahren, und zum Spazierengehen werden wir ihr eine Trage kaufen.

Aus Polen die Nachricht über einen neuen Preis – Józef-Mackiewicz-Preis. Das Gegenteil zum Nike-Preis, etwas für anständige rechtsgerichtete Schriftsteller. Gut so. Je mehr Preise, desto besser. Wozu kann man Mackiewicz eigentlich sonst gebrauchen? Seine Obsessionen und Romane sind etwas blaß geworden mit der Zeit. Klar, er wird nicht mehr gelesen, aber als Symbol gebraucht.

Seine Art zu denken war selten, in Polen unbekannt – vielleicht mit Ausnahme von Brzozowski. Klar und logisch, wie es sich für einen Naturforscher gehört. Er hat sich auf keine Nuancen eingelassen, die die Wankelmütigkeit der menschlichen Natur entschuldigt hätten. Die Natur ist grausam, und der Mensch durch die Geschichte (Kommunismus!) zum Tier geworden. Man jagte ihn von links und von rechts, hat ihn gehetzt.

Mackiewicz wäre zu gebrauchen gewesen, wenn es für irgend jemanden nach dem Zusammenbruch der Sowjetunion wichtig gewesen wäre, den Unterschied zwischen dem wahren Rußland und dem Kommunismus aufzuzeigen. Er kannte Rußland, war davon begeistert – und er kannte sich mit dem Kommunismus aus. Er hat ihn nicht verinnerlicht, machte sich über die Theorien lustig, die der Ideologie russische Wurzeln zuschrieben. Die Sowjets waren für ihn das Gegenteil von Rußland, eine teuflische Verhöhnung. Solche Vergleiche hat er allerdings nicht geprägt. »Teuflisch«, »dämonisch«, das war der Stil von Zdziechowski, der Mackiewicz in der System-Diagnose etwas ähnlich war. Über die beiden habe ich meine Magisterarbeit in Komparatistik geschrieben, 1987. Einer meiner Diplomväter, ein anständiger Mensch, aber feige, hat im letzten Moment seine Teilnahme an der Prüfung abgesagt. Als ich ihn mal in Krakau getroffen habe, wollte er mir ausweichen und in ein Geschäft reingehen. Was hätte er mir auch sagen sollen? Daß er Angst um seine Karriere hatte? Er hat uns aber einige Jahre lang das Denken entgegen der politischen Richtlinien gelehrt. Nur Pech, daß anstelle des Geschäftes eine Wand mit einer Dachrinne war. Also stand er unter dieser Rinne, als ob er überlegte, ob er aufs Dach klettern soll.

Pietuszka hat Gattungsprobleme: »Wenn du nach Budapest fährst, solltest du Pola hierlassen, die hat da nichts zu suchen.

Wenn ich ein Königspinguin wäre, könnte ich auf das Ei aufpassen und es auf meinen Füßen schaukeln. Das Weibchen käme dann von den Reisen zurück und könnte das Päckchen übernehmen.«

»Austro-ungarisches Geplapper. Unmöglich!«

In fünfzig oder hundert Jahren wird man die Schwangerschaft als eine Gefahr für den Embryo ansehen und ihn in eine künstliche Gebärmutter verpflanzen, in der ihm keine Vergiftungen, Unfälle, Sauerstoffmangel drohen werden. Alles die Schuld der Mutter! Die natürliche Schwangerschaft wird ein riskanter Luxus sein.

»Eeee« – meint Pietuszkin, nach dem es eher ungefährliche Drogen geben wird. »Dann könntest du während der Schwangerschaft das eine oder andere einwerfen.«

»Liebling, denkst du nicht zufällig an dich selbst? An dein Älterwerden ohne Kater?«

Ich borge mir für die Fahrt seine Cordhose. Ich habe keine Taille mehr, ich habe einen Bauch und kriege die Hose nicht zu. Ich binde sie mit einer Kordel fest. Ziehe den Pullover drüber, und so sieht man den Ballon nicht.

*17.11.*

Es wird keine Mehrwertsteuer auf Bücher geben, hurra! Und für Hausbauer bleibt alles beim Alten! Zwei neue Gesetze, die mich näher an mein »Schriftstellerhaus« bringen.

Ich mag Tusk, vielleicht, weil er genauso wie ich lispelt. Oder weil er normal aussieht und vor dem Hintergrund dieser verbotenen Politikerfressen anständig wirkt. Er wird sich um den Chefsessel der Union bewerben. Auch Geremek mit seiner Solidarność-Tradition; der kann mit den Kommunisten reden. Tusk tut mir leid. Weder bei der Präsidenten- noch bei der Kommunalwahl hat mein Kandidat gewonnen.

Noch ein Vorteil, daß es ein Mädchen ist. Männer – also die Spermien bei der Befruchtung – verlieren ihre Mitochondrien-DNA. Ins Ei-Innere dringt lediglich der genetische Kern, alles andere fällt ab. Also werde ich Pola die mütterlichen Mitochondrien weitergeben, von Urmutter Eva, und sie wird sie weitergeben, falls sie ebenfalls eine Tochter bekommt.

Die Männer sind eine Sackgasse der Evolution. Ich werde Pola keine Reichtümer hinterlassen können, aus dem »Schriftstellerhaus« wird wohl auch nichts (wenn es eines geben sollte, dann billig und wenig stabil); dann wenigstens diese winzigen Familienmitochondrien.

Ich stehe nachts auf und fühle absoluten Ekel. Ekel vor mir selbst. Ich latsche auf die Toilette. Kann man jemanden mögen, dessen einziges Lebensziel es ist, aufzustehen und auf die Toilette zu gehen? Um drei Uhr früh habe ich mich selbst bei diesem Bedürfnis ertappt, der Rest von mir schläft oder macht sich über mich lustig.

*18.11.*

Im Flugzeug bin ich irgendwo zwischen Himmel und Erde, verschlafen. Eher näher am Himmel. Noch eingekuschelt in die warme Nacht, in Piotrs starke, sanfte Hände.

Paprika mit Salami wird mir unter die Nase gehalten. Aha, ich bin auf dem Weg nach Ungarn – die Malev-Fluglinie heißt herzlich willkommen an Bord. Drei Stunden dösen. Es gibt keinen Unterschied zwischen den Wolken und dem Regen, der den Budapester Flughafen überflutet. Nach einer Serie von Mißverständnissen halte ich sehr genau Ausschau nach den Leuten, die mich abholen sollen. (Das letzte Mal flog ich nach Deutschland und nahm statt meiner Kreditkarte eine Telefonkarte mit. Und als ich abgeholt werden sollte, sind die Gastgeber – die eine grauhaarige Dame erwartet haben –

wieder nach Hause gefahren. So stand ich im Warteraum des Flughafens mit der Aussicht auf drei weitere Tage dort.)

Ich habe ein Stück Pappe mit meinem Namen dabei. Sie sind da, haben mich erkannt. Sie halten ›Handbuch für Menschen‹ mit meinem Cover-Foto hoch (manchmal ist es gut, seine Visage dort zu plazieren). Sie vergleichen mich mit dem Bild, kommen näher. Marta, die Ungarin aus dem Polnischen Institut, und Joszka, der Verleger.

Und ab nach Budapest. Vor ungefähr 15 Jahren war ich mal hier, kann mich an kaum etwas erinnern: römische Ruinen, Museen.

Joszka läßt beim Fahren das Lenkrad los und erzählt, wo wir gerade vorbeifahren. Er fügt Details seiner Biographie hinzu: daß er Ungar aus Transsylvanien ist, daß er vor 20 Jahren ohne Geld hierher kam, daß er einen eigenen Verlag hat. Dieses Jahr hatte er zwei berühmte polnische Schriftsteller in Budapest zu Gast: Stanisław Mrożek und Mickiewicz. Er fragt mich, was ich besichtigen möchte.

»Das Museum der Kaiserin Elisabeth.«

Joszka ist hingerissen.

»*No problem*. Sie hat die Ungarn sehr geliebt; morgen fahren wir nach Godol, zu ihrem Palast.«

Wir nähern uns meiner Schlafstätte – dem Gästehaus des Museums für Kulturerbe. Kádárs Erbe: ein riesiges Zimmer, abgewetzte Möbel aus den 60ern. Aufgedrehte Heizkörper und Daunendecken. Ich öffne das Fenster Richtung Garten – eine Plantage der Tristesse. Ich versuche, auf dem absterbenden Gas Wasser aufzukochen. Ich muß beim Herd stehen und den Hahn halten; absurd oder einfach nur sparsam?

Ich gehe in die Stadt. Zwei Haltestellen weiter die Burg. Ich kaufe eine Karte für Mozarts Requiem und gehe zurück in meine Kádár -Behausung. Düsterer, dunkler Stadtteil. Ich falle aufs Bett, komme nicht mehr hoch. Das Konzert ist um acht, ich habe Angst, rauszugehen. Ich schlafe ein bei Industrial-Sounds, die hinter der Wand hervorkommen wie Rauch. Ich habe keine Ahnung, was das ist. Eine gigantische Tiefkühltruhe, die die Mauern einfriert? Jemand haut rhythmisch gegen ein Stück Fleisch. Es riecht nach Gulasch. Ach so, unten gibt es wohl ein Restaurant.

Pola schwimmt wie ein Frosch von einer in die andere Bauchecke.

*19.11.*

»Die Dame ist auf ein Interview vorbeigekommen«, müßte es ungefähr heißen. Es ist nicht ein Journalist, der kommt, um ein Gespräch zu führen, sondern irgendein Frauchen, um ein bißchen zu plaudern. Ihre Unwissenheit oder ihre Meinungen zu bestätigen. So laufen die meisten hoffnungslosen Interviews ab.

Sie fragt mich nach meiner Ähnlichkeit zu Gombrowicz.

»Was meinen Sie genau?« – versuche ich zu verstehen.

»Ironie. In den Rezensionen Ihrer Bücher fällt oft das Wort Ironie.«

Ironie in Polen, ist das nur Gombrowicz? Dann müßte die Verwendung der Farbe Gelb durch andere Maler nach Vermeer ein Zitat sein? Soll ich mich erklären, die Ironie beschwören, ihr abschwören? Ich biete der Dame einen Tee an. Das einzig Sinnvolle an ihrem Besuch ist, daß sie mir die Funktionsweise des Gasherdes erklärt: »Man muß den Hahn etwa eine Minute halten. In Rumänien ist es noch schlimmer, die haben nur Gas aus Flaschen.«

Joszka kommt mit seinen Kindern, um mich nach Godol mitzunehmen. Ich bin so müde, daß mir ist, als verstünde ich Ungarisch. Es ist kalt, es regnet. Der Palast ist trist, die K.-u.-K.-Langeweile in einer barocken Gruft. Das Büro des Kaisers erinnert mich an Postämter in Galizien. Dazu Sissi in schwarzen, federbesetzten Kleidern, ihre Magersucht kultivierend.

Abends ein Essen mit dem Übersetzer des ›Handbuchs‹, Lajos. Sein griechisch klingender Name bedeutet soviel wie Ludwig, wie sich herausstellt. Ich bitte ihn, daß er mir die berühmten ungarischen Fladen bestellt.

»Kenne ich nicht…, ach so, du meinst slowakische!« glaubt er zu wissen, nachdem ich ihm erklärt habe, was ich meine. Er bestellt Wein, für mich Tee.

»Könnte ich bitte ein Weinglas für den Tee haben, wenn wir schon…« – und ich bekomme den Tee in einer kristallenen Karaffe.

Wir plaudern über die hier lebenden Polen. Lajos erzählt von einem zu Zeiten des kommunistischen Regimes aus Warschau hierherbestellten Gecken, der auf den Vorschlag, Mrożek ins Ungarische zu übersetzen, voller Überzeugung meinte: »Ich mag keine *science fiction.*«

Verarmte, verkrampfte Stadt. Zitternde Straßenbahnen. Die durch die Vulgarität der Armut hart gewordene Jugend. Aus der Kanalisation dringt derselbe Gestank wie im alten Prag. Derselbe Gestank des Alters, wie aus einem zahnlosen Mund, der die Erinnerungen der alten Grandezza mümmelt.

*20.11.*

Bis zum Mittag arbeite ich am Drehbuch zu den ›Polnischen Damen‹. Dann schaue ich ›Die Welt der Wissenschaft‹ durch: Im Jahr 2005 werden wir erfahren, auf welcher Seite des Alls wir leben. Wir müssen nur noch die Teilchen durch die Beschleuniger des CERN durchjagen.

Budapest ist auf der anderen Seite der Donau ebenfalls anders, in der Sonne. Ein wenig wie Paris, nur in Paris sind alle Häuser von Haussmann, hier jedes anders. Von 1860 bis 1914 wurden hier verschwenderisch absolute Wunderwerke der Architektur gebaut. Auch ohne den alten Glanz haben sie immer noch Klasse. Nicht einmal die Flicken des Luxus – westliche Geschäfte, an die Fassade drangemacht – können stören.

Plötzliche Ausblicke auf den Fluß, die Hügel. Dagegen ist Warschau zusammengequetscht, Quetschhausen.

Die Mauern in Budapest. Verwundet durch die Kugeln von 1956; Spuren der Zähne eines hungrigen Monsters, das sich auf der Suche nach Menschen durch Mauern gefressen hatte.

Im Hotel Gellért muß man zuerst durch das Elend der Umkleidekabinen durch, bevor man zur Jugendstil-Eleganz des berühmten Bades gelangen kann. Die Badehausfrauen verlangen von den ausländischen Nackten das Doppelte von dem, was man schon an der Kasse bezahlt hat.

Durch die angelehnte Tür sehe ich mit Laken ausgelegte Badewannen – das Szenario aus ›Marats Tod‹. Für 15 Dollar bekomme ich eine Badekappe aus Plastik. Ich verlasse die Umkleide in einem Einteiler à la Franz Joseph, mit Hosenbeinen fast zu den Knien. Die Frau streichelt verschwörerisch meinen Bauch.

»Baby?«

Es ist also doch jemandem aufgefallen! Nur sollte man keine Fremden tätscheln; fremde Kinder darf man streicheln. Mein Bauch ist durch die wenigen herausragenden Zentimeter ein öffentliches Gut geworden.

Polas erstes Spielzeug – Wasserbläschen. Nach einer weiteren Schwimmrunde gerate ich unter die bombardierenden Geysire der Massagedüsen.

*21.11*

Meine Lesung in einem Buchladen. Mitteleuropäische Gesichter, massakriert durch die Geschichte, intelligent, vertraut. Nicht durch die Zivilisation dressiert. Entweder kann man von ihnen ein geschliffenes Lächeln oder Wolfszähne erwarten.

Sinnvolle Fragen des Publikums und der Moderatoren. Ohne diese idiotische polnische Aggression, ohne die Überheblichkeit, die jedes Gespräch unmöglich macht – die lediglich eine Retourkutsche erlaubt, einen Maulkorb.

Ich werde zu einer Hungarophilen. In der Kneipe, in die Joszka junge Schriftsteller und Kritiker eingeladen hat, kehre ich zurück in die Vergangenheit. Das nostalgische Ungarn, das die Grandezza der K.-u.-K.-Monarchie vermißt, erinnert mich an meine Studienzeit im galizischen Krakau. In Cafés verbrachte Stunden, Euphorie, neue Ideen. Damals, als die Gesellschaft noch nicht in Rechts und Links aufgeteilt war, als der Sinn für Humor noch nicht von Geld erstickt wurde.

János – ein junger, witziger Dichter und Verleger, der von Gedichten immer wieder auf historische Romane kommt. Joszka, der mein Buch ›Namiętnik‹ herausgeben will. Lajos und ich erklären ihm die Unübersetzbarkeit des Titels – ein Wortspiel aus »Tagebuch« und »Leidenschaft«. Was für ein Witz – es gibt keine Währung, die sich nicht umrechnen läßt, und keine unübersetzbaren Worte. Aus der Kombination der ungarischen Assoziationen wird der Titel: ›Liebesmanöver‹. Genial, aber auch das hat es schon gegeben, ebenso wie das fünfte Glas Wein. Der slawisch blonde János rutscht näher an mich heran und fragt scheu, ob ich wirklich schwanger bin.

»*Da*« – wir unterhalten uns auf russisch.

Lajos mischt sich ein: »Stellt euch einen Hellseher in den fünfziger Jahren vor: Er sieht im neuen Jahrtausend einen Ungar und eine Polin, die sich im freien Budapest auf sowjetisch unterhalten. Der hätte einen Herzinfarkt bekommen!«

»Wie ist es, einen Menschen in sich zu tragen? Das muß unheimlich sein, ich könnte mich nicht daran gewöhnen.«

János ißt seinen Salat und versucht sich mit vollem Magen in die Rolle der Schwangeren hineinzuversetzen – voll von etwas Fremdem.

»Denkst du, ich kann das? Ich verstehe das auch nicht, manchmal fühle ich es, aber verstehen? Es hat nichts damit zu tun, daß ich eine Frau bin. Ja, eigentlich müßte es natürlich sein, von Hormonen vollgestopft. Genausogut könntest du schwanger sein, und dann fragte ich dich, wie es sich anfühlt.«

»Das Offensichtliche am Geheimnis ist das eigentlich Schreckliche.«

»*Straschnoje*.«

*22.11.*

Ich stehe nachts um vier auf, Joszka bringt mich zum Flughafen, und fährt von dort aus nach Transsylvanien, zum Begräbnis seiner Großmutter. Sie starb in der Nacht, als wir in der Kneipe gefeiert haben.

Am Abfertigungsschalter: »Stockholm-Budapest, das stimmt schon, aber nur in eine Richtung.«

»Wie das?« Mir wird schlecht. Die Ungarn haben das Tikket gekauft. Ich kann nicht einmal telefonieren, die letzten Forint habe ich einem Bettler gegeben. Und die Visa-Card habe ich aus Angst vor eigener Schusseligkeit nicht mitgenommen.

»Hier steht doch Budapest-Stockholm«, zeige ich das Tikket noch einmal vor, verunsichert.

»Kein Rückflug!« – die Dame weiß es besser.

Ich rühre mich nicht von der Stelle. Ich existiere für mich in meiner Blase aus Gewißheit, die mich vom Rest der Welt abschirmt.

»Ich prüfe es noch einmal«, sagt sie und erhebt sich schwerfällig.

»Ach doch, der Rückflug auch«, meldet sie verwundert.

Die Himmelspforten öffnen sich vor mir, der beflügelte Engel der Malev überführt mich zu meinem wartenden Pietuszka.

*25.11*

Ekel vor mir selbst, vor der Arbeit. Ich lese ganze drei Tage, warte auf die Wiederauferstehung meines Verstandes.

*26.11.*

Ein Tag, als ob die Sonne nicht die wolkenvereiterten Augenlider öffnen könnte. Um zwei ist es schon dunkel. Die Rehe werden ganz verwirrt von dem Wetter, schleichen sich ans Haus heran. Sie lassen es zu, daß wir uns ihnen auf fünf Meter Entfernung nähern, dann zeigen sie uns voller Grazie ihre weißen Hinterteile, bevor sie langsam davongehen. Sie haben die Farbe von Tannennadeln. Wegen des Futters kommen sie nicht (kein Schnee, kein Frost), warum also? Um die Menschen zu beobachten, was die so in diesem komischen Winter tun?

Bis zum Mittag korrigiere ich die ›Damen‹ und schicke sie von unserem Postschalter ab, der sich im Dorfladen befindet; geöffnet von drei bis sechs. Ich höre mir das Rülpsen einiger hinter mir wartender Holzfäller an und klebe den Umschlag mit 93 Seiten Drehbuch zu. Vor unserem Haus drehe ich mich abrupt um; ein Gefühl, als ob ich vergessen hätte, das Bügeleisen auszumachen.

»Ich habe vergessen, die Straße anzugeben. So wird es nicht ankommen, nur mit Stadt und Firma drauf.«

Zurück. Ich schreibe die Straße lieber zweimal auf, vor und nach dem Wort »Warschau«, zur Sicherheit. Ich bin frei! Bis Freitag. Pietuszka hat die ›Polnischen Damen‹ verrissen. Egal, es hat mich nicht berührt. Ich habe ein Stück gute

Arbeit geleistet, einige schöne Szenen. Wenn sie es nicht nehmen, werde ich es stückweise an andere Romanautoren und Drehbuchschreiber verkaufen, hehe!

Was ist das für eine Freude, am Herd zu stehen und zu kochen! Sauce hollandaise nach Rezept. Zuerst Eier schlagen. Ich bearbeite sie mit dem Schaumschläger, nichts tut sich, vielleicht soll ich sie reiben, nicht schlagen? Die Sprache ist nicht klar. In einer schwedischen Zeitung hat es jemand treffend formuliert: »Die Sprache ist der Virus des Alls.«

Die Sauce ist zu dünn; wohl wegen der Eier.

Uns fällt der Schluß fürs ›Städtchen‹ ein: in den letzten zehn Folgen werden sich die Wirklichkeit des Drehs, der Produktion und der ganzen Intrigen mit der Fiktion der Serie vermischen. Die Wirklichkeit wird die Fiktion um Längen schlagen, und fertig. Leider ist es nicht durchführbar: bei einer Soap aus dem Regiekästchen plaudern wäre eine fernsehtechnische Blasphemie, als ob man bei einem Krippenspiel die Figuren zerschmettert hätte. Eine Soap ist ihrem Sinn nach Satire. Und die Satire auf eine Satire ...?

Ich befinde mich gleichzeitig in zwei, drei Zeiten: in der Gegenwart, in der Zeit nach Polas Geburt und danach, nach dem Umzug aus Schweden. In der Zwischenzeit gibt es noch eine andere Zeit, andere Termine: Artikel abgeben, Dialoge schreiben, zu Hause anrufen. Nicht streiten, nicht wegen der Zukunft aufregen; wir wissen ohnehin nicht, was sein wird. Tragikomisch: zwischen Zeit und Raum gekreuzigt zu sein. Piotr bleibt dabei, daß er nicht aus Schweden weg will.

Ich lese die Stein zu Ende, die den heiligen Johannes vom Kreuz kommentiert. Dabei befand sie sich selbst kurz vor ihrem eigenen Kreuzweg nach Auschwitz. Präzision der

Gedanken, Sicherheit der Sprache. Nur manchmal verfällt sie in eine Art phänomenologisches Schwadronieren. Eigentlich sind ihre treffenden Kommentare ein Paradox, denn schließlich sind es Kommentare einer Nonne – die nebenbei noch Philosophin ist. Die Philosophie kommentiert keine Heiligkeit; sie, die Philo-Sophia, liebt die Weisheit, zu der sie auf den Stufen der Deduktion emporschreitet – und nicht mit dem Aufzug der Erleuchtung fährt. Zwischen den Sätzen der Stein Stille – darin Platz für Worte.

Pola ist ganz still, wenn ich mich bewege, tanze. Sobald ich es mir aber im Bett oder im Sessel bequem gemacht habe, wartet sie kurz ab und fängt mit ihrem Gehopse an. In ihren Händchen hat sie die Kraft eines Schmetterlings, daher dieses Flattern unter dem Bauchnabel. Manchmal vergesse ich sie – dann gibt es ein zartes Wumm! – und ich greife reflexartig nach meinem Bauch, damit sie nicht herausfällt.

*27.11.*

Immer in der ersten Nacht nach seinem Dienst wird Piotr irgendwann wach und geistert durch die Wohnung. Dann reden wir über das ›Städtchen‹, daß es so nicht weitergeht. Sie schicken uns »Vorschläge« und »Bitten«, aber hier sind sie falsch. Der Regisseur wünscht sich ein fulminantes Ende, weil es ja in der Schule heißt, daß es eine Exposition, eine Plotentwicklung und einen Schluß geben muß. Wenn es doch einen richtigen Schluß gäbe! Aber der Sender überlegt sich jedesmal ein neues Ende, immer, wenn sie über die weitere Produktion nachdenken. Das Ergebnis ist, daß wir nach der sechzehnten, dann nach der zweiunddreißigsten Folge Handlungsstränge beenden – um sie anschließend wieder aufzunehmen. Das war's jetzt, noch einmal machen wir es nicht. Wir entwickeln keine Plots, um sie dann abzuwürgen.

Also formulieren wir einen Brief an die Produktionschefs:

1. Eine Folge einer Serie dauert bis zu einer Stunde. Eine Soap kommt zwei- bis dreimal die Woche. ›Das Städtchen‹ ist wegen seiner Länge von 30 Minuten eine Soap, und wegen der Sendefrequenz einmal die Woche ein Serienfilm. Also weder das eine noch das andere. Ein Gattungsmischmasch.

2. Wegen der Sendezeit nach 20 Uhr ist es eine Serie, die mit Spielfilmen und Fußballübertragungen konkurrieren soll. Keine einmal die Woche gesendete Soap hält so etwas aus. Soaps werden nachmittags gesendet.

Es ist ein grundsätzlicher Fehler, als ob man einen Fliegengewichtler auf Mike Tyson loslassen würde.

etc.

3. Eine Serie hat einen Anfang und ein Ende, wie ›Mütter, Ehefrauen, Geliebte‹, denn sie erzählt eine Geschichte und endet dann. Es gibt keine ernstzunehmenden Familienserien, die zig Folgen hätten. Polizei-, Krankenhaus-, Berufsserien, *die* ja – weil da das Leben das Drehbuch schreibt. Familiären Hintergrund haben eben Soaps, die realistisch und nicht komisch sind.

usw. bis 14.

14. Dies führt unvermeidlich zu Situationen, in denen alles auf die Drehbuchschreiber geschoben wird – daß sie gegen amerikanische Filme nicht konkurrieren könnten. Dabei hat man uns keine Chance für einen Wettbewerb gegen eine polnische Serie oder eine ausländische Soap gegeben.

Es wird absurd. In der Früh schicke ich das Fax ab – ein Jahr zu spät. Wegen Mangel an Erfahrung haben wir uns in diese absurde Situation hineinmanövriert. Was soll uns der Produzent antworten? Nichts, ihm geht es wie uns. Außerdem ist er noch durch die Handschellen der Verpflichtungen und Zahlungen gebunden.

Mir tut es um die Figuren leid. Was habe ich davon, daß wir von der Zeitschrift ›Obcasy‹ für die ›Gdinger Löwen‹ beim Filmfestival vorgeschlagen wurden? Das Spiel des Lebens, der Konventionen ist geplatzt. Und wir haben es unserer eigenen Dummheit zu verdanken.

›Das Städtchen‹ muß sich jetzt rentieren, also wird es ausgeschlachtet bis zum bitteren Ende. Wir haben einen Vertrag für 14 weitere Folgen unterschrieben. Es sei denn, daß sie uns nach diesem Brief kündigen werden ...

Beim Spazierengehen denke ich an Weihnachten, obwohl es so matschig ist. Jeder Schritt in dieser Feuchtigkeit erinnert mich an Schritte am Grund eines alten Swimmingpools, der voller verfaulten Laubs ist.

Gedanken an Weihnachten, Familientreffen, Geschenke sind bunt und knisternd wie Seidenpapier. Ich packe sie ein, binde sie zu und schicke sie in die Zukunft.

Piotr hat mit seiner Mutter telefoniert und ihr von Pola erzählt. Vorher wollte er sie nicht damit aufregen. Wenn jemand depressiv ist, ist jede Nachricht wie ein Erdbeben. Sie war aber gerührt.

»Ich habe es mir schon gedacht, ihr liebt euch doch, fühlt euch wohl miteinander – da mußte ein Kind kommen.«

Nachts frage ich Pietuszka nach diesem Muster: Liebe und Kind. Die Hälfte der Beziehungen in meinem Bekanntenkreis ist ein Jahr, nachdem die Kinder da waren, gescheitert. Deswegen verstehe ich nicht, was ein Balg mit der Liebe zweier Erwachsener zu tun hat – wenn es sie mit Windeln und Säften auseinanderbringen kann, sich zwischen sie stellen kann. Pietuszka legt seine schlafende Pranke über mich und verspricht von oben herab: »Das erkläre ich dir morgen.«

*28.11.*

Ein ekelhafter Tag. Nach meinem Spaziergang rufe ich die Bank an. Natürlich ist mein Honorar für die zehn Treatments noch nicht gekommen. Noch nie ist es pünktlich gekommen, immer Verspätungen von einem Monat! Angeblich haben wir einen Vertrag, an den aber nur wir uns halten. Das nervt, es ist wirklich idiotisch. Wenn man in Polen zuverlässig ist, wird man für einen Idioten gehalten. Ich habe noch nie einen Termin platzen lassen. Vielleicht erwartet man gerade das von einem »Künstler«? Dieses lässige, nonchalante Vergessen von Terminen und Verpflichtungen?

Die Produktionsleute sind leichtsinnig, *mañana* – und wir steife Buchhalter, die sich an alle Verträge halten. Nach einem Monat voll mit »Wann? Ganz sicher?« fühle ich, daß ich das Geld endlich habe. Ich habe es nicht verdient, sondern jemandem aus der Tasche gezogen.

Eine freischaffende Tätigkeit verbinde ich in Polen stets mit der Freiheit, jemanden (also den »Künstler«) zum Deppen zu machen. Die Frau Redakteurin von ›Cinema‹: »Wir hätten so gerne einen Artikel, wir sind so eine kleine, dünne Zeitschrift; das Honorar wird ganz mager werden.«

»Okay, wenigstens das Minimum.« Ich erkläre mich einverstanden.

»Bei uns gibt es diese Idee ›Der Schriftsteller interviewt sich selbst‹.«

Ich schicke den Artikel zu. Nach dem Abdruck höre ich nichts mehr von ihnen. Ich kämpfe gar nicht mehr um die paar Groschen – mehr habe ich bereits für Anrufe und Faxe mit Korrekturen ausgegeben. Ich habe keinen Vertrag unterschrieben, weil ich ihnen auf Ehrenwort geglaubt habe, also gibt es kein Geld. Es ist mein Artikel, ich werde die Redakteurin mitnichten um Abdruckrechte bitten!

(Pietuszka, mein Animus, rät mir: »Benutz dein Tagebuch nicht als Platz für Kämpfe mit den Nächsten!« Aber es ist mein Tagebuch! Ich werde nicht jeden Tag mit tränenverschleierten Augen über Pola schreiben, oder mich ob eines kleinen Eichhörnchens gerührt zeigen, das jeden Tag Punkt elf Uhr um die Tanne vor dem Haus herumläuft. Es gibt

Momente, da könnte ich platzen, wenn ich an diesen mir abgeschwatzten Artikel denke.)

»DIE ÖFFENTLICHE SÜNDERIN

*Ich soll hier ein relativ schwieriges Kunststückchen vorführen – den Hut aus dem Kaninchen ziehen, also mich selbst interviewen. Also was? Soll ich mich selbst becircen? »Das wird sehr interessant« – lockte mich Frau Redakteurin. Ob es interessant ist, auf Fragen zu antworten, die man zur Genüge kennt? Das ist doch kein Interview, das ist eine öffentliche Beichte. So will ich dieses Mediensakrament empfangen – als eine öffentliche Sünderin.*

*1. Du sollst keine Götter neben mir haben.*
Für einen Schriftsteller soll die Literatur sein Gott sein. Immer wenn er ißt, liebt, denkt, läuft irgendwo der Wörterzähler und der Plot seiner Geschichte. Der Nebengott, oder ein Dämon, ist für einen Literaten oft das Kino, dem man ab und zu mit einer verächtlichen Geste den Tribut eines Drehbuchs zollt. Und das Goldene Kalb zahlt Hollywood-Tantiemen. Vielleicht bin ich ein Häretiker, denn für mich ist Kino der Literatur ebenbürtig. Lieber sehe ich einen durchschnittlichen Film, als in der Zeit zehn schlechte Bücher durchzublättern. Ich gehöre zu einer Generation, die, bevor sie lesen lernte, schon Zeichentrickfilme im Fernsehen anschaute. Natürlich verfügt die Literatur über andere Mittel als das Kino, aber auch sie will lebendige Figuren schaffen, eine reale Welt der Stories und Gefühle. Es ist ein sehr belehrender Moment, seine Phantasiewelt, die man aus Wörtern erschaffen hat, auf dem Bildschirm zu sehen. Die Vor- und Nachteile liegen auf der Hand – oder vielmehr auf dem Bildschirm. Die Stunden, die man bei der Analyse des verfilmten Textes verbracht hat, sind ebenfalls eine gute Schreibschule

der Konstruktion, der Psychologie. Die Tatsache, daß man die Literatur über die Filmkunst stellt, ist sicherlich nur der Wunsch nach Rache seitens der Schriftsteller, die vom Kino erniedrigt worden sind. Marek Hłasko meinte über ›Der achte Tag der Woche‹, Aleksander Ford habe aus seiner Erzählung über die Zärtlichkeit und erwachende Liebe eine Story darüber gemacht, wie schwer es ist, ein stilles Plätzchen zum Vögeln zu finden. Der beste Schriftsteller ist ein toter Schriftsteller, der sich nicht in die Arbeit des Regisseurs einmischt und sie nicht kommentiert. Der Vorteil des lebenden Schriftstellers ist, daß er bei den Dreharbeiten anwesend sein und aus seinem Werk noch etwas hinüberretten kann – bevor ihn die Filmleute rausschmeißen!

*2. Liebe deinen Nächsten wie dich selbst.*

Ich bin so sehr ich selbst, daß ich eine Exhibitionistin sein könnte. Ein halbnackter Mann im Park, der für das zufällige Publikum seine Mantelschöße auseinanderklappt, entblößt sich selbst. Wenn er seine Lust (sei es Erregung, sei es Geld) daraus schöpfte, jemanden anderen zu entblößen, wäre er ein Zuhälter, Manager oder Agent. Ein Schriftsteller ist ein Exhibitionist, auch wenn er aus Scham andere Personen erschafft. Er zieht sich selbst und seinen Nächsten die Haut ab, den Skalp der Gedanken, um daraus einen gut anliegenden Roman zu schneidern. Wie der perverse Doktor Hannibal Lecter aus ›Schweigen der Lämmer‹. Wer ist kein solcher Perverser? Vielleicht Czesław Miłosz nicht. Ein Nobelpreisträger darf mittlerweile sein Intimleben preisgeben, seine halbnackte Seele offenbaren, sich an seinen Erfolgen und Fehlern weiden. Er befindet sich bereits oben, auf dem Parnass, unter jenen, die für die Ewigkeit einbalsamiert sind. Ein Denkmal zum Bewundern, und nicht eine Sado-Maso-Peep-Show.

P.S. In der Nähe meines Hauses gibt es viele Seen, aber einem davon scheine ich sympathisch zu sein, also nenne ich ihn den-See-der-mich-mag. Jeden Tag schaue ich in sein

Wasser, das mein Gesicht widerspiegelt. Vielleicht mag ich ihn deswegen so, und er mich? Leider ist er die Hälfte des Jahres zugefroren, so daß ich nichts sehen kann. Sollte Narziß so wie ich in der Nähe des kalten Stockholm gelebt haben, wäre er eher ein Schneemann als eine Blume geworden.
*3. Du sollst nicht töten.*
Ich bin kein kunstsinniger Mensch. Obwohl einige meiner Freunde Theaterregisseure sind, gehe ich nicht ins Theater. So ist wenigstens klar, daß ich sie nicht wegen ihrer Kunst oder ihrer gesellschaftlichen Stellung mag. Das Theater langweilt mich. Kino ist etwas anderes. Es löst extreme Emotionen aus. Als ich noch für Żuławski gearbeitet habe, wollte er mich umbringen. Dabei hatte ich noch Glück, daß er derjenige war, der mich umlegen wollte. Im Duo Drehbuchschreiber-Regisseur ist es die Regel, daß einer den anderen fertigmachen will, um der Kunst willen – der, der mehr frustriert ist, wird schließlich zum Mörder.
*4. Du sollst nicht begehren.*
Ich beneide Seinfeld. Diese Sünde fällt eher unter Hochmut als Neid – denn wie kann man sich mit Seinfeld vergleichen, der eine Million Dollar für eine Folge bekommt? Ich würde nicht sagen, daß ich aufgrund dieses Neides angefangen habe, ›Das Städtchen‹ für TVN zu schreiben. Es war nur so, daß ich in meiner Funktion als Warschauer Stadtschreiberin den Auftrag für eine Serie bekommen habe. Warum sollte ich es nicht versuchen? Mit den Konventionen spielen, sehen, wie eine Soap entsteht? Ich habe Spielfilme und Fernsehtheater geschrieben, ich hatte Lust, etwas Neues zu versuchen. Ich liebe Serien, sie haben etwas von Fortsetzungsromanen, die unsere Großeltern leidenschaftlich gern lasen. Die Chronik des Kitsches, der Gesellschaft, der Träume. Seinfelds Serie (auf Canal+ gesendet) ist genial, weil witzig. Schrecklich, perfide komisch. Es ist so viel einfacher, Tragödien zu schreiben, weil sie allgemeinverständlich sind, auch ohne Unter-

titel. Jeder wird von einer Waise und dem Begräbnis des Protagonisten gerührt sein. Tragödien (wie die beiden letzten Kriege) sind allgemeingültig, Witze lokal- und gesellschaftsbezogen. Seinfeld ist ein Meister der Comedy, mit ihm lacht die ganze Welt.

Alle lachen wiederum ›Das 13. Revier‹ aus. Meine Eltern meinen, daß es ein Zeichen von Schrulligkeit sei, sich das anzusehen; Freunde sagen, daß es pervers sei. Ich schließe mich mit meinem kleinen Neffen im Zimmer ein und wir lachen uns tot. ›Das 13. Revier‹ ist eine moderne Version der commedia dell'arte für Kleine – Kasia ist die Colombina, Czarek mal Pantalone, mal Harlequin. Mein Neffe ist zehn, ich dreimal so alt, aber den Kleinen gehört doch das Königreich Gottes und Ermäßigungen für Schulkinder!

5. *Du sollst nicht stehlen.*

Diese Sünde bezieht sich im Film auf diejenigen, die das ganze Business am Laufen halten, die Produzenten also. Es sind die buntesten Gestalten der Kinowelt. Sie vereinen in sich mehrere unvereinbare Begabungen: das Feeling fürs Geschäft, ein künstlerisches Gespür, die Fähigkeit zur Improvisation und ein ehernes Budget. Bisher habe ich keinen Produzenten getroffen, der mich belogen hätte. Allerdings hatte ich oft das Gefühl, daß mein Honorar nur aus einem freundlichen *hand-shake* bestehen wird, weil die Produktionsfirma pleite gehen könnte.

Einmal bekam ich – im letzten Moment, bevor der Produzent im Gefängnis verschwunden ist – mein Geld anläßlich einer schicken Premiere in einem dunklen Kinosaal. Im Schein des Displays meines Mobiltelefons zählte ich das Bündel, das mir unter einem Kinosessel in die Hand gedrückt wurde, nach. Es stimmte bis auf den letzten Pfennig. Ein Produzent ist kein Bankier, er sitzt nicht am Schalter. Wenn er schon zahlen muß, dann macht er es mit Phantasie!

Zum Beispiel die Firma »Skorpion«: sie brachten mir meine Anzahlung nach Hause und fragten meinen Vater nach den Sternzeichen der ganzen Familie aus, um sich der Echtheit meiner Person zu vergewissern. Wozu Ausweisnummern, wenn es Sternzeichen gibt? Skorpion-Menschen suchen eben Krebse und Widder. Natürlich sind Produzenten nicht wegen Geiz oder Berechnung mit den Honoraren in Verzug. Sie bewegen nun mal großes Geld, da kann es passieren, daß sie selbst riesige finanzielle Reinfälle erleiden. Der Schweizer Produzent der ›Schamanin‹ wollte sich von mir noch vor dem Drehbeginn ein bißchen Geld für die Hotelrechnung borgen. Er hatte einfach nichts dabei, weder Kleingeld noch etwas Größeres – alles steckte auf Schweizer Konten fest. Ich finde, Produzenten sollten Filme über sich selbst machen, wenn sie schon dafür bezahlen. Ihre Abenteuer und Tricks sind spannender als ›Matrix‹ oder andere Actionfilme, die Oscars für die *special effects* abgesahnt haben.

6. *Du sollst nicht ehebrechen*

... denn die Chinesen machen es eh besser als du! Kein Wunder, daß es über eine Milliarde von ihnen gibt. Man braucht sich nur chinesische Liebesfilme anzusehen: ›Lebewohl meine Konkubine‹, ›Die rote Laterne‹, ›Triade‹, ›Der Kaiser und der Mörder‹, ›Die verbotene Liebe‹.

7. *Die Sünde der Völlerei*

Die Qualen der Anorexie habe ich in ›Sandra K.‹ beschrieben. Nur jemand, der das Essen liebt, kann sich in ihre Situation hineinversetzen. Mir kann nicht passieren, daß ich magersüchtig werde, dafür liebe ich Schokolade zu sehr. Ich bin regelrecht von Milch-, Nuß-, Bitter- und gefüllter Schokolade abhängig. Einen Teil meines Honorars für das Buch ›Silikon‹ hat mir der Verleger in Schokolade Marke Wedel, Milka und Nestlé ausgezahlt, die er mir hierherschickte, auf mein Dorf nahe Stockholm. Die schwedische Schokolade ist ungenießbar, und andere kann man hier in der Provinz nicht bekommen, voll das Monopol. Ob es an dem puritanischen

Protestantismus liegt, daß die schwedische Schokolade nicht auf der Zunge zergeht? Gibt es eine Verbindung zwischen der Mentalität und dem Geschmack? Zum Beispiel ist der polnische Bigos ein totales Chaos. Man versauert in sich selbst und gießt Alkohol drauf.

So, nun begehe ich noch eine Sünde: Ich lege falsches Zeugnis gegen meinen Nächsten ab. Ich beleidige die nationale, heilige polnische Küche, ihre Mentalität mit abgelaufenem Haltbarkeitsdatum.

Also beende ich diese sündige Beichte.«

*29.11.*

Die hormonelle Euphorie ist wohl vorbei. Ich bin nicht so fertig wie in den ersten Monaten, die Müdigkeit und Gliederschmerzen kehren jedoch immer wieder zurück. Ich muß mich öfter nach der Anstrengung des Aufstehens oder des Mittagessens ausruhen, meine Spaziergänge werden kürzer. Nach meinen üblichen mehreren Kilometern komme ich nämlich blaß, mit Augenringen zurück. Ob das von der Landschaft kommt?

Ich habe einen doppelten Atem. Ich atme ein und hole noch einmal Luft; für Pola? Es kann nicht sein, daß jetzt schon der Druck auf die Lunge anfängt! Wahrscheinlich liegt es am Zwerchfell und daher schlucke ich so komisch. Reflexartig. Es ist mir vor Leuten peinlich, wenn ich so verzweifelt Luft hole.

Wir fahren ins Kino. Die Rezensionen sind wunderbar – der französisch-vietnamesische ›Sommer‹ sei eine ästhetische Offenbarung, eine Reise in die unschuldige Welt des Ostens (ohne Freud!).

Eine Viertelstunde Exposition. Danach eine halbe Stunde Langeweile … zwei Stunden. Schöne Aufnahmen, tolle Farben. Der Osten voller kunterbunter Exotik und Francis

Bacon. Diesen Film hätte genausogut ein unschuldiges (nicht denkendes) Kind machen können. Für mich war die Story wohl aufregender als für den Rest der Zuschauer: immer bringe ich asiatische Gesichter durcheinander, und so hatte die Heldin eine Affäre mit ihrem Bruder. Inzucht, aus meiner Perspektive. Erst nach der Vorstellung erklärt mir Pietuszka, wie es sich verhielt, wer mit wem, oder vielmehr ohne wen. Enttäuschend. Wir haben uns gelangweilt. Vor allem mein linkes Bein, das auf den Boden klopfte, seine Zehen zu Fäusten ballte, aus der Stuhlreihe auszubrechen versuchte, völlig ohne meinen Einfluß. Wohl der Mangel an Vitamin B.

Lieber Gott, noch vor kurzem lobte ich im ›Pegaz‹ asiatische Filme. Ohne Freudschen Schuldkomplex, rein, mit einer Ästhetik, die das alte Europa schon seit dem Modernismus verführt.

Bei chinesischen Filmen fällt es mir leichter, die Gesichter auseinanderzuhalten, wegen der differenzierten Rollen und Kostüme. In diesem vietnamesischen Film jedoch waren die Menschen europäische Mittelklasse, so auf Bergman gemacht. Das postkommunistische Vietnam für Touristen, eingerollt in Frühlingsrollen. Pietuszka kaufte eine CD mit Ragas von Ravi Shankar, um mich zu trösten.

Der Ausflug nach Stockholm hat uns erschöpft. Die Stadt aber war heute ausnahmsweise schön, ohne Wind, Regen, Frost. Zu Hause ein abendliches Bad. Das einlaufende Wasser ist laut, wird von den indischen Ragas übertönt. Pietuszka schreit, daß er glücklich ist: gute Musik; wir streiten uns nicht und wohnen in Grödinge, am Ende der Welt. (Aaaa!)

Ich creme mir den Bauch mit einer Lotion mit grünem Tee ein. Ich hätte auch eine Creme gegen Schwangerschaftsstreifen nehmen können, aber lieber verwöhne ich Pola ein bißchen. Sie merkt den Unterschied im Duft ganz sicher!

»Schwangerschaftstreifen« klingt so medizinisch, Balsam so entspannend.

»Ohne Freud gäbe es keine Demokratie!« schreit Piotr.

»Warum?« Ich klopfe mir den Balsam in die Haut.

»Weil alle gleich sind, Könige oder Bettler, alle haben sie einen Ödipuskomplex.«

»Ach, dieser Psychoanalyse-Quatsch. Das kommt aus dem Westen, aber diese Klugscheißer versuchen, in den Osten zu expandieren. Stell dir vor, zwei Milliarden potentielle Patienten. Was da ein Analytiker nach der fünften Sitzung wohl herausbekommt?«

»Die zwanzigste Reinkarnation eines Patienten, der es in diesem Leben mit seiner Mutter aus der vorigen Inkarnation treibt, vor den Augen des ehemaligen Vaters und des zukünftigen Sohnes.«

»Laut Helge bin ich doch deine Tochter aus vergangenen Reinkarnationen. Dann wirst du bald eine Tochter mit deiner Tochter haben. Und wie fühlst du dich damit, wenn du als Psychiater arbeitest?«

*30.11.*

Wo ist Pola? Ich klopfe mir den Balsam ein, fange bei den Rippen an – ich will nicht sofort mit der kalten Lotion am Bauch anfangen. Ich kann sie nicht erspüren. Sie ist nicht in mir drin wie die Leber oder ein anderes Organ. Sie existiert in meinem Kopf. Ich könnte sie mir unter dem Bauchnabel vorstellen, aber ich tue es nicht. Sie ist woanders. Pola hat eine Seele, sie ist in mich hineingewachsen. Sie ist in meinen Fingern, wenn ich sie streichle, sie ist auf meinen Lippen, wenn ich sie in Gedanken küsse – und in Gedanken schläft sie neben mir in ihrem Bettchen. Wenn sie wach wird, springt sie zurück in mich und läßt sich beim Spazierengehen in meinem Bauch schaukeln. Wenn Pietuszka arbeiten geht, ist er auch nicht ganz weg, ich fühle ihn neben mir, liebe ihn.

In einem Spielzeuggeschäft habe ich nach einem Teddy gesucht – so einem, in den man sich auf den ersten Blick verliebt. Es gibt ganz unterschiedliche – unglückliche, egoistische, dumme, zufriedene. Einer von denen hat einen Faden im Hintern, wenn man daran zieht, furzt er eine süßliche Melodie. Ich vermisse meinen alten Bären.

Den habe ich nach meiner Geburt von der Schwester meiner Mutter bekommen und schlief bis zum Abitur mit ihm in einem Bett. Ein für immer geliebtes Spielzeug. Ich erinnere mich an einen verhangenen Herbsttag, den ersten Schultag. Ich, die Erstkläßlerin mit einem Turnbeutel; ich bin gleich vom Unterricht nach Hause ausgerissen. Und ich ertappte meine ältere Schwester mit einem Freund dabei, wie sie meinem Bären die Augen auspulten. Ein Perlenauge war schon ab. Es half kein Knopf, er ist einäugig geblieben. In meiner Verzweiflung warf ich meiner Schwester mit der ganzen Macht meines siebenjährigen, verletzten Herzens den Fluch an den Kopf: »Auf daß dir auch jemand ein Auge auspult!«

Daran mußte ich neulich denken, als meine nun über vierzigjährige Schwester vom Augenarzt gekommen ist. Sie hatte Grünen Star, der nicht behandelt mit Blindheit droht. Nun, es gibt normale, individuelle Flüche und die genetisch-familiären. Ich und meine Schwester hatten schon immer ähnliche Krankheiten, im selben Alter haben wir eine Brille gebraucht.

»Schwester, Grüner Star ist eine ernstzunehmende Krankheit, das kannst du nicht dem erstbesten Sanitäter überlassen. Wir gehen zu einem Spezialisten«, entschied ich.

Dieser rieb sich vor Freude die Hände – er habe noch nie so ähnliche (rechte) Augen gesehen.

»Heißt das, daß wir bald auf dem rechten Auge erblinden werden?«

»Nein, keineswegs, Grüner Star ist eine Krankheit, die beide Augäpfel befällt, wenn der eine erkrankt, erwischt es auch den anderen. Aber es gibt Medikamente, Prophylaxe. Nicht schlecht, derselbe Augennerv! Und Sie sind wieviel jünger als Ihre Schwester? Acht Jahre? Unglaublich, identisch!« Immer wieder verglich er unsere vom Atropin riesigen Augen miteinander, die in einer Art Zange festgeklemmt waren.

Der halbblinde Bär war ein Geschenk meiner Tante, ausgestopft mit Holzspänen und Unglück. Man mußte ihn nur ansehen, seine elende Grimasse und das heilgebliebene, durchsichtige Auge, das um Gnade flehte.

Zwischen meiner Mutter und meiner Tante gab es ein Jahr Unterschied. Auf Vorkriegsfotos sieht man zwei gleich große Mädchen mit weißen Schleifen im Haar. Die pausbäkkige, lächelnde Mama und die verhuschte, magere Tante. Es hätte keinen Hellseher, vielleicht nur einen Psychologen gebraucht, um von dem Foto auf ihre Zukunft zu schließen – aus ihren kindlichen Grimassen, ihren Blicken. Meine Mutter, eine patente Optimistin, die Tante, eine ängstliche Eskapistin, die vor dem Leben in Alkoholismus und unglückliche Liebschaften floh. Auf ihren kleinen Füßen marschierten die Schwestern, damals noch zusammen, aus dem Foto heraus, das sie knapp über den Knien abschnitt. In demselben Paar Schuhe gingen sie in entgegengesetzte Richtungen. Im Vorkriegs-Lodz der Arbeiterklasse war ein Paar gute Schuhe für zwei Kinder Luxus. Die Schwestern zogen die Schuhe für die Kirche an. Mama ging früh mit Opa, die Tante abends mit der Oma hin. In der Kirche stand eine große Palme. Eines Tages, als meine Tante genug von dem lateinischen Gequatsche hatte, hat sie in den Blumentopf gepinkelt. Ein Skandal. Sie bekam Kirchenverbot, so daß meine Mutter die Schuhe kriegte. Die Tante ging in Holzschuhen auf die Piotrkowska-Straße spielen.

Nach dem Krieg wurden sie beide Krankenschwestern in der Psychiatrie. Mama sang im Kirchenchor, die Tante trat der Partei bei. Sie glaubte an eine bessere Zukunft und ihre medizinischen Fähigkeiten. So half sie einer Bekannten beim Schwangerschaftsabbruch. Die Sache lief schief, die Frau bekam eine Entzündung. Nach der verpatzten Abtreibung wurde die Tante strafversetzt, in die Westgebiete. Sie arbeitete in einer psychiatrischen Klinik in Stettin. Dort heiratete sie einen der Patienten. Als sich der Onkel, ein chronischer Schizophrener, erhängt hatte, zog sie noch weiter, an die deutsche Grenze, nach Gryfino/Greifenhagen.

Wir besuchten sie Ende der siebziger Jahre, auf dem Weg in den Betriebsurlaub nach Międzyzdroje/Misdroy. Der Bus zum Krankenhaus fuhr eine Runde um den Gryfiner Markt, einmal, zweimal … Ich umarmte den Bär, mir war wie auf einem Karussell, nur noch schlimmer. Wir wurden immer langsamer. Betrunkener Fahrer, betrunkene Fahrgäste. Niemand von den betrunkenen Fußgängern achtete auf den Bus, der immer nur im Kreis fuhr. Er ist in dieser betrunkenen Provinzstadt nicht aufgefallen, versuchte nicht, aus diesem Elend auszubrechen. Wir stiegen in ein Taxi um. Im psychiatrischen Krankenhaus roch es ebenfalls nach Wodka, und nach Lysol. Die Tante arbeitete auf der Kinderstation. Sie schaukelte die Hängematten, die die geschwollenen Köpfchen der wasserkopfkranken Kinder stützten. Aus den Augen der Kinder kamen Tränen, als ob das Wasser, das den Kopf anschwellen ließ, durch die Augen austrat.

Die Wohnungen des alkoholisierten Mitarbeiterstabes. Ich riß aus dieser Kaserne des Wahnsinns aus, ging spazieren. Ich lief bis zu einem Ort, an dem ich an meinem gesunden Menschenverstand zu zweifeln anfing: dort wuchsen Kiefern, parallel zum Boden. Man hat mir dann gesagt, daß es entweder an einer geheimnisvollen Strahlung läge, oder daran, daß die deutschen Holzfäller die Bäume mit Absicht geneigt haben, um sie besser bearbeiten zu können.

Vor der Abfahrt zeigte ich meiner Tante den Teddy. Sie

streichelte sein durchsichtiges Auge: »Und das andere? Ich werde für ihn etwas suchen, er muß doch zwei haben.«

Sie wußte nicht mehr, daß es ein Geschenk von ihr war. Sie erinnerte sich überhaupt an nicht mehr viel, trank. Trank auf ihre Gesundheit. Und um ihre unglückliche Liebe zu einem Anwalt zu vergessen. Der wiederum trank so viel, daß er verstummt ist.

Ich habe meine Tante nur zweimal gesehen. Auf jenem Bild und damals, im Sommer. Ich habe sie bei unserer Abfahrt vor Augen. Sie winkt uns mit ihrer schmalen Hand, mit ihren langen, rotlackierten Nägeln. Sie steht wackelig auf ihren Stökkelschuhen, in ihrem Sommerkleid. Sie sah Marlene Dietrich ähnlich, nur hübscher, weil sie wirklich unglücklich war.

In Międzyzdroje schliefen wir mit der ganzen Familie in einem Zimmer. Eines Nachts hörte ich ein Kratzen an der Bettmatratze. Papa hat es auch gehört.

»Eine Katze muß sich hier eingeschlichen haben.«

Wir schauten unter das Bett. Leer. Wir machten das Licht aus, und da war es wieder, das Kratzen. Mama und meine Schwester waren der Meinung, wir hätten uns etwas eingebildet, im Zimmer gäbe es keine Katze und fertig. Als ich früh in den Speisesaal ging, auf eine Schüssel Haferbrei, sah ich unter einem Auto eine kauernde Katze. Ich streichelte ihren verdreckten Kopf. Das Kätzchen schaute in meine Richtung, geradewegs in die Sonne. Seine Augen wurden geblendet. Sie waren so durchsichtig, wie das Auge meines Bären, nur daß sie keine Farbe hatten … Die Augenhöhlen waren zu sehen. Ich schaute mir die Katze aus der Nähe an – ihre Augen waren ausgekratzt.

Meine Mama lief auf mich zu: »Wir müssen zurück nach Gryfino, die Tante ist heute nacht gestorben. Das Krankenhaus hat angerufen.«

Man fand sie auf dem Bett. Das Laken lag auf dem Boden. Die Tante hat sich mit ihren Nägeln so in die Matratze festgekrallt, daß sie abgebrochen sind. Sie starb einsam, in höllischen Qualen. Ich konnte nicht wissen, daß man nach einer Überdosis Schlafmittel noch leidet, sei es auch nur im Schlaf.

*31.11.*

Ich habe Lust auf irgendwas … Schon seit dem frühen Morgen … Ich schaue in die Schränke, nein, ich habe keinen Hunger … Vanille, Rum-Kuchenaroma. Ich öffne das Fläschchen, rieche daran … ich würde es am liebsten trinken, Rum, und hinterher Vanilleschoten knabbern … Die Erleuchtung: ich will Parfüm! Ich renne ins Bad, mache alle Flakons auf. Endlich kann ich wieder normale Gerüche riechen! Sie quälen meine Nase nicht mehr, lassen nicht mehr die Übelkeit hochkommen. Ich atme erleichtert auf, atme die duftende Luft ein. Das schnüffelnde Weibchen ist tot. Eine Frau ist erschienen, die ihren Hals und ihre Haare mit einem Tröpfchen Parfüm benetzt.

Wachsgießen. Pietuszka hat ein Haus mit Schornstein und Rauch, dazu einen Schlüssel vom Typ Yale. Auf der anderen Seite sieht man im Schatten ein sich küssendes Paar und ein eingewickeltes Baby. Was die Vorstellungskraft (Haus) und die Gewißheit (Kind) nicht alles imstande ist, zu erschaffen! Ich bekam zunächst einen idealen Kreis. Das polnische Zeichen für Damenklo? Ich goß noch einmal. Diesmal ein Drache oder jemand in einer Mütze.

Dann zog jeder von uns eine Tarotkarte. Seltsam: beide bekamen wir das As der Schwerter, was nach dem alten dialektischen Prinzip des Aberglaubens entweder Mut und Kraft oder Streit in der Ehe bedeuten kann.

Ich werde mir keinen Spiegel unter das Kissen legen, damit ich von meiner wahren Liebe träume. Mit meiner wahren Liebe bin ich vorhin ins Bett gegangen. Die Vorteile des Oralsex für Schwangere: Piotr hält mich mit seinen Schenkeln an den Schultern fest, ich liege bequem auf dem Rükken. Wir schauen uns in die Augen, nicht notwendig in die Geschlechtsteile. Ich muß den Kopf nicht bewegen, nur die Zunge.

*1.12.*

Ein banales Datum. Schwarz. Ich sehe bunte Zahlen, die Eins ist dunkel. Die römische Zwölf – ein Klumpen Grau.

Bis nachmittags schreibe ich Dialoge für das ›Städtchen‹. Bis ich fertig bin, ist es dunkel. Schnell renne ich in den Wald, um wenigstens ein bißchen Licht zu erhaschen.

Mit Freude stehe ich am Herd. Eine Symphonie für vier Herdplatten. Die Nonchalance des Erfolgs: die Sauce hollandaise ist endlich fertig. Ich überlasse sie sich selbst, verlasse sie. Ohne Rühren und Pusten. Vielleicht braucht sie diese Vergessenheits-Zutat? Damit ihre Materie vor Angst oder Traurigkeit fest werden kann?

Als ich beim Kochen dem laut vorlesenden Pietuszka zuhöre, habe ich nicht das Gefühl, meine Zeit zu verplempern. Ich zerkoche sie nicht in Suppe, wickele sie nicht in Fleischklöpse ein. Heute liest er über Vögel: man hat herausgefunden, daß sie vom Trällern träumen. Ist das nicht schön? Keine Katzen oder Schlangen. Sie trällern, was sie im Schlaf auswendig gelernt haben.

»Pola lernt jetzt auch, vom Papa, also werde ich jetzt lauter vorlesen. Jeden Tag eine Stunde Patrick White und dann indische Musik.«

Ich bin für kristallklaren Mozart, Ragas plappern mir zuviel. Und was die Prosa angeht …

Endlich ein Anruf von den Produktionsleuten. Keine Vorwürfe, keine Beleidigungen … Sie sind dankbar für den Brief. Wir hätten »formuliert, was alle empfinden«. Erleichterung:

wir bewegen uns in der Welt der Logik und nicht irgendwelcher Emotionalitäten. Ein Augenblick sachlichen Gesprächs, und … alles Illusion. Die Produktionsleute sind verzweifelt: »Ihr müßt nach Warschau kommen, die Hauptdarstellerin macht Probleme!«

Wenn wir diese Woche wegfahren, schaffen wir die Dialoge nicht rechtzeitig. Schon letztes Jahr verbrachten wir unser Silvester mit Windows 97, o nein!

Der Star ist schön, voller Temperament, aber auch zickig. Sie kann sich durchsetzen – deswegen wollten wir sie ja haben. So waren die adeligen Damen, die den Ehemann und die ungehorsamen Bediensteten an die Wand stellten.

Warum sollten aber die Drehbuchschreiber mit den Schauspielern verhandeln? Wir haben einen hygienischen Job, alles Papier. Der Regisseur ist dazu da, im psychischen Schlamm herumzuwühlen. Ich sage, daß ich schwanger bin, ich will mich nicht herumärgern; außerdem raucht die Hauptdarstellerin leidenschaftlich, da müßte ich kotzen.

»Haha, witzig!« meint der Produzent ungläubig. Noch eine schräge Idee dieser Drehbuchschreiber.

»Wirklich.«

»Ich gratuliere« – aber ganz überzeugt ist er nicht.

Am Waldesrand sehe ich ein Paar Fasane – er ihr im Liebeswahn hinterher. Der Frühling des Herbstes; Balzzeit. In der Nähe des Haines ein komisches Fiepen. Weder Katze noch Vogel. Ich suche mit den Augen die Bäume ab, ob da nicht eine Katze in den Ästen sitzt. Einer der Äste schaukelt unter dem Gewicht eines Eichhörnchens, das auf einen höheren Baum springen will. Es fiept, quengelt, sammelt seinen ganzen Mut zusammen und springt über mir, in einem weiten Bogen. Ich hatte keine Ahnung, daß Eichhörnchen irgendwelche Geräusche machen. Weil sie ein Fell und ein Schwänzchen haben, miauen sie ein wenig wie Katzen, und weil sie auf Bäumen leben und fliegen können, piepsen sie ein wenig wie Vögel.

Weisheiten aus Büchern. Siebter Monat, die Beschwerden: Sodbrennen, Rückenschmerzen, Krämpfe, Zahnfleischbluten. Komplette Veränderungen in der Psyche durch die Hormone. Piotr meint nach der Lektüre dieser Offenbarungen, daß eine der Nebenwirkungen dieses Zustandes der guten Hoffnung auch das Sprechen in fremden Zungen sein könnte.

Vor dem Einschlafen ein paar Seiten aus der Stein. Anstelle des Gute-Nacht-Gebetes.

*2.12.*

Meine Latzhosen, vor zwei Monaten noch zu groß, sind mir heute zu eng.

In der Biographie von Leonard Cohen beschreibt er sich als Halbgott und Halbschizophrenen. Er erzählt, wie er seine Platten vor dem Spiegel aufnimmt. Ich höre Cohen, sehe Cohen, was für ein Glück, daß er dasselbe empfunden hat.

Erinnerungen an eines seiner Konzerte. »Der Applaus dauerte 14 Minuten.« Nicht eine Viertelstunde, auch keine zehn Minuten – manische Präzision. Jemand hat diese vierzehn Minuten exakt abgemessen und sich daran erinnert. Das Buch beschreibt, wie der Autor, ein gerissener Hund, einen Fan ausgeschlachtet hat. Millionen verliebter Blondinen haben es gekauft. Leider auch ich.

Taps, taps, Spaziergang. Die Adventlichter in den Fenstern: Sterne, Seesterne, Leuchter. Sie brennen Tag und Nacht. In den typisch schwedischen Holzhäusern mit ihrer Form wie umgestürzte Boote sind diese Lichter das letzte Aufleuchten vor dem Untergang in die nordische Dunkelheit. Die Erinnerung an die Zeit der Seeleute, als man in den Fenstern Kerzen für die Heimkehrenden aufstellte? Unweit von hier steht im Feld ein Runenstein aus dem 11. Jahrhundert. Um ihn herum schlangenartig verlaufende Aufschrift:

»Zu Erinnerung an Björn, der östlich von Griechenland verschollen ist.«

Wir holen aus dem Schrank unseren Stern und Leuchter, stellen sie auf das Fensterbrett. Es ist die einzige Art, sich gegen die aufziehende Grauheit zu wehren.

Pola mag es ganz entschieden nicht, wenn ich so lange am Computer sitze. Von acht bis achtzehn Uhr mit einer Pause zum Spazierengehen und Mittagessen ist ihr zuviel. Sanft drückt sie gegen meinen Magen, so daß ich den gesamten »Tagesinhalt« wieder hinausbefördern könnte. Man soll das Kind schaukeln, indem man läuft, tanzt – im Bauch Wellen aus Fruchtwasser entstehen lassen, indem man sich bei Tai-Chi-Figuren hin und her wiegt: der Kranich breitet die Flügel aus, spielt Harfe …

Ich kann nicht mehr warten … Gleichzeitig habe ich Gewissensbisse: ich bereite sie auf den Tod vor. Diese unter Schmerzen erschaffenen Händchen, Augen … werden sterben. Ist es das Leben wert? Das Sterbenlassen eines weiteren vernunftbegabten Wesens? Das an den Tod denkt, wenn es denkt? Hätte ich jemals bewußt gesagt »Ja, werde!«(?) In diesem Fragezeichen, in den Klammern eingeschlossen, liegt die Zeit ohne Pola. Das Fragezeichen als Embryo des Zweifels: woher nehme ich das Recht, jemandes Schicksal auszusuchen?

Vor meinem eigenen Tod habe ich keine Angst, ich vertraue ihm. Einmal war es animalisch – der um das Ende winselnde Schmerz. Animalisch – weil der sich windende, vor Schmerz festgenagelte Körper um Hilfe heult.

Ein andermal war es körperlose Leichtigkeit. Die Erinnerung an jenen Moment ist mir geblieben; wie ein Knochen, den man ewig abnagt aus Sehnsucht nach richtigem Fleisch.

Pola entstand ohne meinen Willen, aus meiner Zärtlichkeit. Mein Gewissen ist rein – die Natur, die Weisere, Stärkere, die mit Klauen und Reißzähnen, hat entschieden. Zuerst hat sie Pola verteidigt, dann wird sie sie totbeißen.

Figürchen aus dem Shiva-Tempel auf Bali. Von der Sonne in den Fels gebrannt. Kali, die wie eine Kuh mit weit geöffneter Vagina kopuliert, und gleichzeitig Menschen frisst, die in ihren mit Zähnen bewaffneten Schlund fallen. Weder grausam, noch lüstern. Die klaffende Weiblichkeit des Weibchens.

*3.12.*

Im Wald verfaultes Gras. Alte, greise Fäden. Kein Schnee an Weihnachten, sondern Berge aus Schimmel.

Die Schwangerschaft ist etwas Schizophrenes. Ich esse, laufe, denke für mich und muß essen, laufen und denken für Pola! Ich mag keine Milch, dennoch trinke ich einen halben Liter täglich, wovon ich Sodbrennen bekomme. Ich mag nicht rausgehen, aber man muß dem Kind doch Sauerstoff liefern.

Ich rede mit mir selbst, während ich den Bauch streichle.

In einem französischen Buch über Genetik und Chimären überlegt eine Biologie-Professorin, wann das Schicksal in die Zelle tritt. Vielleicht ist Zufall Poesie der Notwendigkeit?

Um acht falle ich vom Computer ab. Bin ein wenig fiebrig, mir ist übel. Ich hänge mich vor die Glotze. Schwedische Diskussionen. Eine Frage und dann ein knappes bejahendes *yyyff*. Schade um die warme Luft beim Ausatmen, um *ja* zu formulieren. Die Frage des Gegenübers wird bestätigend in dieses *yyyff* eingesogen, um sich daran zu delektieren. Das nackte polnische *tak* ist unsympathisch. Sofort wird es mit einem »selbstverständlich, natürlich« geschmückt. Ich bin mit deiner Meinung einverstanden, wir verstehen uns. Auf schwedisch: Du hast recht, ich schlucke es verschämt hinunter. *Yyyff.*

*4.12.*

Bis ich an meine Sklavenarbeit gehe, nehme ich mir eine halbe Stunde Zeit. Frühstück, das Dritte Programm im Radio, Musik. Ich lasse die neue CD laufen, ›Stimmen der Delphine‹.

»Geschrei aus dem Kinderzimmer der Delphine«, meint Pietuszka.

Nach einer Weile fängt Pola an zu schwimmen – auch sie ist in gewisser Weise ein Delphin, ein Säugetier im Wasser. Bald taucht sie immer heftiger, immer panischer. Ob sie vor der Konkurrenz Angst hat? Ich mache die Platte aus. Ich weiß nicht, was sie da hört, was ihr nicht gefällt. Durch das Fruchtwasser könnten die Schallwellen sie gekitzelt oder erschreckt haben. Was da wohl außer dem hörbaren Pfeifen aufgenommen wurde? Ob da irgendwelcher Ultraschall dazwischengeraten ist? Mein Zahnarzt wollte neulich keinen Ultraschallbohrer benutzen, aus Rücksicht auf das Kleine.

Nach dem »therapeutischen Kontakt mit Delphinen« hat mich Pola nicht mehr in Ruhe gelassen, bibberte unter den Rippen, haute gegen die Blase. Sanft zwar, aber für sie muß es ein Riesenschritt auf meinem Magen gewesen sein. Die Delphinmütter schwimmen mit ihren unartigen Kindern in die Tiefe und schimpfen sie mit schlimmstem Ultraschall aus. Ich schicke ihr einen Ultragedanken: »Liebstes, alles okay, Mama arbeitet.« Nichts half; bis zum Ende des Tages blieb mein Bauch hart.

Meine Kondition ist nicht mehr die alte. Schon seit einer Woche muß ich immer wieder die Arbeit unterbrechen und mich hinlegen. Ich lege mich selbst zur Seite: der Kopf arbeitet, aber die Finger haben keine Kraft mehr, sich auf der Tastatur zu bewegen.

In Polen streiken die Krankenschwestern. Rebellion der Frauen, oder der Sklaven? Ihr Monatsgehalt beträgt soviel, wie man in Schweden für eine Nachtschicht bekommt. Meine Mama bekommt als Oberschwester nach 35 Jahren im Beruf, nach zwei Herzinfarkten, ein Almosen statt Rente. Die schwarzen oder roten horizontalen Streifen auf den Hauben der hungernden Schwestern zeigen das Niveau ihres Lebens an. Unter dem Strich, unter der Oberfläche. Aus Berufung.

Die Kontaktanzeigen in der hiesigen Zeitung. Die Herren gutaussehend, gutsituiert. Die Damen interessant, hübsch und gebildet, vor allem die Russinnen – bis auf eine im mittleren Alter, die einen dynamischen, glatzköpfigen Dicken sucht. Sie beschreibt sich selbst: »Ich bin nicht sonderlich hübsch, ein bißchen primitiv.«

Ich schaue in den Spiegel, kann mich nicht ganz sehen. Der Spiegel im Bad ist dafür zu klein. Wenigstens habe ich meinen Bauch gesehen. Es beschämte mich: hier mein Gesicht, ganz normal, und unten, wie durchgeschnitten, die andere Wölbung. Wie aus einem Zeitungsfoto dazugeklebt, einem Foto aus einer Schwangerschaftszeitschrift, das eine nackte Schauspielerin oder ein posierendes mütterliches Model zeigt. Einst steckte ich mir Kissen unter das Kleid, drückte mein Kreuz durch, probierte die eingebildete Schwangerschaft an. Wer macht das nicht … Nun bin ich wirklich verlegen, daß ich, dieses dünne Etwas, zur Mutter werde. Kein Herumalbern mehr, eine ernste, runde Sache, die ihren eigenen Rhythmus hat und mich hinter sich läßt. Denn so sieht es aus: der Bauch vorne, erst dann ich, den Gefühlen und Lebensplänen hinterherhinkend.

*5.12.*

Keine Sicherheit: wovon soll ich leben, wo werden wir wohnen. Wir hängen an der Telefonschnur, kommen nicht klar miteinander. Jeder von uns will woandershin: ich in mein erträumtes Polen, Piotr in diesem aussichtslosen Schweden bleiben.

»Ja, ich werde zu deinem Begräbnis kommen, wann immer du willst« – ärgere ich mich über ihn – »werde hierbleiben und mir deine Augenringe nach den Nachtdiensten ansehen. Benommen von der Arbeit wachst du nachmittags in der Dunkelheit auf und hängst bis zum Abend rum, bis du wieder arbeiten gehst.«

Wir wiederholen dieselben Argumente, hoffnungslos, ohne Aggression. Wir versöhnen uns – nicht miteinander, sondern mit der Stille zwischen uns – und versuchen, die Gesten und Worte aus der Zeit vor dem Streit nachzuahmen. Ein Training der Normalität, schmerzhaft, wie das Wiedereinrenken eines gebrochenen Armes.

Eine bequeme Stellung für heute: herabhängende Arme, vor Müdigkeit runder Rücken. Eingeknickte Beine, um die Bauchmuskeln nicht durchstrecken zu müssen... Der Hintern rausgestreckt, um besser laufen zu können; ich gehe ein wenig in die Hocke, um das Körpergewicht nach hinten und zu den Seiten zu verteilen. Wie unsere Affen-Urgroßmutter Eva.

Und wenn wir uns ein Holzhaus kaufen würden, in Lodz, in der Sporna-Straße? Ohne Kanalisation, ohne Heizung, aber mit einem Kachelofen und einem Brunnen im Hof... und Kindheitserinnerungen, Sicherheit.

6.12.

Das Ende vom ›Städtchen‹. Der Sender fand es zu »lebensnah, zu echt. Wir brauchen mehr Eskapismus!«. Philosophisch gesehen klingt Eskapismus wie eine langweilige Utopie. Im Jargon des Fernsehens ist es ein Kompliment: Eskapismus, das sind *soap operas*, brasilianische Serien, *no cymes*. Träume der heutigen Göttin – der Quote. Trotz allem ist es ein perfekter Augenblick, um aufzuhören. Wir müssen keine Superstars ermorden, wir trennen uns von der Crew ohne Todsünden, ein melancholischer Abschied. Mittendrin fällt ein Angebot für Piotr: ob er nicht Lust hätte, als Drehbuchredakteur zu arbeiten. Ab sofort, für gutes Geld. Wenn wir wollen, warten sie auch bis Mai damit. Ich halte Pietuszkas Hand. Er überlegt. Ich zerre an seinem Ärmel, zerre die Antwort aus ihm heraus. Er schwankt, schließlich: »Ja.«

Wir kommen zurück!!! Träume werden zwar nicht wahr, aber sie werden erwidert!

Pietuszka steht unter Schock. Er ist verabredet, um mit den Produktionsleuten den Vertrag zu unterschreiben, alles zu besprechen. Wir sind verrückt! Haben keine Wohnung, Pola soll Mitte April zur Welt kommen … Wir verlassen hier ein bequemes Haus, den Wald, ein Land, in dem es gute ärztliche Versorgung gibt, und das umsonst. Unverantwortlich. Wir schaffen es, auch mit unserem Mangel an Verantwortung. Ich werde es schaffen; Pietuszka kriegt es langsam mit der Angst zu tun, möchte es rückgängig machen. Vielleicht später … Später … Von Polen trennt uns ein ganzes Meer.

Ein Paß für Pola. Wie lange werden wir warten müssen?

»Es gibt keine Pässe für zwei Wochen alte Babies. Die sehen doch alle gleich aus. Bitte schön, ich mache noch heute ein Foto von ihr: eine große, verwelkte Tomate. Da klebe ich noch zwei blaue Augen dran und lege es auf ein Kissen«, meint Piotr störrisch.

Bestimmt gibt es Pässe, sonst würden sie lauter fremde Kinder über die Grenze schmuggeln!

Abends ruft Marynia aus London an. Sie war eine Woche lang in den Staaten, alleine, ohne Mann und Kinder. Wie vor der Heirat. Pietuszka vermutet, daß sie zuviel gekifft hat, so wie sie klingt. Sie ist aber nicht bekifft, sie ist *high* von der natürlichen Freude am Leben.

»Probleme? Übelkeit?« Marynia hat ein Patentrezept für jede Unannehmlichkeit: »Iß ein Stück Brot. Wenn du Krämpfe hast, lege dir ein Stück Gallseife unter die Füße.«

»Marynia, was erzählst du da?«

»Das haben mir die Hebammen in Frankreich erzählt, im katholischen Krankenhaus. Gegen Krämpfe in den Waden ist *savon de Marseille* am besten, die einfachste Seife.«

»Damit die Füße hochgelegt werden?« Ich unterstelle den Nonnen, daß sie Aberglauben verbreiten – so in dem Stil, daß der Teufel die Menschen verführt, oder eben daß die billigste Seife Wunder wirkt. Den Schwarzen mit der grauen Seife austreiben, Amen.

Nachts bekomme ich die Strafe. Ein Hund hat sich in meiner Wade festgekrallt. Ich heule auf. Piotr schreckt aus dem Schlaf auf und schüttelt meinen Kopf, um den Alptraum zu verscheuchen.

»Nein, mein linkes Bein!« schreie ich.

Mit demselben Griff packt er meine Wade und massiert sie. Ich hatte noch nie Krämpfe, hielt es für eine normale momentane Erstarrung von Armen oder Beinen, wie es von schlechten Schwimmern berichtet wird. Es gibt also Dämonen, höllische Krämpfe und altfranzösische Exorzismen mit Gallseife.

*7.12.*

Das Bein schmerzt. Ich trete vorsichtig auf, aus Angst, daß der nächtliche Pitbull wiederkommen könnte. Ich schlucke Vitamine, koche mir Bohnen, damit der Vitamin B- und Magnesium-Mangel behoben wird, der mir die Extremitäten in Todeskrämpfen verdreht. Noch mehr als das Bein, das ich hinter mir herschleife, tut mir der Kopf weh. Ist es denn möglich, daß ich nach dem Gespräch mit Marynia diese Krämpfe bekommen habe? Könnte es eine Fabel über meine Ungläubigkeit sein? Es ist eine Psychowelt, eine Skinner-Welt. Im Kopf eine schmerzende *black box* der Vermutungen.

Tagsüber: Dialoge für ›Das Städtchen‹, das ich gerade zu Ende schreibe, Jagd nach Ideen; abends abschicken.

Nachts: Pietuszka wird pünktlich um drei wach, so, wie er sonst seinen Nachtdienst beginnt. Unser Schlafzimmer wird zu einer gemütlichen psychiatrischen Station. Transparente Gefühle, vom Tageslicht durchleuchtet, fallen nun in die Tiefe, erhalten ein dunkles Gewicht. (Wenn es dunkle Materie gibt, warum sollte es keine dunklen Gefühle geben?).

Der Umzug nach Polen. Irreal, zu viele halsbrecherische Entscheidungen. Es erscheint genauso unmöglich, wie um diese Zeit aus dem Haus zu gehen.

Wir reden über Filme und Bücher. Warum kann man in Polen keinen Mafia-Film drehen? Kein Sender würde so etwas finanzieren; auch kein richtiges politisches Kabarett. Na ja, vielleicht einmal im Jahr, zum Ablachen. Naiv wie ich bin habe ich gehofft, daß Canal+ ›Guignole‹, die populäre französische Tagesschau, übertragen würde – eine Art politisches Kabarett für die junge Intelligenz. Ob links, ob rechts, alle kriegen ihr Fett ab. Weder der polnische Canal+, noch irgendein anderer Sender würde es aus Angst um seine Konzession und die Connections wagen. Das öffentliche Fernsehen auch nicht, aus Angst vor links und rechts (einem Faustschlag?)

In ›Ekstradycja‹, der besten Actionserie, sind die Politiker in stinkende Machenschaften verwickelt. Sie kommen von nirgendwoher, aus der Regierung. Das »Gehirn«, das die ganze Sache steuert, sind drei Typen, die aus einem Kinderheim stammen, ohne politische Vergangenheit. Einer von ihnen wurde von russischen Soldaten aus einem Armee-Stützpunkt adoptiert.

Ein halbwegs realistischer Film über Mafia-Connections müßte politisch sein, die ganze Nomenklatur aufzeigen, Politiker aus echten Parteien. Szenarios über die Mafia aus Pruszków werden in allen Zeitungen abgedruckt, man müßte es nur sammeln, und … in den Papierkorb schmeißen. Niemand würde es produzieren.

Pietuszka träumt von einem Film über Gudzowaty*. Ein bißchen Business, ein bißchen Metaphysik. ›Der Pate‹, ›Lalka‹, Dostojewski. Mit einer grünen Pyramide geschmückte Dollarscheine, die den Protagonisten lieben, und der Protagonist, der die Pyramide liebt, die er sich auf seinem Grundbesitz erbaut hat. Die »Gazpol«-Affäre, die Änderung des Namens der Hauptfigur in Gazowaty. Die erste Sequenz: die Ehefrau dreht den Hahn des Gasherdes auf. Wumm! Eine Explosion der Erinnerungen.

Hehe, lache ich, haha, Pietuszka.

Ich denke mir Gedichte im Stil meiner Idole Białoszewski und Różewicz aus.

»Meine Stimme ist ergraut.«

»Verstehe ich nicht …«

»Genau, es ist vier Uhr morgens, und wir sind heiser.«

Pietuszka hält meinen Bauch.

* Aleksander Gudzowaty – einer der reichsten Männer Polens, Unternehmer in der Gasindustrie (Anm. der Übers.)

»Fühlst du es?«

»In deinem Magen blubbert's ...« Er zieht die Hand weg.

»Im Magen? Unter dem Nabel ist doch kein Platz für den Magen, da hat sich Pola einquartiert.«

»Ist sie das? Hey, Tochter! O je, sie kitzelt mich!«

Zum ersten Mal hat sie ihm die Hand gegeben, klopfte gegen die Wand: »Hey, ich bin hier!« – »Und hier sind wir, hey! Bald sehen wir uns!«

»Armes Kind, wir haben sie mit unserem Geschrei aufgeweckt.«

»Hochgeschreckt aus dem Schlaf auseinandergeworfen« – denke ich mir das zweite Gedicht aus.

Zu viele Pläne, zu groß der Durchzug im Kopf: Umzug, Wohnung – verkaufen, kaufen, alles zeitlich abstimmen. Eine Revolution. Die Uhr im Wohnzimmer schlägt sechs, die graublaue Stunde. Pietuszka steht auf und kocht sich Melissentee. Mir kann nichts mehr helfen, ich stehe gemartert auf.

*8.12.*

*No way*, ich lege die Arbeit weg. Ich kann keine Figuren auf das Papier zaubern, wenn ich selbst kaum noch da bin. Die Neurose knabbert an mir: »Du schaffst das Drehbuch nicht.«

Die Produktionsleute rufen an – sie überlegen, warum die Einschaltquote vom ›Städtchen‹ doppelt so hoch wie vor zwei Monaten ist.

Als ob die Leute fernsehen würden! Sie starren aus dem Fenster: nur wenn es regnet, schauen sie einen Film an, und fertig.

Ich gehe in den Wald, wenigstens schlucke ich Sauerstoff. Am See-der-mich-mag werde ich nostalgisch. Die Orte, die man zurückläßt ... Wenn wir uns kein Häuschen bei Warschau leisten können ... Und das werden wir nicht, Straßen aus Stein, Wohnblocks. Ich werde verrückt in der Stadt. (Die Stimme der Vernunft: »Du wolltest doch nach Polen!« – »Aber in eine humane Gegend«, antwortet die Stimme der Beherrschung.)

Wir kaufen polnische Zeitungen auf der Suche nach Wohnanzeigen. Ich kann mir diese Zeitungen nicht ansehen. Welches Polen vermisse ich eigentlich?

Ich flüchte wieder in den Wald. Mir ist nach Weihnachtsliedern. Ich singe ›Lulajże Jezuniu‹, total falsch, begleite meine Sentimentalität. Dieses platte Polnischsein, Polentum wie Plattfüße, Platsch! Ich werde es Piotr gegenüber nicht zugeben, aber plötzlich gefällt mir Schweden.

Im Fernsehen weihnachtliche Werbung: Einkäufe, Geschenke, Walt-Disney-Filme. Bald werden schwedische Kinder glauben, daß Weihnachten der Geburtstag von Donald Duck ist.

Pola im Heu, in der Krippe, ganz polnisch. Jesses, ist es das wirklich? Ich kann Pietuszka doch nicht sagen: »Weißt du, dieser Umzug ist nur eine Zwischenstation auf dem Weg in mein wirkliches Land, nach Australien oder Polynesien, an den Indischen Ozean …«

Dann würde er erst recht seine Koffer nicht packen, er würde nie weggehen von hier. Er würde mich auf seine Station mitnehmen, wo ich ihm ehrlich gestehen könnte: »Im Ozean bekomme ich Kiemen, nur so kann ich wirklich atmen. Australien ist ein riesiger roter Wal, der mein Lied singt. Ich höre sein sehnsüchtiges Brummen, das Brummen der Balz, das mich an die Antipoden lockt. Wahrscheinlich ist es Ultraschall, der auf den Ozeanen driftet, fortgetragen mit den Gesängen der Wale über Tausende von Kilometern, hörbar in den Fjorden und in meinem Kopf.«

*9.12.*

»Homo schnaufens« – beim heutigen Spaziergang; bevor ich wieder bis zum Abend schreibe. Müde blättere ich polnische Zeitschriften durch. Hohe Literatur, besprochen, gesprochen. Der irgend jemand eingeredet hat, daß sie wahre Literatur ist.

Abends Party. Geburtstag in einer Dorfhütte. Wir brezeln uns auf: ich probiere zu abgerissener Latzhose schicke Hemdblusen an. Piotr holt sein Superjackett heraus und kämmt sich mit dem Kamm, anstatt wie sonst mit den Fingern.

Vor dem Haus Fackeln, innen ein Leichenschmaus zum Geburtstag. Alle in Schwarz, steif von Prozac, matschig von Alkohol. Die Frustration der Emigration. In den Achtzigern fühlten sie sich im Vergleich mit Polen besser. Jetzt sind ihre Häuser und Autos, die sie abbezahlen, oft schlechter als die ihrer polnischen Landsleute. Schlechte Arbeit, Enklave, Überheblichkeit gegenüber den schwedischen Prolls – und Komplexe angesichts der schwedischen Wirtschaft, die Verlierer zermalmt.

Wir gratulieren und hauen ab. Sie werden in Schweden bleiben – Kinder, Zahlungen, Gewohnheit … vielleicht verlassen sie eines Tages diese Riviera für Pinguine, wenn sie Rentner sind.

*10.12.*

Ein Experiment im Bad – ich beuge mich vor, um eine fallengelassene Verschlußkappe aufzuheben, und … stop. Ich muß in die Hocke gehen, knien, meine Balance wiederfinden.

Ich kann mich nicht mehr nach vorn beugen. Wenn ich es tue, zerquetsche ich mir den Bauch. Ich sehe nach, ob ich unter dem Bauch noch etwas von mir erkenne – Haarspitzen, mehr nicht. Ich mache mit Pietuszka die Aufteilung unseres

Königreichs aus: Ich bin nicht mehr dafür zuständig, was auf dem Boden ist, unterhalb meiner Knie. Ich kann staubsaugen, den Boden wischen, aber ich werde keine fallengelassenen Dinge aufheben. Pietuszka wundert sich ein bißchen, aber er entsagt dem Thron. Was kann er schon über den wachsenden Bauch wissen, er glaubt mir aufs Wort.

*11.12.*

Mein Zärtlichster, Mildherzigster – nenne ich Piotr seit heute früh. Ich mag es, ihm die Hand zu küssen. Meinem Vater auch. Und auch nur die beiden können einen formvollendeten Handkuß ausführen. Ich werde verlegen, wenn jemand anderer es versucht, es ist mir zu intim.

Ich lese psychotherapeutische Bücher und Artikel. Im Fernsehen immer nur dieselben Spezialisten für die Seele mit großem S. Wie ein Dollarzeichen, großes Geld. Gestalt wird zum Geschäft.

Eine regelrechte Invasion von Bergbewohner-Kapellen. Die Export-Hoffnung im polnischen Showbusiness. Die Ausländer müßten doch hingerissen sein: Capes wie bei einem Torero, auf Riesenfüßen lederne Ballerinas, auf den Köpfen unförmige Melonen, geschmückt mit Muscheln, Stil Papua-Neuguinea. Gaultier hätte es sich nicht besser ausdenken können.

Pola muß sich dort sehr einsam fühlen. Die Geräusche ihres Herumtollens erinnern mich an Gefangene, die gegen die Wand hämmern. Die Gebärmutterwand. Hilfe!

*12.12*

Der Geburtstag von T. Wir kommen zu spät. Bekommen einen Tisch neben einem anderen schwangeren Paar. Sie heißt mit ihrem Mädchennamen Anioł (Engel), verheiratet

Pompa (Pumpe). Auch aus Lodz, wir werden im selben Stockholmer Krankenhaus gebären, ich zwei Wochen nach ihr.

Danusia, die Gastgeberin, arbeitet beim Sozialamt. Sie hat einen Käsekuchen gebacken. Nach dem ersten Biß lande ich auf dem Mond. Auf dem Amt kann jeder arbeiten, aber einen solchen Käsekuchen zu erschaffen ... das ist Hilfe für die Menschheit! Die Entdeckung des wahren Geschmacks, die Rückkehr ins Paradies. Die Gäste stoßen auf das 50jährige Geburtstagskind und die zwei zukünftigen Mütter an. Frau Engel-Pumpe wird von ihrem Winzling getreten ... ich nicht. Ist das normal?

*13.12.*

Langsames Sich-Abreißen von Schweden. Die Landung in Danzig. Das erste, was ich vom Besitzer der Künstleragentur erfahre, ist, wer meinen Besuch finanziert hat: »Die Jesuiten, der Admiral und der Nikolaus.«

Die Kirche unterstützt die Kultur, dem Admiral habe ich von einem Foto her gefallen, und der Stadtrat machte Geld locker – als Gegenleistung soll der Agenturbesitzer in einem Kinderheim den Nikolaus geben.

Die Welt ist verrückt: der Besitzer, ehemaliger Schauspieler, der jetzt mit mir als mein Conférencier durch Bibliotheken und Schulhallen tingeln wird, spielte vor einigen Jahren bei der Aufführung im Bromberger Theater den Conférencier im ›Metaphysischen Kabarett‹.

Kamienna Góra, Hotel mit Blick auf den Strand. Die Südseite der Ostsee. Es ist witzig, auf der anderen Seite zu sein. Es riecht nicht nach Meer. Die Wellen irgendwie geglättet, nur leicht schäumend, Mini-Pudel am Bein.

*14.12.*

Das Interview im Danziger Radio. Ich lüge, als sie mich fragen, ob in meinem neuen Buch das Kind vorkommen wird. Sonst sage ich zu oft die Wahrheit, es ist eine Sünde. Das Reden ins Mikrofon in einem schalldichten Studio ist Reden mit sich selbst. Die Dame, die die Technik macht, kommt nicht aus dem Wundern heraus, daß ich so normal bin. Ich sollte wohl heraushängende Titten, eine Perücke, vampmäßige Krallen und eine brokatbesetzte Fotze haben.

Die Lesung an der Uni wurde abgesagt. Es gab schon Schriftsteller vor mir, andere werden kommen, aber der Chef der literarischen Fakultät hat sich mit dem Besuch von Gretkowska nicht einverstanden erklärt.

»Studenten sollen studieren, und nicht zu irgendwelchen Treffen gehen«, entschied er.

Alles klar, ich bin ein berühmter Elektriker und Klempner und werde in der medizinischen Fakultät erwartet.

Das Gespräch in der Gdinger Bibliothek. Plötzlich springt meine Hand auf, die ich auf dem Bauch hielt. Niemandem ist Polas gezielter Tritt aufgefallen.

In der Pause zwischen zwei Treffen suche ich einen Telekommunikationsladen auf. Ich bekomme das einfachste Kartentelefon und freue mich wie ein Kind über eine Rassel. Ich habe noch nicht gelernt, Kurznachrichten zu schicken oder zu empfangen. Eine Minute Gespräch mit Schweden kostet 4 Złoty, orale Sünde.

Abends eine Autogrammstunde in einer Buchhandlung an der Zoppoter Seebrücke. Ich habe nicht erwartet, daß so viele interessante Leute kommen werden. Sie kommen auf mich zu, erzählen, was ihnen am meisten gefallen hat: die schwierigsten, besten Passagen. Völlige Verblüffung: jemand liest es und versteht? Ich versuche, jedem Gesicht sein Lieblingsbuch zuzuordnen. Es klappt nicht. Ein Mädchen liebt den ›Weltseher‹, und ich hätte auf ›Pariser Tarot‹ getippt … Ein älterer Mann bedankt sich ohne falsche Scham für die erotische Erzählung ›Namiętnik‹.

Kurz bevor der Laden schließt, kommt ein dunkelhaariger Mittdreißiger hinein, in einem anständigen Beamtenmantel und mit Aktentasche.

»Ich kenne Sie irgendwoher …«

»Rysiu Gretkowski.«

Wohl ein Verwandter. Sieht meinem Vater zum Verwechseln ähnlich, hat dieselbe Redeweise. Ein außerehelicher Sohn?

»Unsere Großväter waren Cousins.« Er zählt die familiären Verbindungen auf.

Es stimmt. Ich starre ihn an wie einen genetischen Traum. Er sieht meinem Vater ähnlicher als dessen Enkel. Die Gesten, der Akzent. Kann so etwas angeboren sein? Miteinander verflochtene DNA-Fäden, die am Chromosomen-Anzug hängenbleiben. Nicht mal in hundert Jahren bekommt man den Anzug sauber. Rysiu läßt mir seine Visitenkarte da. Er ist Direktor von irgend etwas in Tczew.

Pola, Dein erster Onkel, Verwandtschaftsgrad von vor zwei Jahrhunderten. Unsere vervetterten Großväter wurden Ende des 19. Jahrhunderts geboren, sie kämpften bei Verdun. Das Treffen mit Rysiu war ein Zeichen: Pola, Du bist genetisch mit den Gretkowskis vorbelastet.

*15. 12.*

Meine Rassel ist kaputtgegangen. Ich gebe das Telefon zurück und bekomme ein neues. Sofort rufe ich den Produzenten der ›Polnischen Damen‹ an. Er ist beim Dreh, ruft zurück. Sie haben nicht zurückgerufen, Klasse! Später werde ich erfahren, daß es wegen meiner Gesundheit war: Gespräche durch Mobiltelefone schaden schwangeren Frauen. Es sollte ein Vertrag unter Gentlemen sein, gegenseitiges Vertrauen. Ich habe einen Monat meines Lebens mit diesem Drehbuch verplempert. Ich bin wütend auf mich selbst, ich kenne diese Leute doch, künstlerische Gangster.

Ohne es zu wissen, habe ich mich für einen Zirkus verpflichtet. Autogrammstunde im Kaufhaus KLIF. Schlitten, künstlicher Schnee, Nikolaus mit Geigerinnen. Czubówna ist bereits hier aufgetreten, und noch ein Bühnenkünstler. Gott sei Dank ist heute niemand da. Ein wundervolles Scheitern. Ich verstecke mich in dem Buchladen, kaufe Bücher über Babypflege. Mein Conférencier ist zu Tode betrübt.

»Vielleicht sollte ich mich als Rentier verkleiden?« Aber ich kann ihn nicht aufmuntern.

Eine Künstleragentur ist *business*, man muß doch verdienen. Mit seiner charmanten Frau, einer Oboespielerin aus der Philharmonie, essen wir Tiramisu und schauen auf die leere Bühne, auf der ich das Weihnachtsevent sein sollte.

Wir haben dadurch etwas Zeit bis zur Lesung in der Armee-Bibliothek (der Admiral!) und in dem Zoppoter Kulturhaus. Der Conférencier führt mich durch das Kaufhaus. Für die Quadratmeter-Miete bezahlt man mehr, als eine Verkäuferin im Monat verdient. In einem Lager bewahrt die Agentur die Beschallungsanlage und die Requisiten für die Auftritte auf.

Ein Drachenkostüm, mehrere Meter lang, mit einem rosagelockten Kopf zum Aufsetzen. Eine ganze Drachenfamilie. Langsam beginne ich zu begreifen. Ich bin eine Art Plüschdrache, soll den Kunden das Einkaufen angenehmer gestalten. Warum nicht; in diesem Kostüm könnte ich auftreten und meine Bücher unterschreiben. Mit meinem eigenen

Gesicht gehe ich nicht auf die Bühne, um Weihnachtslieder zu singen.

Ich träume von einem Drachenkopf für den Rest des Abends.

In Zoppot ist der Saal voll, ich sitze vor einem Mikro und bin sehr wichtig. Langsam nehme ich den Drachenkopf ab, zeige mein normales Gesicht. Die Menschen sind sympathisch, mit intelligenter Vorsicht im Blick. Entweder liegt es an Pommern, oder es ist das Schema der Autorenlesungen: links die Enthusiasten, rechts findet sich immer irgendein Frustrierter. Ich schmeiße die Fotografen raus. Private Fotos, bitte schön, ich kann posieren – Teddy, Drache. Agenturenfotos möchte ich nicht, vielen Dank. Ich mache keine Werbung für idiotische Unterschriften in der Presse.

»Warum haben Sie Ihren Namen von den Credits des Films streichen lassen, der außer Konkurrenz auf der Berlinale gezeigt wird?«

»Das Drehbuch wurde von vier Personen geschrieben, wir haben uns nie getroffen. Der Regisseur war das Bindeglied. Nach ein paar Jahren solcher Zusammenarbeit habe ich den Film gesehen – mein Teil war nicht mehr mein. Und fertig.«

»Was halten Sie von der gegenwärtigen Literaturkritik?«

»Kurz? Wie in der Sonntagsschule: Tokarczuk sehr gut, Gretkowska, geh vor die Tür, Stasiuk, hör auf zu pöbeln … Goerke …«

In diesem Moment kommt Natasza Goerke in den Raum. Parallelwelten? Ich ziehe sie zu dem Stuhl neben mir. Sie ist so empfindsam und zart, daß sie durchsichtig wirkt, als ob sie in der Menschenmasse verschwinden würde.

»Bleib bitte, es ist gleich zu Ende.«

Seit wenigen Stunden ist sie in Danzig, zufällig war sie hier im Café verabredet. Nach der Lesung ist sie in der Menge tatsächlich unauffindbar. Sie läßt mir eine Karte mit ihrer

E-mail-Adresse da. Aschenputtels Schühchen. Ich habe kein Internet, nur ein Mobiltelefon. Wir ergänzen uns wunderbar.

*16.12.*

Die achtstündige Fahrt von Danzig nach Lodz. Die Reise in die Vergangenheit. Entweder Frost und vereiste Sitze, oder die sengende Hitze der Heizkörper. In der Nähe von Aleksandrów laufen ein paar Jugendliche durch den Flur.

»Hey, Glühbirne!« lachen sie über meinen Bauch. Ich bin dieses grobe Verhalten nicht mehr gewohnt. Die Mutter Gottes, Königin Polens, der Rest sind schwangere Flittchen.

In Kutno steigt ein eleganter älterer Herr zu. Bringt sich aus dem WARS-Speisewagen Bier mit, bietet mir Saft an. Aus seinem Geldbeutel holt er das Familienbild: das Foto eines Schäferhundes.

»Ich liebe Tiere. Wissen Sie, meine Frau und Kinder, die bringen sich durch, und die Tiere haben niemanden. Ich spende mehrere tausend Złoty für Tierheime … Die Armen könnten es auch gebrauchen, aber die Tiere …, um die kümmert sich doch keiner.«

Er erzählt mir die Geschichte seines Lebens – die menschlichen Tiere haben ihn totgebissen.

*17.12.*

Zehnstöckige Wohnblocks aus Beton. Über uns, im achten Stock, hält sich die Nachbarin im Bad Hühner. Die Plastikblumen auf ihrem Balkon gießt sie mit Hühnerdünger.

Bei uns im Bad hängt von der Wäscheleine das Ministrantenhemd meines Neffen. Das weiße Hemdchen des noch nicht ausgewachsenen Priesters. Der Leinenpanzer eines Engels oder eines Insekts. Daneben hängt mein Spitzenslip. Neben dem reinweißen Chorhemdchen ist jedes Loch in der Spitzenstickerei eine Perversion.

Mein Neffe besteht darauf, bei der Frühmesse zu dienen. Die Familie wehrt sich gegen seine Frömmigkeit, die uns um halb sechs aufstehen läßt. Wir bitten, versuchen mit ihm zu handeln.

Das unbefleckte Seelchen beharrt auf seinem Standpunkt: »Ich werde mich ganz leise anziehen, im Treppenhaus, bei den Mülltonnen.«

Er steckt seine Kleidung in eine Tüte und faltet das Ministrantenhemd ganz klein.

Wir verstecken die Wecker, malträtieren den Kleinen bis Mitternacht mit Spielzeug und Fernsehen. Schließlich schläft er ein. Im Fernsehen kommt eine Sendung über den heiligen Pater Pio. Berührt starren wir auf seine Stigmata. Hören uns Geschichten über die Frömmigkeit des wenige Jahre alten Heiligen an.

»Wir sollten es ihm erlauben« – meine Schwester gibt als erste auf.

»Nicht, daß wir einen zukünftigen Heiligen quälen …«, sorgt sich Papa.

Um halb sechs wecken wir den Kleinen. Noch im Schlaf bedankt er sich, ganz verwundert. Ich begleite ihn in die Kirche. Ich frage ihn, warum er sich das antut. Die Schule verschläft er doch meistens.

»Ich mag es, bei der Messe zu dienen«, sagt er offen.

Mit seinem karmesinroten Cape bewegt er sich am Altar mit der Grazie eines Kardinals. Er dient Gott, aber wohl vor allem dem Vater, den er nach der Scheidung vermißt.

*18.12.*

Beata holt mich am Zentralbahnhof ab. Ich kaufe Zeitungen mit Annoncen. Immobilien. Hunderte von Häusern. Ich weiß nicht, wo Brwinów liegt, ob 3000 Złoty pro Quadratmeter viel ist. Ich soll mich bis Januar, bis ich mit Piotr herkomme, um eine Wohnung zu kaufen, orientiert haben.

Wenn wir nichts finden, werden wir wohl mieten, im Zweifelsfalle. Provisorisch, mit neugierigen Vermietern.

Beata entwirft am Computer Tarotkarten für ›Elle‹. Keine Kopie des Marseiller Decks, aber auch gut. Künstlerisch super, grafisch schlicht.

Unsere Freundschaft fing wohl in Paris an, aus der Leidenschaft für Tarot. Wir unterhalten uns in einem für Nichteingeweihte unverständlichen Tarot-Slang. Bekannten schreiben wir bestimmte Karten zu. Die Traditionalistin Beata bleibt bei den Substantiven der Großen Arkana. Sie traut den plapperigen Verben der Kleinen Arkana nicht.

»Hättest du vor zehn Jahren in Frankreich gedacht, daß ich mal Tarot für ›Elle‹ zeichnen werde?«

»Alles wies darauf hin«, lache ich, »dein Krakauer Kunststudium, unser Treffen im Planty-Park, später Paris und die gemeinsame Rückkehr nach Polen.«

»Wenn es so ist…« Beata macht am Computer herum, der drei Etagen ihres Schreibtisches einnimmt. »Wir machen uns ein Souvenir. Piotr wird der ›Einsiedler‹, du … klar … paßt es?« Sie zeigt mir meine Karte, Manuela.

»Und Pola wird die langhaarige Blonde auf der ›Welt‹-Karte sein, die beste Karte, ein Geschenk ihrer Patentante.«

»Wann wird es gedruckt?«

»Ungefähr zu Polas Geburtstag. Mein erstes Tarot-Deck«, freut sich Beata.

»Mein erstes Kind.«

*19.12.*

Von meinem Verlag aus rufe ich bei Flammarion an, um nach den Autorenrechten zu fragen, ob sie sie zurückgeben würden. ›My zdies' emigranty‹ und ›Pariser Tarot‹ wollen die Russen kaufen, die Finnen im Sommer ›Metaphysisches Kabarett‹ herausgeben. Ich kann mich an den Wortlaut des Vertrages mit den Franzosen nicht erinnern. Er ist mir bei einem meiner Umzüge verlorengegangen. Bei Flammarion gibt es einen neuen Agenten. Er weiß, worum es geht, erinnert sich, *pas de problème*. Er bedauert, daß das Cover zur französischen Ausgabe des ›Tarot‹ so schlecht war.

»Es hätte mehr im Stil von ›Sex and the City‹ werden sollen. Da hatte jemand keine Ahnung«, lamentiert er.

Ein höfliches Gespräch über Filme, Literatur. Ich habe schon vergessen, dass man beim *business* auch über Kunst reden kann.

Ich unterschreibe den Vertrag für ›Polka‹. Ich verkaufe das Buch und das Kind, vom ersten Buchstaben, von der Zygote an. Was wird sie eines Tages denken, wenn sie diese pränatalen Erinnerungen liest? Ich feilsche um Prozente. Die Silberlinge sind grün geworden, man kann sie in Dollar umtauschen. Die Verlegerin erklärt sich seltsamerweise einverstanden. Erst als ich rausgehe, prüfe ich die Prozente von meinem letzten Buch – genausoviel wie bei ›Polka‹. Und ich dachte schon, ich hätte sonstwie eine riesige Summe herausgeschlagen. Schwangerschaft? Eine konsequente Idiotie des Nicht-Lesens von Verträgen?

»Wißt ihr, wer der Schutzheilige der Verleger sein sollte?«

»Nein …« – das vorsichtige, mißtrauische Nein der Verlegerin, die mit Recht eine Spitze vermutet.

»Judas, auch er hat jemanden verraten und verkauft.«

Alle beide wissen wir, was gemeint ist, es ist eine Absprache. Der berühmte Vorkriegsverleger Bronisław Natanson, für den es Ehrensache war, seine Autoren anständig zu bezahlen, endete im Irrenhaus.

Ich besuche Jaga in ihrem Friseursalon in der Burakowska-Straße. Eine Ecke wie aus dem 19. Jahrhundert, ausgeschnitten aus Warschaus Tristesse. Um die alte Fabrik aus Ziegelsteinen, die an einen Palast erinnert, gruppierten sich trendy Fotostudios, Modegeschäfte.

Antosia, Jagas Tochter, liegt in einem Körbchen an der Anmeldung, bewacht mal von der Hebamme, mal vom Papa, von der Anmeldedame. Jaga kann sich in aller Ruhe ihren Kundinnen widmen. Ich schaue ins Körbchen und – Heulkrampf! Es ist nicht Antosia, die weint, sondern ich. Ich kann mich nicht beruhigen. Vor einigen Monaten war sie noch in Jaga versteckt, war nicht da, und plötzlich gibt es sie. Ein Wunder der Existenz, mit Händchen, Fingerchen. Ich habe einen Knall. Wenn ich je so über dem Buch Gamma von Aristoteles geweint hätte, der über die Existenz schreibt … Man kann nicht von der materielosen Form gerührt sein. Und hier liegt die Form eng an der rosa Materie, die Windel am Po.

Ich rufe auf die Annoncen an. Ich frage nach dem wirklichen Preis für die Wohnungen. Meistens ist er doppelt so hoch wie der in der Zeitung angegebene. Die Garage kommt dazu, das Grundstück, etc. Wir werden uns ein Baumloch mit der obligatorischen Garage leisten können.

Beata hat sich im Kino mit Popcorn vollgestopft und hat jetzt Verdauungsprobleme. Ich erkläre ihr, wovon das kommt: »Das Fett lagert sich in der Leber ab.«

»Die Leber ist doch rechts, mir tut es unter den Rippen weh!«

Zufällig sehe ich in einer bunten Zeitschrift die Reportage über eine Avantgarde-Leichenausstellung. Ich zeige Beata, wie weit die blutige Leber reicht. Sie vergleicht das Foto mit der schmerzenden Stelle.

»Es stimmt, genau hier.«

»Es kann nicht sein, daß ich dir, der Bildhauerin, die Leber zeigen muß, und woher? Aus …« – ich schaue auf das Cover – »›Vanity fair‹«.

»Bildhauerin *primo voto*, jetzt Stylistin. ›Vanity Fair‹, das paßt doch.«

*20.12.*

In der Danziger ›Gazeta Wyborcza‹ haben sie ein Foto von meiner Zoppoter Lesung veröffentlicht, ohne mich zu fragen. Es war schon, nachdem ich die Fotografen hinausgebeten habe. Mein Gesicht auf dem Bild ist von Haaren verdeckt, halb weggedreht. Die Unterschrift: »›Mein Bild gehört mir‹ – sagte Gretkowska während des Abends und verbot alle Aufnahmen.« Und das soll Journalismus sein? Was ist dann die *yellow press*?

Ein Treffen in einer privaten Journalistenschule. Vor mir hielten Piskorski und Głowacki Vorträge. Ich habe keine Idee für meinen Vortrag. Ich habe auch keine Lust, über irgendein faszinierend langweiliges Thema zu fachsimpeln. Fragen wären mir lieber.

»Ich freue mich sehr, daß Sie gekommen sind. Ein bißchen Pikanterie kann nicht schaden.«

Der Rektor schenkt mir Tee ein. »Sie können sie ruhig ein wenig verderben.« Will er mich zur Demoralisierung der Jugend überreden?

»Ich bin keine Berufspornographin, ich schreibe auch über andere Sachen. Warum haben Ihre Studenten gerade diese Schule gewählt?«

»Sie stammen aus relativ wohlhabenden Familien, das Studium kostet Geld. Nach dem dritten Jahr und dem Lizenziat können sie an eine normale Uni wechseln. Wir mußten unser Programm verändern, mehr Geschichte und Allgemeinwissen einführen … Kaum einer von denen wußte, wer General Piłsudski war.«

»Wofür interessieren sie sich?«

»Jugendthemen … Kino, Konzerte. Ich versuche sie zu überreden, daß sie über etwas Ernsthafteres schreiben. Wissen Sie, die Kinorezensionen sind für die Chefredakteure oder die Älteren reserviert, es ist ein leicht verdientes Brot.

Jeder mag Kino. Als ich es meinen Studenten sagte, meinten sie, sie seien keine Yuppies, sie müßten nicht viel verdienen. Sie seien Postmodernisten, das Geld käme von den Eltern.«

»Eine geniale Definition des Postmodernismus! Nur, nicht jeder kann sie sich leisten.«

»Etwas Stärkeres vor dem Auftritt?« Der Rektor schiebt mir charmant ein Glas hin.

»Nein, eher nicht … Ich bin schwanger.« Ich zeige meinen schon gut sichtbaren Bauch.

»Das ist ja entsetzlich.« Er ist wirklich baff. Erstaunt frage ich nicht, was ihn so erschreckt hat.

Wenn ich eine Prostituierte wäre, würde mich die Schwangerschaft bei der Ausübung meines Berufes stören, aber eine pornographische Schriftstellerin schafft es schon. Genervt betrete ich die Aula. Zwei delegierte Studenten sitzen mir gegenüber und stellen vorbereitete Fragen. Das Mädchen ist in Ordnung. Der Junge, ein ungewaschener Dunkelhaariger (das Pendant einer doofen Blondine), nuschelt nachlässig seine Phrasen.

Der Rest der Studentenschaft hängt auf der Brüstung des Balkons wie die Tauben. Ich weiß nicht, werden sie da oben gurren oder runterkacken? Sie fragen nach meinem Verhältnis zu Czapski. Ich erzähle höflich. Es stellt sich heraus, daß die Pariser ›Kultura‹ ihre Leidenschaft ist. Irgendwas stimmt hier nicht.

»Warum habt ihr euch so auf Czapski und Giedroyć versteift?«

»Die Schule soll Giedroyćs Namen tragen«, antwortet der Rektor.

»Ach so …« Das Thema ist wohl erschöpft. Wieder sind einige Hände oben. Wieder Abfragen über Giedroyć.

»Warum haben Sie … na, ich weiß nicht … warum haben Sie nicht mit ihm gesprochen? Das war ein berühmter Mann!« Die Delegierte schreit fast vor Empörung.

»Ich habe mich mit ihm unterhalten, gleich, nachdem ich nach Paris gekommen bin, 1989. Der Redakteur war an Neuheiten aus der Heimat interessiert ...« Meine Geduld hat ein Ende.

»Ich habe Herrn Czapski jede Woche besucht, lief dabei durch die Räume der ›Kultura‹ und sah dabei den arbeitenden Giedroyć. Warum hätte ich ihn stören sollen? Der Sinn seines Lebens war die Arbeit – das, was er zu sagen hatte, konnte man in seiner Zeitschrift nachlesen. O. K., das war für mich wie ein Freilichtmuseum. Ein gutes, altes Museum, das sich sehr verdient gemacht hat. Zu meiner Zeit wurde in der ›Kultura‹ kein Gombrowicz mehr abgedruckt, oder Mrożek. Habt ihr vor einem Jahr gespannt auf die neue Ausgabe gewartet?«

»Wie war Czapski?« – kommt zum xten Mal dieselbe Frage.

»Wie ich bereits gesagt habe, habe ich ihn in ›Ikona‹ beschrieben ...«

»Ich möchte es aber von Ihnen hören.« Die Delegierte schaut den Rektor an.

»Er war schwul.«

Erregtes Stimmchen: »Das heißt?«

»Ich habe es in ›Namiętnik‹ erwähnt. Der Einfluß von Liebesbeziehungen auf das künstlerische Schaffen von Hemingway oder Fitzgerald wird untersucht – und darüber wundert sich keiner. In homosexuellen Beziehungen sind erotische Freundschaften oder Affären wohl noch wichtiger. Neulich wurde ein Film über Kot Jeleński gezeigt. Warum war seine Leonor Fini so auf Czapski eifersüchtig? Kein Wort über Jeleńskis Bisexualität, warum sollte man die Eifersucht erwähnen? Bestimmte Tatsachen, Entscheidungen, Freundschaften aus Czapskis Leben sind völlig unverständlich, wenn man nicht um seine Neigungen weiß. Ähnlich wie bei Słowacki.«

»Homosexualität fällt doch in die Privatsphäre …«

»Natürlich, aber nicht in der Kunst. Das ist eine dritte Art der Wahrnehmung. Weder männlich noch weiblich. Ich rede nicht über die männliche Kunst, die von Männern geschaffen wird, denn auch ein Mann kann ein weibliches Bild malen. Es geht um die Empfindsamkeit. Bacon, Greenaway, Jarman, Visconti, Herzog haben einen völlig anderen Blickwinkel, der für Heterosexuelle unerreichbar ist. Czapski erinnerte in seiner Komposition an Bacon, obwohl sein Meister Cézanne war. Ich verstehe nicht, warum man in Polen ein solches Trara um die Homosexualität macht, als ob man die Tür zum Klo aufmachte. Warum kann man nicht mit Respekt darüber reden, ohne Perversion und dämliches Grinsen?«

Wir beenden das Treffen mit einem Gespräch über den Journalismus. Normale, authentisch neugierige Fragen.

Mit dem Taxi zur Wohnungsgesellschaft in die Narbutt-Straße. Ansprechend niedrige Preise. Das Sekretariat wie zu Zeiten des Kommunismus: patzige Damen, die Tee aus Gläsern nippen. Die Wohnungen befinden sich in der Platte; zwei Jahre Wartezeit. Der Horror.

Ein neues Jahrtausend, das Wassermann-Zeitalter. Ich kaufe Pietuszka einen Computer.

»In der Psychiatrie komme ich ohne PC klar, in meinem neuen Job nicht …« Er hat sich vorgenommen, die neue Epoche einzuholen. In drei Jahren hat er nicht gelernt, wie man meinen einfachen Toshiba einschaltet. Ich bin auch kein Genie, aber es gibt Grenzen der technischen Behinderung … Ich stelle mich dem Verkäufer als eine Informatik-Idiotin vor, bitte ihn, daß er mir Schritt für Schritt jeden Knopf erklärt. Ich trage ein Laptop aus dem Laden. Wunderschön.

Pola ist ganz ruhig geworden. Es ist nicht ihre Welt, dieses

Herumlaufen, Erledigen, mit Wohnungsagenturen und -gesellschaften Telefonieren. Sie wird wach – kurz bevor ich einschlafe.

Polinchen, ich suche ein Heim für Dich.

*23.12.*

In Lodz schnelle Weihnachtseinkäufe, mit einer Rikscha durch die Piotrkowska-Straße, hinunter auf den Plac Wolności. Pola wird auf dem Kopfsteinpflaster durchgeschüttelt. Der Wind hat meine Lunge einfrieren lassen. Ich huste, rutsche mit schmerzenden Gliedern vom Sitz.

Feng Shui zu Weihnachten. Statt eines schwarzen Fisches im Aquarium, der unser Unglück auf sich nimmt, Karpfen in der Badewanne. Sie sollen für unsere Sünden sterben. Eher werden sie bei unserem eingeschläferten Gewissen eindösen. Ein urslawisches Opfer, verschlafene Idylle in Aspik, so anders als die germanischen Blutbäder.

Zum Fest fallen den Fernsehleuten die Tibetaner ein, die man »vom Dach der Welt verstoßen« habe. Verstoßen? Ermordet zu Tausenden. Vom Dach gestoßen.

›Das Geschlecht des Gehirns‹: XX muß gar nicht ein Mädchen sein. Es gibt auch XX-Jungs. Verwirrung. Ich rufe Piotr an.

»Ein XX-Junge?« zweifelt er.

»Mach dir nichts draus, dann wird er eben sehr feminin.«

Gierig schlucke ich das üppige Abendessen und … bin hungriger als davor. Bestimmt ist alles in den anderen Magen gefallen, nicht in den meinen. Ich kaufe mir neue Latzhosen, die alten sind enger als Jeans. Die neuen, die ich in der Kościuszki-Straße (wo ich immer günstige Cordhosen bekomme) gekauft habe, haben drei Knöpfe an der Seite.

»Für den siebten, den achten und den neunten Monat«, erklärte die Verkäuferin.

Ich mache den 7.-Monat-Knopf zu. Paßt!

*24.12.*

Benommen von der Krankheit drücke ich mit einem Spray die Erkältung von dem schmerzenden Rachen in die Bronchien hinunter. Ich schlucke, huste unter großen Schmerzen ab. Wegen Pola nehme ich nichts außer Honig und Zitrone ein. Mama und Schwester kochen das Festmahl und jagen mich aus der Küche. »Du steckst doch alle an!«

Ich lege mich hin und werde zur Pflanze. Durch die Rinde des verkrusteten Rotzes, die mein Gehirn verstopft, höre ich Papas Erinnerungen aus dem Oflag (oder Stalag) zu. Der Neffe büffelt Deutsch und läßt sich abfragen. Die Katze hat sich mir auf den Kopf gelegt. Man kann doch nicht inmitten des Familienlebens umfallen; ich habe keine Kraft mehr, mich zu wehren. Als ich eindöse, überlege ich, was ich zum Abendessen kochen soll. Vielleicht Pommes ... Ach nein, heute ist doch Heiligabend.

Aus den weihnachtlichen Liedern, Tannen und Glaskugeln schaut Primas Glemp hervor. Der Weihnachtsmann aus der Krippe. Predigt etwas über »Qualifikationen des Christen«. Nein, ich besitze keine Qualifikationen, um ihm zuzuhören. Der Hirte der Seelen, aber nicht der Intellektuellen (in Polen gibt es lediglich 4% davon). Der Seele ist es egal, was sie hört, sie hat keine Ohren. Träume von Lustiger... warum kann er nicht polnischer Primas sein? Ein geistreicher Konvertierter, der die Katholiken lehrt?

Mein Neffe hat aus der Kirche rosa Weihnachtsoblaten mitgebracht, für die »niederen Brüder«: für unsere Katze und Gustaw, den Dackel der Nachbarn. Gab's in der Kirchenvorhalle zu kaufen. Lecker, mit Rind.

Piotr geht zum Nachtdienst. Ich rufe »auf einen Kuß« an.

»Küßchen!« – krächze ich.

»Wer bist du denn?« – ich höre, wie er sich zärtlich über mich beugt, wie über ein unbekanntes Kind.

»Der kleine Pole, verfickt!« – ich kämpfe mich durch meine Heiserkeit hindurch.

»Ich habe dich nicht erkannt! Gott, was ist mit dir? Warst du beim Arzt?«

»Ich werde schon gesund… habe kein Fieber… Arzt… ich kann nicht aus dem Haus gehen.«

»Könnt ihr keinen rufen? Jeden Monat habt ihr doch den Notdienst da!«

»Weißt du, das ist mir noch gar nicht eingefallen…«

»Du bist wirklich krank. Komm so schnell wie möglich zurück. In Polen kann man nicht leben, dort stirbt man.«

Es verstopft mich vor Wut und Schnupfen.

Unsere weihnachtlichen Abendessen haben den Anschein vom Heiligen Abendmahl. Vielleicht sehen wir uns zum letzten Mal? Nächstes Jahr wird es womöglich kein extra Gedeck für den zufällig vorbeikommenden Wanderer geben* … sondern eines für den, der von uns gegangen ist.

Nachts. Durch den Husten auf dem quietschenden Klappbettchen geschüttelt, vermisse ich Pietuszka – meine »natürliche Umgebung«. Ich sehne mich nach der Stille unseres Hauses. Die Stille ist wohl das größte Möbelstück – neben ihr ist kein Platz für Menschen.

Ich mache mir Sorgen um Mama. Nach zwei Schlaganfällen und jetzt auch noch dem Weihnachtsstress kann sie sich kaum noch bewegen. Sie atmet mit Mühe. Vor einigen Monaten bestand die Gefahr eines dritten Schlaganfalles (die gibt es immer), also haben sie sie ins Krankenhaus geschickt,

* Ein zusätzliches Gedeck für einen unerwarteten Gast ist ein alter poln. Weihnachtsbrauch (Anm. der Übers.)

wegen eines Bypass. Sie haben die Venen entstopft, stellten Arteriosklerose fest. Der Arzt meinte: »Sie haben beim Herrgott noch eine Kerze gut!«

Mama, noch mit der Kanüle im Hals, konnte nicht fragen, was er damit gemeint hat. Sie hat es so verstanden, daß sie bald sterben müsse. Und weinte. Ein anderer Arzt kam in ihr Zimmer und auch er erzählte etwas von Kerzen. Mama wischte sich die Tränen weg.

»In meiner gesamten Praxis sehe ich so etwas erst zum dritten Mal. Weinen Sie nicht, Frau Gretkowska, Sie müssen sich bei Gott verdient gemacht haben! Sie brauchen keinen Bypass. Ihnen ist ein zweiter, zusätzlicher Kreislauf gewachsen. Durch ihn funktioniert Ihr Herz noch.«

Nach 40 Jahren Ehe muß sich der Liebeskreislauf meiner Eltern in einen zweiten, gemeinsamen Kreislauf verwandelt haben. Sie sind am glücklichsten, wenn sie zusammen in ein Krankenhaus überwiesen werden. Dann müssen sie sich nicht trennen. Sie nehmen ihre Morgenmäntel, die Puschen, ihre Bücher und das Schachbrett mit. Wenn sie zurück sind, gehen sie in die Städtische Bibliothek – der Gesündere der beiden geht hoch in die zweite Etage und holt den nächsten Büchervorrat. Der Kränkere bleibt unten und schnappt frische Luft.

*25.12.*

Ich mache mich an Zbigniew Herbert heran. Schaffe es nicht. Weder das Buch gefällt mir, noch die ganze Welt. Meine Familie macht einen großen Bogen um mich.

»Du bist zickig«, diagnostizieren sie. »Das ist normal, wenn man schwanger und dann noch krank ist.«

Ich bin nicht zickig, unentschlossen, quengelig. Das Problem ist, daß ich ganz genau weiß, was ich will, und das kann andere nerven.

Vom ›Labyrinth am Meer‹ erwarte ich weniger Schulbuch-Steifheit, dieses oberlehrerhafte Erinnern bekannter Tatsachen. Herbert ist kein Calasso, obwohl man ihn in Polen so gesehen hat. Er war ein Dichter – also ist das, was bleibt, eine Handvoll Metaphern, so viele wie nach dem Lesen eines guten Lyrikbändchens. Über etruskische Grabstätten: »Ein auf den Ellbogen gestützter Mann, mit hocherhobenem Kopf, verhüllt in einen Stoff, der seinen Torso enthüllt, als ob die Ewigkeit eine lange, heiße Sommernacht wäre.« Über die Ankunft an einer Insel, die mit einer Gipfelspitze aus den Nebeln hervorkam: »So begann für mich Kreta, am Himmel, wie eine Gottheit.« Und griechische Häuser im Sommer »… dampfend vor Weißheit.«

Im Liegen bewundere ich meinen sich langsam erhebenden Bauch. Pola erklimmt einen mächtigen Hügel. Im siebten Monat ist es schon ein Berg mit dem Krater des herausgestülpten Nabels. Im neunten Monat wird der Vulkan erzittern, Lava aus Blut spucken und mit ein paar Krämpfen eine Maus hervorbringen.

Wir frühstücken nicht zusammen. Der Schinken in einem Netz liegt auf dem Tisch wie das amputierte Bein einer dikken Frau in einem Netzstrumpf. Meine Eltern knabbern hastig an einem Stück trockenem Brot, nehmen einen Schluck Wasser und eine Handvoll Herztabletten. Beinahe nüchtern gehen sie in die Kirche. Der Neffe ißt ebenfalls nichts. Eine Stunde vor dem Einnehmen der Hostie darf man nichts essen. Ob die Heilige Kommunion etwas mit dem Schlucken von Antibiotika zu tun haben kann, die man eine oder zwei Stunden nach der Mahlzeit einnimmt? Wir sind notorisch krank durch die Ursünde, dennoch …

»Ich frage mich, wie diese kleine Cousine sein wird«, überlegt beim Mittagessen mein Neffe, ein kleiner Ästhet. Eine richtige Waage.

»Bestimmt schlank« – für meine Schwester, die mit Mode zu tun hat, ist die Figur am wichtigsten.

»Sicher?«

»Tante ist doch so mager, Piotr auch, das Kind wird nach den Eltern schlagen.«

Mein Neffe schaut mich mißtrauisch an. Ich nehme mir noch Sauerkraut mit Erbsen.

»Tante ist gar nicht schlank, sie hat einen großen Bauch.«

Ich kann nicht fernsehen. Erschreckend zuckersüß, heiligfestlich. Eine einzige *soap opera* der Liebe. Ich schaue die Zeitschriften durch. Interviews mit den Schauspielern des ›Städtchens‹. Die Männer erzählen Anekdoten. Zum Drehbuch haben sie soviel zu sagen, daß es sich gut mit Autoren arbeitet, die ihren »Ideen und Bitten freundlich gesonnen gegenüberstehen«. Einige Schauspielerinnen scheinen das Drehbuch selbst zu schreiben. Wenn ich nicht ständig mit Piotr zusammen wäre, würde ich eine Affäre mit einer von ihnen vermuten; daß sie zusammen im Bett Szenen schreiben, denn soweit ich weiß, hat keine von ihnen zum Text beigetragen. Warum müssen sie ihr Ego derart aufpushen? Ein Make-up fürs Gehirn und ein Lifting fürs Talent? Männliche Schauspieler machen das nicht, obwohl ihr maskuliner Stolz es ihnen diktieren müßte. Sie müßten sich aufblähen und posieren, auf Regisseur oder Drehbuchautor machen.

*26.12.*

Taschentücher in die Nase. Delirium in den Kopf. Ich spritze mir Salzlösung in den Hals. Schlucke es nicht, spucke es geduldig aus; zu viel Alkohol.

»Tantchen, warum spuckst du in die Tasse?« Das Engelchen ist von der Frühmesse zurück, setzt sich zum Frühstück hin.

»Ich spucke nicht. Der Schnupfen hat mir die Nase verstopft und fließt jetzt durch die Kehle ab.«

Die familiäre Tradition des schwarzen Humors verpflichtet, vor allem an den Feiertagen. Mein Neffe schreit, als ob er ein Alien gesehen hätte, nach seiner Mutter.

Hallo Binden, die ich neun Monate lang nicht benutzen wollte! Der Husten schüttelt aus mir den Urin heraus. Es hilft auch nicht, wenn ich jede Stunde auf die Toilette gehe.

»So ist das, wenn man schwanger ist.« Meine Schwester gibt mir von ihren geflügelten Maxi-Binden ab. »Das Kind drückt auf die Blase.«

Ich habe Angst, daß Pola taub wird. Ich versuche, leise zu husten. Nicht an der Muskulatur zu reißen. Diese Erkältung äußert sich wie Epilepsie. Ich liege auf dem Boden und haue mit dem ganzen Körper gegen den Teppich. Ich halte den Bauch fest, schütze Pola.

*27.12.*

Iwonka ist aus Deutschland zu Besuch gekommen. Wir haben uns acht Jahre nicht gesehen. Sie hat ihre zwei Töchter mitgebracht. So ging das Pandämonium los. Die dreijährige Tereska – zutrauliche Optimistin – hat sich in die Katze verliebt. Dafür hat sie es von ihr mit dem fluffigen Perserschwanz einmal übers Auge gekriegt – Allergie, Ausschlag. Mein Neffe öffnete eine hermetisch versiegelte Kaffeedose, die ihm ebenfalls direkt ins Auge explodiert ist. Geheul, Wundenversorgung. Iwonkas erschrockene zweite Tochter schrie auf polnisch mit deutschem Akzent. Eine Vorkriegsburleske in der Jiddisch-Version.

Ein Moment der Ruhe in der Badewanne. Der schwangere Bauch erinnert mich an ein glatzköpfiges Babyköpfchen, das auf mir draufliegt. Der Knubbel des Nabels macht aus dem Bauch die Grimasse eines schmollenden Kindes, das vor Wut den Mund zusammenkneift.

Ein Anruf vom verzweifelten Pietuszka: »Ich kann nicht mehr, ich kann nicht mehr! Wir haben hier eine chronisch Kranke, die sich ihre Medikation selbst festlegt. Diese Medikamente nimmt sie, die anderen nicht. Sie dreht durch, kann nachts nicht schlafen, quält uns alle.«

»Und der behandelnde Arzt hat nichts dagegen?«

»Er hat da nichts zu sagen. Die schwedische Psychiatrie ist unmenschlich liberal – wenn der Patient nicht gerade entmündigt ist, kann er selbst entscheiden. Sie leidet wirklich. Ich habe noch nie einen so kranken Menschen gesehen. Ein Psychiater könnte ihr helfen, und kein Liberalismus! Ehhh ... Komm zurück, ich zeige dir den Weihnachtsbaum.«

»Sonst hat man immer gesagt: ›Komm mit, ich zeige dir meine Schmetterlingssammlung‹.«

»Komm geflogen, du mein verfrorener Schmetterling, ich warte schon ...«

*28.12.*

»Oje, was habe ich da für ein Kind gemacht ...« Piotr sah zuerst die Erhebung unter meinem Mantel, die den Gepäckwagen am Flughafen vor sich herschob.

»In diesen Farben, der Cordhose und mit dem Ballon siehst du aus wie ein plüschiger Koalabär!«

Im Wohnzimmer ein Weihnachtsbaum bis zur Decke. Silberblau. Die Glaskugeln in der Lieblingsfarbe der Wassermänner: Schlamm. Beata, auch ein Wassermann, hat sich ihre Kommode in dieser Farbe gestrichen. Ich nehme aus der Schublade meinen abgeschnittenen Zopf, ziehe daraus einige Strähnen und streue sie über den Baum.

»Jesses, ein Thriller!« Pietuszka kommt nicht hinter mein Konzept.

»Engelshaar hat noch gefehlt.« Dann zünde ich die Weihnachtslichter an.

Endlich zu Hause. Ich lasse das verdummende Fernsehen aus, quäle Pola mit Bach. Seit einer Woche war ich nicht spazieren. Krampf im Kopf.

Mein Husten klingt wie zerbrochenes Glas. Er schneidet mich innerlich, als er sich nach und nach aus den Bronchien löst. Ich hoffe, daß Pola soviel Sinn für Humor hat, daß sie diese Erschütterungen für einen Rummel nimmt – Karussells, Schaukeln, Achterbahn. Nach dem Abendessen kann ich mich nicht mehr vor einem erstickenden Hustenanfall retten. Ich weiß nicht mehr, was ich da abhuste – der Lachs, den ich gerade gegessen habe, wird in das Waschbecken geschleudert. Keine schlechte Möglichkeit, das Kleine mit halb verdautem, noch warmem Brei zu füttern. Leider bin ich keine Pelikan-Mutter.

*29.12.*

Ich wollte einkaufen gehen, bin aber zu schwach. Der Frost macht mich atemlos. Ich kehre zurück ins Bett. Pola springt herum, merkt, daß ich mich ausruhen will. Ich kann ihre Knie und Ellbogen nicht auseinanderhalten. Für alle bin ich schon Mutter. Mein Kind blubbert irgendwo in mir, und ich kann es mir nicht nach der Geburt vorstellen. »Mutter« – so könnte es doch bleiben. Ich kümmere mich doch um sie, dennoch kann ich nicht glauben, daß sie bald da sein wird. Vor einigen Monaten war es für mich irreal, daß in mir ein Mensch wächst, ich konnte mir seine Bewegungen, Tritte nicht vorstellen. Ich habe angenommen, wenn ich diesen Menschen in mir drinhabe, werde ich nichts anderes tun können, als nur herumsitzen und über diese unglaubliche Tatsache sinnieren. Alles stellt sich als natürlich heraus, hat einen eigenen Rhythmus. Polas Geburt wird auch etwas Selbstverständliches werden … es muß so sein.

*31.12.*

*Coexistentia oppositorium* einer Liebeserklärung:

»Ich liebe dich.«

»Und ich sage es dir nicht.«

*2.1.*

›Zwierciadło‹ aus Polen, darin ein Leserbrief:

»In der letzten Ausgabe fand ich ein Interview mit Manuela Gretkowska. Sie ist so normal, auch sie sucht nach Glück. Sie scheint eine interessante Frau zu sein. Liebe Redaktion, vielen Dank, ich werde mir ihre Bücher holen – bisher war ich der Meinung, daß Gretkowska eine Skandalistin, Postmodernistin und Feministin ist.«

Ein öffentliches Angeben mit der eigenen Dummheit. Typisch polnischer Stolz auf die eigene Ignoranz. Sie hat keines meiner Bücher gelesen, aber sie hat sich eine Meinung gebildet – aus Zeitschriften. Und dieses Überlegenheitsgefühl angesichts dessen, was sie noch nicht kennt. Ich nackt, mit einem Papierhut auf dem Kopf, eine Skandalistin und Feministin – und mir gegenüber lauter solche Frauchen. Die sich mit dem Schreiben nicht auskennen, die aber wissen, was »Glück« ist, und lieblich angeordnete Gesichtszüge. Kohlköpfe voller Zeitungspapier.

Mein Bonsai steht auf der Fensterbank, schon seit einem Jahr. Erst jetzt fällt mir auf, an wen er mich erinnert: an den Tanzenden Shiva, der sich in den Hüften wiegt. Vielarmiger, dunkelhäutiger Gott, der in seinen Händen Baumblätter hält.

Die Waage zeigt 60 Kilo an! Pietuszka und ich schauen, ob sie auch richtig eingestellt ist. Einwandfrei. Wo sind die 60 Kilo bloß? Die Arme dünn wie Stöcke, der Hintern schmal, normale Beine. Mein Gesicht ist ein wenig geschwollen, aber zwei Kilo pro Wange? Ich esse »bescheiden«, nicht viel mehr als vor der Schwangerschaft. Das Fruchtwasser wird mit Pola zusammen etwa vier Kilo wiegen. Sechs versteckte Kilos. Eine Kleinigkeit im Vergleich mit den Milliarden Tonnen dunkler Materie, die sich im All befinden.

Ob ich Angst vor meinem Bauch habe? Vor den herumfließenden Geräuschen, den seltsamen Bewegungen unter der Haut? Zum ersten Mal streichele ich zärtlich die Stellen, unter denen Pola ihr Körperchen herumschiebt. Ich kitzele die Haut, übe leichten Druck aus. Darunter huscht etwas wie aufgescheuchte Fische im Aquarium.

*3.1.*

Endlich lebe ich im Luxus: keine Hetze. Ich liege herum und lese ›Krieg und Frieden‹. Die Freude an den Klassikern, der Geschmack von Kaffee mit Sahne, den ich seit Jahren nicht getrunken habe.

Pietuszka setzt sich an den Computer. Stellt mir eine sinnvolle Frage: »Warum drückt man auf einen Knopf (endlich weiß er, welchen!), wenn man den Computer einschalten will, und schaltet ihn erst nach komplizierten ›Schließen‹-Vorgängen aus? Das ist schlimmer als ein Safe!«

Ich ärgere mich über seine mangelnde Begabung. »So muß es sein, es ist eine komplizierte Maschine.« Im stillen gebe ich ihm jedoch recht. Ich bin eine Informatik-Konformistin, seit ich demütig gelernt habe, meine Finger auf der Tastatur zu bewegen. Wir sitzen uns gegenüber, mit aufgeklappten Laptops. Die Computer röcheln aus ihren Ventilationslöchern. Vielleicht fächeln sie sich innendrin mit ihren Kabelschwänzen Luft zu.

Wir haben uns an den wichtigsten, bequemsten Tisch gesetzt, den in der Küche. Haben ihn mit dem Tischchen aus dem Wohnzimmer verlängert, eine Decke darübergelegt.

Ohne aufzustehen, rolle ich mit meinem Sessel vom Arbeitstisch zum Esstisch.

»Da fehlt noch ein kleines Tischchen für Pola am anderen Ende, zum Wickeln.« Piotr denkt schon an die familiäre Tischkette.

»Wollen wir ihr einen Kindercomputer kaufen, damit sie uns nicht stört?«

Der Chef vom ›Playboy‹ ruft an. Ich kriege es mit dem Text nicht hin. Wir unterhalten uns über Kinder. Er tröstet mich, daß sogar grausame Löwinnen angesichts der Kleinen Mutterinstinkte entwickeln. Habe ich denn einen so schlechten Ruf in den Soft-Erotik-Kreisen?

*4.1.*

Ich schmeiße den Weihnachtsbaum weg. Neben den Mülltonnen streunen zwei Schäferhunde herum. Was suchen Hunde zwischen vergammelten Bäumchen? Sie rennen weg, zeigen von hinten ihre weißen Stummelschwänzchen. Ich habe mich verguckt – es waren Rehe!

Ein wenig sieht es wie auf dem Friedhof aus. Alte Weihnachtsbäume mit Resten von Glitzerschmuck. Die Grabkränze auf Friedhöfen erinnern doch von der Größe und Form her an Rettungsringe! Grüne Hoffnung, mit einem Trauerband für die Hinterbliebenen umwickelt. Alte Weihnachtsbäume sind so armselig. Während der Feiertage abgeknabbert bis zum Holzstamm. Irgendwie traurig. Nun ja, jeder hält seinen eigenen Teufel bei Laune.

Besuch von Antoni, Pietuszkas Sohn. Ein sportlicher Teenager, Ausgeburt an Frische. Ich beneide ihn, weil er sich gerade für die Französische Revolution begeistert. Er ist mittendrin im Strudel der Ereignisse, lebt in der Gegenwart jener unberechenbaren Epoche.

»Wir machen es gerade in der Schule, in Geschichte … Es gefällt mir sehr, König, Kopf ab, fertig. Coole Revolution, den König fertigzumachen.«

»Danach sind Danton und Robespierre dran«, verkünde ich wie ein Rabe, seinen Enthusiasmus dämpfend.

»Ach so?«

Antoni ist im Romeo-Alter. Rezitiert Shakespeare. Die Eltern seiner Julia haben ihr die Monatskarte für die Metro (ihr Pferd) und das Mobiltelefon (Papier und Tinte) weggenommen. Die jungen Leute leiden, können sich nicht treffen, nicht einmal SMS austauschen.

*5. 1.*

Es lebe der Ultraschall! Wenn es das nicht gäbe, würde ich Zwillinge vermuten. Pola hat mich gleichzeitig an zwei Stellen gekratzt, kleine Akrobatin.

Die 26. Schwangerschaftswoche. Mein Blutdruck ist in Ordnung. Er sollte sich nach der 20. Woche ändern, das heißt zur krankhaften Normalität zurückfinden. Doch muß ich immer noch keine Medikamente nehmen. Ob mich das Wunder des Lebens von meiner Krankheit geheilt hat?

Eine Patientin von Piotr möchte ihm einige tausend Kronen schenken, weil er so ein guter Therapeut ist.

»Das ist nicht nötig. Ich bekomme ein Gehalt für meine Menschlichkeit.«

Der See ist aufgetaut. Ich ruhe mich am Steg aus. Der Wind heult auf. Von den blattlosen Birken fällt der frühlingshafte Gesang der Vögel auf mich hinunter. Durch den Frost geschärft, sticht er piepsend in die Stille des dunklen Waldes und des erkalteten Strandes.

Ich grüße einen Greis, der auf seinem Rollstuhl in den Wald fährt. »*Hej!*« rufe ich freundschaftlich.

Nichts da, der Opa hat es eilig. Ich latsche einsam herum, Pietuszka muß seine Nachtschicht ausschlafen. Ich vermisse die Menschen nicht, vielleicht ein bißchen. Das klingt auf schwedisch wie eine Krankheit: *salskapsjuk,* gesellschaftskrank. *Gralsjuk:* streitsüchtig (wörtlich »streitkrank«). Eifersüchtig heißt *svartsjuk,* jemand, der die schwarze Krankheit hat. Die meisten Emotionen sind in Schweden Krankheiten.

*6.1.*

Das morgendliche Aufstehen und Frühstücken ist anstrengend. Ich muß mich ausruhen. Puls 110. Ich lege mich hin und lese über die Habsburger im 19. Jahrhundert. Marie Louise, die spätere Frau Napoleons, war mit 15 Jahren überzeugt, ihr Vater sei ein Weib. Aus Angst, daß ihr Habsburger Temperament dazu führen könnte, daß sie ihre Jungfräulichkeit verlor, hat man sie ausschließlich mit Frauen und Tierweibchen umgeben, aus Büchern Worte herausgeschnitten, die sie in Verbindung hätte bringen können mit ... Ein Staatsgeschäft: keine Jungfräulichkeit – keine Ehe, die für Österreich von Vorteil sein könnte.

Ich kehre zurück zu Dumezil und seinen indoeuropäischen Gottheiten. Zum Nachtisch eine Romanze von vor Milliarden von Jahren, als sich ein Atomteilchen an das andere schmiegte: Michio Kaku in ›Hyperraum‹.

Ich mache mir Sorgen wegen des Umzugs nach Polen. Ob Piotr es sich nicht anders überlegen wird? Vielleicht wird er die neue Arbeit aufgeben ... Und ob wir eine Wohnung finden ... Wo sollen wir bis dahin wohnen? Und woher sollen wir einen Umzugswagen nehmen? Beata ruft an, sie konnte wohl meine Gedanken hören. Sie verspricht mir, uns ihre

Wohnung und ihren Wagen zu leihen, denn sie fährt für eine Woche nach Frankreich.

Seit drei Jahren dieselbe Strecke: zwei Kilometer im Wald, bergauf, an Villen vorbei. Trotzdem gibt es jeden Tag etwas Neues. Heute erspähte ich vor einem der Häuser einen ausgestopften Hund mit Perlen statt Augen, der vor dem Haus sitzt und in die Fenster seiner Herrschaften schaut.

Am Waldrand Vogelhäuschen und von den verschneiten Ästen herabhängende Kokosnuß-Hälften mit Körnern drin. Die nordischen Kolibris, die Krähen, futtern davon.

Abends überfällt es uns und wir brüllen Weihnachtslieder (wegen des Festes der Drei Könige?). Pietuszka wird analytisch: »Die polnischen Weihnachtslieder sind eine Ausnahme ... dieser rührende Mangel an Abstand zur Gottheit. Jesus ist ein kleines Kindchen, man muß sich um ihn kümmern. ›Der Winzige, Winzige, Winzige ...‹ Der Mensch als Verteidiger Gottes. Durch diese zärtliche Geste Einswerdung mit Gott ...«

»Ich denke nicht.« Ich versuche, ohne Pathos zu sprechen. »Jesus in der Krippe und Jesus am Kreuz, das sind für die Polen zwei verschiedene Gestalten, lediglich mit der Heiligen Dreifaltigkeit verwandt. Christus, der nach Sühne ruft und das Jesulein aus der Sonntagsschule, das ist nicht dasselbe. Polnischer Polytheismus.«

Wir topfen Pflanzen um. Der Weidenzweig bekommt einen eigenen Topf. In einem Wasserglas hat er Wurzeln getrieben und wächst trotz der Januar-Sonne. Ich habe wohl nur solche Assoziationen, aber das Umtopfen erinnert mich an den Übergang von Milch (hier Wasser) auf die feste, »erwachsene« Nahrung. Breichen und, nachdem die Zähnchen da sind, Schnitzel. Aus dem glatten Ast der Weide kamen gerade solche häkchenartigen Auswüchse heraus, die die Schwarzerde fressen.

*7.1.*

Intelligenz ist die lustigste Erfindung. Der enthusiastische, verrückte Schauspieler T. erzählt am Telefon von seinen Plänen und Kompromissen.

»Was soll's ... wenn man ein Ideal anstrebt, kann man die Werte auch vorbeischmuggeln!«

Pietuszka kommt frustriert von der Arbeit. »Psychiatrie ist keine Medizin, das ist eine christliche Sekte.«

Ich feiere mich selbst. Ich lese, male, schaue mir alte französische Filme an. Pola merkt, daß wir frei haben. Ich überlege, warum sie nicht tritt; plötzlich »Wumm!« Eine Antwort? Ich kann es nicht recht glauben. Nach einer halben Stunde konzentriere ich mich und frage in Gedanken: »Kleines, alles in Ordnung?«

Ich weiß nicht, ob sie es durch Telepathie oder durch die Nabelschnur merkt, aber sie spürt meine Unruhe. Von der rechten Seite kommt blubbernd eine eindeutige Antwort: »Wumm!«

Kann man seine Leber lieben? Sich emotional an seine Speicheldrüse gebunden fühlen? Pola ist quasi eines meiner Organe – ein Organ der Mutterschaft? Das war sie einst. Nun könnte sie selbständig in einem Brutkasten überleben. Sie ist da, und gleichzeitig nicht. Klopf, klopf – und da ist sie wieder.

*10.1.*

Zwei unschuldige Stücke Pappe. Ich schaue darauf. Flugtickets ... Für heute!

»Pietuszka …«

»Na was? Müssen wir alles planen? … Wir sollten mal nicht so tun, wir sind doch total durchgeknallt …«

»Aber …«

»Das wird eh keiner merken. Wir rufen die Familie nicht an, keiner soll zum Blumengießen vorbeikommen … Vier Tage …«

Abends sind wir schon auf Madeira. Das Flugzeug kreist über den Felsen und fällt beinahe vertikal hinunter auf die Rollbahn, wie ein Raubvogel. Die feuchte Wärme der Insel. Sofort vergesse ich das kalte Europa. Im leeren Quinta de Penha de Franca, außerhalb der Saison, gibt es frisch renovierte Zimmer. Die Schränke mit vergitterten Holztüren riechen noch nach Bäumen. In der Dunkelheit erinnern sie an Beichtstühle. Die Kirchenglocken übertönen für einen Moment den Ozean, der sich gegen den Hotelstrand wirft.

Ich fühle mich selbst nicht, nichts tut mir weh. Ich halte mich an Piotrs Hand fest und decke mich mit dem Schlaf zu.

*11.1.*

Die Töne sind vor Feuchtigkeit wie gedämpft. Der Rhythmus auf den Straßen in Funchal, der Hauptstadt hier, ist verlangsamt. Ich war noch nie in Portugal. Habe etwas Spanisches erwartet: Herumgeschreie, hart ausgesprochene Worte. Die Portugiesen flüstern ihre »schtsch« zärtlich. Es ist ein Unterschied wie zwischen dem stampfenden spanischen Flamenco und dem melancholischen portugiesischen Fado. Ohne diese romanische Übertreibung in den Gesten, dieses Herumposieren.

Portugal, an Europas Rand gezeichnet, sieht aus wie dessen Schatten. Die dunkelhäutigen Portugiesen haben etwas von subtilen, diskreten Schatten. Sie drängen sich nicht auf, nicht einmal in den Touristenorten.

Wir leihen uns für zwei Tage ein Auto. Fahren durch die mit Pinien und Eukalyptus bewachsenen Hügel. Der Süden der Insel, mit Städtchen, die mit blauen Fliesen ausgelegt sind, ist mit dem Süden Europas identisch: Palmen, weiße Fensterläden, barocke Kirchen, die an Hauptplätzen hocken wie auf einem Haufen üppiger Röcke aus hellem Stein. Das einst von Dos Passos gemietete Haus, längst geschlossen und verstaubt wie ein altes Buch, das man auf dem Dachboden vergessen hat.

An der Madeira umkreisenden Hauptstraße ein Wasserfall. Wir stellen uns in der Schlange zu dieser natürlichen Waschanlage an. Rund fünfzig Kilometer Richtung Norden und wir befinden uns in Nordeuropa. Starker Wind, grau, neblig – in einer Stunde sind wir von der Riviera nach Skandinavien gekommen. Wir halten in einem Hotel mit einem Kamin an, wärmen uns am Feuer. Wenn wir uns beeilen, könnten wir vor Sonnenuntergang wieder »am Mittelmeer« sein.

*12.1.*

Madeira ist vulkanisches »Neuland«. Erst vor kurzem aus dem Ozean aufgetaucht. In den Bergen und Höhlen sieht man noch die erkaltete Lava, steifgewordenen Schlamm, aus dem die Insel entstanden ist. Trotz der Nachbarschaft zu Afrika ist Madeira europäisch. Ein Mini-Europa: grüne irische Hügel, Schluchten wie in Kazimierz an der Weichsel. Alpen, Fjorde, die Provence. Und Orchideen. Ein Königreich der Orchideen.

Nach dem Zurückbringen des Autos können wir die zwei wichtigsten Verkehrsattraktionen Madeiras nicht nutzen: *levadas*, kleine Pfade neben Kanälen, die sich durch die ganze Insel ziehen (ich kann nicht mehrere Kilometer laufen) und die Fahrt auf Holzschlitten die Hügel von Funchal hinunter. Ohne Bremsen, vorbei an den fahrenden Autos, düst man mit einem »Fuhrmann« durch die glatten Straßen. Einst fuhren so englische Kaufleute, die mit Madeira und Blumen handelten, hinunter in den Hafen. Ich besitze nicht die englische Klasse! Ich würde lauter schreien als auf einer Achterbahn auf dem Rummelplatz.

Also bleibt uns die regionale Küche. In Celeiro an der Rua Dos Aranhas (Orangenstraße?) bekomme ich das englische Erbe zu essen – einen richtigen, hausgemachten Pudding. Ich bestelle zwei Teller. Nach dem vier Stunden dauernden Abendessen weise ich schon die Farbe von Pudding, Konsistenz von Pudding und den Geruch nach hochkommendem Pudding auf. Mein Kopf und die geschwollenen Beine sind aus Pudding. Pietuszka schämt sich für mich, beendet diese Orgie, bezahlt die Rechnung. Er schiebt meinen schwerfälligen Körper Richtung Treppe. Ich habe keine Kraft mehr, er muß mich auf eine Stufe setzen und ein Taxi bestellen.

*13.1.*

Auge in Auge mit dem Antichrist. In den Bergen, auf einem felsigen Pfad starrt mich eine gehörnte Bestie an. Sie will nicht Platz machen. Mir wird eiskalt, es ist um null Grad. Die Gemse beobachtet triumphierend meinen Abgang. Von einem Paar älterer Engländer bekam ich eine Trillerpfeife, für den Fall, daß ich mich im Nebel verliere. Ich sehe die Silhouette der Herberge, in der Piotr auf mich wartet. Nach einer Viertelstunde bin ich schon aus den Bergen zurück, zum Tee und Pudding.

Nach dem Sonnenuntergang sitzen wir auf der Terrasse unserer *quinta*. Der *boy* deckt den Swimmingpool mit Folie zu. Mit einem Haken holt er Blätter und Frösche heraus. Die raschelnden Palmen tun so, als ob wir in den Tropen wären. Das Zimmermädchen schließt das Tor und der Ozean zieht sich höflich fließend in die Dunkelheit zurück. Vom Mond angezogen, klettert er in den schwarzen Himmel. Ich bin so weit weg von allem, von einer feuchten Leere umgeben. Bin eine Insel ohne Brücken, die sie mit dem Festland, mit Erinnerungen verbinden. Ich denke nichts. Atme nur. Umarme Pola. Piotr macht die Kerze aus, und »Jemand« zündet die Sterne an. Hier bleiben. Sinnfrei, sinnlos.

*14.1.*
*Schweden*

Mit unserem Koffer brechen wir die dünne Eisschicht auf den Pfützen. Grödinge hinter einer Schicht aus Reif. Wir müssen sie kaputtmachen, als wir den Hügel hochfahren.

*15.1.*

Der Flug geht früh um sieben. In Warschau sofort zu den Produktionsleuten.

Vor Aufregung hat Piotr rote Flecken im Gesicht. Er wechselt seinen Arbeitsplatz, seine Wohnung. Nach 20 Jahren, in denen er überzeugt war, für immer in Schweden zu bleiben, dort in aller Ruhe alt zu werden. Ich habe Gewissensbisse. Ich weiß selbst nicht, ob wir das Richtige tun. Ein Teil von mir ist sicher, der andere besteht aus Zweifeln. Wir können es immer noch abblasen …

Im Büro der Produzentin unterschreibt Piotr das Teufelswerk: die Bedingungen, die Höhe des Gehalts, die Berufsbezeichnung … »Drehbuchproduzent«. Die Arbeitszeit flexibel, Schulung in den Staaten. Wir kehren zurück ins »Holiday Inn« und hauen uns ins Bett.

*16.1.*

Ich habe mit dem Produzenten geschlafen. Das von Beata geliehene Auto wartet vor dem Hotel. Mondän!

Beim Frühstück schauen wir die Wohnungsanzeigen in der Zeitung durch. »Wunderschöne Wohnung in Kabaty.« Wir verabreden uns mit der Maklerin. Kabaty, das liegt direkt am Wald und an der U-Bahn-Station, ideal. Was die wohl mit »wunderschön« meinen?

Wir können es nicht erwarten, fahren schon eine Stunde eher raus, um uns im Süden von Warschau umzusehen. Es gab noch eine Anzeige, mit Bild. Von Kanadiern erbaute Wohnungen in der Nähe von Konstancin. Über Umwege gelangen wir dorthin. Sicherlich werden wir es nicht kaufen, wir schauen uns nur um.

Geschützte Siedlung, zweistöckige Häuser, Wald in Sicht. Wir schauen uns die Musterwohnungen an. Ich kneife Pietuszka. »Das, nichts anderes.«

»Keine Eile.«

Er schaut ins Bad und stöhnt vor Bewunderung. Einbauküche mit Kühlschrank, Herd, Geschirrspüler. Eine Zweizimmerwohnung könnten wir uns leisten. Ein Wohnzimmer, verbunden mit Küche und Schlafzimmer. Für uns beide in Ordnung. Mit Kind wird man in einem gemeinsamen Raum nicht arbeiten können.

»Pietuszka, du wirst fernsehen wollen, oder arbeiten, Pola schlafen, ich auch arbeiten. Wir werden verrückt.«

»Für eine Dreizimmerwohnung müßten wir einen Kredit aufnehmen.«

»Nie im Leben!«

Wir wollen uns noch das Wunder in Kabaty ansehen. Mir ist, als befände ich mich im Traum eines psychopathischen Architekten. Höfe ohne Grün, Fenster an Fenster, der Wald am Horizont. Das soll tausend Dollar pro Quadratmeter kosten? Eine in ekelhaften Wohnblocks aufgewachsene Generation zieht um in ebenso ekelhafte Blocks aus Ziegelsteinen? Und zu diesem entsetzlichen Preis? Ich hätte nie gedacht, daß man im Polen der Markwirtschaft die Menschen für ihr eigenes Geld quälen kann!

Die fett hervorgehobene »Wunderschöne Wohnung« ist ein dunkles, dreieckiges Loch. Das Wunderschöne liegt wohl in diesem dreieckigen Schnitt.

Innerhalb einer Viertelstunde sind wir zurück. Wir werden nichts Besseres finden. Wir müssen uns nicht gegenseitig überzeugen. Sieben gemeinsame Jahre haben einen ähnlichen Geschmack entstehen lassen: den Fußboden aus kanadischen Holzdielen müßte man auswechseln, die Fliesen im Bad sind O. K. Wir kaufen die Dreizimmerwohnung.

Im Maklerbüro volles New Age. Zwei Sekretärinnen brennen Räucherstäbchen ab, lesen über die Vervollkommnung des Verstandes und positives Denken zur Faltenreduzierung. Sie können unsere Feng Shui-geprägten Vorbehalte gegen die Richtung der Türen verstehen.

Der Bauleiter führt uns durch die Wohnungen, die gerade fertiggestellt werden. Pietuszka will eine mit Waldblick.

»Dann haben wir den Wald, nur ohne Sonne. Nordfenster«, quengle ich.

Wir finden ein freies, südlich und südwestlich gelegenes Haus. Vom Leiter bekommen wir eine Mappe voller Papiere. Wir unterschreiben. Die Tür ist zugefallen, obwohl es noch keine gibt.

Wir ziehen zu Beata. Wir packen die Koffer aus und schweigen, entsetzt über das, was wir am Vormittag gemacht haben. Keine normalen Menschen kaufen die erste besichtigte Wohnung. In einer Stunde! Sie hat lauter Vorteile … Autobahn in der Nähe, Piotr kann von dort aus gut zur Arbeit, ansonsten dörfliche Ruhe …

»Ist es dir aufgefallen? Es ist beinahe identisch wie bei uns in Schweden … eine Aussicht auf Villen und einen Spielplatz.«

»Ist dir der Straßenname aufgefallen? Man fährt in die Sonnenstraße rein, biegt ab zu uns in die Polarstraße – wahrscheilich haben wir etwas aus diesem polaren Schweden mitgeschleppt ...«

»Ist die Hausnummer in Ordnung? Die 17?«

»Die Zahl der Sterne ... gut!« versichere ich ihm.

»Ein Kredit ... wenn es gut läuft, ist er in einem Jahr abbezahlt.«

»Wenn ... Pietuszka, lach nicht ... kannst du dich an die Säule in der Küche erinnern? Na, den Schrank darin?«

»Aha.«

»Ich habe es gesehen ... ich habe mal versucht, mir unsere zukünftige Wohnung vorzustellen, und hatte genau so eine offene Küche mit einem Säulenschrank und anschließendem Wohnzimmer vor Augen.«

»Dann gibt es wirklich nichts zu überlegen. So sollte es sein. Fürchtest du dich?«

»Ganz schlimm. Das erwachsene Leben – Kind, Wohnung, Kredit ... So fängt man eigentlich mit 20 an ...«

»Außer, wenn man ein paar Fehlstarts hatte ...«

*16.1.*

Während ich die ganzen Papiere und Bankgeschäfte erledige, sitzt Pola ruhig wie ein Mäuschen. Als ich es mir auf dem Sofa im Verlag bequem mache, macht sie es sich ebenfalls in mir bequem. Sicher hat sie die Beine übereinandergelegt, tippt mit dem Fuß gegen meinen Magen und wartet auf Tee und Kuchen.

Wir unterschreiben den Vertrag für die Buchausgabe vom ›Städtchen‹. 2000 Seiten Drehbuch, 58 Folgen. Ein moderner Gesellschaftsroman, Hauptsache gut geschrieben. Es würde reichen, wenn man sich vor einen Videorecorder setzte und die Dialogszenen im besten Polnisch miteinander verbinden würde. Das Problem ist, wir haben keinen Autor dafür. Piotr und ich werden es nicht schreiben, es ist nicht unser Märchen.

In der Bank: Formulare ausfüllen, absurde Verhöre, die zu meinem Kredit führen sollen:

»Der Mädchenvorname der Mutter?«

»Wie bitte?«

»Verzeihung, Nachname, der ändert sich …«

Überweisung von einem aufs andere Konto, im neuen Polnisch: »nach der Umvalutierung«. Ich gewöhne mich an den Bankjargon. An den Fernsehjargon habe ich mich schon gewöhnt, wo »Formatinkubation« die Zeit bezeichnet, in der sich eine Serie nach ausländischem Muster bei den polnischen Zuschauern behaupten wird.

Wir dichten in Beatas Wohnung ein Fenster ab, das sich nicht richtig schließen läßt. Das Haus ist an die fünfzig Jahre alt, im alten Muranów. Mit Blick auf die chinesische Botschaft.

»Egal, wofür sich Polinka entscheiden wird, sie wird es gebrauchen können.«

»Wie?« – Piotr kämpft im Bad mit einem Gasherd aus Stalins Zeiten.

»Chinesisch. Noch ein Grund, warum ich nach Polen zurückkommen wollte. Hier finden wir ohne Probleme eine chinesische Tagesmutter … und bei uns, auf dem schwedischen Dorf …«

»Du wirst das Kind fertigmachen …«

»Ich habe mir schon alles zurechtgelegt. Sie wird es mühelos lernen, in der Kindheit lernt man eine Sprache eher nebenher, mit dem richtigen Akzent. Englisch, Französisch, das ist kein Problem, sie kann Sprachferien mitmachen, kann es im Kindergarten oder in der Schule lernen. Chinesisch wird sie brauchen können, egal, ob sie sich für humanistische Wissenschaften entscheidet oder in die Wirtschaft geht –

und wenn sie ein Niemand wird, so kann sie es zum eigenen taoistischen Spaß sprechen.«

Wir legen uns hin, fertig von dem ganzen Herumgerenne. Ein Novum: der Bauch verdeckt mir den Fernseher, ich muß mich mit den Kissen abstützen. Pietuszka zieht die Vorhänge zu, ganz dicht, um sich von Warschau abzugrenzen.

»Weißt du, hier ist alles so … verletzt … so schief«, sagt er, schon halb schlafend. »Treppenhäuser mit Löchern in den Wänden, kaputte Fahrstühle, verdreckte Straßen. Die Menschen sind auch so verletzt … durch das Schicksal.«

»Das ist entsetzlich, Schulden zu haben. Dieser Kredit …«

»Weil wir uns Normalität nicht leisten können. In Polen mußt du für das Normale teuer bezahlen, nicht für den Luxus: eine hübsche Wohnung in einem sicheren Stadtteil, Privatschule für das Kind, wo es ohne gezüchtigt zu werden lernen kann. Anscheinend ist hier die Normalität der wahre Luxus. Und nun schlaf.«

Ich werde um sechs wach.

»Geht dir der Kredit durch den Kopf?« Pietuszka versucht ein Gespräch, anscheinend ist auch er schon ausgeschlafen.

»Ich denke nicht an das Geld … ich kann nicht schlafen.«

»Man kauft nicht jeden Tag eine Wohnung.«

»Heute bestellen wir die Fußbodenbeläge und die Fliesen. Gerade habe ich gedacht, daß da, wo das Wort endet, sein Sinn beginnt. Wie bei Wittgenstein, oder?«

»Ich kann Wittgenstein nicht ab. Gutentagnacht! Stehst du auf?«

»Ich will um sieben in die Dominikanerkirche, hier in der Neustadt.«

Ich mag diese Kirche. Die weißen Wände sind wie schneeweiße Röcke der Apostel, die der Messe lauschen. In den gotischen Falten ihrer Kleidung ist die Stille der Gebete versteckt.

*18.1.*

Eine Journalistin ist wegen meiner Schwangerschaft aus dem Häuschen. Als ob es das Seltsamste wäre, was einer Frau passieren kann.

»Der Verleger hat mir von Ihrer Schwangerschaft erzählt.«

»Ach ja?«

»Würden Sie mir ein Interview geben?«

»Worüber?«

»Na, worüber denn? Sie, so unabhängig, die Skandalautorin ... und jetzt ein Kind ... so eine Wandlung im Leben.«

»Was hat das mit meiner Unabhängigkeit zu tun? Außerdem, was soll dieser Ton? Als ob ich der erste Mann wäre, der schwanger geworden ist?«

Ich lege auf. Schwangerenpornographie. Was für eine Sensation.

Ich hätte nie geglaubt, daß das Alter einen Menschen an einem Tag überfallen kann, auf ihn hochklettern wie ein Buckel. Gebrechlichkeit nach einer Krankheit, langsam, schleichend – das normale Älterwerden, das ja. Aber hier – hopp! Ich kann mich plötzlich nicht mehr rühren. Ich stehe mitten in einem riesigen Baumarkt und schaffe die zehn Meter zu Piotr nicht, der gerade Bretter für Dielen aussucht. Es ist eine Qual. Ich stapfe, halte mich an Ziegelsteinen und Wasserhähnen fest.

»Soll ich dich huckepack nehmen?« Piotr ist ein Held. Er würde mich, uns zwei nicht schaffen.

»Steck mich lieber in den Einkaufswagen.« Ich bewege die Beine, damit die Nerven und Muskeln in meinem Rücken wieder funktionieren und dieser verdammte Druck nachläßt. Das Becken ist nicht nur zum Laufen da. Irgend etwas weitet sich da vor der Geburt und schaltet die Funktionen der Beine aus.

Die Fliesen haben wir in Piaseczno ausgesucht, die Küchenmöbel in der Grójecka-Straße, den Fußbodenbelag im Zentrum. Wir geben auf.

»Lassen wir die Schränke. Sollen sie doch irgendwas einbauen, ich habe keine Kraft mehr.« Piotr biegt Richtung Muranów ab.

»In Schweden haben wir einen Fußboden in der Farbe von Katzenkotze, und es ist auch in Ordnung.«

Eigentlich finde ich es auch absurd, über jede Nuance der Fliesen, über jedes kleine Muster nachzudenken. Wir kapitulieren.

In der Nacht reißt der Wind die Abdichtung raus. Wir kuscheln uns in die Decken. Der eisige Ostwind wummert gegen die Fenster, reißt beinahe die roten Laternen bei den Chinesen ab.

*20.1.*

Mystischer Behaviorismus. Ich sage zu Pola: »Ruhig!«, und sie hört auf, sich hin und her zu drehen.

Einst lebte sie in einem großen Sack, hopste darin herum und fetzte in alle Richtungen. Der Sack wurde mit ihr weiter. Und nun zerrt sie daran. Ich habe sie schon unter den Rippen (oder elegant gesagt, unter dem Herzen).

Wir halten es in ›Geld ist nicht alles‹ von Machulski nicht aus. Nicht so sehr, daß der Film langweilig wäre. Das Publikum lacht so laut, wir kapieren es nicht, geben uns geschlagen, gehen raus. Haben wir kein Gespür für das Polnische mehr?

*21.1.*

Das Sentimentale des Geschmacks. Süßliche Bücher und *soap operas* als Balsam für die Seele. Sentimentale Liedchen sind Hits in Polen. Was fürs Herz, denn am Verstand scheint es zu mangeln. Gott, schmeiß Hirn vom Himmel. Auf der anderen Seite des Fernsehers, hinter seinem gläsernen Zaun, hinter den Hochglanzcovers die Grausamkeiten des Alltags. Ein Paradox? Das Gute, das sich vor dem Vulgären hinter schlichten Büchern, bunten Zeitschriften und Familiensendungen versteckt? Das eine ergibt sich aus dem anderen. Wenn die unbarmherzige Logik fehlt, hat es der Konformismus leicht – dann quellen die Körner des Bösen in der vor Rührung feuchten Seele auf.

Lodz. Bekannte meiner Schwester, die an den Kassen der Supermärkte arbeiten. Einen Monat, zwei. Die Verzweifelten halten ein halbes Jahr durch. Nehmen zehn Kilo ab. In einer unter Arbeitslosigkeit stöhnenden Stadt ein Halbtagsjob für 300–400 Złoty. Das Schleppen der Kartons in den Lagern, der Zwang der Überstunden – »Das können Sie mal abbummeln, und wenn es Ihnen nicht paßt … wir haben zwanzig Bewerbungen für eine Stelle.«

Außer dem Kassenschlüssel brauchen die Frauen Windeln: sie dürfen ihren Käfig nicht verlassen. Die glücklichen Mädchen aus dem Supermarkt, sie haben Arbeit.

*23./24.1.*

Die letzte Nacht in Muranów. Wir sind ein wenig wie die modernen Piraten: alles unterschrieben, Kredite aufgenommen, Verpflichtungen eingegangen, und weg hier. Nach Schweden. Allerdings sind wir anständig, wir werden zurückkehren, unsere Schulden bezahlen und den Kredit abarbeiten. Brave Piraten. Wir schlafen um neun Uhr ein, nachdem wir aus Lodz zurück sind.

Wir werden wach vom Krach und Lärm, Lichter blitzen auf. Der Großstadtlärm? Es wird geschossen.

»Was ist das für ein Jahrestag?« überlegt Pietuszka.

»Du bist doch Warschauer … Vielleicht Russenaufstand,

das war wohl im Januar… Meine alte Schule war in der Straße des 17. Januar…«

Piotr steht auf, nimmt die Decken zurück, die das Fenster abdichten.

»Die Chinesen…«

»Unmöglich!« Ich springe aus dem Bett. Ich bin noch nicht ganz da, erinnere mich an die Weissagungen meiner Großmutter: »Die gelbe Rasse wird die Welt beherrschen.« Krieg?

Ein Feuerwerk erleuchtet die Dunkelheit.

»Ende Januar… Aha, Neues Jahr! Auf Wiedersehen, mein Drache.« Pietuszka küßt meine Nase.

»Tatsächlich, das war das Jahr des Drachen, es ist so viel passiert…«

Wir gehen zurück ins Bett. Ich kann nicht einschlafen, die Ruhe wiederfinden, die wir uns im Schlaf aufgebaut haben. Ich drehe mich herum, lasse meinen Gedanken freien Lauf: »Das kann kein Zufall sein… Pola ist nach dem chinesichen Kalender in meinem Jahr erschienen, im Jahr des Drachen. Und jetzt hört sie die Feier des Büffeljahres…«

»Des Schlangenjahres.« Pietuszka ist besser in der chinesischen Astrologie.

»So so, der Taoist-Vater«, mache ich mich über ihn lustig. »Ich wollte sie Chinesisch lernen lassen, das ist ein Zeichen des Himmels.«

»Gretkosia, schlaf jetzt.«

»Ich kann nicht. Die Chinesen haben Knallkörper gegen die Dämonen erfunden; wie soll ich denn schlafen, wenn am Himmel der Kampf um Polas Glück stattfindet?«

»Wir gehen morgen chinesische Glückskekse essen, nur schlaf…«

»Dann beruhige zuerst deine Tochter, sie tritt mich.« Ich lege ihm die Hand auf meinen Bauch.

*25.1.*

Grödinge. Meine schönen Bäume, der-See-der-mich-mag, der laternenbeschienene Weg durch den Wald. In einer Woche bin ich zurück in Warschau und unterschreibe die Teufelspapiere.

Ich starre auf den Text des Buches. Ich habe es vor einem Jahr angefangen und hatte keine Zeit, es zu Ende zu schreiben. Ich lege es immer wieder weg. Kann mich nicht konzentrieren. Nicht wegen Schwangerschaftssenilität. Ich kann nach vier Stunden Schlaf nicht richtig denken. Immer öfter werde ich um drei Uhr früh wach, scheinbar ausgeschlafen, aber sogar die einfachsten Dinge scheitern, wie das Aufbewahren der Kontaktlinsen. Ich mache es seit Jahren, gestern habe ich den Behälter zugemacht, ohne die Flüssigkeit hineingetan zu haben. So sind meine Augenprothesen jetzt kaputt.

Ich blättere in einem Buch. Die Worte wundern mich, ihr Hängen an den Gedanken. Die Sprache ist nackt. Hat man die Worte erfunden, um sie zu schmücken?

*26.1.*

Ich kaufe ein Hühnchen für die Bouillon. In der Tiefkühltruhe im Laden eine *peep show* des Geflügels. Gespreizte Schenkel, alle in einer Reihe, verpackt oder lose. Ich nehme ein ganzes Huhnding in einem Plastiksack. Ich schaue nach dem Preis. Es steht da, was man pro Kilo bezahlt, und wieviel für dieses Stück. Auf dem Aufkleber das Foto des Farmers mit Telefon. Der Kopf des Farmers, wegen des Formats angeschnitten, paßt genau zum bläulichen Körper des kopflosen, in Folie eingewickelten Huhnes.

In meiner Schwangeren-Bibel ›Jag är gravid‹ (Ich bin schwanger) entdecke ich das Kapitel »Geburt«. Typische Erinnerungen, Tips … allerdings gibt es auch die Erzählung einer

Stewardess, die von Krankenhaus zu Krankenhaus, durch ganz Stockholm kutschiert wurde. Es gab keine Plätze, sie mußte zu Hause gebären. Als ihr Mann um Hilfe gerufen hat, wurde ihm geraten, sie in die Badewanne zu legen – um die Fußböden nicht dreckig zu machen?

»Pietuszka!!!«

»Ist etwas passiert?« Er kommt aus der Küche angelaufen, wo er die Hühnersuppe aus dem Huhn auswrang.

»Lies mal … 21. Jahrhundert, Stockholm … ich will nicht, ich habe Angst … Ohne Betäubung … Du sagtest, das seien Legenden, die Leute sich ausdenken, um andere zu erschrekken … keine Plätze in den Geburtssälen, bitte schön … hier. Hast du es gelesen?«

»Hmmm …« Stets hat er mir versichert, daß das schwedische Gesundheitswesen absolut zuverlässig sei.

»Sie werden uns nicht nach Hause schicken. Sie waren wohl nur höflich, wie es Schweden eben sind. Wir werden es ihnen zeigen.«

In einem Land, das bei einem Geburtenrückgang Werbung fürs Kinderkriegen macht, das für hervorragende Kinderbetreuung berühmt ist, gibt es verpfuschte Geburten wie in der Dritten Welt. Mein Pech.

Ein Erdbeben in Indien, an der Grenze zu Pakistan, wo die Muslime Krieg führen. In dem ganzen Unglück gibt es eine Chance, daß die Katastrophe die Islamisten vom Morden abbringen wird.

»Keine Illusionen«, meint Pietuszka und tut die Hühnersuppe auf die Teller. »Nichts wird eine patriarchale Kultur davon abbringen, die Nächsten abzuschlachten.«

*27.1.*

Der berühmte G-Punkt, der Lustknopf, soll in beide Richtungen funktionieren. Bei der Liebe und bei ihrem Ergebnis, der Geburt – da verringert er narkoseähnlich den Schmerz. Die Vagina, in die sich die Lust hineinschleicht, wird von ihr vergewaltigt. Der Tunnel des Schmerzes. Der Ort, wo man Kind wird, und Frau.

Ich habe noch keine Geburtsobsession. Natürlich wäre mir eine andere Lösung lieber, genauso natürlich wie die Wehen, nur unblutiger. Die Plazenta würde an der Rückenseite härter werden und sich von den Innereien lösen. An der Bauchseite würde sich die Haut schälen und nach und nach abgehen. Durch sie würde das Baby durchscheinen und eines Tages schmerzlos herausfallen.

Ein Gespräch mit ›Twój Styl‹, ob ich bereit wäre, eine Reportage oder ein Portrait mit ihnen zu machen. Fotos zu Hause. Ich erkläre mich einverstanden, obwohl es bald kein Zuhause gibt – der Umzug … Ich bitte um den schnellstmöglichen Termin wegen meines Aussehens. Es kann sich nur noch um Tage handeln, bis ich auseinandergegangen bin.

»Eine Schönheitsoperation?« vermutet die Journalistin.

»In gewissem Sinne … ich bin im siebten Monat.«

Wenn man dem klugen Buch glaubt, wiegt Pola nun ein Kilogramm und mißt 34 cm. Sie kann die Augen aufmachen (im Bauch, wozu? Nur um sie wieder zuzumachen?) und ist schon absolut ausgereift. Nun wird sie sich perfektionieren. Sollte sie jetzt geboren werden, würde sie in einem Brutkasten überleben. Besser nicht. Weder die Technik noch die Welt sind so perfekt auf Dich vorbereitet wie mein Bauch.

*28.1.*

In Polen wollen wir zu einem Faschingsball. Ich probiere die weitesten Kleider an. Die Bommel vorne läßt sich in nichts hineinzwängen. Pietuszka ist der Meinung, daß ich mein Koala-Bär-Dasein nicht verstecken sollte.

»Ich verstehe es nicht, in dem Fellmantel sieht man doch nichts.« Nur werde ich nicht im Mantel auf den Ball gehen.

»Das bildest du dir ein … Du hast nicht gesehen, wie sie dich neulich am Flughafen angestarrt haben. Blankes Entsetzen. Darfst du überhaupt noch fliegen?«

»Woher soll ich das wissen …«

Nicht ausrutschen, nicht ausrutschen. Ich schaffe es in den Laden.

Mit meinem Korb laufe ich an Regalen entlang. Plötzlich läßt mich in unserem geruchsneutralen Laden Wodkageruch würgen. Ein schlampig aussehender Säufer kauft Süßigkeiten. Wohl zu ostentativ drehe ich mich angeekelt nach ihm um. Beim Gemüse treffe ich wieder auf ihn, und dann … furz! Die elegante Dame mit Körbchen läßt einen Riesenfurz los. Ich kann diese Explosion nicht beherrschen. Der Säufer schaut mich belustigt an. Ich kann doch nicht meinen Mantel aufmachen und ihm zeigen, wer für die Gase verantwortlich ist. Was für eine Schande.

»Hier ist das Irrenhaus«, sagt Pietuszka am Telefon. »Im Ernst. Das ist ein echtes Irrenhaus. Gleich nachdem ich zur Arbeit gekommen bin, mußte ich mir den Bericht anhören: Carlos, der Chilene, kam nicht von seinem Spaziergang zurück. Er nahm ab und zu Stoff. Man hat die Polizei verständigt. Tatsächlich brachten sie einen Chilenen vorbei, aber jemand anderen, der mit Nachnamen Carlos hieß. Die Leute, die ihn seit drei Monaten betreuen, waren nicht imstande zu sagen, ob es der richtige Carlos ist. Derjenige, den die Polizei gebracht hat, wurde ebenfalls psychiatrisch behandelt und mochte unsere Klinik sehr. Deswegen wollte er nicht mehr nach Hause. Man mußte ihn ins Taxi zwingen, dabei hat er einen solchen Radau veranstaltet, daß er schließlich doch bei uns in der Aufnahme gelandet ist. Die Psychiatrie produziert Irre – und unser eigentlicher Carlos ist immer noch nicht da. Schlaf gut, meine ›Wirklichkeit‹ ist irrer, als deine verrücktesten Träume.«

*29.1.*

Ich bin komplett irre vor Müdigkeit. Frühmorgens gieße ich mir Saft in ein Glas. Er läuft über. Ich wische es weg. Ich will trinken, und merke, daß meine Zähne gegen das Glas schlagen. Es stand die ganze Zeit auf dem Kopf.

Ich hole in Stockholm Małgosia, die Journalistin von ›Twój Styl‹ ab. Vom ersten Moment an macht sie sich mit einem Kugelschreiber Notizen. Die »Realität« – was sind die Bücher, was ist das wirkliche Leben der Manuela Gretkowska. Mehr als daß ich rede, seufze und gestikuliere ich. Abends ein bitterer Nachgeschmack. Ich habe zu viel Intimes herausgespuckt. Was bleibt, ist peinliche Leere. Man kann nicht das eine sagen und das andere verschweigen, das Leben ist eine Kette (entweder des Heiligen Antonius, oder vielmehr des Heiligen Teufels) – auch, wenn die Kettenglieder zum Teil verworren, zum Teil groß wie das Auge Gottes sind.

»Das werden sie nicht drucken, vergiß es«, versuche ich Małgosia zu überzeugen. »Niemand will die Wahrheit wissen, sie wollen Zuckerguß.«

Sie fragt neugierig nach, schnüffelt. Sie weiß viel mehr, als sie zugibt, will es aber von mir hören. Einige Dinge sollen nicht publik werden. Da ist eine Schicht Lack drüber, wie bei den Covers der bunten Zeitschriften. Wenn man darauf herumkratzt, kommt die wenig fotogene Wahrheit über unsere Nächsten ans Licht.

»Mein Meister? Gibt es nicht. Irgendwelche Namen? Nein.

Ich werde niemanden verpfeifen, weder durch das, was ich schreibe, noch durch das, was ich sage. Wenn, dann verpfeife ich mich selbst. Laß das.«

*2.2.*

Vormittags Korrekturen zu ›Polka‹, nachmittags Małgosia. Noch nie war jemand mehrere Tage lang mehrere Stunden am Stück bei uns. Ich habe Angst, mich nicht beherrschen zu können, zu viel zu erzählen, irgendwas. Ich möchte ihr helfen, den Stoff zu einer Reportage liefern, ohne mich selbst zu sehr zu entblößen. Aus ihren Fragen kann ich mir den Stil des Artikels denken: »Störrische Schriftstellerin – dekadent, skandalös, feministisch (in einem Atemzug ausgesprochen) – hat ein bürgerliches Häuschen in Schweden und ist reif für die Mutterrolle.«

Egal. Was sie auch schreiben wird, es wird nicht die Wahrheit sein. Ich erkläre ihr (oder verteidige ich mich?): stets ging ich vor Mitternacht zu Bett, nie betrank ich mich, ich habe nie geraucht. Was für eine »Bohème«? Seit Jahren habe ich einen regelmäßigen Lebensrhythmus. Erst jetzt fangen kurze Nächte an, das Verwechseln der Tageszeiten. Außerdem: was hat die Beschreibung des Hauses, des Waldes und der Bilder an den Wänden damit zu tun, was ich im Kopf habe? Mit meinen Büchern? Wahrscheinlich wird die ›Twój Styl‹-Redaktion wieder solche Briefe bekommen: »Nach Eurem Artikel mußte ich feststellen, daß Gretkowska eine normale Frau ist, deswegen werde ich jetzt ein Buch von ihr lesen.« Verdummung der Dummen. Anstatt des Imprimatur der Kirche, die das Lesen (ausgewählter Bücher) erlaubte, nun die braven Artikel und Kritiken in den Zeitungen.

Am See höre ich das Geräusch eines nahenden riesigen Wagens. Ein riesiger Wagen, der mit seinen Rädern das Eis zermalmt. Der See ist leer, doch der unsichtbare Wagen fährt auf mich zu. Erst nachdem er vorbeigefahren ist, verstand ich, was es war: das Geräusch des brechenden Eises. Mein Glaube an Halluzinationen.

Oma Dondziłło erzählte von einem Wald, durch den vor dem Krieg ein Geister-Pferdewagen fuhr, geräuschlos zwischen den Bäumen. Eigentlich soll es eine Kutsche gewesen sein. Vier schwarze Pferde, gespenstisch zitternde Scheiben und das Wappen an der Tür. Wer die Kutsche gesehen hat, konnte sich auf ein Unglück gefaßt machen. Die Oma hat sie zweimal gesehen. Aus ihrer Heimat ist ihr nicht viel geblieben, außer den Erinnerungen und der Warnung, die sie an ihre Enkel weitergab: »Merk dir, bei Tisch darf man weder reden noch sein Gewehr reinigen!«

Am Tisch sind zwei der ihr nächsten Menschen gestorben. Ihre wunderschöne junge Freundin, die an einer Nudel erstickt ist und die in ihrem Hochzeitskleid begraben wurde – und dann ihr erster Mann. Er reinigte unachtsam sein Gewehr und schoß sich zwischen zweitem Gang und Nachtisch ins Herz. Daraufhin wollte die Oma ihr Leben ändern, um zu vergessen. Sie verkaufte ihr Gut und ging nach Boston. Nach dem Ende des Ersten Krieges hatte sie Heimweh und zog zurück nach Polen. In Fordon an der Weichsel kaufte sie sich einen Bauernhof und tat kund, daß sie den ersten heiraten würde, der um ihre Hand anhielte. Vom anderen Ufer des Flusses kam 1917 in seiner Uniform der junge Gretkowski über das Wintereis. Sauber geschrubbt, mit preußisch kurzer Frisur. Er salutierte und bat um ihre Hand. Eine Mesalliance der Soldateska mit dem Märchen.

*3. 2.*

Ich kann meinen Pinsel nicht halten. Die geschwollenen Finger fühlen die Präzision der Seide nicht mehr. Małgosia meint, daß ich solche Wurstfinger bis zur Geburt behalten werde. Ein Krampf.

Pietuszka zeigt mir die heutige Zeitung. Überfüllte Geburtssäle. Gebärende werden zurück nach Hause geschickt.

»In Stockholm?« Małgosia glaubt an das Wunder des schwedischen Sozialismus. »Wie ist das möglich, mit der besten Krankenversorgung der Welt?«

»Es gab einen Geburtenrückgang, Stationen wurden geschlossen. Jetzt lohnt es sich nicht mehr, neue aufzumachen.« Pietuszka ist schon dabei, den Zerfall staatlicher Krankenhäuser zu beschreiben. Er ist ein Zeuge und ein Opfer. Ich fühle mich nicht wie ein medizinisches Problem. Das Wichtigste ist mein von Tag zu Tag immer mehr vorstehender Nabel.

»Piotr, du darfst nicht erlauben, daß sie uns nach Hause schicken! Und ich will eine Betäubung!«

Małgosia mischt sich ein: »Am besten mit den Kräften der Natur …«

»Mit den Kräften der Natur haben sie mir mal einen Zahn gezogen, ohne Betäubung. Nein, danke.« Ich werde panisch. Małgosia hat dadurch Stoff für ihren Artikel, und ich drehe durch. Ein Gesichtsabdruck auf einer Zeitungsseite.

Der Rückenschmerz nagelt mich am Stuhl fest. Die Maschine, die meine Beine bewegt, hat ausgesetzt. Ich robbe zum Schrank, hole die Krücken. Sie sind noch vom Sommer von vor zwei Jahren geblieben, als meine Schwester hierwar. Einen Tag nach ihrer Ankunft in Schweden holte sie, ohne jemanden zu fragen, ein Fahrrad aus dem Schuppen. Es war eines ohne Bremsen. Sie fuhr einen fast vertikalen Berg hinunter. Die auf ihren Bänken in der Sonne sitzenden Rentner sahen eine vollgeschminkte Stunterin in einem kokett flatternden geblümten Kleid, ohne Helm. Hier tragen sogar Kinder auf dem Spielplatz einen Helm, erst recht Radfahrer. Meine Schwester fuhr gegen Sträucher und Laternenpfähle los. Nach ihrer Heldentat hoben die Schweden sie vom

Beton auf und fragten, wohin sie sie bringen sollen. Meine Schwester stand unter Schock, wußte unsere Adresse nicht mehr. Sie flüsterte: *»I'm from Poland.«*

Wir sind die einzigen Polen in der Gegend, also brachte man uns die verletzte, halb gehäutete Heldin zurück. Noch lange nach dem Unfall redete man darüber in unserem Laden (»Ohne Helm ist sie gefahren? Und ohne Bremsen?«). So entstehen die Legenden über polnische Irre, die mit Bajonetten gegen Panzer kämpfen.

Das gebrochene Bein meiner Schwester wurde in der Notaufnahme von Piotrs ehemaliger Patientin gerichtet. Derselben, die einst von der am stärksten befahrenen Kreuzung Stockholms zu ihm gebracht wurde. Schon in der Zwangsjacke vertraute sie sich Piotr an: »Die sind so dumm, ich habe nicht den Verkehr koordiniert, sondern die Bahnen der Planeten!«

Wahnsinnig genau gipste sie das Bein meiner Schwester ein. Nach einer Woche mußte man den Gips abhauen und einen neuen Verband anlegen. Auf diese schmerzhafte Art und Weise bekam meine Schwester ihre Krücken. Mir reicht eine. Lahm wie eine Invalide bewege ich mich Richtung Bett. Nach einer Stunde kann sich mein Bein wieder bewegen und schlägt einen Spaziergang vor.

*4.2.*

Beim Abwaschen bekomme ich mit, wie Małgosia im Nachbarzimmer Piotr hartnäckig intime Geständnisse entlocken will. Wie wir uns kennengelernt haben, das erste Treffen.

Mein Minnesänger singt eine Arie der karmischen Liebe, erzählt vom Schnitt meines Kleides, von meinen Beinen und der Augenfarbe. Małgosia kommt mit dem Notieren nicht nach, so hingerissen ist sie. Nachdem sie weg ist, schleicht Piotr mit einem komischen Gesicht durch die Wohnung.

»Weißt du was, mir ist ein bißchen schlecht ...«

»Ich glaube, du bist von ›Twòj Styl‹ ungewollt schwanger geworden.«

»*Love for sale*. Der heilige Paulus müßte sagen: ›Die Liebe ist käuflich, die Liebe der Medien.‹«

»Und wenn es die nicht gäbe, würdest du ganz dumpf klingen«, tröste ich ihn. »Du mußt dein Herz teilen können …«

»Das Wort auch, aber gleich mit der ganzen Nation?«

»Narzißtische Postromantik.« Ich putze zwei Löffel, die noch nicht verrostet sind.

Das war das letzte Mal, einigen wir uns. Keine Familienfotos und gemeinsamen Interviews mehr. Neues Leben, neue Wohnung, neue Gesichter.

*5. 2.*

Morgen nach Polen. Es ist mir noch nie passiert, daß ich mit der Korrektur nicht fertig geworden wäre. Ich falle aufs Bett … ich bin in der Schonzeit. Ich werde mich hinter meinem Bauch verstecken, wenn ich mit dem Verleger spreche. Gretkowska minus Bauch gleich Zuverlässigkeit. Gretkowska plus Bauch ist, hehe, ungleich.

Minus 17 Grad. Ich habe hier drei leichte Winter verlebt. Langsam und matschig, von November bis Ende April. Dieses Jahr – durch den Frost auf wenige eiskalte Tage gestrafft. Draußen rutschen die Menschen auf dem Fußweg herum, steif vor Kälte. Wie bewegte Figuren in einer Krippe. Małgosia schlägt mir einen Spaziergang vor. Eine Expedition zum Nordpol.

*6. 2.*

Als das Flugzeug zum Landen ansetzt, schläft Piotr ein. Der Luftdruck zischt in den Ohren. Pietuszka rollt sich im Sessel wie ein Ball ein, aus dem Luft entwichen ist. Ich wecke ihn: »Was hast du geträumt?«

»Nichts. Gar nichts.«

Von oben sieht man unser neues Haus am Rande des Kabater Waldes. Die grünsten Dächer der ganzen Gegend. Vom Flughafen in die Bank, den Kredit unterschreiben. Wir befinden uns mitten in einem Roman aus dem letzten Jahrhundert: eine Hypothek, ein Wechsel. Das konnte man in ›Lalka‹ lesen, aber es selbst zu erleben... Ich frage den Bankmenschen nach dem Unterschied zwischen Hypothek und Hypothekbesitz – das hat uns in der Schule niemand beigebracht. In den Pflichtlektüren wurden Naturbeschreibungen und die entsprechenden inneren Zustände der Protagonisten untersucht.

Wir verlassen die Bank mit einem Kredit für ein Viertel des Hauses. Ich weiß nicht, ob wir reicher sind oder ärmer, weil wir es nun zurückzahlen müssen.

Wir fahren in meine Bank, um das Geld auf das Konto der Wohnungsgesellschaft zu überweisen. Einfacher wäre es von Schweden aus, als von einer Warschauer Straße in die andere. Ich habe ein Dollarkonto, und die Wohnungsgesellschaft verkauft auch in Dollar. Eine wunderbare Übereinstimmung der Währung. Leider gibt es in Polen keine Dollar-Geschäfte zwischen den Banken. Also muß ich meiner Bank meine Dollar verkaufen, um für die Złoty bei der anderen Bank wieder Dollar einzukaufen. Natürlich wird es Kursunterschiede geben und ich werde dabei draufzahlen. Ich renne zwischen den zwei Banken wie der Antreiber einer Karawane. Meine Kamele sind schon unterwegs, aber bis sie am Ziel sind, haben sie schon an Wert verloren. O ja, jetzt werden sie geschätzt und verkauft. Pola sitzt ruhig da. Woher weiß sie, wann ich wichtige Geschäfte tätige und nicht gestört werden möchte?

Euphorie bei dem Produktionsteam des ›Städtchens‹. Die 37. Folge hatte eine Quote wie die Serie ›Millionäre‹. Ob sie weitere Folgen bestellen werden?

Wir ziehen ins »Sobieski«. Ein enges Zimmer mit einer Bar, einem tollen Bad und von Schuhen verdreckten Wänden. Getretener Luxus? Ich gehe shoppen. Hätte ich meine Schwangerschaft in Polen verbracht, hätte ich zwanzig Kilo zugenommen: Kuchen, *petit fours*.... In Schweden habe ich keine Chance auf Verfressenheit, da wird der Hunger gestillt, und nicht die Lust.

Vor dem »Sobieski« schaue ich nach einem Kiosk; wir haben Zahnpasta vergessen. Ich gehe über die Straße und komme am Bahnhof Ochota heraus. Das Gebäude ist wie eine nicht patentierte Zeitreise-Maschine. 50er, 60er Jahre? Dreck, der alle Farben mit Schlamm vermischt. In den Verkaufsständen 3D-Jesusbilder und russische Seife.

Alles starrt vor Dreck. Es ist nicht klar, wer kauft, verkauft oder auf seinen Zug wartet. Die Armut macht die Menschen schwammig, gießt ihre Gesichter in eine einzige ausdruckslose Visage. Der Golem aus Schlamm und Dreck. Der vom elektrischen Funken der vorbeifahrenden Züge zu Leben erweckt wird. Die Kotz-Szenerie der ›Szamanka‹ ist im Vergleich damit Visconti.

Pola und ich spielen Verstecken. Wenn sie merkt, daß ich entspannt bin, streckt sie ihre Extremitäten (ich weiß nie, wo Arm und Bein ist). Ich kitzle das, was sie mir hinstreckt. Dann versteckt sie es schleunigst wie eine Schnecke ihre Fühler. Ich streichle woanders, warte, bis wieder eine kleine freche Erhebung erscheint. Dann kratze ich und Pola verschwindet wieder. Sie ist so nah, und ich kann mir nicht vorstellen, daß es sie gibt.

*7.2.*

Wir haben eine halbe Stunde für das Treffen mit dem Verleger im Hotel. Um zehn die Fotosession in der Burakowska-Straße. Der Verleger kommt eine Viertelstunde zu spät. Wir feilschen um die Rechte für die Buchausgabe vom ›Städtchen‹. Das Gejammer ist schlimmer als das der Teppichverkäufer in einer marokkanischen Medina. Der Verleger zeigt uns Quittungen, will uns seine unabwendbare Pleite beweisen, oj, oj … Wenn er ins ›Städtchen‹ investiert, dann … Pietuszka und ich blicken einander an und stellen uns die Frage, die dieses Basar-Feilschen beendet: »Wozu brauchen wir diesen Teppich eigentlich?« Dann machen wir uns auf die Socken. Aus der Serie ein Buch zu machen war schließlich die Idee des Verlegers, nicht unsere!

Das arabische Shakespeare-Stück endet nicht mit dem Abgang von der Bühne. Wir kehren zurück, handeln weiter. Der Verleger will in ein paar Tagen zurückrufen, nachdem er es sich überlegt hat.

Ich glaube an Gott, an das Unsichtbare. Ich glaube dem Spiegel nicht: geschwollene Augen, dicke Backen. Mit Make-up wird daraus ein beinahe normales Gesicht. Das Studiolicht geht an. Ein geschwollener Pilz wird zu einer Frau. Nicht aus Lehm, aus Tonerde, Puder, Rouge. Das durchsichtige Kleid enthüllt meine Rundungen. Ich posiere in schwarzer Unterwäsche. Von den Lampen geblendet, erspähe ich den hinter der Fotografin stehenden Pietuszka. Er paßt auf, daß mir nichts Schlimmes geschieht – nicht zu viel Lippenstift, verschmierte Wimperntusche? Ich würde so gerne Liebe mit ihm machen (weil er mich beobachtet?), ihn ins Bad zerren.

»Sehr gut!« ruft die Fotografin, die endlich ein Aufleuchten von Lust in meinem puppenhaft geschminkten Gesicht entdeckt hat. Pause zum Richten der Haare. Ich erzähle Pietuszka, woran ich gerade gedacht habe. Ich weiß, wir können es nicht umsetzen, zu viele Menschen in der Schlange zum Klo.

»Dir reicht ja schon das Objektiv, dieses lange phallische Objektiv mit dem Vaginalloch der Linse …«

»Nein, nein, nicht deswegen. Wir schauen uns an, ich bin halbnackt, und wir können uns nicht berühren … Das nennt man wohl Begierde.«

»Fotografische Prostitution, mein Liebling.«

Der Hund der Fotografin läuft rein und setzt sich direkt an meinen Platz. Posiert herum, kokettiert mit den Apparaten.

»Das ist normal, sie liebt es.« Die Fotografin holt das Hündchen vom wichtigsten Platz. »Sunia, komm her!«

»Ist Sunia die Reinkarnation eines Models?« überlege ich laut.

»Unwahrscheinlich. Models können sich noch gar nicht wieder verkörpern. Die sind noch ganz neu, mit frischen Seelen. Niemand in seiner zweiten oder dritten Reinkarnation wäre so selbstverliebt«, meint Pietuszka.

Die Stylistin macht mit einer Klammer das zu weite Kleid fest. Plötzlich – krach! Die Nähte verdrehen sich, bewegen sich auf dem Bauch. »Piotr, schau, sie bewegt sich!«

Pola hat noch nie so herumgehopst. Sie weitet das Kleid, verschiebt die Klammern. Unter der Hose oder Decke konnte sie bisher nicht zeigen, was in ihr steckt.

Piotrs Schwester vermittelt uns einen Platz im Assistenten-Hotel in Służewiec. Die polnische Intelligenz in Betonkäfigen, die von der Frontseite von neuen Bürohäusern zugebaut sind. Die letzte Nische der vierprozentigen Schicht der Bevölkerung, die auf dem unterentwickelten Leib des Volkes lebt.

Um neun falle ich ins Bett. Als Beata kommt, stehe ich von den Toten auf. Wir fahren ins Kino, ›De Sade‹ läuft. Auteuil hat eine Menschenmaske, ähnlich wie Gajos oder Kondrat, kann damit alles spielen.

Die Warnung des göttlichen Marquis: »Bekomm nicht zu viele Kinder. Das ist schlecht für die Figur, und in zwanzig

Jahren hast du einen persönlichen Feind.« Was in Frankreich langweilige Klassik ist, ist bei uns peinliche Avantgarde, bei der Universitätsprofessoren rot werden.

*8.2.*

In einem nach Katzen stinkenden Keller unterhalten wir uns mit dem Grafiker über das Cover zu ›Polka‹. Die meisten polnischen Buchcover entstehen hier, zum Glück riechen sie nicht danach.

Ich habe das Foto einer sinnlichen nackten Schwarzen vorgeschlagen. Nur gibt es in einem mitteleuropäischen Land in keiner der Agenturen Fotos nackter Schwarzer. Nirgends. Zwei, drei Millionen künstlerisch bearbeiteter Bilder von Hintern und Titten. Aber kein normaler schwarzer (oder zumindest ebenholzgebräunter) Körper. *Njet.* Ein Kompromiß: wir nehmen eine Mulattin. Im Grunde ist sie weiß.

Der Grafiker zeigt das Cover zu den ›Falschmünzern‹ von Gide. Er hat auf der Straße ein abgerissenes Plakat mit einem Auge fotografiert. Nach dem Erscheinen des Buches kam der Besitzer des Auges vorbei. Ein bekannter Belustiger aus dem Fernsehen. Er brachte seinen Anwalt mit. Das Auge wurde unrechtmäßig von der Straße entfernt (ausgebuddelt?). Angeblich hat es ihm finanzielle Nachteile bedeutet. Die Platte mit seinen Liedern hat sich schlechter verkauft als man angenommen hatte – weil das Publikum sicherlich das ›Falschmünzer‹-Auge mit dem Sänger verband. Keine einvernehmliche Lösung, eine Entschädigung in Höhe mehrerer Tausend.

»Gehen dreitausend?« schlug der Anwalt des Grafikers vor.

»Geht schon.« Der Belustiger bekam das Honorar für seine dreiste Dummheit.

Wir gehen in ›U-Turn‹. Ein richtiges Abdrehen, ein Cocktail aus Resten. Anfangs ein Abkupfern der ›Reservoir Dogs‹ von

Tarantino, dann eine Kopie der ›Goodfellas‹ von Scorsese und Filme von Kusturica. Es soll lustig sein, statt dessen ist es peinlich. Es ist geschmacklos, wir gehen raus. Beata ist vom Schnitt hingerissen, Pietuszkas Teenie-Cousine vom Ideenreichtum. Wir fragen sie, ob sie einen der Filme kennt, die dieser Schlitzohr-Regisseur verbraten hat. Nein – sie ist noch zu jung.

Wir schauen in der Bank vorbei, ich hebe ein paar Dollar ab. Die Frau am Schalter ruft die Zentrale an und schaut uns daraufhin an wie Bonnie und Clyde.

»Ihr Konto ist um mehrere tausend Dollar überzogen.«

Pietuszka bleibt cool. »Unsinn. Bleib locker, stress das Kind nicht.«

In Polen ist alles möglich. Jemand hat den falschen Knopf gedrückt und ein Loch auf meinem Konto verursacht. Kafka. Polizei, Gefängnis. Gleich nehmen sie mich fest. Aus der *business woman* wurde eine *poor woman*. Wir laufen zur Hauptfiliale. Sie prüfen es: ein Irrtum. Morgen wird das Konto wieder freigegeben.

Das Warschauer Praga sieht in der [illegible] tisch aus, erinnert mich an Lodz.

Das Bürohaus von ›Twój Styl‹ o[illegible]spenster-Hochhaus. Das ist wohl ge[illegible]n Firmen das Aushängen von Schild[illegible]d gegen die Regeln des Feng Shui. M[illegible]ei-denheit eines Millionärs in einem [illegible]

Die Rezeption ist ebenfalls nich[illegible]in-gang hängt ein wandgroßes Fot[illegible]er-schrocken die Hand vor die Auge[illegible]

Mit der Bildredakteurin gehen [illegible]ion. Die Schleusen der Türen passier[illegible]arte, die in jeden Schlitz gesteckt wird. Gläserne Wände. Ungefähr in der Mitte des Gebäudes das Büro der Chefredakteurin – Königinmutter, die ihre »Arbeiterinnen« beaufsichtigt, die zwischen den durchsichtigen Honigwaben schwirren – von einem Raum in den anderen, bssssk, die Chipkarte macht die Türen auf.

Die Fotos zeigen jemand anderen, nicht mich. Meine Gedanken?

Im ›Twój Styl‹-Café tunen wir mit Małgosia den Text. Pietuszka rechtfertigt sich für seine Entwurzelung.

»Pietuszkin, wer hat heute noch Wurzeln … wir alle züchten Implantate«, tröste ich ihn.

»Aber du kehrst zurück nach Polen.« Małgosia drückt den Kuli immer stärker gegen das Papier.

»Ich bin ein Soziologe der Absonderlichkeiten, könntest du dir einen besseren Platz für mich vorstellen?«

Aus der Küche ertönt das typisch polnische, beinahe folkloristische Hauen auf das Steak. Wumm, wumm – mit beinahe religiösem Ernst wird das Fleisch für das Nationalgericht massakriert. Der Messias der Völker, gegen ein Holzbrett in der Küche gehauen. Wumm, wumm.

Pola hat keinen Schluckauf, sie hat Charakter – sie ist dickköpfig. Daher ihr eintöniges Hopsen, das mir den Nabel wundschlägt.

*10. 2.*

Służewiec. In einem kleinen Laden, der von den Zigaretten der in mehrere Schals eingemummelten Verkäuferin beheizt wird, suche ich nach Ceylon-Tee. Ich kann mich nicht an die Verpackung erinnern.

»Der Tee war in Ceylon abgepackt.«

»Die werden alle in Polen abgepackt«, röchelt sie.

»Hier habe ich ihn.« Mir ist wieder der Aufkleber eingefallen.

Die beleidigte Tante wirft mir gnädig fünf Päckchen zu. Im Kiosk daneben möchte ich Fahrkarten kaufen. Ein Typ hinter mir in einer Schaffnermütze knurrt: »Schneller, die Leute haben's eilig!«

Ich gehe in einen Supermarkt – wenigstens werde ich hier niemanden stören. Die Putzfrau mit Lappen und Eimer kommentiert laut meinen Gang zwischen den Regalen: »Kaufen tut sie nix, aber mitten durchlatschen!«

Ewiges Zurechtweisen – auf der Straße, in der Presse. Sie haben keine eigene Meinung, aber sie fühlen sich im Recht und nicht entsprechend ihrer wichtigen Position behandelt – der Position der Putzfrau, der Verkäuferin, des Politikers, des Kritikers. Zu welchem Leben kehre ich zurück? Zu einem Haus am Waldesrand? Ich vermisse die schwedische Rücksichtnahme, die ich bisher als Schwerfälligkeit der vom Luxus verblödeten Wikinger angesehen habe.

Pietuszka und ich breiten die Papiere auseinander, zählen unser Geld. Auf die schnelle essen wir Geflügelwürste. Sie stecken in einer Art Kondom, das sich nicht schneiden läßt.

»Ist dir klar, daß du als alleinerziehende Mutter giltst?« Piotr schaut sich die Steuerformulare an.

»Soll ich dich wegen des Unterhalts verklagen?«

»Nach dem Steuerrecht lohnt sich eine Heirat gar nicht. Es ist wie mit der Rückzahlung der Steuer für die Wohnung.«

»Denkst du, daß sie es mit Absicht so machen? Finanzielle Verführung, Verleiten zur Sünde? In einem katholischen Land?«

»Für mich ist es ein ganz klarer Fall des katholischen Taoismus. Es muß sich die Waage halten – die Politik des *pro familia* und die antifamiliär eingestellte Wirklichkeit. Schwarz auf weiß, taoistisches Sich-Ergänzen der Gegensätze.« Pietuszka schiebt mir die Formulare zu.

Die letzten Details in der neuen Wohnung. Zur Gesellschaft nehmen wir Piotrs Schwester mit. Wir sind mit den Wänden und Decken einverstanden. In der Küche die Säule mit dem Schrank. Ich bitte den Bauleiter, daß er ihre Ecken abschleift. Ich erkläre es, mit der Hand glätte ich die Gipswände. Die Bauarbeiter sehen mich an wie eine Bekloppte. Der Leiter der Siedlung versteht mich – er lebte in Kanada, dort vermeidet man scharfe Kanten ebenfalls. Piotrs Schwester, eine Wissenschaftlerin, die Piotr immer Madame Raison nennt, betrachtet es rational: »Das Kind kann sich den Kopf verletzen.«

»Ein normales Kind haut nicht mit dem Kopf gegen die Wände«, flüstert ihr Piotr zu, der als einziger weiß, was ich meine.

Ich betrachte mich aus der Distanz: eine Verrückte. Versucht drei Männer davon zu überzeugen, daß das Eckige rund werden muß. Sie schütteln verwundert die Köpfe.

Ein schnurrbärtiger Arbeiter klopft stolz gegen die Seite der halbfertigen Säule:

»Eckchen? Sie wollen keine Eckchen?«

Ich kann ihnen doch meine wahren Motive nicht verraten. Ein Kind mit aufgeschlagenem Kopf spricht noch ihre Vorstellungskraft an – aber nie im Leben werden sie wegen etwas so Idiotischem wie dem chinesischen Feng Shui die Kanten abrunden. Sanftes Vibrieren der Energien, die den Raum schneiden … »Das können Sie sich sonstwohin stecken, mit Verlaub!«

Endlich verspricht mir der Bauleiter, daß die Kanten rund gemacht werden, unter der Bedingung, daß ich ein Werkzeug zum Abrunden besorge. Wir plaudern hier über Details, dabei fehlt uns der halbe Fußboden.

»Was ist mit der Schwelle?« fragt der Bauleiter drohend.

»Was für eine Schwelle?«

»Es gibt einen Niveauunterschied zwischen dem Fußboden im Wohnzimmer und den Fliesen in der Küche, außerdem zwischen dem neuen Fußboden im Wohnzimmer und den Standardfußböden in den Schlafzimmern.«

»Schwellen in der Wohnung?« fragt verächtlich einer der Arbeiter.

»Wäre es besser, überall denselben Fußbodenbelag zu verlegen?« fragt Piotr.

»Jep.«

»Dann kaufen wir ihn.«

»Nun mal langsam«, der Baumeister schaut sich die Dielen an. »Wie wurde das verklebt? Gibt's da keine Dämmschicht?«

»Nein.«

Unter mir gähnt ein metaphysischer Abgrund. Was, wie und worauf. Dielen auf Dämmschicht, Beton. Wir haben keine Ahnung vom Bauen. Wir haben nur eine fertige Wohnung gekauft und hatten keine Zeit, uns mit technischen Details auseinanderzusetzen.

»Wir besorgen es.« Entschieden, wie es sich für einen Mann gehört, setzt Piotr der Diskussion über unnötige Ausgaben ein Ende.

Ein Wahnsinnsabend in einem Baumarkt. Bin ich schon im achten Monat? Woher habe ich soviel Ausdauer? Für den vor Müdigkeit graugesichtigen Piotr ist es klar: »Pola gibt dir Kraft, das sind die Hormone.«

»Nimm du zehn Kilo zu und trage sie vorne wie einen Buckel, dann reden wir weiter.« Ich laufe hinter ihm her von einer zur anderen Kasse. Mit meinen geschwollenen Fingern betaste ich das Geld in dem immer dünner werdenden Portemonnaie.

Die Fahrt mit der Metro. Meine Lieblingsstation, Racławicka. Der Sprecher sagt teilnahmslos die Politechnische Schule, dann Pole Mokotowskie an. Nur bei der Racławicka* zittert ihm vor Rührung die Stimme. Das feierliche Echo der großen Schlacht.

Pietuszka verbarrikadiert sich im Zimmer. Polen hat ihn erwischt.

»Ich bin ein Junge aus Warschau, werde es immer bleiben ... Ich trage es an mir dran wie Läuse. Ich kann es dir nicht erklären ...«

Ich bin aus Lodz, bin in dem ehemaligen Ghetto aufgewachsen. Was mir davon geblieben ist, ist das Sentimentale. Gelbes Licht, das abends verschwommen von den Fensterscheiben der Holzhütten scheint. Kopfsteinpflaster, die Gosse. Die herausgeputzte Piotrkowska-Straße mit den sie umgebenden Gründerzeithäusern – und dann die immer kleiner werdenden, verfallenden Häuschen, schließlich Dorfhütten. Lodz ist ein Jugendstilsalon auf dem Lande. Man weiß nicht, wo die Vororte anfangen. Das von einem Dorf umschlossene Zentrum. Vielleicht sind dort die Menschen deswegen freundlicher als in der Großstadt.

*11.2.*

In meinem Bauch schwillt und wächst die Zeit. Vor einigen Monaten war sie ein zusammengerollter Embryo. Der Kern der Zeit, der von meinem Atem gewiegt wird.

Ich schaue den tief schlafenden Piotr an. Er hat Geburtstag. Ich lege ihm seine Geschenke auf das Kissen und gehe in die Frühmesse in die Kirche des heiligen Jacek. Um vier fliegen wir zurück nach Schweden.

* Die Schlacht bei Racławice – 1794, poln. Sieg über das zaristische Heer (Anm. der Übers.)

Ich schicke meinem Neffen in Lodz eine Kurznachricht: GOTT VERGELT'S DEM, DER FRÜH AUFSTEHT. UNTERSCHRIFT GOTT. Der Kleine ist ebenfalls von der Frühmesse zurück und schreibt mir – er kommt als einziger mit einem Mobiltelefon klar: TANTE, BIST DU DAS?

Ich schreibe zurück: VERGELT'S DEM, DER FRÜH AUFSTEHT, DEM WERDE DER HINTERN VERSOHLT. IMMER NOCH HERRGOTT. Jetzt hat er wohl keine Zweifel mehr, wer der Absender ist. Gleich danach klingelt das Telefon: »Tantchen, bist du das oder nicht? Weil ...«

Er kann nicht zu Ende sprechen, meine Mutter reißt ihm den Hörer aus der Hand: »Jetzt schon? Gibt es Komplikationen?«

»Wie: jetzt schon?«

»Kriegst du das Kind schon?« Meine Panik verbreitende Schwester ist dran. »Wir sterben hier vor Sorge, daß du ...«

»Das war doch nur ein Scherz. Ich hätte nie gedacht ...«

Ein wenig sind sie doch enttäuscht.

»Wir dachten, du bekommst ein Frühchen. Du bist auch zwei Monate eher gekommen ...«

Der Grafiker ist mit dem Cover fertig. Nicht schlecht. Plakativ. Ein sinnlicher Körper mit einer runden und einer spitzen Brust, die auf den Leser zielt. Der weißliche Körper einer Larve, die den blutigen Kokon abwirft. Eine nach Freiheit strebende Nike, oder eine Sklavin, von einem Gehrock bedeckt. Mal abwarten, was sie im Druck versauen werden.

Das Flugzeug kreist eine halbe Stunde über Stockholm. Ein Schneesturm. Pietuszka packt seine Geschenke aus.

»Für die Augen?« fragt er unsicher.

»Für die Augen.«

»Nach dem Waschen, vor dem Rasieren.« Er packt die

Kosmetika aus einer anderen Schachtel aus. Es fällt ihm schwer, den klassischen Entwurf des männlichen Körpers in Teile zu zerlegen. Ein Monolith der Schönheit. Es sind die Frauen, die sich in Stücke aufteilen: Cremes für die Augen, für die Brüste, für die Beine, für den Hintern, für die Hände.

Am meisten hat er sich über ein Päckchen Melatonin gefreut. Er kann es nach dem Nachtdienst gut gebrauchen. Ach wo, er will es gleich, ein Geschenk ist ein Geschenk. Er nimmt gleich die Augencreme und schluckt eine Tablette, nachdem er die Stewardess um ein Glas Wasser gebeten hat.

»Schaukel, schaukel«, rede ich mit meinem Bauch. »Schlaf, Poleczka, schlaf, keine Angst.«

Das Flugzeug hätte schon längst landen müssen, wenigstens im Himmel.

*12.2.*

»Es wirkt, es wirkt wirklich! Ich sehe Farben wie beim Koksen!« Piotr schaut sich die Wände an.

»Ach wo, das ist nicht das Melatonin, Pietuszka, so wirkt unser Haus nach dem grauen Warschau.«

»Ich muß mich von Polen reinigen.« Er geht ins Bad. Aus dem Hahn kommt kristallklares Wasser. Vor dem Haus frühlingshaftes Vogelgezwitscher. Ihre Schnäbel sind endlich abgetaut.

Die französischen Ärzte sind deprimiert. Vor einem Jahr haben sie einem Mann einen neuen Arm angenäht. Eine mehrstündige Operation, ein Welterfolg, Lächeln, Fotos. Ein dankbarer Patient. Vorgestern wurden sie spöttisch über den Ärmelkanal hinweg von den englischen Kollegen angegrinst. Der französische Patient kam nach London, um sich den angenähten Arm wieder abmachen zu lassen. Er möchte liebe einhändig bleiben, anstatt dieses Stück wiederbelebter

Leiche mit dem Narben-Armband rund um den Ellenbogen mit sich herumzuschleppen.

Ich kann meine Finger nicht mit seinem Arm vergleichen; Frankensteins Monster. Dennoch gehören sie seit einer Woche nicht mir. Dick und unbeweglich, ich muß die Nägel in die Haut rammen, um etwas zu spüren. Es hilft nichts, daß ich fünf-, sechsmal die Nacht auf die Toilette gehe. Die Finger lassen sich nicht »entwässern«. Schluß mit Malen. Der Pinsel schneidet in die Hand; anstatt Farbkleckse zu produzieren, stützt er sich an der Seide ab. Und außerdem rutscht meine Unterhose. Die Schräge des Bauches ist mehr als kritisch geworden. Soll ich mir an die Unterhosen Hosenträger drannähen? Oder Long Johns bis unters Kinn tragen?

Im Schlafzimmer staube ich Rothkos Reproduktion von ›White and Greens in Blue‹ ab. Gemäß seinem Willen behandele ich das Bild als Tür, nicht als Dekoration. Also wische ich mit dem Lappen über die Nachbildung einer Tür: grüne und weiße Rechtecke auf blauem Grund. Rothko konnte am überzeugendsten den Übergang auf die Andere Seite malen.

»Was mich ausschließlich interessiert, ist das Ausdrücken elementarer Emotionen – Trauer, Ekstase, Resignation angesichts der Tatsache, daß man seinem Schicksal nicht entrinnen kann. Die Tatsache, daß viele Menschen vor meinen Bildern weinen, beweist, daß es mir gelingt, diese Gefühle auszudrücken.«

Das ist wahr. Er hat mich schmerzhaft erwischt mit seinen abstrakten Türbildern. Sie sind sentimental, sofern Farbrechtecke sentimental sein können. Sie strahlen die Poesie des Schtetl aus, nur nicht so überladen und kitschig wie die von Chagall. Chagall, Rothko und Soutine flohen aus osteuropäischen Schtetl in den Westen. Paris hat Chagall nicht gut getan – die jüdische Poesie wurde mit der dortigen

Leichtigkeit vermischt. Es gibt bei ihm zu viele fliegende Bräute, die von französischer Liebe wie aufgeblasen sind. Soutine ist ebenfalls aus einem weißrussischen Schtetl in den Westen geflohen. Jedoch hat er sich von den Erinnerungen nicht mitreißen lassen, die die Vergangenheit infantil färben. Er war erdverbunden, schnappte sich tote Körper der Rinder, die in seinem Atelier hingen. Fleißig malte er Fleisch, ohne es durch Poesie und ihre süßlichen Anspielungen zu verhüllen, die die Leichen in den Himmel tragen.

Der New Yorker Rothko (Rothkowitz) steht dem über das Geheimnis des Lebens entsetzten Soutine näher als Chagall. Aus dem Ghetto eines litauischen Städtchens schmuggelte er sich nach Amerika. Er vermischte die chassidische Mystik mit der funktionalen Geometrie der Neuen Welt. Rechteckige Wolkenkratzer und Holzhütten, aus denen gelbes Kerzenlicht leuchtet. Durch seine abstrakten modernen Bilder scheinen verstaubte Fenster des Schtetl durch, hinter denen die Gebete und Gebote des Rabbi ertönen: »Du darfst weder Gott noch die Menschen abbilden!« Deswegen ist Rothkos Abstraktion religiöser Art.

Er malte nicht am Lineal entlang. Zerrissene Rechtecke und Quadrate kommen aus dem Hintergrund heraus, illustrieren das Organische der Metaphysik, ihr pantheistisches Zusammenwachsen mit der sichtbaren Welt. Ohne mit einer kalten Linie das Geschaffene vom Schöpfer zu trennen. Ein warmes, verständnisvolles Licht entströmt ihnen. Wenn sich allein schon Licht und geometrische Formen in Gefühle übertragen lassen, so unterscheiden sich Rothkos Werke kaum von der mit der Welt versöhnten Weisheit Rembrandts oder den Schreien eines Bacon, der Menschen in Käfige zwängt. Ihre Bilder handeln von einem: dem Unausgesprochenen, weil Unbenannten. Nicht aus Angst, aus mystischer Ohnmacht heraus.

Ein Mystiker, der von seinen Visionen verlassen wurde,

stürzt zu Boden und findet keine passenden Worte oder Bilder. Noch vor einem Moment voller übermenschlicher Macht des Übergangs in die andere Welt, kehrt er nun in den Käfig des Körpers zurück. Darin kann er unverständliche Worte der Poesie rufen, er kann sich selbst verletzen und Arme emporrecken aus dem Käfig des Körpers, er kann versuchen, an der Wand Bilder von Türen zu malen, durch die er in die wirkliche Freiheit flieht. »Ein Bild ist keine Dekoration, es ist eine Tür.« Rothko hat viele Durchgänge und Tunnels gemalt. Meine Dimension ist ›Browns and Greens‹.

*13. 2.*

Ob ich Angst vor der Geburt habe? Sie erscheint mir ebenso möglich wie eine Entbindung durch den Nabel. Eigentlich gefällt mir mein Bauch. Er nimmt die Hälfte von mir ein. Er ist so wehrlos babyhaft in seiner Unförmigkeit, seiner Art, wie er auf meinen Hüften hängt. Glatzköpfig, mit dem im Schlaf geschlossenen Auge des Nabels. Pietuszka hat mich unter die blaue Wand im Wohnzimmer gestellt und mit der Canon abgeknipst.

»Dokumentarisch«, bemerkte er.

Religiös: *Canon* bedeutet auf japanisch »Der mildtätige Buddha«.

Klick, klick, das fotografische Mantra.

Wir schauen uns die neuen ›Städtchen‹-Folgen an. Wenn man sie in Sepia drehen würde, wäre es wie Vorkriegskino. Die meisten polnischen Filme sehen so aus, alle Serien, wie aus einer anderen Epoche.

Ich gehe aus dem Zimmer, kann mir das Getue unseres Stars nicht länger anschauen. Sie hat den Text verändert, Szenen vertauscht. Sie macht auf Vorsitzende – unterschreibt Dokumente, erledigt Sachen, die gar nicht zu ihrer Rolle passen. Lauter Quatsch, unter einem zauberhaften

Lächeln versteckt. Nun, sie ist schön, spielt großartig, aber... vielleicht kann ich eines Tages Gelassenheit lernen, wenn mir Pola ein Seidenbild bekleckert und ich, anstatt ihr einen Klaps auf den Po zu geben, gerührt ihre verdreckten Händchen küssen werde.

Ein Priester, Sektenspezialist, hat sich über mehrere Jahre mit Marilyn Manson befaßt. »Satanist durch und durch«, warnte er die Zuschauer. Dies ist wohl die schlimmste Bezeichnung in der polnischen Kirche – »durch und durch«. Da gibt es nichts mehr zu retten, da kann kein heiliger Augustinus die reine Seele von ihren negativen Auswüchsen trennen. Mit Make-up bekleckert, in schrägen Kontaktlinsen soll der – eher mitleid- als entsetzenerregende – Manson die Jugend verderben. In Schweden gibt es die Meinung, daß er wie eine Comic-Gestalt aussieht. Man war enttäuscht, daß er bei seinem Konzert in Stockholm niemanden überraschte. Verkleidet als Serienmörder oder Bischof, rettete sich der ungerecht behandelte Androgyne mit guter Musik, denn sein *image* ist mittlerweile ein wenig banal.

In Polen diskutieren ernsthafte Erwachsene, ob man ihn ein satanistisches (Comic-Teufel!) Konzert in Warschau spielen lassen sollte. Wirkliche Satanisten, die die Seelchen meiner Generation verderben, sitzen im Sejm und wärmen sich im Licht der Fernsehspots. Bekehrung? Die Entscheidung für die mediale Erlösung?

*15. 2.*

Was rät mir meine protestantische schwedische Schwangerschaftsbibel bei Schwellungen? Sie ist sonst so geradeheraus, klar im Ausdruck. Auch diesmal beschreibt sie ohne zu beschwichtigen, was mit mir los ist.

*Geschwollen und deprimiert durch die Hormone, sehnst du dich heimlich nach einer früheren Entbindung.* Ich träume wirklich davon. Schon vor dem Termin und im Schlaf (wie der leichteste Tod). Ich kann mir die Geburt nicht vorstellen. Ich werde immer mehr anschwellen, bis ich vielleicht eines Tages ohne Wehen und tödliche Schmerzen platzen werde.

Ich bedanke mich bei Zosia für das Blumengießen. Sie erzählt von einer Bekannten, die dieses Jahr 200 km zurücklegen mußte, um in die nächste freie Geburtsklinik zu gelangen. Stockholm war voll. Ich werde hysterisch: »Piotr, versprich es mir … du darfst es nicht soweit kommen lassen … Ich habe keine Angst vor der Geburt, ich habe nur Angst, daß ich zu Hause in der Badewanne entbinden muß. Versprich es mir …«

»Ich fahre dich sofort hin, noch heute, und lasse dich gleich da. Um der ganzen Familie willen.«

*16. 2.*

Pietuszka ist bei der Kabarettaufführung in der Schule seines Sohnes. Die Gymnasiasten hatten gerade eine Pflichtwoche der Liebe. Vorträge über Gefühle, Sex, Besuche bei schwulen Paaren, die den Kindern erklärten, was homosexuelle Liebe ist. Zum Abschluß dieser Valentins-Feiern luden die Jugendlichen ihre Eltern ein und stellten ihnen das Programm »Liebe« vor. Ohne falsche Scham sangen sie pikante Lieder. Statt kitschigen gurrenden Täubchen aus Pappe sah man auf der Bühne halbnackte Mädels in tiefen Dekolletés, die sich auf einen 1 Meter langen Pappschwanz schwangen. Pietuszka schaute sich um, ob die Eltern rotgeworden sind, den Blicken auswichen. Nichts derart. Sie hatten Spaß und applaudierten ihren hübschen aufgeklärten Kindern. Schließlich sind Kinder Früchte der Liebe.

Ich war zu lange im Wald spazieren. Ich lege mich hin und schlafe ein. Der Mensch versucht verzweifelt, Mensch zu bleiben. Sich nicht zu bepissen, bekacken, bekotzen. So tun, als ob man ein sauberer, zivilisierter Mensch wäre, der seine Reflexe kontrollieren kann. Man muß wohl sehr angenervt sein von sich selbst, wenn man so den Schließmuskel und die Blase unter Kontrolle halten muß. Ich renne auf die Toilette.

*17.2.*

Ich habe pädagogisches Talent. Ich stelle mir vor, wie ich Pola Dinge beibringe: wie sich die Welt zusammenhält, wie man schreibt, addiert. Obwohl, man sollte vielleicht mit dem Subtrahieren anfangen, damit sie von Anfang an weiß, was man alles verlieren kann. Ich habe mir für sie sogar ein Märchen ausgedacht. Leider habe ich keine physiologische Begabung zum Austragen der Schwangerschaft. Er überfordert mich, dieser bauchige Halber-Meter-Bauch. Am liebsten würde ich mich mit dem Aufkleber ICH BIN HOCHSCHWANGER hinlegen. Langsam werde ich zu einem Kloß. Mitten am Tag schlafe ich ein. Ob mich Pola in ihre Schlafwelt hineinzieht?

*22.2.*

Traditioneller letzter Donnerstag vor der Fastenzeit. Seit einem Monat mästen wir uns auf schwedisch, mit *semla* – Faschingsgebäck, das ganz winterlich aussieht: Schnee-Füllung aus Schlagsahne, die Eisschicht aus weißem Marzipan. Diese sehr unschwedische Dekadenz steckt in einem gewöhnlichen Hefekloß mit braunen Vanillestückchen. Swedenborg aß am Ende seines Lebens nur noch *semla,* feierte den Karneval bis zum Aschermittwoch seines Todes.

*23.2.*

Pietuszka hat sich erkundigt, ob das stimmt, daß man aus Stockholm in die nächste freie Klinik überwiesen wird, nach Uppsala oder Södertälje. Er bekam eine Liste mit Krankenhäusern, die man anrufen muß, sobald die Wehen losgehen. Sollte es keinen Platz geben, werden wir in eine andere Stadt verwiesen.

»Ich lege die Liste neben das Telefon.« Piotr legt mir die Nummern hin.

»Vielleicht schicken sie mich nach Kiruna? Am Nordpol gibt es wohl sonst keine Gebärenden …«

»Eine Geburt ist doch kein Herzinfarkt. Glaubst du, daß sie dich aus dem Krankenhaus schmeißen werden, so daß du auf der Straße sterben mußt?« Er versucht, mit meiner Hysterie klarzukommen.

Eine moderne Geburt. Ich werde keine Atemtechniken für die Geburt erlernen, kein Hecheln, kein Entspannen. Meine gesamte Aufmerksamkeit werde ich dem Spucken von Gift und Galle wegen der überfüllten Krankenhäuser widmen.

*24. 2.*

Eine schwedische Fotocrew ist gekommen, um Fotos für ›Twój Styl‹ zu machen, »Heim-und-Herd«-Material. Der Fotograf ist einzig und allein an wirkungsvoller Beleuchtung interessiert, obwohl die Redaktion gemeint hat, er solle »die Psychologie und zwischenmenschliche Verbindungen« festhalten. Ich verstehe nicht, warum für ihn bei der Psychologie die Haltung der Hände am wichtigsten ist. Weder der Gesichtsausdruck noch die Komposition.

»Hände! Umarm dich selbst, faß dich an!« schreit er herum und knipst mein Entsetzen. Er ist arrogant. Er glaubt wohl, daß er dadurch besonders professionell wirkt.

Er ist nicht imstande, sich Piotrs Namen zu merken. Er ruft ihn »Petrol«. Selbst sieht er aus wie ein Sohn Maghrebs. Ich frage ihn, wo er so braun geworden ist. Nirgends. Er hat olivfarbene Haut und schwarze Haare. Seine Eltern sind bleich-blond. Ist das nicht etwas seltsam? Er überlegt. Zum ersten Mal, seit er hier ist, ist er still. Irgend etwas hat ihn aus dem Rhythmus gebracht. Er geht ins Schlafzimmer und sieht ein Foto von Piotr mit einem Kollar.

»Bist du Pastor?« fragt er ihn, bereit, sich ihm anzuvertrauen.

»Nein ... von der Bildkomposition her hat mir etwas Weißes unter dem Hals gepaßt«, gibt Pietuszka zu.

Langsam greift der Wahnsinn um sich in unserem kleinen Häuschen.

»Habt ihr Wurst?« fragt der Fotoassistent, halb Schwede, halb Pole mit amerikanischem Akzent. Die letzten drei Jahre hat er auf einer Fotoschule in den Staaten verbracht. Er ist sehr jung und voll gutem Willen.

»Das sieht nur auf Polaroid so aus, die Fotos werden besser«, flüstert er, als er meine Verzweiflung sieht.

Es wird auf den Fotos nicht besser aussehen. Mit demselben gläsernen Blick betrachtet der Fotograf gespannt sowohl mich als auch den Wasserkocher. Die Visagistin könnte genausogut Wände streichen. Die Stylistin macht auf Schrank – sie hat Klamotten mitgebracht und geht raus, auf die Terrasse, um »Landluft zu schnuppern«; sie raucht.

Der Fotograf schießt seine Fotos, der Assistent reicht ihm immer neue Ladungen Filme. Er hat nicht einmal Zeit, sich den Schweiß von der Stirn wegzuwischen. Er wird noch verrosten. Seifen und Gesichtswässerchen wuschen von seinem Gesicht das Gespenst der Akne. Die Kosmetika der neuen Generation haben sie weggeätzt. Sein glattes Teenager-Gesicht erträgt jedoch keine (gedankliche) Leere. Es ist voller Piercing-Wucherungen und knotenartiger Ohrringe in Augenbrauen, Nase, Wangen.

Das Team ist nach fünf Stunden fertig. Wir auch. Flüchten ins Bett, um endlich ganz allein zu sein.

Es sind die letzten Fotos, die Privatheit vortäuschen. Schluß. Keine Fotos mit Pola. Meine Posen, die ich am Tisch einnehme, sind nicht privat. Wirklich intim ist nur das, was sich im Kopf befindet. Schwarzweißfotos, ich auf Marlene Dietrich stilisiert, in einem Anzug an der Bar … Aus einem Loch im Sakko schaut die Brust heraus. Aus dem Zylinder an den (Kaninchen-)Ohren herausgezogen: Ein Baby. Wenn ich schon weit über die Menopause bin, wird jemand in Polen eine solche Madonna fotografieren, ohne Verlogenheit der sauer gewordenen Milch.

*26. 2.*

In der Arztpraxis halte ich meinen Finger zum Stechen hin. Die medizinische Version des Märchens von Hänsel und Gretel, die der Hexe ihre Fingerchen zum Kosten hinstrekken müssen.

Die Ergebnisse werden sofort im Computer sichtbar. Zukker, Eisen – bingo! Pola und ich sind gesund, keine Blutarmut.

Rita, die Hebamme, schaut mich beinahe lüstern an. »Ich liebe Bäuche. Und deiner ist so schön, ohne Schwangerschaftstreifen.« Sie hilft mir, auf die Liege zu kommen.

Pietuszka, der Hintern liebt, sieht Rita eifersüchtig zu, als sie voller Vergnügen meinen Nabel massiert. Dann betrachtet sie das Ultraschallfoto: »Das Kind hat sich schon umgedreht, mit dem Kopf nach unten.«

»Ein gut erzogenes Mädchen« – Pietuszka ist stolz auf Pola. Das gesunde, bereits zur Geburt fertiggemachte Kleine ist natürlich sein Verdienst. Nicht der meiner super-verantwortungsbewußten Diät und der bequemen Gebärmutter.

In der Schwangerschaft ist es wie im Krieg: ich kann meine Finger verlieren, oder die ganze Hand.

»Die Schwellung der Hände ist kein Wasserstau. Daß sie taub werden, liegt an dem Druck auf den Nerv im Handgelenk. Falls du nichts mehr spüren solltest, wird man auf eine sehnenlockernde Operation zurückgreifen müssen«, sagt Rita.

Ich bin für einen richtigen Kampf zu schwach; ich kann nicht einmal mehr eine Faust machen. Mir ist schwindelig.

»Warum ringe ich manchmal so nach Luft?« frage ich Rita nach meinem »doppelten« Einatmen.

»Hast du vor etwas Angst?« fragt sie mißtrauisch. »Weder hast du Asthma, noch drückt das Kind auf das Zwerchfell…«

Ob ich keine Angst habe? Ich weiß nicht… Als ich Pola zum ersten Mal auf dem Ultraschall sah, nahm ich zum ersten Mal einen solchen asthmatischen Luftzug. Vielleicht wollte ich ihr mehr Luft geben? Ihr mein Leben geben? In meiner Kindheit wäre ich fast ertrunken, einmal erstickte ich fast an einem Spielzeug. Könnte es sein, daß diese Erlebnisse so tief in meinen Körper eingeprägt sind? Das Atmen – ein verzweifelter Kampf ums Leben?

Wie viele Erinnerungen sind noch in mir versteckt, psychische Dämonen, von denen ich keine Ahnung habe… Ich trage ein schweres, um sich schlagendes Wesen in mir, das fertig für die Geburt ist – und weiß nichts von ihm. Pola träumt das Ihre, mit dem Kopf nach unten. Sie hat über zwei Kilo (ein Kilo wiegt schon ihr verträumtes Köpfchen). Wie soll man nicht an psychische Untermieter glauben, Besessenheit, Dämonen, wo es doch im Menschen Platz für zwei ganze Kilo Körper gibt. Unverständlich. Und erst recht Platz für das Unsichtbare…

*27.2.*

Ich stehe nachts auf und gehe aufs Klo. In der Dunkelheit kann ich mich selbst nicht sehen. Ich fühle die schwere Blase. Die Kissen der geschwollenen Füße und Hände ohne Finger. Unter Schmerzen mache ich eine Faust. Die tauben Finger wachsen langsam am gewohnten Platz nach. Ich blättere damit durch die Seiten alter Zeitschriften, die im Bad liegen.

Vor einer Woche ist Balthus gestorben. War er das, der seinen Söhnen drohte: »Wenn ihr nur einmal einen Pinsel in die Hand nehmt, schneide ich sie euch ab!«

Ich habe wohl eine Fingerobsession.

Die nymphenhaften Körper seiner Modelle. Zu unschuldig für das tierisch behaarte Geschlecht, vom Hymen verklebt zwischen den schamlos ausgebreiteten Beinen. Um das Geschlecht zu öffnen, müßte man … den Finger mit Speichel befeuchten.

Balthus wäre der perfekte Illustrator von de Sades Schriften gewesen. Er war immer erbost, wenn man ihm eine perverse Phantasie andichtete. »Ich bin ein religiöser Maler!« verteidigte er sich vor der Kritik der Blinden, die seine Bilder betasteten.

Apropos Tod (von Balthus) … ist nicht das ganze Leben ein Apropos des Todes?

*28. 2.*

Der Film ›Hannibal‹ ist die Illustration zu einem weit besseren Buch. Trotz des cineastischen Skandals, der Ohnmachtsanfälle der empfindlichen Zuschauer, hat er zu wenig Raffinesse und Spannung.

Einer der wenigen Schwachpunkte in Harris' Buch ist der Versuch, dem Monster menschliche Züge zu geben. Der Kannibalismus des Hannibal Lecter wird durch das Trauma der Hungersnot in der Ukraine erklärt, bei dem er seine geliebte Schwester verspeisen mußte. Hannibal hat solche Rechtfertigungen gar nicht nötig, zumindest für mich nicht. Er ist doch normal. Seine psychologische Spannweite reicht von den tiefsten bis zu den höchsten Tönen. Ein geistreicher Mensch, mit einer messerscharfen Intelligenz begnadet; gleichsam ein Menschenfresser, der instinktiv zu den primitivsten Verhaltensweisen zurückkehrt, zu den rituellen Wurzeln der Menschheit.

Ein durchschnittlicher Mensch ist entweder ein Intellektueller, abgeschnitten von der Vitalität der Instinkte, oder ein Dummkopf, der hinter den Herdeninstinkten herläuft (um es modern auszudrücken: »Masseninstinkten«). Der einsame Hannibal ist ein subtiler »Kannibale der Menscheit«, ihrer Seele, ihres Körpers – der Produkte der Musik, der schönen Künste, der Gastronomie. Darin liegt kein Widerspruch. Um ein Gourmet zu sein, braucht man Geschmack, sprich: die Verbindung der bewußten Intelligenz mit dem instinktiven Appetit.

Die Musik von Bach, die Kunstwerke der florentinischen Renaissance, die teuersten Weine, Gänseleber – in der Welt der Imitationen, Fälschungen, Hamburger. Hannibal frißt sich (wortwörtlich) durch das Dickicht des Massenkitsches den Weg zur originellen Schönheit. Wenn Andere Menschen wären, wäre er ein Übermensch. Aber sie sind nur gierige Untermenschen (bis auf Agentin Starling und den anständigen Sanitäter).

Lecter – Psychiater, der seine Nächsten beknabbert, der ihre Gehirne frisst, ist eine Metapher für die im Käfig der Durchschnittlichkeit gefangene menschliche Intelligenz. Wenn er keine Rückzugsmöglichkeiten mehr hat (wie die im Buch beschriebenen »inneren Paläste der Vorstellungskraft«), attackiert er wie eine Ratte und beißt den Aggressor. Plötzlich, unerwartet, schmeckt das Stück des herausgebissenen Fleisches nicht schlechter als das Proustsche Madeleine-Gebäck – es läßt alte Erinnerungen an kindliche Lieben und Enttäuschungen aufkommen (das gefressene Schwesterlein). Ob der raffinierte Proust, als er von allen Leckereien gerade Madeleines auswählte, eine wirkliche mollige Madeleine im Kopf hatte, die er hätte fressen können?

Harris, der literarisch die Goldberg-Variationen und Renaissance-Gemälde auskostet, ist auf der Seite seines Protagonisten, der bei der Kontemplation des Schönen durch die verdummte Menge der Verbraucher gestört wird. Für vier bis fünf Milliarden Menschen wird das Brot und der Reis reichen, aber die wahre Kunst, der raffinierte Luxus werden knapp. Dr. Hannibal ist nicht nur ein reicher Tourist und Verbraucher, der Museen und Landschaften verschlingt. Durch seinen Gourmet-Mund gehen Dante-Strophen und alttoskanische Verse.

Im Finale frißt er ein Gehirn, von Morphin betäubt, von seinen Aufgaben der Körper-Kontrolle abgeschnitten. Eine Speise aus purer Intelligenz. Ein modernes, psychiatrisches, platonisches Festmahl. Das Erfreuen an der Welt der Ideen, die man aus der Höhle des Gehirns löffelt. Im Film würde die homosexuelle Jodie Foster in diese Szene passen. Julianne Moore spielt Entsetzen statt der raffinierten Distance. Ihre platonischen Gefühle für Hannibal wurden aus dem Drehbuch entfernt. Die Agentin Clarice Starling, ein großes, kluges Mädchen (wegen der Anzahl ihrer Leichen im Guinness-Buch der Rekorde), wird das Monster nicht mögen lernen. Im Gegenteil zu einem anderen, naiven Mädchen, das im Film ›Frankenstein‹ für ein anderes Monstrum Blümchen pflückt.

Der Psychiater Hannibal Lecter ist – wie es sich für ein postmodernes Monster gehört – eine Mischung mehrerer Ausgeburten der Massenphantasie und Wirklichkeit. Eine Parodie auf Frankensteins Geschöpf, eine neue Version des Nosferatu, ein balkanischer Satrap.

Nosferatu, der unfaßbare Abgesandte des Todes, der sich in einem Sarg versteckte. Hannibal, der in den ersten Szenen des Filmes aus dem Sarg der Hibernation herauskommt. Der Vampir mumifizierte lebende Leichen. Indem er seine Opfer biß, verbreitete er den Tod. Lecter beißt, verwüstet die Gesichter, gibt ihnen das Aussehen halbverwester Leichen (metaphorisch: moralisch halb verwest?). Hannibal ist ein Psychiater und ein Vampir zugleich. Eine Fiktion? Auf dem Balkan spukte bis vor kurzem noch der ausgebildete Psychiater, Vampir aus Berufung, Karadžić.

Ein Psychiater regiert seine Untertanen. Die mit einer Diagnose und die, die Hilfe brauchen, weil sie mit dem Leben nicht klarkommen. Dr. Hannibal durchschaut dank seiner Intuition und psychiatrischen Wissens das Verhalten der Menschen. Es gibt ihm das Gefühl der Überlegenheit, was unweigerlich zu Überdruß und Langeweile führt. Trotzdem spielt er weiter, kann seine menschlichen Hampelmänner nicht verlassen. Ein rassiger Psychiater? Das raffinierteste Monster der Literaturgeschichte.

Mir ist die Buchversion des ›Hannibal‹ lieber. Die Gestalt ist eine Metapher. Ähnlich sieht es mit ›American Psycho‹ aus, das die pervertierte Konsumsucht symbolisiert. Ich verstehe daher nicht, woher die Entrüstung über diese Bücher und ihre Verfilmungen kommt. Der raffinierte Kannibale und der Yuppie-Killer sind Obsessionen der Zuschauer, die auf hohem Niveau leben wollen, mit der Mode gehen und die besten Häppchen der Zivilisation für sich beanspruchen. Einer Zivilisation, die sich nicht in Gottes oder des Verstandes Namen, oder sonst einer abstrakten Idee entwickelt. Der Westen hat mittlerweile aufgehört, verlogen seine Gier unter den Losungen: *»Dieu le veut«*, »Der Verstand verlangt es«, »Die Moral fordert« zu verstecken. Er wünscht sich und den anderen den ununterbrochenen Konsum – nicht unterbrochen von Kriegen oder Krisen. Das verlangen nun vom Westen Gott, Verstand und Moral. Man soll sich selbst »Guten Appetit« wünschen, wenn man das eigene Gehirn frißt – mitsamt dem Verstand und den Träumen. Das ist die Speisekarte des Kapitalismus, egal, wie die Speisen zubereitet und serviert werden: bei McDonald's, auf der Börse, in der Armenküche.

Pola hat mir den nicht jugendfreien Film vergolten. Nachts, sonst so ruhig und verschlafen, trat sie mich gezielt in die Leber.

*1. 3.*

Die männliche Intelligenz konnte sich frei entfalten, indem sie die nervigen Haushaltspflichten mied.

»Könntest du staubsaugen?« bitte ich Pietuszkin, der auf dem Sofa liegt und liest; um es herum haben sich seit einigen Tagen Staubmäuse gebildet. Mein domestiziertes Männchen schaut resolut und stellt fest: »Noch nicht. Ich beobachte, woher dieser Dreck kommt.«

Ich habe die tollen Nachrichten aus dem Handbuch ›Schwangerschaft. 40 Wochen‹ vergessen und es wieder aus dem Versteck im Kühlschrank herausgekramt. Das sollten Pathologen lesen, nicht zukünftige Mütter. Es hat mir für den Rest des Tages die Laune versaut. Zum Ende der Schwangerschaft hin drohen Ablösungen der Plazenta, Blutungen usw. »Der Geschlechtsakt sowie das Reiben der Brustwarzen« können die Geburt auslösen. Ich habe doch keine erotischen Gedanken, wenn ich mit einem Handtuch meine Brustwarzen abhärte, um sie (so der Rat eines anderen Sachbuches) auf das Stillen vorzubereiten. Ich habe versucht, einen BH zu tragen. Das hat erst genervt! Also habe ich darauf verzichtet, ich muß keinen tragen. Der beste BH sind Piotrs Hände (hehe).

Ein Fernsehgequatsche über die Promotion der Bücher im Fernsehen. Vorsitzende unterschreiben Versprechungen, Neuerscheinungen in dem »populärsten Medium« zu besprechen, um damit das Lesen zu retten. Also wird es langweilige fünfminütige Predigten von der Fernsehkanzel geben über Kultur und Literatur. Bis dahin entledigt sich das öffentlich-rechtliche Fernsehen der besten Kulturprogramme. Sie setzen Eichelbergers* ›Fenster‹ ab, eine Sendung, die jahrelang ausgestrahlt werden müßte, wie ›Bouillon de culture‹ von Pivot. Eichelberger hat sein Stammpublikum, ausnehmend hohes Niveau und angenehme Schlichtheit. Der vergeistigte Intellektuelle Eichelberger (die seltenste Gattung im Fernsehen) wird von einem Comedian ersetzt.

In den ›Fenstern‹ wurden Deviationen, Pathologien und normale Probleme ruhig und beinahe pädagogisch analysiert. Normalerweise macht man daraus eine billige Sensation, Shows, die in der Arena des Medienzirkus das Abnormale aufzeigen.

»Und was haben Sie dann gefühlt? Wirklich? Unglaublich, und dann?«

In einem Land, in dem die psychologische Kultur so niedrig ist, wo jeder Andersdenkende ein Psycho ist, waren die ›Fenster‹ angelehnte Fenster, die in die verstaubte, kleinliche Welt einen Hauch weiser Normalität hereinließen. Man hat sich entschlossen, sie zu schließen. Warum? Der darauf angesprochene Eichelberger weiß es auch nicht. Also bleibt im Fernsehen ›Familiada‹, von früh bis spät.

*1.3.*

Die Meuterei der Engel, also meine eigene. Ich habe keine Lust mehr, engelhaft geduldig zu sein. Keine Lust oder keine Kraft mehr? In einem Häuschen am Waldrand eingesperrt bin ich nicht selbständig. Ich würde gerne schwimmen, gehen, aber … ich müßte (den müden) Piotr bitten, daß er mich fährt. Von allein kommt er nicht darauf, es ist ja nicht sein schmerzender Bauch. Ich werde wütend. Ich kann mir nicht mal die Schuhe anziehen, bin auf seine Hilfe ange-

* Wojciech Eichelberger – ein berühmter Psychologe, Publizist und Buchautor (Anm. der Übers.)

wiesen. Ich kann weder sitzen noch liegen. Rausgehen kann ich jetzt auch nicht. Meine Herbstschuhe sind nicht gut bei Frost, die Winterschuhe sind zerlatscht, in denen gehe ich nicht nach draußen. Bsss, bsss. Ein Anruf von der netten Journalistin aus ›Obcasy‹. Ich lasse meine Ohnmacht an ihr aus. Sei integer, gib mir nicht nach, denke ich – und laut erzähle ich ihr von allen Dingen, die mich daran hindern, ihr ein Interview zu geben. Worüber? Über das Privatleben? Ich schreibe doch gerade die sehr private ›Polka‹. Über den Feminismus? Warum – weil ich eine Frau bin? Was ist der Feminismus in Polen? Ein Aufkleber mit der Aufschrift: WIR SIND DIE WAHREN – und bekämpfen die Falschen. Du gehörst zu uns, du nicht. Jede versucht die andere beim Wettlauf um den Titel der Schönsten und Klügsten zu überholen. Die weibliche Solidarität. Ein Interview über Schweden? Interessiert mich ebensowenig. Muß man auf alles eine Antwort haben? Ich habe auch Dutzende von Fragen, die mir niemand beantwortet. Ich bin heute eine schreckliche *bitch*. Nur gut, daß Pietuszka hinausgegangen ist ...

Ich muß mit jemandem reden. Piotr nimmt das alles persönlich, daß er dies oder das sollte, daß ich mich beklage. Ich möchte für mich selbst entscheiden dürfen – wann und wie ich gebären werde. Nichts hängt mehr von mir ab. Ich kämpfe mit mir selbst, weine. Ich weiß, ich weiß ... hormonelle Talfahrt. Angst vor sich selbst, vor egal was. Ich kann nichts. Bin zu nichts nutze. Ich habe keinen Führerschein und kein Geld.

Der Verleger ruft an: was würde ich zur Werbung einer Versicherungsfirma sagen, ein unklares Angebot. Für mich ist es ein derber Scherz. Noch nie war ich versichert. Der beste Beweis ist die Situation, in der ich gerade stecke. Hilflos, gegen die Tücken des Alltags nicht versichert.

Schlaf, mein Liebes, schlaf. Kann mir nicht jemand auf die Birne hauen, mich bis morgen betäuben?

*2. 3.*

Pietuszka hat einen Schuhlöffel gekauft, von einem Meter Länge. Die gestrige Hysterikerin latschte in unproblematisch angezogenen Stiefeln davon.

Immer öfter erinnern mich Gespräche mit Freunden an das Werbefernsehen. Nach einem glitzernden Trailer muß man einige Minuten Eigenwerbung des Gegenübers abwarten. Nur wenige haben noch die Klasse anspruchsvoller Sender.

Beata sendet besser als ARTE und das Zweite Programm nach Mitternacht. Sie ist gerade aus Südafrika zurück, wo sie als Stylistin für Modeaufnahmen für die nächste Saison gearbeitet hat. In den gemieteten Kolonialhäusern in der Nachbarschaft wohnten andere Teams. Die Franzosen fotografierten provençalische Weinberge, die Polen afrikanisches Getreide, das in der Werbung schöner aussieht als das heimische. Eine Stunde lang höre ich ihr zu, ohne mich zu langweilen. Dann lege ich auf, überlege, rufe sie zurück: »Beata, warum schreibst du nicht darüber? Diese absurden Geschichten einer internationalen Stylistin« – ich beschwichtige sie mit Kommerz – »das Bügeln von Kleidern in der Wüste, brasilianische Models, die in Pissoirs pinkeln, Saison-Genies. Du kannst doch schreiben, bist kein Modedummchen, du siehst mehr als die Journalisten.«

»Aaaa« – gähnt Beata –, »vielleicht als Rentnerin ...«

Der Schwangerschafts-Aberglaube:

1. Einer Frau im gesegneten Zustand gelingt alles (wohl vor allem die Geburt).

2. Jemanden, der einer Schwangeren nicht hilft oder sie belügt, wird ein Unglück ereilen. Genauer: eine Mäuseplage. (Meine Mutter ist der Meinung, daß es hundertprozentig stimmt.)

3. In fortgeschrittener Schwangerschaft darf man sich nicht auf die Zehen stellen oder die Arme heben, denn es besteht die Gefahr, das Kind mit der Nabelschnur zu ersticken. (Das glaube ich nicht, trotzdem tue ich es nicht, wegen Nummer 4, was noch absurder ist … dennoch …)
4. In China darf man unter dem Bett einer schwangeren Frau nicht kehren. Der Besen könnte nämlich *li*, die Lebensgeister, aufscheuchen. Ich weiß nicht, wie klein *li* sind, vielleicht so groß wie Mikroben und Milben.
Sterile Sauberkeit führt dazu, daß der Körper keine Immunabwehr aufbauen kann. Wenn die Mutter viel Staub einatmet, wird das Kind wahrscheinlich nicht an Allergien leiden. Eine Staubimpfung mit *li* ist also keine so dumme Idee.

Ich habe nichts zu lesen. Ich fange mit dem Malen an. In einer Stunde habe ich ein Portrait von Piotr gemacht. Aus Farbklecksen ist mir etwas Ähnliches gelungen. Ich liebe lange Haare bei Männern, ihre lausige Poesie.

*3.3.*

Ich habe von Balcerowicz geträumt. Wir haben in einem Zimmer im Studentenwohnheim gewohnt. Er ging früh in die Bank und tauschte mit mir Schoko-Riegel. Meiner war mit Getreide, ganz dünn. Seiner ein Super-Schoko-Riegel der Marke »Prince Polo«. Den Rest der Nacht verbrachte ich auf der Suche nach einem Prince Polo, um ihn ihm zurückzugeben. Ob ich Steueralpträume habe? Vor einem Monat habe ich einen Antrag auf Verschiebung der Zahlung bis Mai abgeschickt. Ich glaube nicht, daß ich ein anständiger Bürger bin, der nach einem Schokoriegel für die Steuerverbrecher sucht. Schriftsteller und Musiker sollten – wie in Irland – keine Steuern zahlen. Sie benutzen nichts außer der eigenen Verrücktheit und ein wenig Strom (falls sie nachts arbeiten), und den bezahlen sie doch selbst. Außerdem enden schöpferische Phasen oft sehr schnell und dann muß das Finanzamt bzw. der Staat nichts für den Faulenzer zahlen.

Pietuszka brachte von der Arbeit »Janssons Versuchung« mit, ein typisch schwedisches Gericht. Ein Auflauf aus Zwiebeln, Kartoffeln und Anchovis. Es schmeckt nach halb verdautem Fisch, oder zu reifen Meeresfrüchten. Eine seltsame Schärfe, die einem hochkommt. Ein Risiko (der Lebensmittelvergiftung?), das man immer wieder auf sich nimmt, für den Kick (und den Nachschlag!) des perversen Ekels. Eine wahrlich dekadente Versuchung.

Die Welt ist psychisch krank, also gab es zum Nachtisch eine andere Versuchung: den Brief einer ehemaligen Arbeitskollegin von Piotr, die ihm eine Affäre vorschlägt:

»Lieber Pieter!

Ich danke Dir für den Rat wegen meiner Arbeitsstelle. Als Du in Polen warst, wechselte ich ins Krankenhaus, wo ich bessere Arbeitsbedingungen habe und mehr verdiene. Selbst hätte ich es nie gewagt. Ich danke Dir noch einmal.

Ich frage mich, wie es Dir geht? In einer Woche gehe ich mit den Mädels einen trinken. Ich möchte Dich dazu einladen (hier folgt das Datum, die Uhrzeit, der Tag, oder vielmehr die Nacht). Ich gebe Dir meine Mobilnummer. Ich rede so gerne mit Dir, Du hast einen beruhigenden Einfluß auf mich. Auf der neuen Arbeitsstelle fehlen mir unsere gemeinsamen Nachtschichten.«

Im Umschlag befindet sich ein gelbes Post-it-Zettelchen, ein handgeschriebenes *post scriptum:* »Ich schicke den Brief an die Adresse der Klinik, damit Du keine Probleme mit Deiner Frau bekommst.«

Du Flittchen! Du lädst dir den Mann einer hochschwangeren Frau ein, in der Hoffnung, daß er sexuell ausgehungert ist. Die gute Samariterin mit Mann und drei Kindern! Vielleicht ist es ein biologischer Reflex eines Weibchens? Ein Brunfttanz der Eierstöcke? Um einen sichtlich fruchtbaren Mann zu verführen. Was soll er mit einer Schwangeren, er ist zu gut für so was ... Wenn ich sie kennen würde, würde ich ihr die neueste Ausgabe von ›Jag är gravid‹, der Schwangerschafts-Monatszeitschrift, aufs Auge drücken. Ein Kapitel über Sex, Beschreibungen äußerst lüsterner Freuden im achten, neunten Monat.

Pietuszka lacht über den Brief. Er trifft sich seit so langer Zeit nicht mehr mit anderen Leuten, daß er nicht einschätzen kann, ob die Angebote der verheirateten Kollegin in Schweden normal sind oder nicht.

Er brachte den Brief loyal mit, wie ein braver Schüler. Soll ich ihn loben?

Die Phantasie ist oft grausamer als die Wirklichkeit. In den ersten Monaten in Schweden stellte ich mir Piotrs Doppelleben vor. Abends küßt er mich, weil er angeblich zum Nachtdienst muß, und ... dann ruft er an. Von der Arbeit? Es ist doch keine Kunst, sich diese Nummer einfallen zu lassen ...

*4.3.*

Selbstinflation. Nicht schreiben. Nicht reden.

*5.3.*

Zosia, bereits Großmutter, die für ein ökologisches Institut arbeitet, fährt im Sommer zum Nordpol – nachdem sie zuvor an der Ostsee ihre Sonden in abgestorbene Pfützen steckte. Sie bekam ihre Arbeitskleidung: eine wattierte Jacke und eine chinesische Fellmütze. Sie muß keine Selbstverteidigungskurse gegen Eisbären besuchen; sie wird zwei Wochen auf dem Schiff bleiben. Nicht einmal nach einem Jahreskurs könnte sie einem Bären etwas zuleide tun. Zosia ist zu ökologisch, zu gut.

Ihr Mann trug sich auf eine Liste der Künstler ein, die gemeinsam mit wissenschaftlichen Expeditionen an exotische Orte fahren. Dort können Maler und Dichter mit wenig Aufwand ihre Inspiration finden. Er hat sich für den Südpol entschieden. Anscheinend ist man als Ehepaar sogar nach 40 Jahren unterschiedlich gepolt.

Piotrs zehnjähriger Sohn erzählt von einem Freund, der seine Eltern besucht. Mal ist er beim Vater, mal bei der Mutter.

»Und bei wem wohnt er?« Piotr ist rein soziologisch an den Familienkonstellationen interessiert.

»Bei der zweiten Frau seines Vaters. Bei der Stiefmutter.«

»Er wohnt nicht mit seinem Vater zusammen?«

»Weil er und die Stiefmutter geschieden sind. Der Papa hat jetzt eine Neue.«

»Warum zieht denn dein Freund nicht zu seiner Mutter?«

»Weil er beim Vater und der Stiefmutter großgeworden ist. Seine Mutter kann er besuchen, sie wohnt in der Nähe.« Piotrs Sohn erzählt und spielt dabei weiter sein Computerspiel. Nach seinen gezielten Schüssen hinterläßt er eine Menge Waisen auf dem Bildschirm.

Seit ich schwanger bin, habe ich einen Blutdruck wie eine Ausdauersportlerin. Es sind nur neun Monate, um einen Menschen zu erschaffen, ein Marathon, gesprintet.

Das Normale am Wunder der Zeugung – die Gerissenheit des Übernatürlichen. Es ist so eingerichtet, daß der nach vorne gedrückte Bauch keine Sensation mehr ist. Das unter dem Herzen wachsende Kind, das mich in die Leber tritt – wie banal, das Alltägliche der Schwangerschaft. Und doch nicht zu beschreiben. Die beinahe unsichtbare Zelle, die zu einem Embryo wird – und nun, die acht Monate alte Pola! Manchmal fasse ich nach dem Knöchel ihres Beinchens; wie eine

Reliquie. Was habe ich davon, daß ich sie anfassen kann, wenn ich sie nicht fassen kann. Ich kann es nicht verstehen. *Noli me tangere* nach dem Wunder der Wiederauferstehung, und *Noli me tangere* in Gedanken, das Wunder der Entstehung.

Eine Exkursion in die Gotik. Ein Ausflug in die Zeiten, als es noch keine gedruckten Bücher gab, keine vom Humanismus verweichlichte Renaissance. Der Traum eines schmalen, hohen Paradieses (auf dem Holzbrett des Altars), dem flachen Paradies der Eva mit ihren kleinen Brüsten. Und der plattgetretenen Schlange. Die schmale Welt, in den schmalen Händen der gotischen Madonnen – durch die farbenfrohe naive Frömmigkeit an den unsichtbaren Gott geschmiegt. Nicht abstehend, wie in der hochmütigen Renaissance, oder der Barockzeit mit ihren vergoldeten Innereien. Das schlichte Mitelalter. Ich vermisse Krakau, Thorn.

Ein Frühlingsspaziergang. Mir tränen die Augen von der Sonne und dem leuchtenden Schnee. Der Neandertaler, der sich zwischen Gletschern bewegte, mußte seine Augen nicht abschirmen. Dafür hatte er die Stirnhöcker, die über den Augen hingen. Die flache Stirn eines *homo sapiens*-Weibchens schützt mich nicht vor den schmerzhaften Strahlen. Ich hänge mir die Haare über das Gesicht. Die Augen hören auf zu weinen, die Nase zu laufen.

»Hier sind zu viele ultraviolette Strahlen, du solltest eine Sonnenbrille tragen«, schimpft mich Piotr aus. »Du denkst nicht nach!«

Ich denke sehr wohl an den Sonnenschutz, vielleicht nicht »technisch«. Ich benutze das, was ich unter dem Schädel habe – meine Intelligenz. Und das, was auf dem Schädel wächst: die halblangen Haare der *homo sapiens*-Frau.

›Big Brother‹, faszinierend. Seit über fünfzig Jahren zum ersten Mal im Westen öffentliche Experimente an Menschen. An denen im Käfig und denen vor dem Fernseher.

6.3.

»Oh, Shiva!« sollte ich rufen, und nicht »Oh, Jesus!«.

Die indische Musik hat einen so erotischen Rhythmus … Sie mischt sich in unsere Liebe ein, eine *ménage à trois*, wie heute früh …

Das Virtuose der Tablas. Ein Koitus mit dem Sound. Eine sinnliche, tiefe Bewegung in den Körper hinein – Meditation, Ekstase, Orgie. Pola, die Verkörperung der Liebe, wird still, obwohl sie in einem ähnlichen Moment entstanden ist. Sie dreht sich gemeinsam mit uns herum, legt sich bequem hin, als es schon ruhig ist, als wir uns in den Schlaf kuscheln.

Ich bin verliebt. Vielleicht weiß ich nicht, was reife, erwachsene Liebe ist, die Anzug und Aktentasche trägt, die Verträge unterzeichnet, Kredite des Vertrauens.

Wenn ich auf ihn warte, träume ich von ihm, wie er von der Nachtschicht nach Hause kommt. Heute stellte ich mir in verschiedenen Varianten unser erstes Treffen vor – davor konnte ich sagen, daß ich liebe, konnte den Verstand und die Angst vor der Sehnsucht ausschalten. Nach einigen Jahren des gemeinsamen Lebens, des Zusammenwohnens, träume ich immer noch von ihm. Die Verliebtheit existiert in der Vorstellung, in Gedanken, also nicht wirklich?

Ich mache einen kurzen Spaziergang. Noch vor zwei Tagen war es winterlich, glatt, und Pietuszka mußte mich hochschieben. Heute zehn Grad, Frühling. Ich bin so in Gedanken, daß ich anderthalb Kilometer gemacht habe – vor mir nochmal anderthalb Kilometer Rückweg. Ich bin meine alte Strecke durch den Wald gelaufen. Zum Schluß erinnert mich mein Becken, daß es nicht mehr zum Spazierengehen gemacht ist. Die Knochen sind weicher, die Sehnen loser, zum Glück gab es unterwegs kein Drama. Ich frage mich, ob ich die Strecke jeden Tag schaffe.

Im Wald atmet der warme Wind das Leben hinein in die Erde, erwärmt sie. Sie war erfroren, fast gestorben. Zärtlich pustet er den Schnee weg, damit sie Grassamen aufnehmen kann, die er in einem Monat hineinwehen wird.

Auf der Straße fährt ein Laster an mir vorbei, mit einem Anhänger voller zerquetschter Autos. Sie erinnern mich an zusammengeknüllte Bonbon-Verpackungen. Glitzernd, unbrauchbar.

Potala: der Palast des Dalai Lama. Ich habe nie darüber nachgedacht, wann er erbaut worden ist. Er wächst terrassenartig aus dem Felsen, ganz natürlich, wie aufgeplatzter Stein. Ein Geschöpf der Natur, oder ein übernatürliches Gebäude, das aus dem Murmeln der Mantras entstanden ist. In den ›Lebensläufen der Dalai Lamas‹ von Barraux, die ich zur Beruhigung meines Verstandes lese, steht die genaue Zeit, in der der Palast erbaut worden ist, im 17. Jahrhundert. Damals wurden in Polen Menschen gepfählt, in ganz Europa gevierteilt, auf den Scheiterhaufen verbrannt. Im Polnischen gibt es ein anderes Wort für das Verenden von Tieren und das Sterben von Menschen. Es gibt jedoch keine extra Worte für das Foltern, Töten des lebendigen Fleisches. Auch Dinge kann man vierteilen, verbrennen. Vielleicht ist der Körper ein Ding, und der Mensch das Verb, das es erst unsinnigerweise in Bewegung setzt: es lebt, denkt, stirbt.

Pola, Polka, ein Sonnenname: von Apollo. Zu Anfang der Sommerferien gezeugt, hat sie in dem Versteck den Herbst und den Winter abgewartet. Zur schönsten Jahreszeit kommt sie zur Welt, hinaus zur Sonne.

7.3.

Völlig ausgeschlafen werde ich um drei Uhr früh wach. Pietuszka ist noch arbeiten. Ich irre durch die Wohnung. Schaue mir Wiederholungen im Fernsehen an, lese. Lege mich um fünf hin, ohne Hoffnung auf Schlaf. Mir geht es gut, oder bin ich traurig? Ich weiß es nicht. Woher diese Rührung, Trauer? Ich weine. Dann schlafe ich ein, eine Ecke des Kissens im Arm.

Das sind keine Tritte mehr, der ganze Bauch bewegt sich, rennt irgendwohin. Plötzlich: Ruhe. Für zwei, drei Stunden. Angst. Vielleicht waren diese unerwarteten Hopser …

»Piotr, hör mal hin, ob ihr Herz schlägt!«

Panik. Wir machen die Musik aus, stellen die Uhren ab. Pietuszka horcht an meinem Bauch, zunächst mit dem Ohr, dann mit Hilfe eines Glases.

»Und?«

»Nichts. Ich bräuchte ein Stethoskop.«

Erstarrt vor Angst lege ich mich hin. Eine Viertelstunde später ein zaghaftes Wumm, wumm!

Sie lebt!

9.3.

Der See taut. Drei Halbinseln werden sichtbar, auf denen jeweils eine andere Kultur angesiedelt ist: auf der einen ein Krishna-Tempel, auf der zweiten der Palast eines kuwaitischen Scheichs, und auf unserer Seite die Villa von Poul Bjerre – eines Psychoanalytikers und Schülers von Freud. Er kam vor dem ersten Krieg hierher, als Grödinge noch eine kleine Siedlung war. Vom Geld seines Vaters, eines reichen Händlers, kaufte er sich ein Jugendstilhaus mit der schönsten Aussicht auf den See. Er befaßte sich mit der Psychologie des Schaffensprozesses, so bekam er oft Besuch von Künstlern. Ein berühmter schwedischer Bildhauer schenkte ihm für seinen Garten eine Bronzeskulptur, die wir »Das Fellatio-Denkmal« nennen. Eine junge Frau küßt die Hand eines Mannes auf der Höhe seines Hosenschlitzes. Der Geküßte legt die Hand an ihre Stirn – wer weiß, entweder aus Angst vor ihrer Gier oder um ihre Temperatur zu prüfen, von der Leidenschaft erhitzt.

Ein Gast des Psychoanalytikers und seiner Frau, einer Opernsängerin, war Kandinsky. Er hinterließ eine Pastellzeichnung der Gegend. Kandinsky näherte sich damals der Abstraktion, also ist es schwer zu sagen, was das Bild genau darstellt. Hügel und Kiefern, oder die Einfahrt in einen Tunnel, den man doch erst vor kurzem in Grödinge gebaut hat. Die Avantgarde-Künstler sind doch ihrer Zeit voraus.

Bjerre meuterte gegen Freud und dachte sich die Psychosynthese aus. Sein eigenes therapeutisches System, das die erkrankte Seele mit Kunst und Schaffenskraft heilt. Selbst heilte er seine Traurigkeit mit Reisen und Religionen. Er starb in den Sechzigern, der erste große schwedische Prophet des New Age. Er hinterließ eine riesige Büchersammlung und das Haus, das er der Psychoanalytischen Gesellschaft vermachte, sowie eine Menge ungeklärter finanzieller Geschichten. Seine ehemalige Patientin und spätere Schülerin Kerstin nahm sich der Villa und der Gesellschaft an. Die Dummköpfe aus Grödinge halten sie für eine bekloppte Greisin. Sie organisiert Treffen, zu denen die Stockholmer New-Age-Szene kommt. Von einer Vestalin, die das Feuer des Gedächtnisses des berühmten Psychoanalytikers am Brennen hält, wurde sie zur Chefin der Gesellschaft. Sie gibt Bjerres Bücher heraus, fährt zu Symposien über C.G. Jung, lädt »interessante Leute« ein – isländische Schamanen, unorthodoxe Psychiater, Rutengänger, Künstler.

In dem sich von der Villa bis zum See erstreckenden Garten schöpft die achtzigjährige Kerstin Energie zu einer Arbeit, die ihre Kräfte übersteigt. An einem Chakra lädt sie sich mit guter Energie auf, die aus der Erde fließt. Manchmal benutze ich auch diesen Garten-Akku. Anstatt Aspirin zu schlucken, bessere ich meine Kondition, indem ich meine Aura weiter werden lasse.

Seit Jahren schon zieht sich das gerichtliche Hin und Her bezüglich der Rechte an Bjerres Villa. Seine Erben, die Stiefkinder aus der Ehe mit der Opernsängerin, möchten die Gesellschaft loswerden und das Haus zurückbekommen.

Kerstin konsultierte in den erbrechtlichen Angelegenheiten Helge – einen isländischen Hellseher. Bei Gelegenheit sagte er den Gästen der Gesellschaft die Zukunft voraus.

Der winzige Schamane in einem Anzug und mit Taschenuhr in der Weste, setzte sich bequem in einen Jugendstilsessel. Mit seinen glänzenden Lackschuhen kam er nicht mal bis zum Boden. Er baumelte mit den Beinchen und fiel in Trance. Ein Engel öffnete vor ihm das Buch des Schicksals und Helge fing an zu orakeln, dabei knirschte er mit den Zähnen. Manchmal sprach er Altisländisch, wie seine Vorfahren, die von Generation zu Generation die Gabe des Hellsehens weiterreichten.

Pietuszka nutzte die Gelegenheit und fragte Helge wegen einiger Dinge.

»Der Hellseher hat keinen Zweifel daran, warum ich nach Grödinge gezogen bin«, nährte er nach der Séance Kerstins Neugier, die fromm an jedes Wort Helges glaubt.

»Ich wußte, daß es mystische Verbindungen sind, denn warum sollte ein Pole hier sein, der sich für Psychologie interessiert.«

»Er erzählte mir von meinen ehemaligen Leben, und in einem der letzten … war ich Poul Bjerres Vater. Ich gab ihm Geld für dieses Haus. Denkst du nicht, daß mir ein kleines Zimmerchen zusteht?«

Kerstin war sprachlos … noch ein Erbe, diesmal aus dem Jenseits … Der Vater ist ein näherer Verwandter als die gierigen Stiefkinder.

»Keine Sorge«, tröstete sie Piotr. »Ich glaube an die kosmische Gerechtigkeit. Wenn nicht in diesem, dann im nächsten Leben bekomme ich eine gute Reinkarnation und werde vielleicht der erste Vorsitzende der C. G. Jung-Gesellschaft in Grödinge? Schließlich müssen wir nicht in diesem Leben um das Haus kämpfen, Kerstin …«

*11.3.*

Piotr wirft mir vor, daß in jedem Text über Schweden meine Vorurteile, mein Unverständnis herauskommen. Ich weiß dieses Land nicht zu schätzen, sehe seine Vorteile nicht. Von Anfang an nicht, seit ich hier bin. Die Vision eines auf dem Dorf eingesperrten Fräuleins. Das stimmt. Ich wohne auf dem Land, aus eigenem Verschulden kann ich die Sprache nicht gut. Ich kenne Schweden nicht. Ich habe mich an die Landschaft gewöhnt, weiß die Ruhe zu schätzen. Ich werde keine Artikel über schwedische Probleme aus Zeitungen abschreiben und sie in meine eigene Version der gesellschaftlichen Interessen umwandeln. Ich beschreibe den Wald, den Hof und das, was Piotr zu mir sagt, wenn er von der Arbeit kommt. Wir haben keine schwedischen Freunde. Mit Freude werde ich dieses Land verlassen, in dem ich nichts gekannt habe außer der nächsten Umgebung.

Nach Piotrs Drohungen: »In einigen Jahren wirst du verstehen, wie gut es hier ist!« habe ich nicht einmal Lust auf ein skandinavisches Wochenende. Schweden wird für mich kein Stückchen Erinnerung in einem warm glänzenden Bernstein sein. Es wird ein Stück Eis sein, das – wie ich hoffe – in der Zukunft gänzlich tauen wird.

In den drei Jahren habe ich hier ein paar Bücher geschrieben, Artikel, Drehbücher. Schwedisch habe ich mir selbst beigebracht, aus Lehrbüchern und den Untertiteln im Fernsehen.

Ich kann nicht einmal richtig sagen: »Ich möchte ein Kilo

Brot und acht Scheiben Wurst«, aber ich verstehe Zeitungen und Bergmans Dialoge.

Ich weiß die sozialen Vergünstigungen zu schätzen – kostenlose Krankenhausaufenthalte, die Altenpflege. Die Oma, die neben uns wohnt, wird jeden Tag von einem Gratis-Taxi abgeholt, das sie zum Einkaufen oder zum Arzt fährt.

Ich habe keine Sozialhilfe bekommen, profitiere jedoch von der wunderbaren Schwangeren-Fürsorge. Ich bewundere das großartige Schulsystem. Warum konnte ich nicht auf den ersten Blick Schweden mögen? Die Frage des Temperaments, der Mentalität? Es kommt manchmal vor, daß man jemanden auf den ersten Blick nicht mag … Chemie. Ich kann Schweden nicht richtig leiden. Nicht nur ich … Bin ich zu slawisch, zu romanisch, zu dumm? Ich nehme die Schuld auf mich, und meine Strafe soll die Ausreise sein, nach Polen, oder sonstwohin.

*12.3.*

Ich habe keine Lust zu schreiben. Es ist nicht so, daß ich es mir auferlegen würde. Zuviel von mir selbst, Inflation. Ich fühle es einfach nicht. Ich möchte unsere Nachbarschaft am See beschreiben, den Krishna-Tempel, in dem wir oft Freunde besucht haben, aber wenn ich es versuche, wird daraus ein Reiseführer durch die hiesige Landschaft.

Ich habe ein Seidenbild angefangen, 1 x 1 Meter; habe es nach der ersten Begeisterung in die Ecke geschmissen. Zeichenschule.

*14.3.*

»Polen ist das Vaterland der Klugscheißer« – Witkacy.

Jede Woche eine neue Sensation, der Stromschlag, der einen toten Frosch galvanisiert. Nach einer Woche erinnert sich keiner mehr daran. Keine Gerichtsverhandlung, kein Urteil, keine Konsequenzen (einst »Ehre« genannt).

Privat verhält es sich nicht besser. Beinahe jeder Telefonanruf von dort ist ein Kotzeschwall, nach dem man den Gestank wegwischen muß. Als wir die Wohnung gekauft haben, wußten wir nicht, daß wir uns in die Hände von Amateuren begeben. Nichts wurde zu Ende erledigt, vertauschte Rechnungen, leere Versprechungen. Banken, die uns anlügen, unfähige Sekretärinnen. Eins höher dasselbe: Redaktionen, die keine Autorisation erlauben, Paranoide, die zu fremden Texten ihre ›Pygmalion‹-Version dazuschreiben. Schlechte Regisseure, nicht nur ihrer Filme, sondern ihrer Leben. Diese »Ich weiß es besser«– Fräuleins, vor krankem Ehrgeiz und Neid zerfressene Jünglinge. Landsleute!

Ich bin bereit für die Geburt, voller Schmerzen. Polka fehlt auch nichts, sie ist fertig. Manchmal, im Halbschlaf, ist mir danach, sie von Hand zwischen den Beinen hervorzuholen, wie eine reife Frucht aus einer bereits platzenden Schale.

*15.3.*

Ich schnuppere an der Zeit. Tue nichts, liege da, döse vor mich hin. Piotr hat seine Frühjahrsmüdigkeit, hat sich krankschreiben lassen oder so ähnlich. Auf jeden Fall bleibt er bis zur Geburt bei mir. Danach bekommt er Vaterschaftsurlaub. Wir tun nichts, obwohl im Keller allerlei Gerümpel zum Wegwerfen liegt. Aus dem Schrank quellen Klamotten, alte Papiere heben die Schranktüren aus den Fugen. Wir müßten auf alte Briefe antworten, die Wohnung hier verkaufen, Polas Ausstattung besorgen. Bis dahin sind wir willenlos vom Nichtstun.

Ich kann mir keine vom Raum unabhängige Zeit vorstellen. Die Zeit ist für mich ein endlos leerer Ort, der von Ereignissen und Emotionen gefüllt wird. Eine fortlaufende Entwicklung, die man nicht durch Trennungen durchbrechen sollte.

Ich habe überlegt, was das Schönste am Zusammensein mit Piotr ist, trotz irrer Mißverständnisse, Streitereien mit Reißzähnen und Krallen, die manchmal unter dem Pelz des guten Willens hervorschauen. Die Sicherheit, daß wir nicht zusammensein müssen, und die Entscheidung, daß es das wert ist. In Verzweiflung an den Rand des Verstandes kommen und wieder neu anfangen. Erst jetzt, kurz vor meinem vierzigsten Geburtstag, habe ich verstanden, warum im »I-Ching« die Ehe DAUER bedeutet.

›Das Buch der Wandlungen‹:

»Hexagramm 32, Hong, DIE DAUER.

Der Weg des Ehemannes und der Ehefrau soll nicht anders sein als dauerhaft. Deswegen folgt das Hexagramm DAUER. Fördernd ist Beharrlichkeit.

Die Dauer ist kein stiller Zustand, denn Stehenbleiben bedeutet Regression.

(...)

DAUER bedeutet, auf einem Weg zu bleiben, Stabilität im Verändern. Das ist das Geheimnis des ewigen Währens der Welt.«

Klar, eine Frau im neunten Monat, entsetzt, von anderen abhängig, wird Beweise für die Schönheit und die kosmische Notwendigkeit des Seins suchen, des Überdauerns in der Ehe. Die wildeste Katze sucht kurz vor der Entbindung menschliche Nähe, bittet um Hilfe. Aber so ist es doch nicht... Wir haben uns dieses Zusammensein erarbeitet, diese gemeinsame Zeit, mit Reisen, Dingen, Tagen, die in Schubladen der Jahre und Erinnerungen stecken. Beständigkeit – scheinbar eine einfache Konstruktion, für mich die schwerste, an die ich jeden Tag meinen Leim aus Liebe und Vernunft bringe, und von wo ich eimerweise Wut und das ganze Gerümpel wegschaffe, das am Grund der Vergangenheit lagert.

Bin ich deshalb manchmal so müde?

Ob das Kind eine Windmühle ist? In ›Geburt und Schwangerschaft‹ (einem amerikanischen Sachbuch in polnischer Übersetzung) wird geraten, den Arzt zu konsultieren, falls sich das Kind nicht mindestens zehnmal in der Stunde bewegt. Ich fühle nichts. Manchmal schläft Pola halbe Tage. Ich rufe meine Hebamme an.

»Rita, wie oft soll das Kind treten?«

»Wenn es seltener als zweimal in 24 Stunden ist, muß man eine Ultraschall-Untersuchung machen.«

Die Schwangerschaftsbücher werden von Psychopathen geschrieben, die nicht einmal ihren Psychiater konsultieren.

Polnische Zeitungen, über die Kirche. Die Synode hat verboten, mechanische Musik während des Gottesdienstes zu hören. Warum nicht gleich das Singen verbieten, dieses entsetzliche Geheule ohne Hand und Fuß.

Angeblich wird der Katholizismus immer wählerischer. Manche halten sich nur an sechs oder sieben Gebote. Keine schlechte Idee. Ein Katholik als Abbild eines guten Cognac: mit fünf Kreuzchen, mit neun (alle Gebote außer »Du sollst nicht stehlen!«). Der Schutzheilige solcher Kreuzchen-Katholiken könnte Johannes vom Kreuz sein (vom ganzen Kreuz!).

*17.3.*

Leere im Kopf. Ich kaue meine Existenz durch. Ich liege da und untersuche, ob ich noch Hände habe. Ich habe welche. Finger – die sich zwar nicht ganz beugen lassen, aber funktionieren. Beine – bewegen sich ganz gut nach den ersten unfähigen Schritten. Einbildungskraft?

»Tierärzte ohne Grenzen« – eine internationale Tierschutz-Organisation. Eine Mission in Afrika. Zwei Veterinäre, ein Italiener und ein Franzose, kehren nach einer Elefanten-Impfung aus der Savanne zurück. Sie halten an, um das Auto zu reparieren. Ein Löwe geht auf sie los. Der Franzose schießt mit Schlafmittel-Patronen. Davon fällt der Löwe »tot« um. Er hat es jedoch geschafft, dem Italiener den Arm aufzureißen, der immer stärker blutet. Die Tierärzte rufen telefonisch Hilfe. Über ihrem Auto fliegen Geier, Hyänen nähern sich. Sie schnuppern an dem tief schlafenden Löwen. Sie fangen an, ihn zu reißen, das Tier wehrt sich nicht. Nach einer halben Stunde ist er halb aufgefressen. Was bleibt, ist die Haut und einige Sehnen, die die Knochen zusammenhalten.

Die Hilfe kommt. Falls der Löwe noch leben sollte, müßte er jetzt wach werden, denn das Schlafmittel wirkt nicht mehr. Die Tierärzte steigen in den nun reparierten Wagen. Der Italiener nähert sich aus Neugierde dem halb-aufgefressenen Löwen. In diesem Moment erhebt sich der Kadaver, von einem Nervenimpuls geleitet, der die freigelegten Nerven und Muskelreste bewegt. Er stellt sich auf die abgenagten Hinterläufe, versucht zu attackieren. Sein Kiefer fällt ab, die zerrissenen Innereien fallen heraus. In den letzten Zuckungen stirbt der Löwe endlich.

(Pränatale Phantasien über die Anästhesie?)

Polka und der Wald sind sich ähnlich. Sie ergänzen einander in ihrer Nähe und in meiner Verlorenheit darin. Sie – im Innern, fühlbar, jedoch nicht sichtbar. Der Wald – um mich herum. Ich kenne jeden Baum, jeden Pfad. Das Eine wie das Andere, in sich stimmig, lebendig, geheimnisvoll. Ich brauche nur die Hand auszustrecken, die hilflos an der Rinde, der Haut des gespannten Bauches hinunterutscht.

*18.3.*

Ich mache *pierogi**. Der ausgerollte Teig erinnert mich an die hauchdünne, durchsichtige Zeit, die ich mit einem Back-

* pierogi – polnische Teigtaschen mit verschiedenen Füllungen (Anm. der Übers.)

förmchen in beliebige Erinnerungen formen kann. Tatsächlich, ich habe massig Zeit, den Luxus der Stunden, in denen ich kramen kann wie in einem Schatzkästchen. Schon lange war ich nicht mehr so reich. Ohne Bedauern tausche ich diese Schätze in die Zeit zum Lesen, Spazierengehen, stundenlanges *pierogi*-Kleben um. Endlich sind Tage keine Termine mehr. Sie sind ein ruhiges Warten geworden. Ich fülle sie mit schmackhaften Erinnerungen an in Erfüllung gegangene Träume – und die *pierogi* mit Pilzen.

Pietuszka bekommt sein Leibgericht. Nach drei Jahren habe ich es gelernt, weder zu dünne noch zu dicke zu machen, genau die richtige Größe. Seine Kennerschaft, seine Erwartungen an *pierogi* belustigen mich. Er kann sie nicht machen, aber er weiß sie zu schätzen. Er beißt sie auseinander und schaut selig. Aus seinem Mund hängt ein Stückchen des gefalteten Teiges. Wie die nackte Scham eines Nymphchens. Ein sexy Gericht. Französisch für Gourmets.

Nach dem Mittagessen lungern wir auf dem Sofa in der Küche herum und bewundern den draußen fallenden Schnee. Wie eine Werbung für Schnee mit extra großen Flocken, die mit der Grazie von Disneys Figuren tanzen. Ich überrede Piotr zu einem Sonntagsausflug nach Taxinge, in einen Palast mit einer Konditorei. Der Palast liegt an einem weitläufigen See, der Stockholm mit dem Meer verbindet.

»In einem Monat haben wir keine Zeit für so was, Pola, der Umzug …«

Er würde lieber zu Hause bleiben und sich den Schnee anschauen.

»Ich bin unrasiert, seit einer Woche, habe dreckige Haare …«

»Fahren wir etwa zu einem Schönheitswettbewerb? Da würdest du keine Medaille bekommen, ein blasser Kerl mit einem Riesen-Ego und einer kleinen zickigen Frau« – beende ich die Diskussion, die uns zu Hause festhalten könnte.

Mit den Argumenten die Türen und den Verstand verbarrikadieren.

Der Weg nach Taxinge, an dem alte Eichen wachsen, der Palast aus dem 18. Jahrhundert. Drumherum Leere. Riesige, verschneite Fenster, ein Kamin, in dem Feuer brennt. Wir stellen uns in eine Schlange, um Kuchen zu kaufen. Es sind nur wenige Gäste da. In der Palast-Bibliothek schlürfen die Kinder ihre Früchtetees. Über den schweren geschnitzten Tischen lugen ihre hellen Köpfchen und blaue Augen hervor. Wir setzen uns in die Kamin-Ecke. Neben uns ein Teenager mit einem eine Woche alten Baby, sie stillt es. Hinter uns ein Paar mit einem einige Monate alten, plappernden Mädchen, das in einem Hochstuhl am Tisch sitzt. Es sollte romantisch sein, statt dessen haben wir hier eine Kinderkrippe. Inmitten von zahnlosem Lächeln, süßem Glucksen und freundlichen Blicken stimme ich in die Internationale der Mütter ein.

»Wie alt ist sie?«

»Wo hast du entbunden?«

»Und wann hast du deinen Termin?«

Pietuszka schleift mich mitleidig hinaus in den Palastpark. Wir gehen an die eingefrorene Bucht. Im Sommer fahren hier Ausflugsschiffe zwischen Stockholm und dem alten Mariefred. In dem wenige tausend Menschen zählenden Mariefred gibt es die meisten schwedischen Millionäre pro Quadratmeter. Man sieht jedoch keine Pracht. Die bescheidenen protestantischen Reichen wohnen in stilvollen Holzhäusern, mit Gärten geschmückt. An der Einfahrt in die Stadt spiegelt sich das Schloß Gripsholm im See. Ein steinerner, vor Feuchtigkeit gequollener Pilz der schwedischen Renaissance. Im 16. Jahrhundert wurden dort Fürst Johann und seine Frau Katarzyna Jagiellonka gefangengehalten. Er wurde wegen eines Komplotts gegen seinen Bruder Erik den Wahnsinnigen zu einer lebenslangen Strafe verurteilt. Die Ehefrau des Gefangenen ist freigekommen. Als sie das Urteil hörte, zeigte sie dem König ihren Verlobungsring mit dem Spruch: »Treue oder Tod«, und blieb bei Johann. Im Schloß gebar sie Sigismund Vasa, den späteren König von Polen. Von Gripsholm aus ging sie jeden Tag durch die Wälder nach Taxinge, um Wunderwasser zu holen. Sie heilte damit ihren kranken Mann. An der Quelle betete sie für die Befreiung aus der Gefangenschaft. Eines Tages, wie es in Märchen so ist (denn die Geschichte ist ein Märchen, zwar nicht konsequent, aber mit Konsequenzen), erschienen Berittene am Schloß. Sie befreiten den guten, edlen Johann und kerkerten den bösen Erik ein.

Wie viele schwedische und polnische Münzen warf ich in die Quelle der Katarzyna Jagiellonka, bevor mein privates Wunder der Ausreise aus diesem Land geschah! Hehe!

Ein noch größeres Wunder ist der winterliche Blick auf die Bucht in Taxinge. Es müßte normal sein: Eis, Schnee, ein Stück Wald. Das Licht, nach Pietuszka das berühmte skandinavische Licht, das ultraviolett färbt, verwandelt die Landschaft in eine Halluzination. Der Schnee, der das Eis am Horizont bedeckt, ist blauer als der Himmel. Die Bäume, die sich unter dem dunklen Blau beugen, phosphoreszieren mit elektrischem Indigo. Der Nebel verwischt reale Inseln, erhebt sie in den Himmel wie durchsichtige lila Seifenblasen.

Laut und hingerissen nehme ich alles zurück, was ich je über die Langeweile der hiesigen Landschaft gesagt habe, über die Öde am Pol. Dort muß es erst Spektakel geben, Schnee, Nordlichter. Ein nächtlicher, eingefrorener Regenbogen.

*19.3.*

»Wie wäre es, wenn in den Schulen die Wahrheit gelehrt würde?« Ich schäle Kartoffeln. Piotr macht Hühnerbrustfilets, reibt sie mit Ingwer ein.

»Die Wahrheit?« Er rührt die Marinade aus Curry, Sojasoße und Kümmelwodka um.

»Du lebst noch zu Newtons Zeiten, oder? Das Paradies der klassischen Physik, wo jede Ursache ihre Wirkung hat, wo sich alles berechnen läßt.«

»Aha.« Pietuszka hat keine physikalischen Komplexe.

»Und für dich besteht die Welt aus Atomen, die in die Materie eingequetscht sind wie Sandkörner in einem Sack?«

»So was in der Art ...«

»Wenn man von Anfang an lehren würde, daß es nur Energiequanten gibt, die ständig kommen und gehen, daß es in Wirklichkeit Augenblicke gibt, wo wir verschwinden, nicht mehr existieren. Wäre es für die Menschen dann nicht einfacher, an Gott zu glauben?«

»Oooh, ›Die Kirche der Nicht-Existierenden‹, radikaler als der Buddhismus.« Pietuszka legt die panierten Hühnchen in das Ofenkrematorium.

»Du Hausphilosophin, würdest du dich bitte mit Möhren-Quanten beschäftigen?«

»Wozu?«

»Für den Salat.«

Meine schlagfertige Tochter versucht, auf die Welt zu kommen. Mit den Füßen voran. Sie tritt stur gegen eine Stelle unter meinen Rippen. Die richtige Richtung, woher soll sie wissen, daß man mit dem Kopf dagegen hauen muß und warten, bis es von alleine aufgeht? Polka, du bist sehr selbständig, nur etwas unerfahren.

Aufgeblasene Erklärungen und Deklarationen des neuen katholischen Fernsehens in Polen. Im Programm Diskussionen über die ›bruLion‹-Gruppe, schwarz-weiß, die Welt nach Fronda, Vetternwirtschaft, manichäisch aufgeteilt zwischen die, die für uns sind, und den Rest. Als Konsequenz ein

Medienglaube, der uns zum Märtyrertum verdammt. Nicht diejenigen, die »Zeugnis ablegen«, sondern die, denen damit Angst gemacht wird, wie mit dem Höllenfeuer, das falsche Stigmata ausbrennt.

Woher kommt bei Neophyten-Jünglingen, die sich mit der göttlichen Propaganda beschäftigen, die Gewißheit, die einzig richtige Wahrheit gepachtet zu haben? Als ob die Wahrheit einfach (dumm-schlicht) und unmißverständlich sein müßte. Wo sind die Nuancen eines Bernanos, Pascal? Wenn die Wahrheit das Sein, die Existenz beschreiben soll, dann muß sie von Natur aus paradox sein, denn das Sein ist ein Paradox an sich. Auch der Glaube, der die Schranken der Vernunft überschreitet. Die Verteidiger der kleinen Wahrheit, die auf Zeitungs- oder Fernsehbildschirm-Ausmaße zugeschnitten wurde, hetzen den überall (außer in ihnen selbst) versteckten Teufel. Ziehen ihn am Schwanz heraus. Beschreiben ihren Kampf gegen das Böse, gegen dieses hervorlugende Schwanzende des Bösen. In den jeweiligen Sendungen ziehen sie am Schwanz des Teufels, als ob sie ihm metaphysisch einen runterholen würden. Und in Wirklichkeit (in Wahrheit!), ziehen sie bloß am Faden, der sich aus dem rollenden Knäuel ihrer Verwirrtheit gelöst hat.

Ich liege auf dem Teppich, betrachte das hüpfende Kleid. Etwas in mir bewegt Arme und Beinchen, wie ein wachgewordenes Eichhörnchen. Das in einem Rad immer weiter läuft, in einem immer enger werdenden Käfig.

*20./21.3*
*Nachts*

Ein Geburtsversuch. Nachts reißt es mich aus dem Bett, ich muß aufs Klo. Durchfall? Eine Lebensmittelvergiftung? Schmerzen wie bei der Menstruation, Übelkeit. Ich bewege mich im Kreis durch die Wohnung, halte mich am Tisch fest.

Keine Wehen, die Fruchtblase ist nicht geplatzt, und ich gebäre den Schmerz. Piotr wird wach, er ist noch entsetzter als ich. Er zittert am Telefon, zerknüllt den Zettel mit den Telefonnummern der Krankenhäuser.

»Laß mal, was willst du ihnen sagen, daß deine Frau gekackt hat?«

Nach einer Stunde schaffe ich es, mich aufzurichten. Es war sicher eine Lebensmittelvergiftung. Ich bin ständig ausgehungert, dauernd nasche ich egal was, das habe ich nun davon.

Pietuszka liest laut aus meinem Handbuch: »In Filmen fängt die Geburt immer eindeutig und drastisch an: Eine Frau faßt sich an den Bauch und stöhnt ›Es geht los!‹, wonach ihr Partner ein komisches Gerenne anfängt. Im wirklichen Leben geht alles viel langsamer vonstatten. Woran merkst du, daß die Geburt angefangen hat, wenn du es noch nie zuvor durchgemacht hast? Zum Glück sendet der Organismus einige frühe Informationssignale. Sie können im Abstand von mehreren Tagen auftauchen, oder alle gleichzeitig. (...)

Der Bauch kann wie vor deinen Tagen weh tun, du mußt dich öfters entleeren, manchmal bekommst du Durchfall. Trotz dieser lästigen Zeichen wirst du einen oder zwei Tage vor der Geburt viel Energie haben ...«

Magenverstimmung oder Geburt? Heute ist der erste Frühlingstag. Vielleicht fängt der Widder, der gerade in sein Zeichen kommt, mit dem Hopsen an? Wenn es die Geburt sein sollte... es ist ähnlich wie die Menstruation, es läßt sich aushalten.

Erschrocken durch die nächtlichen Schmerzen, beschließen wir, nun schon die komplette Aussteuer für Pola zu kaufen.

*21.3.*

Ich schaue mir im Laden Babykleidung und Tragen an. Ich fühle mich in meine Kindheit zurückversetzt. Winzige

Kleidchen, Kämme, Möbel für Puppen. Piotr meditiert über den Stramplern. »Kleidung für jemanden, der noch nie etwas getragen hat, der noch gar nicht auf der Welt ist. Die erste Kleidung.«

»Hundert Kronen, Pietuszka, hundert Kronen, laß uns was Günstigeres nehmen.«

Ich kann mich nicht beruhigen. Warte ich schon? Mitternacht ist längst vorbei. Ich bin ausgeschlafen, obwohl ich nicht schlafe. Meine Mutter bekam ihr erstes Kind nach fünf Stunden, zu Hause. Meine Schwester hatte schon Wehen, trotzdem hat sie es noch geschafft, sich zu schminken und die Nägel zu machen. Schon im Krankenhaus, als die ersten Wehen vorbei waren, fragte sie, wann nun die Geburt losginge.

»Es ist schon vorbei!« Die Hebamme war wohl noch schockierter als meine Schwester selbst, daß die Geburt so leicht war, und nahm meinen lächelnden Neffen heraus, in die Welt. Leider ist die Fähigkeit zur leichten Geburt oder zu leichtem Tod nicht genetisch bedingt.

Früh um vier fallen die Wörter aus dem gerade gelesenen Buch heraus. Ich sehe nur jedes zweite, döse. Diejenigen Wörter, die sich noch auf den Seiten befinden, sind schmal und scharf. Sie heben meine nach unten fallenden Augenlider hoch, die Schuppen vertrocknenden Bewußtseins.

Ich bereite langsam den Umzug vor. Ganze Tüten voller Sachen, die wir nicht mehr brauchen. Um die Pflanzen tut es mir am meisten leid, die jetzt exekutiert werden. Eine vorjährige Geranie kann sich retten. Sie hat eine geschwollene grüne Knospe. Wenn man es auf die menschliche Zeit umrechnet, ist die Pflanze am Ende des neunten Monats. Die letzten Tage, bevor das rote Blümchen auftaucht. Welche von uns wohl eher entbinden wird? Wie wäre es, wenn sie an Polas Geburtstag aufblühte?

Stets fand ich, daß Geranien ekelhafte, spießige Pflanzen sind, die man zusammen mit der Bettwäsche auf die Balkone und Fensterläden tut.

Sie rochen nach verschwitzten Betten. Eine weißliche Zudecke, gestopft in einen fleischig-rosa Bezug. Ein erschlagenes Bett-Tier, vom Fensterbrett hängend, auf daß es ausblutet, abhängt. Eine gelbliche Schicht Fett um das rosa Fleisch herum. Daneben melancholische Geranien.

Der Name allein erinnert mich an den Tod, klingt wie Agonie.

Erschlagene Bettdecken, die das tote Familienleben bedekken, und trauernde Blumentöpfe haben erst in Schweden aufgehört mich zu ängstigen. Ich sehnte mich plötzlich nach dem Anblick zum Lüften hinusgehangener Wäsche. Ein wenig häusliche Wärme, die nach außen gezeigt wird. Geranien vor diesem bläßlichen Hintergrund werden plötzlich grell, vulgär wie die geschminkten Münder der Prostituierten – in einem Land, wo man ihre Kunden ins Gefängnis steckt.

Berauscht von der Röte ihrer Blüten, kaufte ich vor einem Jahr einen Topf mit einer duftenden Geranie, groß, gepflegt und teuer, in ihrer Kategorie ein pflanzliches Callgirl. Es hat sich gelohnt, ihre Dienste in Anspruch zu nehmen. Ich habe einmal bezahlt, und sie hat mehrmals geblüht, bis in den späten Herbst hinein.

*22.3.*

»Fremde kommen«, kündigt der heilige Piotr an, als er mit dem Staubsauger-Drachen gegen den Staub kämpft.

»Was für Fremde?«

»So sagt man auf schwedisch, daß man Besuch bekommen wird. Fühlst du diese Gastfreundschaft?«

Ein Makler aus einem Immobilienbüro wird kommen, um unsere Wohnung zu schätzen.

»Der Fremde kommt Punkt zwölf?«

»Wenn es ein Schwede ist, dann pünktlich auf die Minute. Falls er fünf Minuten später kommen sollte, wird er anrufen, daß er schon unterwegs ist.«

Im Vatikan beten sie, in Krakau spielen sie das Trompetensignal, bei uns erscheint Punkt zwölf ein Makler in seiner Arbeitsuniform. Ein sehr schwarzer Kunststoffanzug, ein sehr weißes Nylonhemd. Auf der Brust das Wappen einer Bank – eine Goldmünze. Er schaut sich die Treppe und den Briefkasten an. In der Wohnung holt er eine Digitalkamera heraus und stellt sich an das Fenster mit der Aussicht auf den See.

»Man kann ihn nur im Winter sehen«, warnt Piotr.

»Wir werden die Wohnung innerhalb eines Monats los, dann werden ihn die Bäume noch nicht verdecken. Ein Angebot mit der Aussicht auf einen See ist immer höher.«

Ich weiß nicht, was es für Aussichten sind – und was die schwedische Wirtschaft dazu sagt. Ein vor drei Jahren relativ günstig erworbenes Haus ist heute fünfmal soviel wert. Der sozialistisch eingestellte Pietuszka fühlt sich unwohl, wie ein Hochstapler.

*»Lucky you!«* – der Makler steckt seinen Taschenrechner wieder ein. Das Foto der Wohnung kommt gleich ins Internet, die Anzeigen erscheinen in einer Woche in allen lokalen Zeitungen und in der größten schwedischen Tageszeitung.

»Ach ja, noch eines« – er kommt von der Terrasse zurück – »die Kunden mögen es nicht, wenn man zu Hause ist, sie wollen es sich in entspannter Atmosphäre ansehen, ihr versteht schon.«

Klar, Fremde mögen Fremde nicht.

»Wir werden ein Baby haben, wir können dann nicht ständig spazierengehen«, warnt Piotr.

»Na gut, gut, wir lassen uns schon etwas einfallen.«

Wir werden uns im Schrank verstecken.

*23.3.*

Woran glaube ich? An Träume. Neulich habe ich von Gott geträumt.

Die verdaute Nahrung dreht ihre Runden durch den Organismus, ernährt die Zellen. Die Portionen werden in diejenigen Körperteile wandern, die die meiste Energie und Vitamine benötigen. Das Gehirn und die Leber werden sie einsaugen, durch die Nabelschnur werden sie zu Pola fließen. Ohne mein Zutun wandert jedoch mein nahrhaftes Mittagessen aus dem Magen in den Hals. Ich beiße die Zähne zusammen, ich werde mich nicht übergeben! Tiefer, in der Speiseröhre, beginnt die langwierige, proletarische Maloche des Metabolismus, der keinen feinen Geschmackssinn besitzt, wie ich hoffe. Und wenn nicht? Haben Arme oder Beine gourmethaften, hochentwickelten Geschmack?

*24.3.*

Ein Besuch in der Praxis. Die Hebamme ließ uns mit drei Filmen über Geburt und Mutterschaft alleine und ging in den Untersuchungsraum.

Der erste Film. Geburt.

Die Frauen stöhnen leise, leiden. Ihre Männer schauen sie mit dümmlichen Gesichtern hilflos an. Ein sehr guter Film. Ohne Schreie und die charakteristischen Geräusche, wenn der Schritt mit dem Skalpell geschnitten wird. Ich habe einen ähnlichen polnischen Horrorfilm gesehen. Irgend etwas zwischen einem Aufstand und einer Schlacht. Die schwedischen Bilder sind sanft, neutral, wie dieses protestantische Land ohne Kriege. Die Geburt ist schwere Arbeit, und keine Heldentat oder katholisches Martyrium.

Ein anderer Film, norwegisch. Diesmal Stillen.

In Polen finge er mit Bildern von Madonnen an. In Skandinavien fängt man mit Landschaften an. Fünf, zehn Minuten Fjord-Ansichten. Eine Lappenfrau mit Schlitten.

»Warum norwegisch, und nicht schwedisch?« frage ich Pietuszka, der auf seine Lieblingsbilder, die von festgefrorenen Flächen, schaut.

»Die norwegischen Brüste sind am schönsten«, meint er, ganz der Kenner.

Seine ist auch nicht schlecht. Sollte ich einen Kaiserschnitt haben, wird er sich die Brust rasieren müssen. Solange die Mutter noch von der Narkose berauscht ist, legt man das Kind an die Brust des Vaters. So soll das Saugen trainiert werden.

Der dritte Film. Über die Kommunikation mit dem Neugeborenen.

Die Eltern schauen verzückt auf ein entzückendes Alien, das aussieht wie Spielbergs E.T. Sie nehmen den Kontakt mit der anderen Zivilisation durch Reiben, Schmusen und Windelwechseln auf.

Wir gehen zurück zu der Hebamme. Sie mißt meinen Bauchumfang, horcht auf die Herztöne, alles in Ordnung. Die Geburt zwischen dem 7. und dem 10. April. Ich frage, ob ich auf den Ultraschallbildern Polas Gesicht sehen kann.

»Ihr Gesicht?« Sie ist ehrlich verblüfft.

»Das Gesicht« – habe ich mich versprochen und statt dessen »Roller« gesagt?

Polas Köpfchen ist auf die andere Seite gedreht, unsichtbar. Als ich unter dem Ultraschallgerät liege, frage ich mich, was andere Mütter sehen wollen. Füße? Die Nabelschnur? Ob sie wissenschaftlich auf das Bewundern des Morphologischen vorbereitet sind?

»Wie fühlst du dich vor der Geburt, angespannt, zufrieden?« Die Hebamme stellt Fragen wie aus dem »Formular der dummen Fragen«. Was soll ich fühlen, nachdem ich diese Filme gesehen habe …

»Rührung« – Das entsprechende schwedische Wort fällt mir nicht ein, mit den Augen bitte ich Pietuszka, daß er für mich dolmetscht.

Im Auto sinniert Piotr über die Frage der Hebamme. »Sie hat dich wie eine Hysterikerin behandelt.«

»Warum das?«

»Mußte sie dich nach solchen Dingen fragen … Nach deinem Wohlbefinden?«

»Das ist doch ihre Pflicht, vielleicht kriegen alle Schwangeren einen Koller und müssen Beruhigungsmittel bekommen … Was soll ich schon fühlen? Versuch nicht, mir einzureden, daß die Schwedinnen antworten, sie fühlten nichts. Wenn man dir Aufnahmen von einer Zahnresektion zeigen würde, und nach der Vorführung fragte: ›Was fühlen Sie, freuen Sie sich, daß Sie gesunde Zähne haben werden?‹ Würdest du dich freuen und auf den Eingriff warten? … Pietuszka …«

Er hat mehr Angst vor der Geburt als ich. Er versucht mich zu trösten, redet mir ein, daß ich alleine schon mit positivem Denken gegen den Schmerz ankämpfen kann. Natürlich – sollte ich während der Wehen, während des Pressens nicht kapitulieren, wird es sein Verdienst sein. Psychologisches Training des emotionales Drucks, »Sei kein Hasenfuß«, und seine tröstende Anwesenheit. Eigentlich sollte er die Million Dollar bekommen, die man dem ersten schwangeren Mann versprochen hat.

Das Komischste, das Ungute ist: ich glaube, ich habe wirklich keine Angst. Wenn ich mir die gequälten Frauen ansehe, fange ich an zu weinen: aus Mitleid, vor Rührung. Da muß auch ich durch, aber ich habe keine Angst. Ich kann nicht vor etwas Angst haben, das ich nicht kenne. Mangel an Phantasie? Optimismus?

25.3.

Pietuszkas Werbung für Sex:
KOITUS TUT GUT!

26.3.

Dieses Flittchen war schneller als ich – die Geranie ist aufgeblüht.

28.3.

Pola versucht, sich in die Unabhängigkeit zu kämpfen. Natürlich auf meine Kosten, indem sie mit den Füßchen gegen den Boden der Gebärmutter und gegen den Magen trommelt. Ich trage sie in den Wald. Wir sind beide gut dabei, ich bin schneller als die meisten Spaziergänger, drehe mit meinem Bauch Runden um die Bäume.

»Obacht! Eine Schwangere kann niemand einholen!« scherzt Pietuszka über mich.

Ich verspreche mir drei Dinge, wenn das hier vorbei ist:

1. Champagner, eine ganze Flasche
2. Einen kurzen, engen Rock
3. Von der Teppichstange im Hof runterhängen, zuerst mit den Armen nach oben, dann mit den Beinen an der unteren Stange, mit dem Kopf nach unten. So werde ich hängen, im Minirock, Champagner trinkend.

Schwangere Träume.

Die Wildgänse kommen zurück, fliegen über dem Haus. Warum zählt man ihr Gekreische nicht zu den schönsten Vogelgesängen? Kein banales Zwitschern oder sonstiges Süßholzraspeln. Hölzernes Klack-klack, wie das Knarzen des Holzes auf Schiffen, das die Rückkehr aus fernen Ländern ankündigt.

29.3.

Aus dem Verlag kommt ein dicker Umschlag – Korrekturen für ›Polka‹. Das Cover mit dem Foto im siebten Monat, halb versteckt durch den Bildausschnitt. Die Schwangerschaft, die gegen die Rippen drückt, mir zu eng ist.

Die Seiten voller Kommafehler, fehlende Doppelpunkte. Die Regeln werde ich nie beherrschen, dieses geheime Hieroglyphen-Wissen. Ich lese den Text durch und es ist, als sähe ich ihn zum ersten Mal. Wortwiederholungen, Satzbauprobleme. Die Faulheit des Bewußtseins, das am liebsten dieselben Formulierungen wiederholt, wie durch Kohlepapier. Das kann kein Lektor ändern.

In zwei Tagen sechs Monate voller Fehler korrigieren. An den Rändern die Bitten um die Erklärung des Wortes *bindu* usw. Schreibe ich für eine Zeitung oder für ein buntes Magazin, wo jedes Wort allgemeinverständlich sein muß?

Der Wortschatz der Bücher ist reicher, wenn auch unverständlich (*bindu* – der buddhistische Anfang des menschlichen Lebens, das aus den Tröpfchen von Mutter und Vater besteht. Im westlichen Denken: die erste Zelle der Zygote). Man braucht nur ein Wörterbuch aufzuschlagen. Die Schrecken der Zeitungen. In Papier eingewickelte Gehirne.

Ich mag die Korrekturen, bevor ein Buch erscheint, wenn ich dem Kapo der Wörter gegenübersitze und wir uns um Formulierungen streiten.

»Das ist nicht richtig, grammatikalisch falsch«, sagt der Lektor und schwingt den Rotstift.

»Aber verständlich« – ich fühle, daß ich gerade mit meiner Zunge an den linguistischen Käfig gekommen bin. Nun muß ich ihn nur durchbeißen.

»Nein, so macht man das definitiv nicht.« Die Reinigungskräfte des linguistischen Zoos kommen gleich und fangen an, die unverdauten Deklinationsreste auszumisten.

Die Worte sollten in der Freiheit leben. Sie sind intelligent und vorsichtig genug, sie kommen im Gelaber nicht um. Unsere ganze Welt besteht aus Worten, die unbelebte der Substantive, die mit Blut pulsierende der Verben. Die Welt der Präfixe, die sich auseinanderreißen lassen, und sich dann neu verpflanzen lassen, die Welt der Pronomen und der Narben der Suffixe.

Liebe Korrektoren, habt mehr Vertrauen in die Sprache. Der Buchstabe ist wichtig, aber über ihm schwebt der Sinn, den man nicht in Netze der Grammatik einfangen, ihn nicht so dressieren kann, daß er auf den Spuren der Punkte und Kommata trippelt, in der erlaubten Zone der Interpunktion.

Unsere Pläne: 7–10. April Polka. Am 1. Mai Umzug. Piotrs Schwester kommt mit ihrem Mann, um uns zu helfen, damit wir es auf die Fähre schaffen. Am 8. April kommen Leute zur Wohnungsbesichtigung. Es ist allerdings auch möglich, daß keiner kommt, und Pola am 20. April geboren wird, mit künstlichen Hormonen angetrieben. Sagen wir, am 25. April werden wir hier einen Nervenzusammenbruch kriegen. Ich würde mir am liebsten irgend etwas reinknallen. Gras, Valium, Alkohol, egal.

*30.3.*

Ein Anruf von Maria. Sie ist bei einem Theaterfestival in Katowice. Sie hat den Preis für die Verfilmung meiner ›Sandra K.‹ bekommen. Nach der Aufführung Diskussion: die Studenten fühlten sich gedemütigt, die Studentinnen meinten, »Sandra K., das sind wir«. Ich checke das nicht. Die gedemütigte, dem Spott ausgesetzte Idiotin in diesem Buch ist doch die magersüchtige Sandra!

Abends, vor der Glotze überlege ich, ob ich recht habe. Ich schaue mir eine schluchzende Studentin an, die in der ›Big Brother‹-Sendung aufgetreten ist. Sie hat einige Kilo zugenommen. Eine Tragödie. Sandra, mit ihren Überlegungen, mit ihrem Charakter, ist neben ihr eine Intellektuelle. Heidegger, Leichtgewicht.

Die Idiotie des ›Big Brother‹? Nicht schlimmer als die Tagebücher der Internierungszeit, zum Beispiel von Szczypiorski. Die Kamera ist noch halbwegs objektiv. Der menschelnde Blick des Schriftstellers, seine Eigenliebe, seine Unfehlbarkeit, mit der er die Beschriebenen karikiert, zu den Ausmaßen einer egoistischen Narration verkleinert. Seine Kollegen, mit denen er einsaß, waren nur Objekte zum Beschreiben, und damit in einer schlechteren Situation als die ›Big Brother‹-Darsteller. Diese Menschen sind gegen ihren Willen eingesperrt worden, und der Big Poet beobachtete nicht nur ihre Gesichter, sondern ihre Gedanken.

Auch ich veranstalte mit Pola eine *reality show. Big Mother is watching you.*

*31.3.*

Ich lerne schnelles Lesen. Arbeite mich durch die Tests eines Sachbuchs durch. Ich bin durchschnittlich trainiert. Nach zwei Kapiteln bin ich um hundert Wörter pro Minute schneller. Ich beginne den Sinn dieses Spiels anzuzweifeln. Wahrscheinlich lese ich gar nicht schneller, sondern habe den ersten Test abends gemacht, als ich müde war. Proportional zur Schnelligkeit wächst mein Mißtrauen. Das wichtigste Kapitel – über das Lesen mit dem Gehirn statt mit dem Auge – ist das kürzeste. Die Möglichkeit, eine Textzeile von hinten nach vorn zu lesen, erklären sie am Beispiel des Hebräischen. Okay, nur liest man auf Hebräisch von rechts nach links, weil die Wörter so geschrieben werden; also nicht andersherum.

Mit dem Gehirn liest man tatsächlich schneller, aber geht es wirklich darum? Wenn ich mich beim Lesen beeile, höre ich die »Stimme« nicht, die mir immer den Text zuflüstert, die Bilder verlieren sich. Das Auge ist sinnlich, das Gehirn bar des Filters der Sinne, trostlos eindeutig.

Polka ist noch nicht geboren. Der Weg vom Bauch in den Kopf ist viel komplizierter als in den geöffneten Gebärmutterhals. Ich bin nicht imstande, sie in meinen Gedanken zu gebären. Sie aus meiner Haut, meinen Muskeln zu schälen. Zu verstehen, daß ich innen einen Menschen habe, daß ich doppelt bin. Polas Schluckauf klingt wie ein lauter Herzschlag. Als ob ich in der Nabelgegend ein zweites Herz hätte. Beim abendlichen Baden sehe ich ihr panisches Treten, um dem warmen Wasser zu entkommen. Versucht sie zu fliehen? Sie streckt den Po, den Rücken, das Knie aus. Ich trage sie in mir, gleichzeitig bin ich von ihr getrennt, von ihrer Anwesenheit amputiert. Und wenn sie erst dann geboren wird, wenn ich ihre Existenz in mir verinnerlicht habe? Mich selbst überzeugt habe? Dann werde ich es endlich begreifen, und sie anschließend verlieren.

Die meisten Kinder kommen bei Vollmond zur Welt. Der nächste und der wichtigste, da er auf das Osterfest fällt, ist am 15. April. Mein eigenes Fest, in mir drin, das sich in einem zu eng gewordenen Bauch bewegt. Das ungeduldig auf sich warten läßt.

Weihnachten ist familiär. Der Frost, der alle in die häusliche Wärme treibt. Die Bewunderung der Krippe.

Ostern ist mystisch.

*31. 3.*

Meine angewetzten Zehennägel sehen aus wie angeknabbert, und zwar nur die am rechten Fuß. An den linken komme ich gar nicht heran. Pietuszka macht sich fachmännisch an die Exekution. Er schneidet meine Krallen, korrigiert meinen Verschnitt.

Australien. Wärme, Wärme. Dort könnte ich barfuß Auto fahren, ohne Führerschein und das leidige Wechseln der Gänge.

Polnische Zeitungen. ›Wprost‹. Ein Foto des Priesters und Dichters Twardowski, mit rötlichem Toupet statt der Bischofsmütze. Dichterische Eitelkeit? Ich glaube nicht. Wenn, dann nur metaphysische. Er will mit seiner Perücke Gott gefallen, der von oben auf ihn hinunterschaut.

In einigen Jahren sollen Anti-Baby-Pillen für Männer auf den Markt kommen. Besonders ungefährlich. Die bisherigen Erfindungen hatten zu viele Nebenwirkungen. Was die Frauen jeden Tag in der Pille zu sich nehmen, ist zu gefährlich für die Männchen:

1. Die Pillen für Männer erhöhen den Blutdruck. Es ist allgemein bekannt, daß Pillen für Frauen den Blutdruck hochtreiben.

2. Bei den Männern droht der Prostatakrebs. Bei den Frauen können Anti-Baby-Pillen das Gebärmutterkrebs-Risiko erhöhen.

3. Männliche Frigidität. Dasselbe kann einer Frau passieren, die jahrelang die Pille nimmt.

4. Übergewicht. Die Pillen für Frauen können ebenfalls das Körpergewicht erhöhen, weil sich das Wasser im Körper staut.

5. Wohl die schlimmste Nebenwirkung bei Männern – Akne. Bei den Frauen hilft sie gegen Hautunreinheiten.

Also nur der Punkt 5 als Grund, die Frauen mit so viel Chemie zu vergiften, die für Männer so schädlich wären?

Die Frauen mit Gift vollzustopfen, das sich erst nach so und so vielen Jahren als der letzte Saukram entpuppen wird. Nun, Frauen schlucken alles, um eine unerwünschte Schwangerschaft zu verhindern, für die sie sich verantwortlich fühlen. Männer haben keinen derartigen angeborenen Instinkt, allerhöchstens haben sie eine Unterhaltspflicht.

*1.4.*

Draußen ist es warm, 13 Grad. Wir machen das Fenster weit auf. Schauen hinaus, wie Emigranten. Die Schweden machen keine Fenster auf, nicht einmal, wenn es heiß ist. Klar: die Luft besteht aus Atomen. Atome töten.

Die Schwangerschaft ist keine Krankheit, die Schwangerschaft ist keine Krankheit – wiederhole ich. Ich kann nicht stehen (die Beine tun weh), noch sitzen (die Rippen drücken gegen die Bauchdecke), noch liegen (der Magen kommt mir bis zum Hals hoch). Was bleibt, ist das Laufen. Ich foltere Pietuszka mit ewigen Spaziergängen, aber irgendwann ist's gut …

Die durch die Anstrengung gezerrten Muskeln, sich verstopfende Adern, die Rückennerven, die mit Schmerzensschreien reagieren. Der Magen ist an der Grenze zur Selbstverbrennung durch die Magensäure. Der Organismus – so kompliziert, und dadurch so einfach zu zerstören. Es genügt, wenn man den »Stecker« herausreißt, der Nervenimpulse überträgt, eine Arterie verstopft. Die Präzision des Lebens, die grobe Schlichtheit des Todes.

Ich schwelle an, meine Hände und Füße werden dicker. Ob sich ein Bakterium kurz vor der Teilung ähnlich fühlt, wenn es vor Fülle des genetischen Materials platzt?

*2.4.*

Bei Wisła, meiner Zahnärztin mit Computer und Internetzugang, schicke ich die E-Mail mit Korrekturen ab. In ihrer Praxis werden gerade die Wände gestaltet. Abbildungen von Zähnen mit Parodontose und Fotos geheilter Zähne. Bei einem Frauenarzt, der sich auf Abtreibungen spezialisiert, müßten auch zweierlei Abbildungen hängen: davor und danach.

Wisła findet nicht nur Zahnlöcher spannend, sondern auch deren Umgebung. Bei jedem Besuch erfahre ich etwas Neues: plötzliche Todesfälle durch kranke Zähne, warum Zähneknirschen Kopfschmerzen auslöst etc. Das muß Zahnärzte total aufgeilen. Sie organisieren dann Konferenzen zum Thema »Untere linke Sechs« und kommen aus der ganzen Welt angeflogen. Wisła hält Vorträge in Europa und Japan, veröffentlicht wissenschaftliche Artikel. In ihre Praxis kommen internationale Größen. Ihre französische Helferin hat sogar den polnischen Befehl fürs Zubeißen gelernt: »Zagryz!« Es klingt für sie wie Zagreb, das sie aus der Tagesschau kennt. Also sagt sie zu polnischen Patienten »Zagreb!«, und wenn sie sich verspricht, sagt sie »Sarajewo!«

Ein Schlafversuch. Ich schlafe gegen elf ein. Mit drei Pinkelpausen, Aufwachen um fünf, komme ich auf 4–5 Stunden Erholung. Ein Knattern weckt mich. Na gut, es ist Frühling, die Traktoren sind draußen auf den Feldern ... Die Fensterscheiben zittern. Es ist Mitternacht. Auf dem Hof: Apocalypse Now. Ein Hubschrauber landet im Nebel, eine Feuerbrunst roter Lichter. Eine Oma wird abgeholt und ins Krankenhaus gebracht. Mich werden sie nicht mit einem Hubschrauber holen, wir haben ein Auto.

*3.4.*

Ich sehe die Verhaftung Milosevics und habe keine Ahnung, daß es irgendeine Auswirkung auf mich selbst haben könnte. Ein Anruf aus Belgrad, von meiner verrückten Übersetzerin: »Endlich können wir ›My zdies emigranty‹ veröffentlichen!«

Wie oft habe ich es ihr erklärt: ihr könnt es nicht. Die Buchrechte hat ein französischer Verlag.

»Wir brauchen nur deine Unterschrift.«

Das wird nicht reichen. Serbien ist wohl eine Art sowjetisches Rußland, wo man sich nicht an Autorenrechte hält? Warum gerade dieser russische Titel? Und was hat die Verhaftung dieses Gangsters mit mir zu tun? …

Ich kann es der Übersetzerin nicht verständlich machen. Einmal hat eine Frau vom polnischen Konsulat oder der Botschaft zwischen uns vermittelt. Es gibt Fördergelder, das Buch ist übersetzt, es liegt nur an mir. Ich vermute Wahnsinn oder Chuzpe. Ich habe einen Brief von der Übersetzerin bekommen, darin ging es um Kommunisten und Lauschangriffe. Ich habe sie an die polnische Verlegerin verwiesen.

Vielleicht kommt Milosevic doch nicht vor das Europäische Tribunal. Daher der Enthusiasmus der Übersetzerin, die auf die Straffreiheit seiner Untergebenen spekuliert? Serbien kommt nicht vors Gericht, aber ich werde nichts unterschreiben. Ich glaube an das europäische und an das Autorenrecht.

Der überempfindliche Geruchssinn vom Anfang der Schwangerschaft kommt wieder. Heute – abgesehen von giftigen Ausdünstungen und Aromen angeblich geruchloser Gegenstände – rieche ich ein Baby. Mein ganzer Körper riecht danach, wie ein Kind.

Neben dem Geruchssinn erwacht auch der Glückssinn. Seit langem war mir nicht mehr so wohl. Es ist Frühling, Piotr muß nicht mehr nachts arbeiten, ich habe ein Meer, einen Ozean an Zeit. Ich male, lese, sonne mich auf der Terrasse. Die Passanten lächeln mich an.

*4.4.*

Ein Vorschlag der Zeitschrift ›Wprost‹. Ab Mai Kolumnen, alle zwei Wochen. Ich sage zu, trotzdem feilschen wir um das Geld. Entweder schätzen sie mich nicht genug, oder

›Wprost‹ geht es lausig. Das kann nicht sein, nee. Wir lassen einander Zeit zum Nachdenken. Zum Weichwerden.

Nach dem Auflegen: Panik. Langsam, langsam, was habe ich mir da aufgehalst? Einerseits ordentlicher Verdienst. Andererseits Sklaverei, alle zwei Wochen.

Es macht Spaß, für eine gute Zeitung zu schreiben, je nach Lust und Laune, wenn man sich über etwas ärgert oder freut. Es ist aktuell, wird sofort gedruckt, ohne daß es monatelang herumliegt. Vor einem Jahr gab ich bei ›Wprost‹ mein letztes Feuilleton ab, noch als freier Mensch, ohne Verpflichtungen. Ich habe geschrieben, wenn mir danach war. Themen gibt es immer, die menschliche Dummheit ist unendlich, aber …

Der Meister Tym fragte einst: »Gibt es eine Verpflichtung, Feuilletons zu schreiben? Muß man schreiben, wenn man keine Lust und keinen Gegenstand hat?« Man kann nicht regelmäßig Perlen produzieren, geistreiche Sklavenarbeiten abliefern.

Meistens endet ein festangestellter Kolumnist bei der Langeweile; er betreibt Nabelschau oder schreibt von den ausländischen Zeitschriften ab, kommentiert die Kommentare.

Ein weiteres Hindernis ist es, die Wahrheit zu schreiben, ohne auf die Gesetze der Vetternwirtschaft zu achten. Das Ergebnis sind Drohungen, gerichtliche Schritte. Für ein Feuilleton in ›Wprost‹ wollte ein Typ einmal Entschädigung von mir. Ich hatte in meinem Leben nie soviel Geld besessen, wie er sich als Entschuldigung vorstellte. Mit der Zeit hat er nachgegeben, als er merkte, daß er verlieren würde.

Soll man sich in dieses öffentliche Abschlachten, genannt Publizistik, hineinziehen lassen? Oder sich in eine sicherere Schublade, die der »schreibenden Frau«, stecken lassen? Jede Männerzeitschrift hält sich ein solches Alibi – eine festangestellte, domestizierte Feministin. Die Ausnahme sind großartige Texte von Hanna Bakuła im ›Playboy‹. Wenn Heffner wüßte, was sie hier schreibt, würde er ihr die Eier abschneiden.

Für Pietuszka sind die nächsten Monate heilig: Madonna mit Kindchen an der Brust. Er hat mein Gespräch mit ›Wprost‹ mitgehört. Schlägt sich gegen die Stirn: »Du ärgerst dich dann über irgendeinen Deppen und deine Milch wird sauer. Laß das Schreiben bis zum Herbst. Wir haben genug zum Leben, und dein Ehrgeiz … Willst du dich wirklich an den öffentlichen Pranger stellen?«

Ich weiß nicht, ich weiß nicht, es wird sich schon von allein lösen.

*5.4.*

Nachts ist etwas in meinem Rücken geplatzt, breitete sich in einer Übelkeitswelle über den Körper. Ich dachte: »Jetzt schon?« und schlief wieder ein. Wahrscheinlich hat sich der Bauch abgesenkt, die Sehnen haben nachgelassen, Pola Richtung Ausgang schiebend. Mein Magen, von ihren Füßchen befreit, wirft nicht mehr das Frühstück herum bis zum Hals.

Ich entwickle mich zu schnell (hehe), künstlerisch. Einen Niveauunterschied sieht man nicht nur von Bild zu Bild, sondern leider schon innerhalb eines Bildes. Jeden Tag ein feineres Fingerspitzengefühl. Anstatt einer halbwegs ebenmäßigen Komposition kommt ein Stil-Mischmasch heraus. Es scheint, als wäre die linke obere Ecke von einem begabten Kind gemalt. Die Mitte hat sein betrunkener Onkel, ein verhinderter Künstler, ausgefüllt. Zum Schluß ist wiederum … ich weiß noch nicht wer, dran. Ich lege die Leinwand zur Seite, erschrocken von der Multiplen Persönlichkeit, gefangen in einem Quadratmeter Seide.

*6.4.*

Schlecht, sehr schlecht. Pola hat nachts ihr Gehopse veranstaltet. Nicht mit den Beinen, sondern mit Kopf und Armen. Ob sie an den Ausgang geklopft hat? Ihr Gerempel wurde zu

Krämpfen. Bevor sie zu Ende waren, war ich mir sicher: ich schaffe das nicht. Nichts für mich. Ich will einen Kaiserschnitt.

Ich lese über die Betäubungsmöglichkeiten. Heldenhaft verzichte ich sogar auf die Peridural-Anästhesie – nur eine Maske mit Lachgas. Schnell vergesse ich, was ich mir vorgenommen habe, als die Wehen wiederkehren. Betäubung, *please*!

Piotr fühlt sich »für die Geburt verantwortlich«.

»Pietuszka, schlag es dir aus dem Kopf. Du wirst für die Fahrt zum Krankenhaus verantwortlich sein, der Rest ... Es ist so, als müßten wir uns für das Geschlecht des Kindes verantwortlich fühlen. Es ist gänzlich außerhalb unserer Kontrolle. Ich kann nur hoffen, daß mein Körper während der Geburt auf Autopilot schaltet, auf Instinkte, ich kann mich nicht auf mich selbst verlassen ...«

Ich habe einen Käsekuchen gebacken. Der letzte vor ...? Piotr experimentiert mit Soßen: Curry, Knoblauch, Lauch, Birnen, Tomaten. Dazu Jasminreis. Er ist ungenießbar, über dem Verfallsdatum, der Jasmin riecht nach Leim. Wir essen nur die Soße. Auch das verbinde ich schon mit der Geburt: Soße, S.O.S. Hilfe, nur noch wenige Tage!

*7.4.*

Alle Zeichen am Himmel (nahender Vollmond) und in meinem Körper weisen darauf hin, daß es nicht mehr lange dauert. Der Organismus drückt nach außen, was er nur kann: Hämorrhoiden, Blut aus der Nase. Eine Generalprobe, bevor er Pola herausschleudert.

Polka, du wirst auf eine Welt kommen, wo Männer mit Komplexen (die sie unter größermachenden Turbanen verstecken) mehrere tausend Jahre alte Buddha-Statuen in die Luft gesprengt haben. Dann schlachteten sie Lämmer, um Allah um Verzeihung zu bitten, daß sie sich bei der Vernichtung der Götzenbilder soviel Zeit gelassen haben. Das Schlimmste, Gott schien ihre Gebete erhört zu haben und sandte den lang erwarteten Regen.

*8.4.*

Werden sie kommen oder nicht? Um zwei soll der Makler kommen. Er erscheint pünktlich und stellt ein Schild vor dem Haus auf: »BESICHTIGUNG«. Wir evakuieren uns zu Kerstin. Vor unserem Haus steht schon der erste Willige: der Müllmann unserer Siedlung. Er wird es nicht kaufen, aber zumindest die Möglichkeit erhalten, zu sehen, wie diese komischen Polen leben.

Kerstin bietet uns die traditionellen trockenen Kekse an. Fragt, ob wir ihr unser Haus nicht vermieten wollen. Sie will aus der Bjerre-Villa ausziehen. Sie hat keine Kraft mehr, die Gesellschaft zu leiten. In einem Jahr soll in Grödinge ein Altenheim entstehen, bis dahin muß sie irgendwo unterkommen. Wir brauchen Geld, müssen unsere schwedischen Angelegenheiten abschließen. Wenn niemand das Haus kaufen wird, werden wir es an Kerstin vermieten. Sie tut uns leid. Ohne Familie, schon lange krank. Wenn wir in Schweden geblieben wären, vielleicht wären wir dann in Bjerres Villa gezogen und hätten uns um Kerstin und die Leitung der Gesellschaft gekümmert.

Wir erzählen ihr vom Palmsonntag in Polen.

»Ich habe auch blühende Zweige getragen, eine Woche vor Ostern. Und geflochtene Weidenzweige«, erinnert sie sich.

»Wo?«

»Ah, einst habe ich der Liberalen Katholischen Kirche angehört ...«

Piotr und ich sehen uns an: Kerstin in der katholischen Kirche? Protestantisch korrekt, New-Age-mäßig abgedreht ...

»Hatte diese Liberale Kirche etwas mit dem Vatikan zu tun?« fragen wir sie aus.

»Woher denn ... Mit Steiner, Blavatsky und der Theosophie« – so erklärt sich das Geheimnis ihres Glaubens.

Als wir nach Hause zurückkehren, finden wir weit geöffnete Türen vor, überall brennende Lichter. Piotr sucht den Makler. »Ey, Erik-Olof, wo bist du?« Er schaut ins Bad, in die Abstellkammer. Der Makler ist verschollen.

Ein Anruf: »Ich mußte eher weg, habe noch eine Besichtigung. Ihr hattet drei Kunden. Ein junges Pärchen ist sehr interessiert, ich rufe euch an.«

Pietuszka sieht schwarz: »Schweden sind nicht spontan und verrückt. Bevor sie etwas kaufen, überlegen sie monatelang, meckern, rechnen herum ...«

*10.4.*

Nichts. Ich werde wohl nie gebären. Ich habe mich an Pola gewöhnt, sie sich an mich. Sie tritt nicht mehr. Streckt sich, wenn ich sie streichle. Gibt es irgendeinen konkreten Grund, warum sie geboren werden sollte?

Es gibt verschiedene Möglichkeiten, die Geburt zu beschleunigen: die Treppe rauf und runter; den Garten jäten; Geschlechtsverkehr. Habe alle Methoden ausprobiert. Nichts.

Am Tisch ist es mir unbequem. Die Asiaten haben recht – ein Stuhl foltert die Wirbelsäule (und den Bauch). Ich esse und male im Knien, es ist bequemer, und außerdem: Karwoche.

Anrufe aus Polen. Wie es der Dichter formuliert, der polnische Größenwahnsinn. Aus einem Hunger nach Schmeicheleien, den man nicht mit dem Brot der Aufrichtigkeit stillen kann. Man muß die Freßsüchtigen mit Süßigkeiten der Komplimente füttern, die die Zähne kaputtmachen, und später das Gehirn.

Wenn ich wieder in die öffentliche Welt hinauskrieche, sollte ich wie ein besorgtes Weibchen zwischen gesellschaftlichen Nestern flattern und bloß niemandem auf die Füße treten. In die verfressenen Schnäbel der Küken Würmer aus Schmeicheleien stopfen. Ich ekle mich vor Würmern.

Man müßte eine Liste derer anlegen, bei denen man sich für Ironie entschuldigen müßte, dafür, daß man sie nicht aufs Podest gestellt hat. Daß man sie menschlich, bitter und sympathisch beschrieben hat. Am Ende der Liste: Pola. In zwanzig Jahren wird sie schreiben: »Meine in Australien lebende Mutter ist ein tropisches Monster. Mein Vater hat wegen ihr Allergien, Geschwüre und Schizophrenie entwickelt.«

Polka, Polka, lauf Du zu Prozessionen, sauge gierig das Polentum auf, knabbere an der Rinde der Trauerweiden in Masowien – und entnationalisiere Dich so schnell wie möglich wieder.

Ein Gespräch mit dem Grafiker: »Hör mal, der Verlag meint, ich solle über deinen Keller nicht schreiben, daß er nach Katzenpisse stinkt. Was meinst du dazu?« Ich versuche, nicht zu lachen, während ich die Gerüche autorisieren lasse.

»Er stinkt nach Katzenpisse, schreib die Wahrheit. Hast du schon entbunden?«

»Nein.«

»Weißt du, warum Kinder genial geboren werden? Damit sie später normal sein können.«

Mittags ruft aus Uppsala Włodek B. an, eine Koryphäe für Mackiewicz und Herling-Grudziński. Er hat ein Stipendium bekommen, um ein Buch über polnische Literatur für Slawisten zu schreiben. Wir reden eine Stunde, obwohl wir uns zum letzten und ersten Mal vor Jahren gesehen haben, für eine Viertelstunde, flüchtig. Ein Hauch von Universität, Geist. Nicht alltäglich, feierlich, angenehm. Er erzählt von einer Anthologie polnischer Schriftstellerinnen, in der ich nicht einmal in einer biographischen Notiz vorkomme. Damit bekomme ich den Titel der Ersten Polnischen Nicht-Schriftstellerin. Włodek schickt mir per Fax die Rezension eines Buches über Postmodernismus – ein Kommentar zu ›Big Brother‹.

Die Sorge des polnischen Kritikers um den Seelenzustand der Zuschauer, die vom *›Big Brother‹* attackiert werden. Das Hauptproblem: solche Sendungen nehmen uns unser nationales Selbstbewußtsein. Ich verstehe das Lamentieren wegen der ganzen Chose. In Polen war das nationale Bewußtsein stets Garant des geschichtlichen Überlebens. Die Teilungen sind vorbei, jetzt beginnen *reality shows.*

Das Bewußtsein an der Weichsel ist ein unbeweglicher, unveränderlicher Anteil an der Seele, Psyche als ›Big Brother‹. Jegliche Veränderung ist ein Attentat auf die »polnische Menschlichkeit«. Die Persönlichkeit (des Polen) hat den Begriff des Prozesses noch nicht verinnerlicht. Ein Prozeß wird immer noch mit dem sarmatischen Prozessieren konnotiert, der persönlichen »Rache«.* Das Selbstbewußtsein muß ein für allemal aus der Konserve stammen, darf sich nicht (zu eigener Belustigung) zum Positiven ändern oder entwickeln. Man kann es allerhöchstens vor fremden Aggressoren, dem Teufel und ähnlicher Importware – aus der diesseitigen Welt und aus dem Jenseits – verteidigen.

Für Piotr ist das Pflichtjahr in der Armee eine schlimmere Bedrohung für Körper und Psyche als ›Big Brother‹ (ganz abgesehen von polnischen Schulen).

* ›Zemsta‹ – ›Die Rache‹; Anspielung auf ein Buch von Aleksander Fredro

Ich habe erhöhte Temperatur. Pietuszka vermutet, aus krankhaftem Ehrgeiz. Immer voran, immer vor dem Termin – und nun Verspätung. Die Familie fragt ständig, ob es soweit ist… peinlich, oder?

»Wir werden den Schweden zeigen, wie man ein Kind kriegt, oder?« tröstet er mich. »Zuerst geht das Fruchtwasser ab, eine Überflutung, dann werden wir das Krankenhaus stürmen, blutiges polnisches Heldentum. Das werden sie sich noch jahrelang erzählen…«

*11.4.*

Ein Märchen auf Prozac: der 26jährige dicke Julek, homosexuell, Einzelkind. Lebte in einer Symbiose mit seiner *jiddische mamme.* Sie wohnten zusammen in einer krankhaft sauberen Wohnung, lasen gemeinsam Bücher, schauten zusammen fern. Ein Mustersohn mit einer Musterdepression. Er schmiß alle Studiengänge, wurde überall gekündigt. Er entschied sich für Prozac. Nach wenigen Monaten bekam er eine superbezahlte Stelle. Er hat keine Papiere, kein Diplom gebraucht – seine Leidenschaft für Computer hat gereicht. Aus dem schwedischen Proletariat avancierte er in die golfspielende Elite. Aus Thailand hat er sich einen wunderschönen Liebhaber mitgebracht und ihn seiner Mutter vorgestellt. Endlich hat er sich ohne Schuldgefühle öffentlich geoutet, hat sich ein Penthouse im Zentrum von Stockholm gekauft. Immer noch ist er monströs fettleibig, aber glücklich, wie es nur gemütliche Dicke sein können… und Leute, die Antidepressiva nehmen? Prozac – ein chemisches Düngemittel für das Gehirn (die Seele), nach dem man in den eigenen und in den Augen der anderen wächst? Eine selbsterfüllende Prophezeiung des Erfolges.

Ich kenne kaum jemanden, der nicht etwas gegen Depressionen nehmen würde. Gegen Traurigkeit und Schicksalsschläge. Zuerst zwei, drei Wochen Fegefeuer: die Qualen der Melancholie, Übelkeit, geweitete Pupillen, durch die wie durch einen Brunnen die schwarze Wirklichkeit hineinfällt. Einige schaffen es nicht und brechen die Therapie ab. Die Hartnäckigen erreichen den Prozac-Himmel. Aufgeputscht durch Serotonin, fangen sie an, ihr versautes Leben zu reparieren.

Mit einem Hauch Chemie ändert sich die ganze Welt. Keiner hat Zeit für teure und langwierige Therapien. Psychotherapie erinnert an ein Zurückgehen in der Zeit, die Rückkehr in den Mythos. Prozac ist ein modernes pharmakologisches Märchen. Das einige wenige wirklich Kranke benötigen. Das alle schlucken, die sich nach etwas Glück sehnen.

Vor zehn Jahren, als ich seelisch ganz unten war, bereit, mich umzubringen, bekam ich gnädig ein wenig Relanium. Wenn es damals Prozac gegeben hätte, hätte ich um ein Rezept gebeten? Ich glaube schon. Der einsame Weg durch die Hölle war nicht wirklich angenehm.

Das überschrittene Haltbarkeitsdatum von Pola hat seine Vorteile. Ich erwarte nicht panisch die ersten Wehen. Eher will ich endlich irgendeinen Schmerz spüren, der die Geburt ankündigt. Und wenn ich nicht entbinden kann … Das Kind wird immer kleiner und kleiner, bis es sich in meinem Organismus auflöst. Der erste medizinische Fall einer verschleppten Schwangerschaft, die zu einer verschwindenden Schwangerschaft wurde? Ich muß da was mit dem Vollmond verwechselt haben, bei dem die Kreißsäle voll sind. Der war am achten April. Muß ich bis zum nächsten warten, im Mai?

Die Wohnung ist verkauft. Das »junge interessierte« Pärchen hat sich entschlossen, das Haus sofort zu nehmen. Zwei Tage Formalitäten und Ende der Verhandlungen. Ufff, ich hoffe, daß sie hier so glücklich sein werden wie wir. Wir werden ihnen gute Träume zurücklassen. Der vorherige Besitzer hatte Probleme mit der Polizei, weil er für unser Dorf Schnaps brannte. Wir wußten nichts davon – nur, bevor wir uns endgültig hier eingelebt hatten, quälten uns des Nachts kriminelle Alpträume. Einen Tag nach dem Umzug wachte der abstinente Piotr völlig verkatert auf.

*12.4.*

Wie der erste Schmetterling, so der ganze Sommer. Vor zwei Tagen habe ich einen Admiral gesehen. Heute Schnee.

Der Termin war am 10. April. Die Hebamme ist durch die fehlerhafte Berechnung verwirrt, die Familie beunruhigt. Auch der Verlag macht Druck – spätestens am 26. April muß ›Polka‹ zum Druck gegeben werden. Bis dahin muß das Buch fertig sein, also auch entbunden! Nichts. Soll ich mich selbst aufschneiden, mir einen Kaiserschnitt machen, um alle zufriedenzustellen? Ein Rat aus dem Verlag: auf Zehenspitzen laufen, es soll angeblich die Geburt beschleunigen. Włodek B., eine humanistische Koryphäe und Vater von Zwillingen, empfiehlt mir Gewichtheben.

Piotr hat von einer sprechenden Pola geträumt. Seine erwachsene Tochter Marianna rief gerade aus Barcelona an (dort 20 Grad, Sommer), sie hatte gerade einen identischen Traum. Ich habe noch nie von Polka geträumt, ich fühle mich ausgeschlossen.

Alle rufen gerade an. Osterwünsche und die Frage: »Ist sie schon da?«

»Ja, nur ein wenig komisch … Du wirst sie schon selber sehen.«

»Was hat sie denn?«

»Weißt du … Piotr, laß sie mal kurz telefonieren; Pola spricht.«

»Guten Tag, sehr erfreut«, sagt Piotr mit einem dünnen Stimmchen.

»Aaaah …« Am anderen Ende der Strippe Erleichterung. »Ihr veräppelt mich.«

Osterdekorationen. Aus Mangel an Blumen und blühenden Zweigen bunte Federn, an blattlose Zweige gesteckt. Wenn sich jemand, der die hiesigen Bräuche nicht kennt, vor ein schwedisches Haus verirren würde, bekäme er den Eindruck, daß Krähen einen exotischen Vogel auseinandergerupft haben, der zu weit in den Norden geflogen ist.

Am Gründonnerstag der traditionelle Anflug kleiner Hexen. Sie fliegen von Haus zu Haus. Sie haben kohlegeschwärzte Zähne, mit Filzstift aufgemalte Sommersprossen und statt roter Locken blonde Haare unter dem Kopftuch. Böse Mächte werden in Schweden an Ostern in die Hölle vertrieben. Sie bitten um Bonbons als Wegzehrung. Die kleinste Hexe hat getrödelt und ist auf der Treppe sitzen geblieben, Schokolade im Mund. Wir geben ihr noch mehr Süßigkeiten.

Es liegt nicht an den Horden schokoladenverschmierter, lispelnder Hexen, daß ich melancholische Gedanken habe. Traurigkeit; wegen etwas Unbestimmtem. Ich weine. Ich schramme am Tod vorbei, der glitschig und notwendig ist. Das Wunder der Geburt – nur eine Vervielfältigung der Matrix. Die Leichtigkeit, mit der das Leben entsteht, und die Leichtigkeit seiner Zerstörung. Ich ziehe mich in mich selbst zurück; ich bin kaum noch da. Wenn man die Hand ausstreckt, fühlt man nur den vorgereckten Bauch.

Was soll mir Pietuszka raten? Er ist zu intelligent für irgendwelche Gegenargumente. Der Trost kann nur aus dem Jenseits kommen – Hoffnung oder Chemie – die Physiologie, *high* vor Selbstzufriedenheit. Ich sollte nicht so fühlen, also höre ich ganz auf, zu empfinden. Eine mit Sinnlosigkeit ausgekleidete Leere.

*13.4.*

Warmer Ozean. Schwimmen in einem Badeanzug hätte ungefähr soviel Sinn wie Baden in der Badewanne, ohne die Unterhose auszuziehen. Ich habe einen engen Body und Strümpfe an. Neben mir eine in die Tiefe tauchende Frau, die einen planschenden Jungen verscheucht. Endlich höre ich auf, mich zu genieren, und ziehe mich aus. Erleichtert entledige ich mich des Badeanzugs und der Strümpfe und schwimme los. Warmes Wasser gleitet an meinen Schenkeln entlang.

Ich wische es ab, im Wachzustand. Ich werde wach, in einem nassen Bett.

»Pietuszka! Das Fruchtwasser ist abgegangen!«

Es ist drei Uhr früh. Ich packe meine Tasche für das Krankenhaus. Pietuszka ruft das nächste an – es gibt freie Plätze, sie laden herzlich ein. Sie raten, ein Taxi zu nehmen, sie werden die Kosten übernehmen. Ein Vater am Lenkrad, in diesem Zustand, stellt eine Gefahr für den Straßenverkehr dar. Wir nehmen doch unser Auto, es ist nur eine halbe Stunde.

Vom Krankenhausparkplatz zur Geburtsstation klettern wir durch ein Loch im Zaun. Auf dem Flur laufen zwei werdende Väter auf und ab, schlürfen nervös Kaffee. Ruhe, Stille. Die Schwester hängt mich im Labor an Maschinen. Die Hebamme kommt, schaut sich den Ausdruck an: es gab eine Wehe; ich habe sie gar nicht gefühlt. Pola dreht sich hin und her. Der Arzt kommt, ich mache ihn mit dem herausspritzenden Fruchtwasser naß. Das ist derselbe, der vor neun Monaten meinte: »Es ist *Curva*, kein Krebs!«, und mich gesund nach Hause schickte. Er hatte die Wahrheit gesagt, also vertraue ich ihm.

»Die erste Geburtsphase, du mußt nicht im Krankenhaus herumhocken, warte regelmäßige Wehen ab.«

Es ist fünf Uhr früh, zwischen Tag und Nacht. Ich fühle keinen Schmerz, fühle mich nicht real. Geburt? Kann es sein, daß es gerade mir passiert? Man hat Fruchtwasserproben entnommen. Dann bekamen wir einen Zettel mit Instruktionen: nicht baden, kein Geschlechtsverkehr, Temperatur messen, wenn über 37, 5, dann sofort ins Krankenhaus. Die Farbe und den Geruch des Fruchtwassers beobachten, wenn uns etwas verdächtig vorkommen sollte, gleich anrufen. Wenn die Wehen bis Sonntag nicht da sind, sollen wir noch mal herkommen.

»Dann um acht Uhr an Ostern.«

Unterwegs muß Pietuszka scharf bremsen. Zwischen den Häusern hindurch rennt ein Reh in den Wald, als ob es zur Arbeit eilen würde.

Ich schlafe ein, in einer Windel gegen das auslaufende Wasser. Um eins sollen die Käufer des Hauses kommen, sie wollen es genau ausmessen usw.

Keine schmerzhaften Wehen, es sei denn, weil ich Hunger habe. Ich versuche zu lesen, kann mich nicht konzentrieren. Ich höre Musik. Fliege davon. Ich kann es immer noch nicht fassen – die Geburt, wenn ich nach Hause komme, dann schon mit Pola ... Ich schaukle im Rhythmus kreolischer Lieder hin und her. Ich verstehe jedes fünfte Wort, bekannte Worte, vom Rauschen des Ozeans übertönt.

»Du wirst sehen, es ist der schönste Tag im Leben«, meinte einst Marysia.

Abwarten.

Eine neue Blüte an der Geranienpflanze. Ist heute aufgeblüht. Ich bin gerührt ob ihrer Solidarität (Synchronizität?). Wenn es eine Rose gewesen wäre oder eine Kamelie, würde ich Pola einen zweiten Vornamen geben. Aber Pola Geranie?

Blumen, Stengel, Rehe. Ich muß Schmerz verspüren, damit ich in die Wirklichkeit zurückkehren kann. Zunächst Ruhe. Ich rufe in Lodz an. Mama und Schwester sind entsetzt: »Die Fruchtblase ist geplatzt, und sie haben dich nach Hause geschickt?«

Ich liege im Schlafzimmer und grüße das junge Pärchen, das unser Haus besichtigt. Ich fühle mich wie ein trächtiges Weibchen, aus dem gleich ein Wurf herausplatzt.

Er ist etwa zwanzig, kurze Haare, etwas dümmlich, oder einfach nur kindisch. Sie – eine dynamische Asiatin. Sie wohnen in einer Villa bei den Eltern des Jungen, mit Aussicht auf denselben See wie wir. Sie latschen durch die Wohnung, schauen in Schränke hinein. Soll ich sie mit Stöhnen verscheuchen?

*23.00 Uhr. Gründonnerstag.*

Endlich, nach neunzehn Stunden: die erste Wehe. Sanft. Läuft am Rücken aus. Ich nehme eine Uhr zu Hilfe. Messe die Länge und die Häufigkeit der Wehen, als ob ich sie auf eine Landkarte eintragen sollte, die mir einen Weg ohne Wiederkehr zeigen wird, hin zu einem immer größeren Entsetzen.

»Piotr!« heule ich. Ich bin nicht mehr imstande, irgend etwas zu messen.

»Atme durch, wenn die Wehe kommt« – er übernimmt die Zeitmessung. »Sooo …« Er atmet ein.

Atmen. Geburtsvorbereitungskurs. Kluge Ratschläge. Wenn eine Wehe kommt, sind sie so sinnvoll wie ein Manikürekurs für jemanden kurz vor der Armamputation.

»Wie oft?«

»Das ist es noch nicht, etwa alle zehn Minuten, unregelmäßig.«

Ich fühle mich, wie auf die Spitze des Schmerzes gepfählt, auf den ich mit jeder Wehe immer tiefer rutsche. Einen Schmerz, der meine Gebärmutter durchsticht, meinen ganzen Körper auseinanderreißt.

»Laß uns fahren, ich kann nicht mehr.«

Im Auto lassen die Wehen etwas nach.

Der Arzt untersucht den Muttermund. Noch nicht geweitet. Die Wehen kommen in seltenen Intervallen. Sie schicken uns wieder zurück, geben mir starke Schlafmittel und Paracetamol. Habe ich etwa meine Tage oder was?!!!

Vor dem Haus überfahren wir fast ein Reh, das uns vors Auto läuft.

Früh um sieben. Ich schlafe kurz ein und werde von meinem eigenen Schreien wach. Piotr sagt, daß ich eine halbe Stunde geschlafen hätte. Ich kann es nicht glauben, vielleicht habe ich zu laut geträumt.

Ich stehe um zehn auf. Es ist mir egal, wie oft die Wehen kommen und ob ich reif für die Geburt bin.

»Piotr, wir fahren.«

Zum dritten Mal tun wir die Tasche ins Auto.

Ich weine nicht, es tut zu sehr weh. Ob sterbende Menschen weinen? Ob sie die Kraft dazu haben? Ich weiß nicht mehr, woher die Schläge kommen. Von innen oder von außen? Ich werde gesteinigt, kann mich nicht bewegen, angespannt, innerlich ganz fest durch dieses sinnlose Massakrieren. Noch betäubt von den Schlafmitteln teile ich mich in zwei. Den vernebelten Kopf und den lästigen, schmerzenden Körper. Nichts verbindet das eine mit dem anderen. Leere, in die rhythmisch tödliche Krämpfe hineinfallen, oder Alpträume, die aus dem narkotisierten Schädel kommen.

»Was habe ich getan?« Ich stoße meinen Bauch davon.

»Alles in Ordnung, beruhige dich, wir bekommen ein Kind, du wirst gleich entbinden, du hast nichts getan, Baby.«

»Ich kann nicht ins Auto, es tut zu sehr weh.«

Piotr wartet eine kurze Pause zwischen zwei Wehen ab und hilft mir, aus dem Haus zu kommen. Warum ist dieser Schmerz so sinnlos? Ich kann nicht atmen, schreie: »Ich will nicht, ich will nicht! Warum? Ich kriege kein Kind, ich sterbe!«

Ich krieche auf allen vieren in den Geburtssaal. Zwei Hebammen ziehen mich aus, kleiden mich in einen Krankenhauskittel. Ich bettle nach Morphin, nach einer Periduralanästhesie. Sie geben mir eine Maske mit Lachgas. Einige Atemzüge und der mich zertretende Schmerz wird leicht, fliegt davon; läßt mich mit einem dämlichen Lächeln der Erleichterung zurück.

Idiotische Erzählungen über das Leid, das man sofort vergißt, über die wundervollen Momente der Geburt. Ich denke nicht an das Kind, überlege nur, wie ich jedem weiteren Hieb ausweichen kann. Der Schmerz kehrt langsam zurück. Sie sagen, ich soll den Rücken rund machen, stechen mit der Anästhesienadel hinein. Die Hand an den Tropf. Eine in den Rükken gestochene Nadel ist nichts im Vergleich mit der Stärke der Wehen. Ich kann nicht glauben, daß es schon das Ende der Qual sein soll, zur Sicherheit bitte ich noch einmal um die Maske. Ich erinnere mich an die Sorge der Schwangerschaftsbücher: »Willst du wirklich mit einer Kanüle im Rücken, einem Tropf an der Hand und einem Katheter entbinden?«

Jaaaaa! Ich will! Ich will sofort einen Kaiserschnitt! Das Bewußtsein verlieren – denn darin ist nichts mehr, nur Heulen. Ob die Geburt die Strafe für die Ursünde ist? Geburt und Tod, warum sollte man es trennen, dieselbe Strafe für dasselbe Vergehen.

Wie lange geht das schon so? Zwölf Stunden, von Mitternacht, Freitag auf Samstag, nein, achtzehn Stunden.

»Drei Zentimeter weit.« Die Hebamme zieht ihre Hand aus mir heraus, zeigt mit den Fingern eine kleine Spalte. Wir warten auf zehn Zentimeter.

Ich bin vollgepumpt mit Lachgas. Erleichterung, daß nichts weh tut. Ich schaue mich im Saal um. Bildschirme mit Papierstreifen, die aus den Maschinen hervorquellen. Aufzeichnungen meiner betäubten Krämpfe, und Polas Herzschlag. Pietuszka sitzt daneben, blaß. Aus Müdigkeit und Nervosität. Ich bin *high*, plappere glücklich vor mich hin. Die Hebamme erlaubt uns einen kurzen Spaziergang. Ich schiebe das Gestell mit dem Tropf, vergesse es immer wieder, ziehe es wie an der Leine hinter mir her. Wir besichtigen die Geburtsstation. Ungefähr zehn leere Zimmer. Wir sind alleine. Kochen uns Tee in der Hebammenküche. Piotr bekommt Mittagessen. Langsam, feierlich, ich bei ihm untergehakt, kehren wir in den Geburtssaal zurück. Wenn es die Dekorationen nicht gäbe, könnte man meinen, ein Osterspaziergang. Plötzlich habe ich keine Beine mehr, falle um. Piotr hilft mir hoch, legt mich sanft aufs Bett.

»Fünf Zentimeter« – die Hebamme schließt mich an ein wehenbeschleunigendes Medikament an.

Bei acht Zentimetern fängt das Klopfen wieder an, wird immer stärker, will mir meine Hüften auseinanderreißen. Ich bitte, die Anästhesiedosis hochzudrehen.

Nachts um elf, nach dreißig Stunden sind es endlich zehn Zentimeter. Seit zwölf Stunden werde ich betäubt, wenn das nicht wäre, würde ich vor Schmerz verrückt werden, würde mich lieber umbringen, warum soll ich dahinsiechen? Der schönste Moment der … Folter.

Jaja, mit den Kräften der Natur – die imstande ist, einen

zu Tode zu quälen. Ich verstehe Frauen, die jahrelang nicht aus dem Trauma dieses Schmerzes herauskommen können. Ich fühle mich davon vergewaltigt. Fühle mich durch Erzählungen betrogen, in denen es hieß, daß es wundervoll werden sollte. Ich liege da und warte, keine Gedanken, Sorgen um die Welt, das Kind, keine metaphysischen Träume. Durch den Schmerz gehöhlte Leere, die den nächsten Schlag abzuwehren bereit ist. Ich erinnere mich an jede Wehe, jede einzelne, obwohl es davon mehrere Hundert gab. Jede einzelne wie das Gesicht eines Feindes.

Ich bitte um eine höhere Dosis des Schmerzmittels, es hat aufgehört zu wirken. Niemand hört auf mich.

»Piotr, sag es ihnen doch ...«, weine ich. »Wozu diese sinnlosen Qualen?«

»Wenn sie dich noch mehr betäuben, wirst du die Wehen nicht mehr spüren und nicht wissen, wann du pressen sollst.«

»O. K.« Ich spanne mich an. Nehme einen Atemzug durch die Maske und versuche schreiend, den Schmerz nach draußen zu drücken.

»Das ist gut, gut.« Zwei Hebammen stehen zwischen meinen Beinen, Piotr daneben.

»Schließ die Augen«, bittet er mich. »Und auch den Mund, stecke deine ganze Kraft in den Bauch.« Er hält meine Hand, preßt mit mir gemeinsam.

»Gut, gut« – die Hebamme kann schon den Kopf sehen.

Ich fühle eine drückende Rundung, sie hat sich wohl schon aus der Gebärmutter herausgeschoben. Zu wenig Zeit, um es mir zu erklären, mein Gehirn dolmetscht die Worte der Hebamme. Als ob sie mit mir Polnisch spräche: »Atme tief durch, in der Maske ist nun Sauerstoff für das Kind.«

Ich presse gemeinsam mit Piotr, habe nun seine Kraft. Ein Gefühl, als ob sich Pola Naht um Naht von mir ablöst. Auseinanderreißen der zusammengewachsenen Körper. Wärme zwischen den Schenkeln. Nach dem neunten Pressen, nach einer knappen Viertelstunde ein Schrei. Wer weint? Piotr?

Mein Bauch?

»*Sie ist da!*«

Die Nabelschnur verfängt sich zwischen den Kanülen des Tropfes. Der Grind des vertrocknenden Schmerzes fällt ab.

Sie legen sie mir auf die Brust. Ein schwarzes, wuscheliges Köpfchen. Bewußtlose Augen; ein sich an mich schmiegender, weinender Körper. Sie ist sauber, rosa. Ich hätte ein zitterndes Stück Leber erwartet, Blut, Schleim.

»Piotr …«

Pietuszka lehnt mit dem Kopf am Bett. Ob er wohl betet? Er nimmt eine Schere. Ich will seine Hand wegschieben, das wird weh tun. Er schaut uns nicht an, schneidet entschieden die weiche Nabelschnur durch.

Polka, Pola, Poleczka.

*Für Piotr, Pietuszka, Pietuszkin*

Grödinge, 2001